经典悦读·美刺篇

中共滨州经济开发区工委　◎编
南开大学语文教育研究中心

编 委 会

主　　任： 姚和民
委　　员： 周志强　邱延忠　董凤家
　　　　　　钱　杰　时志军　窦　薇
　　　　　　魏建宇　郎　静　高　翔
　　　　　　李　飞　杜　娟

主　　编： 周志强　窦　薇
本册主编： 窦　薇

中山大学出版社
·广州·

版权所有　翻印必究

图书在版编目（CIP）数据

经典悦读·美刺篇/中共滨州经济开发区工委，南开大学语文教育研究中心编．—广州：中山大学出版社，2015.7
ISBN 978-7-306-05269-8

Ⅰ.①经… Ⅱ.①中…②南… Ⅲ.①世界文学—作品综合集 Ⅳ.①I 11

中国版本图书馆 CIP 数据核字（2015）第 101382 号

出 版 人：	徐　劲
策划编辑：	邹岚萍
责任编辑：	邹岚萍
封面设计：	林绵华
插　　图：	李金生
责任校对：	赵　婷　刘丽丽
责任技编：	黄少伟
出版发行：	中山大学出版社
电　　话：	编辑部 020-84111996，84113349，84111997，84110779 发行部 020-84111998，84111981，84111160
地　　址：	广州市新港西路135号
邮　　编：	510275　　　　传　真：020-84036565
网　　址：	http://www.zsup.com.cn　　E-mail:zdcbs@mail.sysu.edu.cn
印 刷 者：	佛山市浩文彩色印刷有限公司
规　　格：	787mm×960mm　1/32　总印张：21　总字数：309千字
版次印次：	2015年7月第1版　2015年7月第1次印刷
总 定 价：	48.00元（共6册）　印　数：1～11000套

如发现本书因印装质量影响阅读，请与出版社发行部联系调换

经典之美　至真至纯

经典是有魅力的。经典的魅力不仅仅在于其中意义的浓缩与升华，更在于它对读者心灵感悟的激发。我们将那些人们反复阅读、手不释卷的作品命名为经典，并非因为它们有特殊的内容，而是因为它们有特别的深度和影响力。经典中的智慧是取之不尽的，因此，"悦"读经典，永不过时。

《经典悦读》出版到第五辑，已经推介了数百篇优秀的名家名作，在倡导全民阅读、提升社会公共文化水平等方面贡献了自己的力量。李克强总理在《2015年国务院政府工作报告》中提出，我国要建设"书香社会"，要建成全民文化素养普遍提高的"书香社会"，我们更应该多读经典。

经典可以包罗万象，其中就有"美"。美既是抽象的概念，也是具体的感受；既是物化的实体，也是心灵的皈依。世间从

不缺少美，只是缺少发现美的眼睛。经典之美，美在恒久，美在真实。正是因为经典具备了历史积淀的厚重，所以，其中的美的形式才更加完满与纯粹；正是因为经典历经了时代浪潮的淘洗，所以，其中的美的内涵才更加真挚与动人。在第五辑当中，《经典悦读》引入了精益求精的创新理念，集结了六种不同风格的美，以美的形式与风格作为每一分册的主题，大胆而新奇。这样的设计既拓宽了读者的期待视野，也激发了读者的阅读兴致，是十分巧妙而可贵的。

经典之美，至真至纯，它既能提升人的修养和境界，也能健全人的道德和品质。中华民族自古以来就是一个爱重经典、有着浓厚书香传承的民族。对经典的弘扬和传播，是我们走向未来、实现"中国梦"的坚实基础和良好开端！

中共滨州市委书记、市人大常委会主任

目 录

刺中有思　发人深省 …………………… 1
　众师之师——人类的无知 ……（法）蒙田　2
　奴才哲学 ………………………… 林默涵　5
　上下身 …………………………… 周作人　9
　作揖主义 ………………………… 刘半农　14
　提供笑声的人 ………（德）海因里希·伯尔　22

托物喻理　以刺抒怀 ………………… 28
　可怕的冷静 ……………………… 闻一多　29
　论政治病 ………………………… 林语堂　34
　观刈麦 …………………………… 白居易　41
　七步诗 …………………………… 曹　植　43
　人力车 …………………………… 俞平伯　44

借古讽今　胸怀天下 ………………… 49
　诗经·大雅·荡 ………………………………… 50
　庄周买水 ………………………… 刘　征　53
　咏史八首·其二 ………………… 左　思　58
　谈谈李莲英——一代杰出的
　　奴才 …………………………… 秦　牧　60

《名人传》引 …………（法）罗曼·罗兰 67
寓意深挚　举重若轻 …………………………… 72
　灯下漫笔（节选）………………………鲁　迅 73
　奉旨不哭不笑 …………………………林语堂 80
　白嘴鸦 ……………………（俄）契诃夫 83
　自由 ………………………（印度）泰戈尔 87
　王者 ……………………………蒲松龄 92
附　录 ………………………………………… 100
编写说明 …………………………………… 102

刺中有思　发人深省

众师之师——人类的无知

（法）蒙田

人人都应有自知之明，这一训诫实在十分重要。智慧与光明之神就把这一条箴言刻在自己神庙的门楣上，似乎认为此警语已包含他教导我们的全部道理。柏拉图也说：所谓智慧，无非是实施这一箴言。从色诺芬的著作中，可知苏格拉底也曾一步一步地证明这一点。无论哪一门学问，唯有入其门径的人才会洞察其中的难点和未知领域，因为要具备一定程度的学识才有可能察觉自己的无知。要去尝试开门才知道我们面前的大门尚未开启。柏拉图的一点精辟见解就是由此而来的：有知的人用不着去求知，因为他们已经是有知者；无知的人更不会去求知，因为要求知，首先得知道自己所求的是什么。

因此，在追求自知之明的方面，大家

美刺篇

之所以自信不疑,心满意足,自以为精通于此,那是因为:谁也没有真正弄懂什么。正像在色诺芬的书中,苏格拉底对欧迪德姆(Euthydeme)指出的那样。

我自己没有什么奢望。我觉得这一箴言包含着无限深奥、无比丰富的哲理。我愈学愈感到自己还有许多要学的东西,这也就是我的学习成果。我常常感到自己的不足,我生性谦逊的原因就在于此。

阿里斯塔克说:"从前全世界仅有七位智者,而当前要找七个自知无知的人也不容易。"今天我们不是比他更有理由这样说吗?自以为是与固执己见是愚蠢的鲜明标志。

我凭自己的切身经验谴责人类的无知。我认为,认识自己的无知是认识世界的最可靠的方法。那些既已看到自己或别人的虚浮的榜样还不愿意承认自己无知的人,就请他们听听苏格拉底的训诫去认识这一点吧。苏格拉底是众师之师。

[选自(法)蒙田著:《我不想树立雕像》,梁宗岱、黄建华译,光明日报出版社1996年版,第221~222页]

经典悦读

知识

色诺芬是古希腊著名历史学家。他的著作最大的特点就是客观,客观地记录自己的个人经历,直接真实地表述自己对当时的人和事物的看法,从这个意义上讲,他的实事求是精神使他成为有史以来第一个记者。

阿里斯塔克是古希腊甚至全人类历史上第一位倡导日心说的天文学家。遗憾的是,由于其思想过于超前,当时并没有得到众人的承认。

解读

人贵有自知之明,这句话说起来容易,可是真正要践行起来,却总比我们想象的难得多,毕竟承认自己的局限并非一件让人感到愉悦的事情。智者蒙田正是看透了这一点,所以才有针对性地选择古希腊先贤的教诲,让我们更加深刻地思索自己的重要性,因为人只有认清了自己,才能认清这个世界,才能更加客观、真实、谦逊、积极地融入这个世界,从而为自己和世界都创造意义和价值。

警语

人要有三个头脑,天生的一个头脑,从书中得来的一个头脑,从生活中得来的一个头脑。

——(法)蒙田

美刺篇

奴才哲学

林默涵

据说莫利哀所描写的人物,都是他亲眼看见过的。莫利哀是路易十四的"皇家剧团"的主脑,和他接触多的,自然是一些贵族了:莫利哀就把他们做了他的嘲笑的主要对象,因此他常常受到他们的攻击。

既有贵族,自然就有奴仆,在莫利哀的剧本中,几乎没有一个没有奴仆登场的。这是一些平民出身的人物,在他们的眼中,贵族全是糊涂可笑的东西,但又因为接近了贵族,便自觉又比平民高超一些了。他们早已失去平民固有的淳厚,而变成了诌佞狡诈的脚色。这是不足怪的:因为不诌佞,就无以讨主子的欢心;不狡诈,又免不了要常受主子的欺侮。

如果用鲁迅先生的说法,这大概就是所谓"帮闲"的人物了。他们的任务,便

是帮主子出计谋,怎么吊膀子,拐女人,诸如此类,以博取主子的恩宠。但如果事情失败,真要"帮忙"的时候呢?他就不来了。这时,他就另有主张:"有胆量也好,没有胆量也好,只要我保留着这吃饭的家伙就行了。吃饭的时候,您如果愿意的话,不妨请我同坐,凑够四位。至于打仗呢,请您不要把我算在内罢。总之。您也许觉得阳世住腻了,阴间别有风味,至于我呢,我觉得阳世就够有趣了……"

我当然不会主张奴才应当为主子拼命。我只是从这里发见了真正的奴才哲学罢了。概括起来,便是:"只要保留着吃饭的家伙,阳世也就够有趣了。"这虽然简单,然而,许多复杂现象,都可以由此而解。这就是那些汉奸、叛徒们的哲学,在他们是"只要保留着吃饭的家伙",便是出卖灵魂又有何妨。这也就是那些背朝外敌,而把胸膛对着我们的顽固专家们的哲学,在他们是"只要保留着吃饭的家伙",便是戕害

美刺篇

民族利益,亦在所不计,至于和敌人打仗呢?"请不要把我算在内罢"。

对付这样的奴才的办法,只有一个,便是给他几拳,让他看看颜色,那他就或者会改变态度了。例如莫利哀在《装腔作势的女子》中所描写的马斯加里,就是这样的。他奉了主人的命令,冒充贵族,乘了轿子去调弄那做作的两个女子,而竟想赖掉轿钱——

"第二个轿夫:我说,先生,给我们的钱。

马斯加里(打他一个耳光):怎么?坏蛋!我这样身份的人,你竟敢向我要钱吗?

第一个轿夫(把轿杠拔出来,拿在手里):喂!赶快把钱给我们!

马斯加里:什么?

第一个轿夫:我说,我马上要钱!

马斯加里:这才是一个懂道理的。

第一个轿夫:快呀!

马斯加里：好罢，你说话很有礼貌，你的伙计却是一个坏蛋，说话得罪人！——拿去罢！你满意了吗？

第一个轿夫：不，我还不满意，你打了我的伙计一个耳光，我就要……（举起轿杠）

马斯加里：别忙！拿去罢，这算是补偿他的耳光的。只要人家规规矩矩地对我说，要我怎样都可以。"

读者诸君！读了这一段，你不会觉得好像也看见了中国的"马斯加里"吗？

（选自张保林主编：《最好的杂文大全集》，外文出版社2012年版，第165~166页）

知识

林默涵不仅爱看书，而且十分爱惜书，这是家人对他比较深的印象，因为他的业余生活，一有时间基本上都是在读书。他爱惜书甚至爱到有点"过分"，因为他要求自家人谁看书若没看完，不能折角，也不能把书反扣来标记，一定要使用书签。在文章风格方面，林默涵在年轻的时候崇拜鲁迅，在上海的时候他曾见过鲁迅本人，鲁迅以笔为旗的做法极大地激励了他，因此，他的杂文针砭时弊

美刺篇

的文笔,有鲁迅的辛辣、犀利的特点。

中国哲学上下五千年,"气"是一个很重要的方面。"气"的意义很丰富,其中很有价值的一点就是"气节"。人不可有傲气,但不能无傲骨。气节是一个人最基本的尊严的体现,如果丧失了气节,沦为奴才,那就意味着人格的堕落,这样的人,作为个体来说,是得不到别人的尊重的。日常生活中尚且如此,那么到了家国天下这种大是大非的紧要关头,如果人人都丧失了气节,结局则是一个国家的沦陷。因此,《奴才哲学》并不是为了鞭挞一种哲学,而是为了敲响民族危亡的警世钟。

最可贵的是事实,最无情的也是事实。

——林默涵

上 下 身

周作人

戈丹的三个贤人,
坐在碗里去漂洋去。

经典悦读

他们的碗倘若牢些,
我的故事也要长些。

——英国儿歌

人的肉体明明是一整个（虽然拿一把刀也可以把他切开来），背后从头颈到尾闾一条脊椎，前面从胸口到"丹田"一张肚皮，中间并无可以卸拆之处，而吾乡（别处的市民听了不必多心）的贤人必强分割之为上下身——大约是以肚脐为界。上下本是方向，没有什么不对，但他们在这里又应用了大义名分的大道理，于是上下变而为尊卑，邪正，净不净之分了：上身是体面绅士，下身是"该办的"下流社会。这种说法既合于圣道，那么当然是不会错的了，只是实行起来却有点为难。不必说要想拦腰的"关老爷一大刀"分个上下，就未免断送老命，固然断乎不可，即使在该办的范围内稍加割削，最端正的道学家也决不答应的。平常沐浴时候（幸而在贤人们这不很多），要备两条手巾两只盆两桶水，分洗两个阶级，稍一疏忽不是

美刺篇

连上便是犯下,紊了尊卑之序,深于德化有妨,又或坐在高凳上打盹,跌了一个倒栽葱,更是本末倒置,大非佳兆了。由我们愚人看来,这实在是无事自扰,一个身子站起睡倒或是翻个筋斗,总是一个身子,并不如猪肉可以有里脊五花肉等之分,走出贵贱不同的价值来。吾乡贤人之所为,虽曰合于圣道,其亦古代蛮风之遗留欤。

　　有些人把生活也分作片段,仅想选取其中的几节,将不中意的梢头弃去。这种办法可以称之曰抽刀断水,挥剑斩云。生活中大抵包含饮食,恋爱,生育,工作,老死这几样事情,但是联结在一起,不是可以随便选取一二的。有人希望长生不死,有人主张生存而禁欲,有人专为饮食而工作,有人又为工作而饮食,这都有点像想齐肚脐锯断,钉上一块底板,单把上半身保留起来。比较明白而过于正经的朋友则全盘承受而分别其等级,如走路是上等而睡觉是下等,吃饭是上等而饮酒喝茶是下

等是也。我并不以为人可以终日睡觉或用酒代饭吃,然而我觉得睡觉或饮酒喝茶不是可以轻蔑的事,因为也是生活之一部分。百余年前日本有一个艺术家是精通茶道的,有一回去旅行,每到驿站必取出茶具,悠然的点起茶来自喝。有人规劝他说,行旅中何必如此,他答得好:"行旅中难道不是生活么。"这样想的人才真能尊重并享乐他的生活。沛德(W. Pater)曾说,我们生活的目的不是经验之果而是经验本身。正经的人们只把一件事当作正经生活,其余的如不是不得已的坏僻气也总是可有可无的附属物罢了;程度虽不同,这与吾乡贤人之单尊重上身(其实是,不必细说,正是相反),乃正属同一种类也。

  戈丹(Gotham)地方的故事恐怕说来很长,这只是其中的一两节而已。

十四年二月

(选自雨露、杜黎明等编:《周作人精选集》,远方出版社2004年版,第250～251页)

美刺篇

知识

在英国的诺丁汉郡,有一个叫戈丹的村落,传说这个村子的居民都是傻瓜,做的都是傻事。大约在1540年前后,有人把戈丹人干的傻事记录下来,印成了一本名叫《戈丹的聪明人》的书,一共收录了20多个小故事。美国作家华盛顿·欧文在他的文章中给纽约起了一个绰号,叫作"戈丹人的城市",这个绰号一直流传到今天。

后来,这些故事流传得越来越广,在美国甚至出现了一句俗语:"像戈丹人一样聪明",意思是指某个人就像戈丹人一样愚蠢。随着这些故事的流传,戈丹变得越来越有名,如今,英国至少有45个村子声称它们村才是戈丹人故事的发源地。

解读

一个人的身体是一个整体,硬要区别为上下身,并且冠以尊卑之别,似乎是十分滑稽且无用的事。但是一个团体或者范围扩大到一个社会,实际上也是一个整体,阶层之间的分界过于严苛以至于两极分化,就不仅仅是滑稽的问题了。不管是对待自己还是对待他人,无论是大事还是小事,上下身这样的分裂,带来的总是局限和片面,一种整体而又包容的视野,才是真正能够处理好问题的前提。

警语

人类的最大弱点之一是自命不凡的幻想。

——周作人

作揖主义

刘半农

正文

有位尹先生是我一个畏友。他与我们谈天,常说,"生平服膺'红老之学'。""红"就是《红楼梦》,"老"就是老子。这"红老之学"的主旨,简便些说,就是无论什么事,都听其自然。听其自然又是怎么样呢?尹先生说,"譬如有人骂我,我们不必还骂,他一面在那里大声疾呼地骂人,一面就是他打他自己。我们在旁边看看,也很好,何必费着气力去还骂他?又如有一只狗,要咬我们,我们不必打它,只是避开了就算。将来有两只狗碰了头,

美刺篇

他自然会互咬起来。所以我们做事，只须抬起了头，向前直进，不必在这'抬头直进'四个字以外，再管什么闲事。这就叫作听其自然，也就是'红老之学'的精神。"我想这一番话，很有些同Tolstoj的"不抵抗主义"相像，不过尹先生换了个"红老之学"的游戏名词罢了。

"不抵抗主义"我向来很赞成，不过因为他有些偏于消极，不敢实行。现在一想，这个见解实在是大谬。为什么？因为"不抵抗主义"面子上是消极，骨底是最经济的积极。我们要办事有成效，假使不实行这主义，就不免了消费精神于无用之地。我们要保存精神，在正当的地方用，就不得不在可以不必的地方节省些。这就是以消极为积极；不有消极，就没有积极。既如此，我也要用些游戏笔墨，造出一个"作揖主义"的新名词来。

"作揖主义"是什么呢？请听我说——

譬如朝晨起来，来的第一客，是位前

清遗老,他拖了辫子,弯腰曲背走进来,见了我,把眼镜一摘,拱拱手说:"你看!现在是世界不是世界了,乱臣贼子,遍于国中,欲求天下太平,非请宣统爷正位不可。"我急忙向他作了个揖,说:"老先生说的话,很对很对。领教了,再会罢。"

第二客,是个孔教会会长。他穿了白洋布做的"深衣",古颜道貌地走进来,向我说:"孔子之道,如日月经天,江河行地。现在我们中国正是四维不张、国将灭亡的时候;倘不提倡孔教,昌明孔道,就不免为印度波兰之续。"我急忙向他作了个揖说:"老先生说的话,很对很对。领教了,再会罢。"

第三客,是位京官老爷。他衣裳楚楚,一摆一踱地走进来,向我说:"人的根,就是丹田。要讲卫生,就要讲丹田的卫生。要讲丹田的卫生,就要讲静坐。你要晓得,这种内功,常做了,可以成仙的呢!"我急忙向他作了个揖说:"老先生说的话,很对很对。领教了,再会罢。"

美刺篇

第四、五客,是一位北京的评剧家,和一位上海的评剧家,手携着手同来的。没有见面,便听见一阵"梅郎""老谭"的声音。见了面,北京的评剧家说:"打把子有古代战术的遗意,脸谱是画在脸孔上的图案,所以旧戏是中国文学美术的结晶体。"上海的评剧家说:"这话说得不错呀!我们中国人,何必要看外国戏,中国戏自有好处,何必去学什么外国戏?你看这篇文章,就是这一位方家所赏识的;外国戏里,也有这样的好处么?"他说到"方家"二字,翘了一个大拇指,指着北京的评剧家;随手拿出一张《公言报》,递给我看。我一看那篇文章,题目是"佳哉剧也"四个字,我急忙向两人各各作了一个揖,说:"两位老先生说的话,很对很对。领教了,再会罢。"

第六客,是个玄之又玄的鬼学家。他未进门,便觉得阴风惨惨,阴气逼人。见了面,他说:"鬼之存在,至今日已无丝毫

经典悦读

疑义。为什么呢?因为人所居者为显界,鬼所居者,尚别有一界,名'幽界'。我们从理论上去证明他,是鬼之存在,已无疑义。从实质上去证明他,是搜集种种事实,助以精密之器械,继以正确之试验,可知除显界外,尚有一幽界。"我急忙向他作了个揖,说:"老先生说的话,很对很对,领教了,再会罢。"

末了一位客,是王敬轩先生。他的说话最多,洋洋洒洒,一连谈了一点多钟。把"中学为体,西学为用"八个字,发挥得详尽无遗,异常透彻。我屏息静气听完了,也是照例向他作了个揖,说:"老先生的话,很对很对。领教了,再会罢。"

如此东也一个揖,西也一个揖,把这一班老伯、大叔、仁兄大人送完了,我仍旧做我的;要办事,还是办我的事,要有主张,还仍旧是我的主张。这不过忙了两只手,比用尽了心思脑力唇焦舌敝地同他们辩驳,不省事得许多么?

美刺篇

何以我要如此呢？

因为我想到前清末年，官与革党两方面：官要尊王，革党要排满；官说革党是"匪"，革党说官是"奴"。这样的牛头不对马嘴，若是双方辩论起来，便到地老天荒，恐怕大家还都是个"缠夹二先生"，断断不能有什么谁是谁非的分晓。所以为官计，不如少说闲话，切切实实想些方法去捉革党；为革党计，也不如少说闲话，切切实实想些方法去革命。这不是一刀两断，最经济最爽快的办法么？

我们对于我们的主张，在实行一方面，尚未能有相当的成效，自己想想，颇觉惭愧。不料一般社会的神经过敏，竟把我们看得像洪水猛兽一般。既是如此，我们感激之余，何妨自贬声价，处于"匪"的地位；却把一般社会的声价抬高——这是一般社会心目中之所谓高——请他处于"官"的地位？自此以后，你做你的官，我做我的匪。要是做官的做了文章，说什么"有一班

经典悦读

乱骂派读书人,其狂妄乃出人意表。所垂训于后学者,曰不虚心,曰乱说,曰轻薄,曰破坏。凡此恶德,有一于此,即足为研究学问之障,而况兼备之耶?"我们看了,非但不还骂,不与他辩,而且还要像我们江阴人所说的"乡下人看告示,奉送他'一片大道理'五个字。"为什么?因为他们本来是官,这些话说,本来是"出示晓谕"以下,"右仰通知"以上应有的文章。

到将来,不幸而竟有一天,做官的诸位老爷们额手相庆曰:"谢天谢地,现在是好了。洪水猛兽,已一律肃清。再没有什么后生小子要用夷变夏,蔑污我神州四千年古国的文明了。"那时候,我们自然无话可说,只得像北京刮大风时,坐在胶皮车上一样,一壁叹气,一壁把无限的痛苦尽量咽到肚子里去;或者竟带这种痛苦,埋入黄土,做蝼蚁们的食料。

万一的万一竟有一天变作了我们的"一千九百十一年十月十日"了,那么,我

美刺篇

一定是个最灵验的预言家。我说——那时的官老爷，断断不再说今天的官话，却要说"我是几十年前就提倡新文明的。从前陈独秀、胡适之、陶孟和、周启明、唐元期、钱玄同、刘半农诸先生办《新青年》时，自以为得风气之先，其实我的新思想，还远比他们发生得早咧"。到了那个时候，我又怎么样呢？我想一千九百十一年以后，自称"老同盟"的很多，真正的"老同盟"也没有方法拒绝这班新牌"老同盟"。所以我到那时还是实行"作揖主义"，他们来一个，我就作一个揖，说："欢迎！欢迎！欢迎新文明的先觉！"

（选自林丹环主编：《中国就像棵大树》，浙江少年儿童出版社2011年版，第28～33页）

知识

新文化运动刚刚开始的时候，许多人对守旧的传统还很敬畏，对新文化运动和文学革命都缺乏足够的认识。为了宣传和号召文学革命，钱玄同与刘半农于1918年3月在《新青年》上分别扮演了正反两个角色来进行辩论。

经典悦读

钱玄同化名"王敬轩",发表了《文学革命的反响》。这篇文章以顽固派的身份,列举了新文化运动诸多的罪状与弊端,攻击《新青年》给社会造成了严重的危害;刘半农则以新文化运动的拥护者的身份,发表了以《答王敬轩》为题的长篇文章,以犀利的笔锋逐条批驳,将对方驳得体无完肤。

时代的变革势必要有先驱者,他们破旧立新的决心和勇气是时代进步的强大助力。然而,先驱者与守旧者之间的斗争与胜利的获取,并不是一蹴而就的易事,先驱者们付出的艰辛、努力与代价,当时当地,或许不足为外人道,一旦时过境迁,必然会得到后辈的敬仰和尊重。

提供笑声的人

(德)海因里希·伯尔

每当有人问我干什么工作,我就十分发窘。在其他场合下沉着自信的我这时便脸色涨红,张口结舌。我羡慕那些人,他们能自我介绍说我是瓦匠。一当我不得不

美刺篇

回答这类问题,说我是提供笑声的人时,我很嫉妒理发师,记账人和作家,因为所有这些职业说起来简单,一听就懂,无需长长地解释。而我的回答就需要再作一次解释,我不得不回答第二个提问"你靠这个生活?"并老老实实地说"是的"。我确实靠笑谋生,活得还蛮不错,因为我的笑声,用商业用语来说,是供不应求。我笑得非常好,经验丰富,无人能与我媲美,没有人能如此掌握我这一行艺术的独到之处。很长一段时间,为了避免作令人心烦的解释,我自称是演员。但我实在缺乏表演笑剧和朗诵的才能,自己觉得这个头衔太名不副实。我喜欢讲实话,实话实说,我是一个提供笑声的人。我既不是丑角,也不是喜剧演员,我扮演欢乐。我能像罗马皇帝一样笑,也可以像神经质的小学生一样笑;我既能轻松自如地发出19世纪的笑声,也同样精于17世纪的笑;如果情况需要,我可以流畅地笑出所有世纪的笑,

各阶层的人的笑,所有不同年龄人的笑。简单地说,这是我学到的一种本事,和修鞋之类的本事差不多。在我胸中贮藏着美洲的笑,非洲的笑,白色、红色、黄色的笑——只要合理付费,我就按导演的要求,使它滚滚而来。

我已是必不可少的人才。我的笑声灌进唱片,录上磁带,就是电视导演也敬我三分。我悲哀地苦笑,温文而雅、不高不低地笑,歇斯底里地狂笑。我笑得既能像公共汽车售票员,也能像杂货铺里的帮手。早晨的笑,傍晚的笑,深夜的笑,黎明的笑,一句话,若需要各种场合,各种方式的笑,我都能笑出来。

几乎用不着说这种职业是多么费劲。特别是我还掌握了发出富有感染力的笑声的技巧,这是我的拿手好戏。这样,我对三、四流喜剧演员来说是必不可少的了。他们害怕观众会漏掉他们的连珠妙语,所以大多数晚上我在夜总会度过,有点像一

美刺篇

个雇来的不露马脚的捧场的,我的任务就是当戏演到笑料不足的地方时,我发出富有感染力的笑声,不能来得太早,但也不能太迟,必须恰到好处。在事先约好的时刻我放声大笑,全场观众随我哄堂大笑,演员的笑话总算没有白说。

当我拖着疲惫的身子到更衣室,穿上大衣,为终于下班了而高兴时,回到家中我通常发现电报在等我:"急需你的笑声。周二录音。"几小时后我坐在供暖过头的快车内,悲叹我的命运。

然而,我下班后或度假时,却一点也不想笑。牧牛的忘掉牛才高兴,瓦匠不想灰浆才开心。通常木匠家里不是门有毛病就是抽屉拉不开。做糖果的好吃酸泡菜,卖肉的喜爱蛋白杏仁奶糖,面包师喜欢香肠胜过面包,斗牛士养起鸽子作为业余爱好,拳击手看到自己的孩子流鼻血会脸色发白,我觉得这些都合情合理,我下了班就从来不笑。我很严肃,大家认为我是个悲观主义者,也许还说对了呢!

在婚后头几年,妻子常对我说:"笑呀!"但后来她渐渐明白我不能满足她这一愿望。当我沉浸在严肃之中,随意放松脸部绷紧的肌肉和紧张的精神时,我感到高兴。真的,即使别人的笑声都会刺激我的神经,太容易使我联想到我的职业。因而妻子也忘了如何笑,我们婚后生活平静、安宁。有时我看到她在微笑,我也微微笑了。我们低声交谈,我厌恶夜总会的喧哗和充斥录音棚的嘈声。不了解我的人认为我沉默寡言,也许我是这样,就因为笑口太常开了。

生活中我脸上并无多少表情,仅时而露出一丝微笑。而且我常怀疑我是否真正笑过,我想没有。我的兄弟姐妹知道从小时起我一直不苟言笑。

就这样,我发出各式各样的笑声,但属于我自己的笑,我从未听到。

(选自肖时俊、赵晋英、肖江浩编:《中外名家珍品收藏馆·杂文展览厅》,新疆青少年出版社2000年版,第261～263页)

美刺篇

🅠知识

作为"二战"后德国"废墟文学"的重要作家,海因里希·伯尔1972年获得了诺贝尔文学奖。然而在1980年代的中国文坛上,伯尔并没有得到足够的重视,其诺贝尔文学奖获得者的身份也没有打动有着浓重"诺奖情结"的中国作家。伯尔在中国遭受冷遇的缘故是当时的"现代派"热潮制约了中国作家的阅读视野,导致外国文学界想让"废墟文学"为我国"新时期文学"提供参照与借鉴的想法没有实现。

🅠解读

我们生活在这个世界上,每个人都有戴面具的时候,不能说这种状态一定不好,但是言不由衷的行为做久了,一定会造成自己的本心的迷失。海因里希·伯尔所讽刺的,正是这样一种虚伪至极的生活方式。当人们都在感叹人际关系的功利与虚浮之时,从自己做起,远离复杂的伪装,也许我们能够做到的第一件事。

🅠警语

流浪人,你若抵达河岸,请告诉那里幸运的人,说我们死守承诺,长眠在这里。

——(德)海因里希·伯尔

托物喻理 以剌抒怀

美刺篇

可怕的冷静

闻一多

一个从灾荒里长成的民族,挨着一切的苦难,总像挨着天灾一样,以麻木的坚忍承受打击,没有招架,没有愤怒,甚至没有呻吟,像冬眠的蛰虫一般,只在半死状态中静候着第二个春天的来临,——这样便是今天的中国,快挨过了第七个年头的国难,它会准备再挨下去,直到那一天,大概一觉醒来,自然会发现胜利就在眼前。客观上,战争与饥饿本也久已打成一片了,因此,愈是实在的战斗员,愈有挨饿的责任,不像人家最前线的人们吃得最好最饱,我们这里真正的饿殍恰恰就是真正的兵士。抗战与灾荒既已打成一片,抗战期中的现象,便更酷肖荒年的现象了。照例是灾情愈重,发财的愈多,结果贫穷的更加贫穷,富贵的更加富贵。照例是灾情严重了,呼

吁的声音海外比国内更响，于是救济的主要责任落在外人身上，而国内人士，相形之下，便愈能显出他们那"不动心"的沉着而雍容的风度了。现在一切荒年的社会现象在抗战中又重演一次，不过规模更大，严重性更深刻些罢了。但是说来奇怪，分明是痼疾愈深，危机愈大，社会表层偏要装出一副太平景象的面孔。配合着冠冕堂皇的要人谈话和报纸社评的，是一般社会情绪——今天一个画展，明天一个堂会，"顾左右而言他"的副刊和小报一天天充斥起来，内容一天比一天软性化。从抗战开始以来，没有见过今天这样"众人熙熙，如享太牢，如登春台"的景象，这不知道是肺结核患者脸上的红晕呢，还是将死前的回光返照！

　　一部分人为着旁人的剥削，在饥饿中畜生似的沉默着，另一部分人却在舒适中兴高采烈的粉饰着太平，这现象是叫人不能不寒心的，如果他还有一点同情心与正

美刺篇

义感的话。然而不知道是为了谁的体面,你还不能声张。最可虑的是不通世故而血气方刚的青年,面对这种事实,又将作何感想?对了,怕动摇抗战,但饥饿能抗战吗?粉饰饥饿就是抗战吗?如果抗战是天经地义,不要忘记当年的青年,便是撑持这天经地义最有力的支柱,可见青年盲目而又不盲目,在平时他不免盲目,但在非常时期他永远是不盲目的。原来非常时期所需要的往往不是审慎,而是勇气,而在这上面,青年是比任何人都强的。正如当年激起抗战怒潮的是青年,今天将要完成抗战大业的力量,也正是这蕴藏在青年心灵中的烦躁。这不是浮动,而是活力的脉搏。民族必需生存,抗战必需胜利,在这最高原则之下,任何平时的轨范都是可以暂时搁置的枝节。火烧上了眉毛,就得抢救。这是一个非常时期!

如果老年人中年人能负起责任,那自然更好,但事实上,战争先天的是青年人的工作（它需要青年的体质和青年的热情），所以如果老年人中年人肯负起责任，也只是参加青年的工作，或与青年分工合作，而不是代替青年工作。战争既先天的是青年的工作，那么战时的国家就得以青年的意志为意志，虽则在战争的技术上，老年人中年人的智慧也是不可少的。

从抗战开始到今天，我们遭遇过两个关键，当初要不要抗战，是第一个关键，今天要不要胜利，是第二个关键，而第一个关键本来早已决定了第二个，因为既打算抗战，当然要胜利。但事实上目前的一切分明是朝着与胜利相反的方向发展，所以可怪的，是一部分人虽然看出方向的错误，却还要力持冷静，或从一些烦琐的立场，认为不便声张，不必声张。眼看青年完成抗战，争取胜利的意志必须贯彻，然而没有老年人中年人的智慧予以调节与指导，青年的力量不免浪费。万一还有人固执起来，利用他们的地位与力量，阻止了

美刺篇

青年意志的贯彻,那结果便更不堪设想了。时机太危急了,这不是冷静的时候,希望老年人中年人的步调能与青年齐一,早点促成胜利的来临!大众的坚忍的沉默是可原谅的,因为他们是灾荒中生长的,而灾荒养成了他们的麻木,有着粉饰太平的职责的人们是可原谅的,因为他们也有理由麻木。可是负有领导青年责任的人们,如果过度的冷静,也是可怕的,当这不宜冷静的时候!

(选自闻一多著:《闻一多作品精编》,漓江出版社 2004 年版,第 274 ~ 276 页)

知识

1946 年 7 月 15 日,李公朴的追悼会在云南大学举行,出于对闻一多安全的考虑,大会本来并没有安排他发言,但是他悲愤至极,拍案而起,慷慨激昂地演说了《最后一次演讲》,痛斥国民党特务,并坚定地宣誓说:"我们有这个信心:人民的力量是要胜利的,真理是永远存在的","我们不怕死,我们有牺牲精神,我们随时准备像李先生一样,前脚跨出大门,后脚就不准备再跨进大门!"当天下午,闻一多还主持了民主周刊社的记者招待会,进一步揭露李公朴遇害事件的真相。散会后,他在返家途中遇到国民党特务的伏击,身中十余弹后,不幸遇难。

解读

青年应该是一个社会当中最具有生产力、创造力和责任感的群体,他们的能力和优势不仅来自于他们健硕的身体,而更重要的是来自于他们的激情,这激情在战争年代是勇往直前、抵抗外辱的动力,在被压迫的年代是奋起反抗、去除剥削的不屈意志,在和平年代是推动改革和社会进步的源泉,社会的完善和发展,光靠冷静是做不到的,有激情,才能有奋进。

警语

青春像只唱着歌的鸟儿,已从残冬窗里闯出来,驶放宝蓝的穹窿里去了。

——闻一多

论政治病

林语堂

正文

曲斋老人解"父母惟其疾之忧",说要

美刺篇

人常患政治病,病就是下台,所以做父母的每引为忧。我想政治病,虽不可常有,亦不可全无。姑把我的意见,写下来如左。

我近来常常感觉,平均而论,在任何时代,中国的政府里头的血亏、胃滞、精神衰弱、骨节酸软、多愁善病者,总比任何其他人类团体多,病院,疗养院除外。

自袁世凯之脚气,至孙中山之肝癌,以及较小的人物所有外内骨皮花柳等科的毛病合起来,几乎可充塞任何新式医院,科科住满,门门齐备了。在要人下野电文中比较常见的,我们可以指出:脑部软化、血管硬化、胃弱、脾亏、肝胆生石、尿道不通、牙蛀、口臭、眼红、鼻流、耳鸣、心悸、脉跳、背瘫、胸痛、盲肠炎、副睾丸炎、糖尿、便闭、痔漏、肺痨、肾亏、喇叭管炎……还有更文雅的,如厌世、信佛、思反初服、增进学问、出洋念书、想妈妈等(毛病就在古文的不是,"养疴"二字若不是那样风雅,就很少人要生病了)

经典悦读

……总之，人间世上可有之病，五官脏腑可反之常，应有尽有了。只有妇科不大有。其理由是中国女子上台下台者尚少，不然一定子宫下坠，卵巢左倾等等，也都不至无人过问了。同时一人可以兼有数病，而精神衰弱必与焉。

我已说过，政治病虽不可常有，亦不可全无。各人支配一二种，时到自有用处。凡上台的人，都得先自打算一下：我是要选哪一种呢？病有了，上台后，就有恃无恐，说话声音可以放响亮些。比方你是海军总长，而想提出一扩充海军增加预算的议案在阁议上通过，你若没有膀胱发炎或是失眠症，那个预算便十九没有通过的希望。假定你膀胱不能发炎，而财政部长却能血管硬化，（血压太高）他便占优势，而你立下风了。财政部长要对你说："在这国帑空虚民穷财尽之时，你若坚持增加预算，我只好血压增高而辞职了。"那时你有什么办法？但假使你有膀胱发炎，你便有法宝

美刺篇

在身了。你说:"你真不给我钱,我膀胱就得发炎了。"这样旗鼓相当,财政部长遂亦无话可说。此时行政院长若有看我点机智,他必拉你在旁附耳说:"老兄,你也不必这样坚持,财某的脾气是你所晓得的。我上回风湿都压不住他。他说要血压高,就一定血压高起来,在这外攻内患之时,大家应当精诚团结才好。所以兄弟说,你也不必坚持膀胱发炎了。改为失眠何如?你到汤山静养几天,而我也劝劝财某血压不要一定高,改为感冒,和衷共济,大事化为小事;小事化为无事,不就得了吗?"不一会,你已经驱车直出和平门。在汤山的路上了,而那海军预算提案也正在作宰予的昼寝。

我并非说,我们的要人的病都是假的。患痔漏的要人,委实痔漏,怔忡症的政客也委实怔忡。我知道阎锡山真正患过长期痢疾,那是阿米巴作祟。社会已经默认痢疾是阎先生的专门了,而我并不反对。同经典悦读

样的,冯玉祥上泰山时,也真正有咳嗽。我们所要指出的是,凡要人都应该有相当的病菌蕴伏着,可为不时之需,下野时才有货真价实的病症及医生的证书可以昭示记者。假定我做官,我不想发糖尿,尿而可糖,未免太笑话,西医的话本来就靠不住。大概肠胃中任何症都使得。我打算要有一个完全暴弃的脾胃及颓唐萎靡的神经。

我所以取消化病者,有以下的理由。做了官,这种病必定会发的,而且也合乎"吾从众"的古训。自然,我此刻有十分健全的脾胃,除了橡皮鞋以外,咽得下去的保管消化得来。但是无论你先天赋与的脾胃怎样好,也经不起官场酬应中的糟塌。我知道,做了官就不吃早饭,却有两顿中饭,及三四顿夜饭的饭局。平均起来,大约每星期有十四顿中饭,及廿四顿夜饭的酒席。知道此,就明白官场中肝病胃病肾病何以会这样风行一时。所以,政客食量减少消化欠佳绝不希奇。我相信凡官僚都

美刺篇

贪食无厌；他们应该用来处理国事的精血，都挪起消化燕窝鱼翅肥鸭焖鸡了。据我看，除非有人肯步黄伯樵、冯玉祥的后尘，减少碗菜，中国政客永不会有精神对付国事的。我总不相信，一位饮食积滞消化欠良的官僚会怎样热心办公救国救民的。他们过那种生活，肝胃若不起了变化，不是奇事。我意思不过劝劝他们懂一点卫生常识，并提醒他们，肾部操劳过甚，是不利于清爽的头脑的。有人说谭延闿满腹经纶，我却说他满腹燕窝鱼翅。谭公为什么死啊？

闲话不提，总而言之，我们政府中比世界任何政府中较多闭结、脚气、肺痨、痔漏、神经衰弱、肚肠传染、膀胱发炎、肾部过劳、脾胃亏损、肝部生癌、血管硬化。脑汁湖涂的人物，人人在鞠躬尽瘁为国捐躯带病办公，人人皮包里公文中夹杂一张医生验症书，等待相当时机，人人将此病症书招示记者赶夜车来沪进沪西上海疗养院"养疴"去。疗养院的外国医生哪

里知道,那早经传染的脏腑及富于微菌的尿道,是他们政治上斗争的武器及失败后撒娇的仙方。

(选自林语堂著:《人生不过如此》,陕西师范大学出版社2007年版,第157～159页)

知识

林语堂时时刻刻都惦记着他的乡音——闽南话。他幼年在平和坂仔出生并长大,后来到厦门就读,闽南话作为母语浸润到他生命深处。他在《来台后二十四快事》中,不仅把听乡音的快乐列在其中,而且还排在第二和第三位。林语堂的许多文章中都融入了闽南文化的元素,其中体现最为集中的是他1963年写的自传体小说《赖柏英》,在书中,闽南语、闽南风俗都充分地得到了表现。

解读

民国末期官场奢靡,世风日下,官员们不问政事,只顾中饱私囊。这种黑暗的社会现实激起了很多作家的挞伐,但是林语堂的笔触却极其独特。他的讽刺亦庄亦谐,幽默而不荒唐;深入浅出,让人在明白的同时进行思考,在滑稽可笑处,进行一种心灵的启悟,可谓鞭辟入里,自成一格。

 美刺篇

　　艺术应该是一种讽刺文学,对我们麻木了的情感、死气沉沉的思想,和不自然的生活下的一种警告。它教我们在矫饰的世界里保持着朴实真挚。

——林语堂

观　刈　麦

白居易

　　田家少闲月,五月人倍忙。
　　夜来南风起,小麦覆陇黄。
　　妇姑荷箪食,童稚携壶浆,
　　相随饷田去,丁壮在南冈。
　　足蒸暑土气,背灼炎天光,
　　力尽不知热,但惜夏日长。
　　复有贫妇人,抱子在其旁,
　　右手秉遗穗,左臂悬敝筐。
　　听其相顾言,闻者为悲伤。

家田输税尽，拾此充饥肠。
今我何功德？曾不事农桑。
吏禄三百石，岁晏有余粮，
念此私自愧，尽日不能忘。

（选自黄毅、黄钰编选：《中国最美古诗词》，凤凰出版社2012年版，第70页）

知识

新乐府，是相对古乐府诗而言的。这一概念首先是由白居易提出来的，他把担任左拾遗时写的"美刺比兴"风格的50多首诗编为《新乐府》诗集。新乐府有三大特色：一是使用新题。建安以来的诗人创作乐府诗，往往沿用古题，不仅内容被限制，而且文题不协调。白居易以新题写诗，故新乐府又名"新题乐府"。二是写时事。建安后的诗人也有自创新题的，但大多不写时事。既用新题，又写时事，始于杜甫。白居易继承其传统，以新乐府专门美刺现实。三是不以入乐与否为衡量标准。

解读

白居易写讽喻类的时事诗最重视人间疾苦，因为他的目的是让当权者能够得知，从而改变底层人民的生活境况，因此他尽量做到鲜活真切、生动感人。这首诗写夏收时节农民割麦时的艰辛劳碌的景象，不仅写出了劳动的辛苦，

美刺篇

而且写出了赋税压迫的繁重,是诗人用心良苦的杰作。

七 步 诗
曹 植

正文

煮豆持作羹,
漉菽以为汁。
萁在釜下燃,
豆在釜中泣。
本是同根生,
相煎何太急?

(选自雅瑟、舟东编著:《最美丽的古典诗词大全集》,新世纪出版社2012年版,第149页)

知识

曹植的诗以笔力雄健和词采如画闻名于世,他最初留有集30卷,已佚,现存的《曹子建集》是宋人所编。曹植的散文同样具有"情兼雅怨,体被文质"的特点,因此称得上是在文学上取得了卓越的成就。南朝宋文学家谢灵运有"天下才有一石,曹子建独占八斗"的评价,认经典悦读

为他文采出众。《诗品》的作者钟嵘也盛赞曹植。王士祯更是说,汉魏以来两千年间的诗人,能称得上是"仙才"的,唯有曹植、李白、苏轼三人。

这首诗表现的是曹植的急智。曹植写兄弟情是迫于无奈的,因为其兄对其实际上是绝情的。如果不写手足情,就会被迫害致死;如果写了,又有违自己的风骨和良心。在这种情况下,他还能够巧设妙喻,字字珠玑,如此悲切动人地反讽兄长的冷酷与残忍,出众的才华与丰沛的情感变成了一声喟叹,正是这样的真挚,才能让千百年来的读者唏嘘不已。

东海广且深,由卑下百川;五岳虽高大,不逆垢与尘。

——曹植

人 力 车

俞平伯

妻说,"近来人力车夫的气分似乎不如

美刺篇

从前了"。虽曾在《呓语》中(《杂拌》二末页)说过那样的话,而迄现在,我是主张有人力车的。千年前的儒生已知道肩舆的非人道,而千年以后,我还要来拥护人力车,不特年光倒流,简直江河日下了。这一部二十五史真有不知从何说起之苦。

原来不乘人力车的,未必都在地上走,乘自行车怕人说是"车匪",马车早已没落,干脆,买汽车。这不但舒服阔绰,又得文明之誉,何乐不为?反之乘人力车的,一、比上不足,不够阔气,二、不知道时间经济,三、博得视人如畜的骂名,何苦?然则舍人用汽者,势也,其不舍人而用汽者,有志未逮也。全国若大若小布尔乔亚于民国二十四年元旦,一律改乘一九三五年式的美国汽车,可谓堂而皇之,猗欤盛哉,富强计日而待也,然而惨矣。

就乘者言之,以中夏有尽之膏腴塞四夷无穷之欲壑,亡国也就算了,加紧亡之胡为?其亦不可以已乎?此不可解者一也。

经典悦读

夫囊中之钱一耳,非有恩怨亲疏于其间也,以付外汇则累千万而不稍颦其眉,稍颦其眉,则"寒伧"矣,不"摩登"矣。以付本国苦力,则个十位之铜元且或红其脸,何其颠倒乃尔?其悖谬乃尔?此不可解者二也。

就拉者言之。牛马信苦,何如沟壑?果然未必即填,而跃跃作欲填之势。假如由一二人而数十百人,而千万人,而人人,皆新其车,为"流泉",为"雨点",……则另外一些人,沟壑虽暂时恕不,而异日或代之以法场,这也算他有自由么?这也算伊懂人道么?其不可解者三也。

我们西洋是没有轿子人力车的。洋车呼之何?则东洋车之缩短也,即我大日本何如你支那车多。故洋车者中国之车也,汽车者洋车也,必颠倒其名实,其不可解者四也。

古人惟知服牛乘马,以人作畜,本不为也,荆公之言犹行古之道也。然古今异

美刺篇

宜,斯仁暴异矣。又今之慕古者能有几人,还是"外国人吃鸡蛋所以兄弟也吃鸡蛋"这句话在那边作怪。情钟势耀,忍俊不禁,彼且以为文野之别决于一言也,斯固难以理喻耳。

我主张有人力车,免得满街皆"汽"而举国为奴,犹之我主张有鸦片,以免得你再去改吃白面。

若尽驱拉车的返诸农工,何间然哉,而吾人坐自制的蹩脚汽车,连轮比轸,动地惊天,招摇而过市,其乐也又甚大。想望太平,形诸寤寐,俟河之清,人寿几何。数十寒暑已得其半,则吾生之终于不见,又一前定之局也。

人力车夫的气分渐渐恶劣,许是真的,我想起妻今晨这一句说话。

二三年国庆后二日

(选自肖时俊、赵晋英、肖江浩编:《中外名家珍品收藏馆·杂文展览厅》,新疆青少年出版社2000年版,第128~130页)

经典悦读

知识

俞平伯的散文风格属于"美文"一派。著名散文集有《燕知草》和《杂拌儿》,《桨声灯影里的秦淮河》是他散文的代表作。虽然他的散文用笔细腻、意境朦胧而灵动、闲适而伤感,但是他上课却极具真性情。当年他在北京大学讲宋词,总是读一首词——不是朗读,而是摇头晃脑地吟诵,然后说,"好,真好!"再读一首词,又是"好,真好!"第三首,亦复如是,第四首……下课。学生们都为他的直接而感叹。

解读

俞平伯写散文,向来细腻温婉,笔浓而意淡。但是到了杂文这个领域,却是用笔辛辣,借物抒怀,情感真挚而直接。本文看似写人力车,实则以小见大地从车的选择当中揭露了当时国人崇洋媚外、低声下气的奴性,看似将人道忽略不计,实则最为真切地晓谕读者为国为人的尊严。

警语

一个人的伟大,首先是灵魂的伟大,其次才是才华的出众以及取得的成就。

——俞平伯

借古讽今 胸怀天下

诗经·大雅·荡

荡荡上帝,下民之辟①。
疾威上帝,其命多辟。
天生烝民,其命匪谌②?
靡③不有初,鲜克有终。

文王曰咨!咨女殷商。
曾是强御?曾是掊克④?
曾是在位?曾是在服?
天降滔德⑤,女兴是力!

文王曰咨!咨女殷商。
而秉义类⑥,强御多怼。
流言以对,寇攘式内。
侯作侯祝,靡届靡究。

文王曰咨!咨女殷商。

美刺篇

女炰烋^⑦于中国,敛怨以为德。
不明尔德,时无背无侧。
尔德不明,以无陪无卿?

文王曰咨!咨女殷商。
天不湎尔以酒,不义从式。
既愆尔止,靡明靡晦。
式号式呼,俾昼作夜。

文王曰咨!咨女殷商。
如蜩如螗,如沸如羹。
小大近丧,人尚乎由行。
内奰于中国,覃及^⑧鬼方。

文王曰咨!咨女殷商。
匪上帝不时,殷不用旧。
虽无老成人,尚有典刑。
曾是莫听?大命以倾。

文王曰咨!咨女殷商。

人亦有言:"颠沛之揭,
枝叶未有害,本实先拨。"
殷鉴不远,在夏后之世。

注释

①辟:国君。

②谌:诚然,诚实。

③靡:不,莫。

④掊克:聚敛贪残。

⑤滔德:慢德,指害人之政。

⑥义类:善良的人。

⑦炰烋(páo xiāo):咆哮,狂叫,怒吼。

⑧覃及:蔓延。

(选自周銮书选注:《众妙之门——中华传世作品300篇》,江西人民出版社2005年版,第5~6页)

知识

《大雅》是《诗经》二雅之一,也是先秦时代的华夏诗歌,共31篇。《大雅》的作品大部分作于西周前期,作者大都是贵族,有高尚雅正的取向。旧训雅为正,所以称《大雅》为诗歌之正声。

南朝宋谢灵运的诗《拟魏太子〈邺中集〉·王粲》与唐太宗李世民的诗《赐萧瑀》当中都有"板荡"之说。

 美刺篇

《板》、《荡》是指《诗经·大雅》中的两首诗篇,在后世被连在一起用以代指政局混乱或社会动荡,都是讽刺周厉王无道之作。

以史为鉴,可以知兴替,可以知得失,这个道理古已有之。周厉王昏庸残暴,对谏议他的人戕害不绝,因此,当时的西周百姓虽然生活困苦,但是敢怒不敢言。这首诗借古讽今,看似说的是商纣王的暴虐,实际上是在谴责周厉王,"殷鉴不远,在夏后之世"所要表达的意思也就是"周鉴不远,在殷后之世"了。

庄周买水

刘 征

潮流不可阻挡,连梦想化为蝴蝶的庄周也变了。他的呕心之作《南华经》因征订数只有三本,被出版社恭恭敬敬退了回来。他一气之下弃文从商,在他小伫濠梁之上领悟了鱼的乐趣之后,居然想养鱼致

经典悦读

富,挖起鱼塘来了。

养鱼得有水,天大旱,水十分紧俏,到哪里去买水呢?庄周首先想到的是东海的尊神若大人,这位大人是专管水的。他走了10天10夜,来到若大人的办事处。办事处的门上吊着一把大锁,旁边的通告牌上写着"水每吨1元 无货",看得出来,"无货"两个大字是后来写上去的,写的是苍颉体,苍劲有力。

庄周挨了"苍颉体"当头一棒,几乎哭出来,看那边走来一位西装笔挺的办事员,连忙迎上去苦苦哀求。那人说:"没货,一滴也没有。听说河伯那里也许有些存项,你快去问问吧。"

庄周又走了10天10夜,来到河伯的办事处。一位长发披肩的女秘书挺和气地对他说:

"咱这河里的水,是从东海议价买来的。您是明白人,每吨当然不止1元。我们的售价是每吨10元,盈利不多呢!有没有货,我给

美刺篇

您问问。"她挂了个电话,耸耸肩说:"Sorry,没货了。但,我可以帮忙弄到100吨,好处费每吨只要两块钱。拿着我的信去找壕梁管理处的吴主任,他有办法。"庄周接过信往外走,听得背后一声"拜拜",吓了一跳。

庄周又走了10天10夜来到壕梁。这里他虽然曾来旅游,可是这一回心情不同,鱼的乐趣早已抛到九霄云外了。因为有女秘书的信,庄周受到热情款待。把他让到外宾接待室里,还递过易拉罐可乐。吴主任又黑又圆的脸上凝着经久不息的笑容:

"嘿嘿,庄老,您要养鱼!您这么大学问,准能发财!有河伯那边的信,您要的货,再困难我们也得帮忙。100吨就100吨!我们的水,是从河伯那里议价买来的。我们的出售价是每吨100元。您是高级知识分子,九折优惠。您办起渔场来,往后吃鱼什么的,还要您多关照啊。"

庄周东挪西借好不容易凑足了4700块钱。这一天他来取水。可是,吴主任收了

经典悦读

款,却只给了他一张提货单,要他到东海去取水。

"这是怎么回事?"庄周疑惑地问。

"哈哈,庄老!别看您学问大,可对这水的买卖您不大在行哩!河伯从东海买到水。买是为了卖,为了赚钱。卖水多麻烦,不如卖提货单,一转手把提货单卖给我们了。我们也是一样,再转手卖给了您。提货单尽管卖来卖去,水还躺在东海,纹丝儿没动。您是用水户,不到东海取水,哪里有水呢?"

"可是,原来的价钱每吨才1元。"

"不错,这么一转悠,涨了几十倍。生财有道嘛!就是买主儿吃点亏。可是买主儿有的是钱,这么贵还是抢着买哩。您老早就万元户了吧?光稿费就够肥的,现今又要养鱼。哈哈!"

庄周揣着提货单,赶着一辆大车,车上载着空水桶,急急忙忙向东海进发。又饥又渴又热又气恼,半路上实在挪不动了,

美刺篇

坐在路边休息。忽然听到一个微弱的声音:

"只要有一勺水我就活命了,救救我吧!"

庄周顺着声音看去,原来呼救的是躺在车辙里的一条小鱼,拍着尾巴,两鳃一张一合艰难地呼吸着。

庄周睁大了眼睛,不说也不动,好像一段干木头,只有棘刺般的花白胡子在微微颤抖。

猛听得一声雷响,油然云起,长养万物的甘霖就要下来了。庄周霍地跃起,敲着空桶唱道:"秋水时至,百川灌河,泾流之大,两岸渚崖之间不辨牛马……"

(选自袁鹰编:《华夏二十世纪散文精编》,华夏出版社1995年版,第403~404页)

知识

刘征,中国作家协会会员。自幼爱好文学,在中学时,先是学习美术和古典诗歌,后来就开始学习写新诗。在新中国成立后的几十年里,他一直从事教育工作和编辑工作,曾任人民教育出版社副总编辑、编审。长期以来,刘征主要从事寓言诗和讽刺诗的写作,诗集有《海燕

戒》、《花神和女神》、《鸮鸣集》、《刘征寓言诗》等。

解读

刘征的杂文思维十分跳跃,常有新意。这篇文章旨在指出市场经济所带来的商品化给社会和人民带来的负面影响,揭露了有人借着崭新的社会风潮牟利的投机行为。但是文章却援引了《庄子》中的典故和人物形象,看似荒诞,实则深刻。

咏史八首·其二

左 思

正文

郁郁涧底松,离离山上苗。
以彼径寸茎,荫此百尺条。
世胄蹑高位,英俊沉下僚。
地势使之然,由来非一朝。
金张藉旧业,七叶珥汉貂。
冯公岂不伟?白首不见招。

(选自张建华、隋庆隆著:《历代诗词哲学思想选析》,北京大学出版社 2007 年版,第 42 页)

美刺篇

知识

左思写作《齐都赋》的时候，历时一年才写成。后来又想写《三都赋》，就专程去拜见著作郎张载，向他讨教四川的情况。构思十年，终有所成。左思认为自己见识不多，就要求担任秘书郎一职。等到《三都赋》写成后，当时的人却没有重视它。左思认为自己的文章不比班固逊色，担心它被埋没，因此又去拜访皇甫谧，把《三都赋》呈给皇甫看。皇甫谧称赞左思的赋写得好，并为他的赋写了序。

解读

《咏史八首》看似咏史，实则察今。在晋代的官场上，高门世族往往身居要职，而寒门子弟纵使才高八斗，也由于出身的限制，很难有所作为。左思以小树和冯唐为喻，说的就是人生而平等、因此机会应该均等这样一个简单的道理。

警语

英雄有迍邅，由来自古昔。
何世无奇才，遗之在草泽。

——左思

谈谈李莲英——一代杰出的奴才

秦 牧

每年双十节的各报纪念特刊的文章里面,除了谈经济论建设的一类大文外,还有一些因感念"鼎革"而想起逊清遗事的小文章,慈禧太后、赛金花、袁世凯照例是好材料,今年也然。但我很奇怪,为什么不谈谈权监李莲英呢?作为阻挠、破坏维新运动的要角,除了那个老太婆之外,不是什么刚毅、徐桐,而是袁世凯、李莲英这些人物。掌兵权的,当贴身奴才的,一向是主子最好的爪牙,在一部专制史上,左右政治的力量一向握在他们手里。辛亥革命之后,这两个宝贝,袁世凯当了总统,李莲英在北京做了大商人。这种人的飞黄腾达,正象征辛亥革命的软弱。

杨村彬的《清宫外史》,从第一部到第三部,李莲英正像一个鬼魂似的一直控制

美刺篇

着全剧,在慈禧面前说话最多的是他,监督光绪的是他,和王公大臣来来往往的是他,推珍妃下井的是他。德菱"公主"的两部关于清宫内幕的大著,李莲英的音容笑貌也一直浸透全书。这是个一代杰出的奴才,他不像历史上其他的权阉,玩弄权柄到头来总是把性命送掉,他"全首领以终",而照中国纵横之士的看法,"全首领以终",较之"二十年后又是一条好汉"的伟大得多了。

除了正史稗史的记载,生在我们这个时代的人,是时常可以听到一些清宫秘闻的。这些秘闻,不一定笔之于书,但因为白头宫女、驼背太监(直到溥仪第三次在皇座跌下来时这些白头太监还有的跟在他身边),王公贝勒的子孙,大臣督抚的后代还有不少生活在我们的周围,这些故事就由他们保留下来了!有一些秘闻是关于李莲英的,据说李的花言巧语,殷勤周到,太监宫女还有人学得到,但是他服侍的本

经典悦读

领和技术,就无人可及了。《清宫外史》一剧中,只提到李梳头的本领,据"老北京"们说,他的按摩和说诗也极其高强。他每天早晚入内宫二次,早晨四时或者六时,李便走入慈禧寝宫,跪在榻前特置的红绒毡上,不敢启开帷幕,恐怕惊了"驾",李以右手入内,由被角伸入,轻轻拭拂,先由慈禧上半身按摩,然后及两手臂,最后腿部,每部分三五十次不等,除了不方便的地方外,其他各处都要拭拂。如果慈禧睁开眼睛醒了说"你来了",李必定回答说:"已来很大的时间了,祖宗今天舒服吗?"如果慈禧将要临朝,李必定禀报说:"天气不早了,诸王公大臣现已到齐,请祖宗起来吧!"如慈禧睡熟,李必定一声声轻轻的呼叫祖宗,直到醒而后已。每天夜里,宫女侍慈禧就寝完了,慈禧也必宣李入内,李仍跪在"御榻"前的红毡上,启被用手按摩,按摩至慈禧入睡为止。慈禧睡熟,李必定小声说:"祖宗,我走了。"三叩头

美刺篇

而后退。倘若慈禧说:"你下去吧!"李必不动,一定要侍候睡熟然后退出。其他内监召入按摩,不是手重了疼痛,就是手轻了作痒,常被呵斥,甚至有受杖责的,唯有李莲英的按摩,恰到好处,可以想见此阉是会耗去极大的精力学习这种技术的。

李莲英又有一套本领,就是说书。他常常给慈禧说《三国》、《小五义》、《永庆升平》、《西游记》、《石头记》、《聊斋》等,据传都说得丝丝入扣,用种种音容笑貌博得慈禧一笑,常常因说书而厚获赏金。李的说书,退后也作准备,使第二天说来字义不致差错。总之,他做这份奴才实在赔掉不少心机就是了。

从这些小事看来,李的荣任总管,左右慈禧,权倾一世,使一些夤缘奔竞的督抚大臣,见到他像是见到老子,原因是很易索解的。在那种专制时代,他只要博得高高在上者一人的欢心,就安如磐石,任何力量都不能撼他分毫。为博得这份欢心,

经典悦读

他下的苦功是惊人的,梳头、按摩、说书这些侍奉的技术都到了全宫无敌的地步——自然这也可以解释为慈禧的偏爱,但偏爱不是从天而降的,偏爱有偏爱的条件,作为一个杰出的奴才看,李实在很早地就完成这些条件的准备工作了。

任何奴才都是谄上骄下、作威作福的。李莲英对慈禧恭顺到连她睡觉了都要叫声祖宗三叩头然后退,媚若无骨,对小太监小内侍的威风可就够瞧了!事实上好些内侍以至光绪的爱妃都死在他的手里。德菱的书中描写他的笑声,说他常常向人作着阴谋、诡诈、得意忘形、令人战栗的声音,作这种笑声的人和一般人如何相处是可以想象得知的。谄上骄下是奴才总管最基本的性格,越谄上骄下得厉害的就在专制时代越成为一个人物,那种"谄"被视为手腕,那种"骄"被视为气派,这种手腕与气派,在专制时代一直被视为是"才干"。凡与这才干背道而驰的,非乡愚,即书呆,

美刺篇

阿Q孔乙己之流而已。今日这种观念并未死亡，只因专制时代事实上并未完全渡过的缘故。

李莲英谄上骄下、纵横捭阖的手段，都达到炉火纯青的地步，唯其如此，所以成为一代杰出的奴才。我们现在每逢想起"圣朝人物"，似乎很少提及李莲英，事实上这个人是和慈禧、溥仪、徐桐、李鸿章、赛金花、袁世凯这些人同样富有作为一面"镜子"的意义的。李鸿章型的人如存在，证明"国势"并未十分进步；徐桐型的人如存在，证明所谓欢迎德先生赛先生也者全是鬼话；袁世凯型的人如存在，证明"国步"还实在艰难，未可心存侥幸；李莲英型的人如存在，又证明弄权的专制制度必未死亡。

"龙生龙，凤生凤，老鼠的儿子打窟窿"。什么戏班唱什么戏，什么配角跟什么角儿，是分毫不差的。

（选自马晓声选编：《横戈凌风——〈野草〉散文随笔选萃》，天津人民出版社1998年版，第139～142页）

经典悦读

知识

秦牧从1940年代初期开始从事文学创作,《秦牧全集》的作品有将近500万字,并且体裁丰富,有杂文、小说、散文、儿童文学、艺术理论和科普小品等。秦牧有"散文大师"的美誉,先后创作了六七百篇散文,出版了十多本散文集。文艺随笔集有《艺海拾贝》和《语林采英》;中篇小说有《黄金海岸》,中短篇小说集有《盛宴前的疯子演说》,长篇小说有《愤怒的海》;文学生涯回忆录有《寻梦者的足印》;等等。

解读

作者看似写李莲英的媚上欺下,实则是讽刺当时那些诌媚当局、欺压大众的弄权人士,秦牧从这些人身上不仅看到了封建残余的专制思想,而且看到了最阻碍民族独立和进步的"奴"性。借李莲英来表达,既风趣戏谑,又尖锐犀利。

警语

仪表、衣着、装饰的美好固然可以给人以美感,而心灵的美、智慧的美、行为的美所能够激发起人们的美感,总是要比前者强烈得多,外表美的缺陷可以用内心美来弥补,而心灵的卑污却不是外表美可以抵消的。

——秦牧

 美刺篇

《名人传》引

（法）罗曼·罗兰

我们周围的空气多沉重。老大的欧罗巴在重浊与腐败的气氛中昏迷不醒。鄙俗的物质主义镇压着思想，阻挠着政府与个人的行动。社会在乖巧卑下的自私自利中窒息以死。人类喘不过气来。——打开窗子吧！让自由的空气重新进来！呼吸一下英雄们的气息。

人生是艰苦的。在不甘于平庸凡俗的人，那是一场无日无之的斗争，往往是悲惨的，没有光华的，没有幸福的，在孤独与静寂中展开的斗争。贫穷，日常的烦虑，沉重与愚蠢的劳作，压在他们身上，无益地消耗着他们的精力，没有希望，没有一道欢乐之光，大多数还彼此隔离着，连对患难中的弟兄们一援手的安慰都没有。他们不知道彼此的存在。他们只能依靠自己；

经典悦读

可是有时连最强的人都不免在苦难中蹉跌。他们求助,求一个朋友。

为了援助他们,我才在他们周围集合一般英雄的友人,一般为了善而受苦的伟大的心灵。这些《名人传》不是向野心家的骄傲申说的,而是献给受难者的。并且实际上谁又不是受难者呢?让我们把神圣的苦痛的油膏,献给苦痛的人罢!我们在战斗中不是孤军。世界的黑暗,受着神光烛照。即是今日,在我们近旁,我们也看到闪耀着两朵最纯洁的火焰,正义与自由:毕加大佐和蒲尔民族。即使他们不曾把浓密的黑暗一扫而空,至少他们在一闪之下已给我们指点了大路。跟着他们走吧,跟着那些散在各个国家、各个时代、孤独奋斗的人走吧。让我们来摧毁时间的阻隔,使英雄的种族再生。

我称为英雄的,并非以思想或强力称雄的人;而只是靠心灵而伟大的人。好似我们之中最伟大的一个,就是我们要叙述

美刺篇

他的生涯的人所说的:"除了仁慈以外,我不承认还有什么优越底标记。"没有伟大的品格,就没有伟大的人,甚至也没有伟大的艺术家、伟大的行动者;所有的只是些空虚的偶像,匹配下贱的群众的:时间会把他们一齐摧毁。成败又有什么相干?主要是成为伟大,而非显得伟大。

这些传记中的人的生涯,几乎都是一种长期的受难。或是悲惨的命运,把他们的灵魂在肉体与精神的苦难中磨折,在贫穷与疾病的铁砧上锻炼;或是,目击同胞受着无名的羞辱与劫难,而生活为之戕害,内心为之碎裂,他们永远过着磨难的日子;他们固然由于毅力而成为伟大,可是也由于灾患而成为伟大。所以,不幸的人啊!切勿过于怨叹,人类中最优秀的和你们同在。汲取他们的勇气做我们的养料罢;倘使我们太弱,就把我们的头枕在他们膝上休息一会罢。他们会安慰我们。在这些神圣的心灵中,有一股清明的力和强烈的慈爱,像激流一般飞涌出来。甚至毋须探询他们的作品或倾听他们的声音,就在他们的眼里,他们的行迹里,即可看到生命从没像处于患难时的那么伟大,那么丰满,那么幸福。

(选自林琛编:《灵魂的港湾》,江苏文艺出版社1996年版,第158～160页)

知识

20世纪初,罗曼·罗兰连续写了几部名人传记:《贝多芬传》(1902)、《米开朗琪罗传》(1905)和《托尔斯泰传》(1911)等。同时发表了长篇小说杰作《约翰·克利斯朵夫》(1904—1912)和《母与子》(旧译《欣悦的灵魂》)(1922—1933),这两部作品是他的小说代表作,而其中写成10卷的长篇小说《约翰·克利斯朵夫》中的主人公颇有点作家本人的抱负,作品被高尔基称为"长篇叙事诗",也被誉为20世纪最伟大的小说。

解读

罗兰写作英雄传记,为的是锻造自己,也为了给苦难中的大众以安慰。在一个物质生活极度丰富而精神生活相对贫乏的时代,在一个人们躲避崇高、放弃崇高而自甘平庸的时代,《名人传》给予读者的也许更多的是尴尬,因

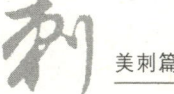美刺篇

为这些巨人的生涯就像一面明镜,使人们的卑劣与渺小无所遁形。但是对于今天的我们来说,巨人的风骨是我们能够得到激励和安慰的资源。

  不要为过去的时间叹息!我们在人生的道路上,最好的办法是向前看,不要回头。

——(法)罗曼·罗兰

寓意深挚　举重若轻

美刺篇

灯下漫笔

（节选）

鲁 迅

一

有一时，就是民国二三年时候，北京的几个国家银行的钞票，信用日见其好了，真所谓蒸蒸日上。听说连一向执迷于现银的乡下人，也知道这既便当，又可靠，很乐意收受，行使了。至于稍明事理的人，则不必是"特殊知识阶级"，也早不将沉重累坠的银元装在怀中，来自讨无谓的苦吃。想来，除了多少对于银子有特别嗜好和爱情的人物之外，所有的怕大都是钞票了罢，而且多是本国的。但可惜后来忽然受了一个不小的打击。

就是袁世凯想做皇帝的那一年，蔡松坡先生溜出北京，到云南去起义。这边所受的影响之一是中国银行和交通银行的停止兑现。

虽然停止兑现，政府勒令商民照旧行用的威力却还有的。商民也自有商民的老本领，不说不要，却道找不出零钱。假如拿几十几百的钞票去买东西，我不知道怎样，但倘使只要买一枝笔，一盒烟卷呢，难道就付给一元钞票么？不但不甘心，也没有这许多票。那么，换铜元，少换几个罢，又都说没有铜元。那么，到亲戚朋友那里借现钱去罢，怎么会有？于是降格以求，不讲爱国了，要外国银行的钞票。

但外国银行的钞票这时就等于现银，他如果借给你这钞票，也就借给你真的银元了。

我还记得那时我怀中还有三四十元的中交票，可是忽而变了一个穷人，几乎要绝食，很有些恐慌。俄国革命以后的藏着纸卢布的富翁的心情，恐怕也就这样的罢；至多，不过更深更大罢了。我只得探听，

美刺篇

钞票可能折价换到现银呢？说是没有行市。幸而终于，暗暗地有了行市了：六折几。我非常高兴，赶紧去卖了一半。后来又涨到七折了，我更非常高兴，全去换了现银，沉垫垫地坠在怀中，似乎这就是我的性命的斤两。倘在平时，钱铺子如果少给我一个铜元，我是决不答应的。

但我当一包现银塞在怀中，沉垫垫地觉得安心，喜欢的时候，却突然起了另一思想，就是：我们极容易变成奴隶，而且变了之后，还万分喜欢。

假如有一种暴力，"将人不当人"，不但不当人，还不及牛马，不算什么东西；待到人们羡慕牛马，发生"乱离人，不及太平犬"的叹息的时候，然后给与他略等于牛马的价格，有如元朝定律，打死别人的奴隶，赔一头牛，则人们便要心悦诚服，恭颂太平的盛世。为什么呢？因为他虽不算人，究竟已等于牛马了。

我们不必恭读《钦定二十四史》，或者

经典悦读

入研究室,审察精神文明的高超。只要一翻孩子所读的《鉴略》,——还嫌烦重,则看《历代纪元编》,就知道"三千余年古国古"的中华,历来所闹的就不过是这一个小玩意儿。但在新近编纂的所谓"历史教科书"一流东西里,却不大看得明白了,只仿佛说:咱们向来就很好的。

但实际上,中国人向来就没有争到过"人"的价格,至多不过是奴隶,到现在还如此,然而下于奴隶的时候,却是数见不鲜的。中国的百姓是中立的,战时连自己也不知道属于那一面,但又属于无论那一面。强盗来了,就属于官,当然该被杀掠;官兵既到,该是自家人了罢,但仍然要被杀掠,仿佛又属于强盗似的。这时候,百姓就希望有一个一定的主子,拿他们去做百姓,——不敢,是拿他们去做牛马,情愿自己寻草吃,只求他决定他们怎样跑。

假使真有谁能够替他们决定,定下什么奴隶规则来,自然就"皇恩浩荡"了。

美刺篇

可惜的是往往暂时没有谁能定。举其大者，则如五胡十六国的时候，黄巢的时候，五代时候，宋末元末时候，除了老例的服役纳粮以外，都还要受意外的灾殃。张献忠的脾气更古怪了，不服役纳粮的要杀，服役纳粮的也要杀，敌他的要杀，降他的也要杀：将奴隶规则毁得粉碎。这时候，百姓就希望来一个另外的主子，较为顾及他们的奴隶规则的，无论仍旧，或者新颁，总之是有一种规则，使他们可上奴隶的轨道。

"时日曷丧，予及汝偕亡！"愤言而已，决心实行的不多见。实际上大概是群盗如麻，纷乱至极之后，就有一个较强，或较聪明，或较狡猾，或是外族的人物出来，较有秩序地收拾了天下。厘定规则：怎样服役，怎样纳粮，怎样磕头，怎样颂圣。而且这规则是不像现在那样朝三暮四的。于是便"万姓胪欢"了；用成语来说，就叫作"天下太平"。

经典悦读

任凭你爱排场的学者们怎样铺张,修史时候设些什么"汉族发祥时代""汉族发达时代""汉族中兴时代"的好题目,好意诚然是可感的,但措辞太绕弯子了。有更加直捷了当的说法在这里——

一、想做奴隶而不得的时代;

二、暂时做稳了奴隶的时代。

这一种循环,也就是"先儒"之所谓"一治一乱";那些作乱人物,从后日的"臣民"看来,是给"主子"清道辟路的,所以说:"为圣天子驱除云尔。"

现在入了那一时代,我也不了然。但看国学家的崇奉国粹,文学家的赞叹固有文明,道学家的热心复古,可见于现状都已不满了。然而我们究竟正向着哪一条路走呢?百姓是一遇到莫名其妙的战争,稍富的迁进租界,妇孺则避入教堂里去了,因为那些地方都比较的"稳",暂不至于想做奴隶而不得。总而言之,复古的,避难的,无智愚贤不肖,似乎都已神往于三百

美刺篇

年前的太平盛世,就是"暂时做稳了奴隶的时代"了。

但我们也就都像古人一样,永久满足于"古已有之"的时代么?都像复古家一样,不满于现在,就神往于三百年前的太平盛世么?

自然,也有不满于现在的,但是,无须反顾,因为前面还有道路在。而创造这中国历史上未曾有过的第三样时代,则是现在的青年的使命!

(选自聂丛丛编著:《最唯美的典藏散文》,中国华侨出版社2012年版,第1~4页)

知识

《灯下漫笔》出自杂文集《坟》,是《春末闲谈》的姊妹篇。文章结构自由灵活,所以称为"漫笔"。1930年代的鲁迅,其创作精力主要放在杂文上,然而他并未忘记小说的创作,并贡献了他最后的创新之作《故事新编》。

解读

鲁迅在文章中驳斥的是一种歪曲历史的行为,一针见血地指出了封建社会的吃人本质。因此他认为革命者不应该满意现状,不能再回到古代去重复走老路,而要探索新的未来。鲁迅的批判锋芒始终对准的是人心,因此无论是批判的力度还是情感的煽动性,都保持着较高的水准。

其实先驱者本是容易变成绊脚石的。

——鲁迅

奉旨不哭不笑

林语堂

本年"九一八",政府严禁纪念国耻,集会游行;双十,又下令停止国庆。于是两大节日,都平静无事过去了。这可以说是政府叫人民"哭不得,笑不得"的两大政策,其目的在维持目前表面上之治安。论理,人之不能无哭笑,犹身之不能无饮食排泄。依心理学讲,哭和笑的作用,是在使胸中不平之气得以发泄,而恢复精神

美刺篇

上之均衡。所以如中国妇女,平日生活太苦闷,到了清明哭墓,必让她们淋漓痛快哭了一场,身子一舒服,回来治家,自然加倍起劲了。又如店里学徒,大半年头到年底,规规矩矩,辛苦营业,一点娱乐也没有,到了元旦,也应该痛痛快快豪赌痛饮五天,新年做事,才会安心,生意才会发达。此为节日在心理上之用处,治国者所不可不知。革命以来,诸节俱废,虽然中秋看月,尚未取缔,而端阳竞渡,元旦爆竹,已被指为迷信,不许举行。终年奉旨不哭不笑,人心惶惶,举国不安,这也有一点关系吧?况且仲尼与于蜡宾,始能发"天下为公"的一段大议论,然后党部始有四字匾额可挂,难说迷信是一定有害无利的。蜡,固然是迷信,竞渡爆竹,说他迷信也可以,甚至中秋看月也可派他迷信,或是老朽反革命。然果使国人相约中秋不看月,国便会兴起来吗?

还有一层,我们不看见天安门游行示

威的雄壮景象,已有五六年了,思之能无慨然?并不是说一定要有怎样游行的目的,但是我们总喜欢看示威,如女人喜欢看出殡一样,谁死都没关系。我们觉得无目的的游行示威,乱嚷乱喊一阵,总比全无游行可看福气。今年国庆,不应庆祝,我们是赞成的。但是总希望政府诸公,能替我们想出一种不损威信的题目,使我们乱喊乱嚷一阵,以后缴纳苛捐杂税或是唱国歌,也可以踊跃一点。

(选自林语堂原著,马玉文、孙彧编注:《秋天的况味——林语堂散文精读》,东方出版中心2007年版,第88～89页)

知识

林语堂早年立志发明中文打字机,因此在数十年间不断钻研探索,自斥资金,购置设备,一再尝试,以致一度倾尽家财、负债累累,终于成功发明了"明快牌中文打字机",于1946年在美国申请专利。1952年,取得该项发明的专利权。打字机以"明快"命名,乃取其明易快捷之意,寄托了他希望人人都能顺利操作使用的心愿。

 美刺篇

林语堂的散文半雅半俗、庄谐并用,他以一种超脱与悠闲的心境来写世情,笔调旁敲侧击,却发人深省。文章中无一处指责国民政府不抗日,却清楚地将其畏首畏尾、欺软怕硬的形象刻画出来了,使人读起来既不感到压迫,又能有所启迪。

没有幽默滋润的国民,其文化必日趋虚伪,生活必日趋欺诈,思想必日趋迂腐,文学必日趋干枯,而人的心灵必日趋顽固。

——林语堂

白　嘴　鸦

(俄) 契诃夫

白嘴鸦飞来,在俄罗斯田地的上空成群结队地盘旋,我挑选其中一只最庄严的白嘴鸦,跟他攀谈起来。可惜我碰到的是

经典悦读

一只白嘴鸦理论家、道德夫子,因此所谈的话就乏味了。我们谈的是这些话:

我——据说你们白嘴鸦寿命很长。你们,还有梭鱼,总是被我们的自然科学工作者举出来作为寿命非常长的例子。你多大岁数了?

白嘴鸦——我三百七十六岁。

我——哎呀!可了不得!真的,活得好长呀!老先生,换了是我,鬼才知道已经给《俄罗斯掌故》和《历史通报》写过多少篇文章了!要是我活了三百七十六岁,那我简直想不出来在这个时期里会写出多少篇小说、剧本、小东西!那我会拿到多少稿费啊!那么你,白嘴鸦,在这么长的时期里干了些什么呢?

白嘴鸦——没干什么,人先生!我光是吃喝睡觉、生儿养女罢了。……

我——丢脸啊!我又为你害臊,又为你愤慨,蠢鸟!你在世界上活了三百七十六岁,却跟三百年前一样的愚蠢!一点进

美刺篇

步都没有!

白嘴鸦——人先生,智慧不是从寿长来的,而是从教育和修养来的。您拿中国来说吧。……它活得比我长多了,可是仍旧像一千年以前那样愚昧。

我(仍旧愤慨)——三百七十六岁!要知道,这是多么了不起!简直跟长生不老一样!在这么长的时期里,我足足能够把所有的学系都读它一回,足足可以结二十次婚,种种职业、样样工作都可以试一下,鬼才知道我的官阶会升到多么高,临死时候一定是个大富翁!你要想想看,傻瓜:在银行里存上一个卢布,照五分复利算,只要二百八十三年就滚成一百万!你算算看,先生!这是说,要是你在二百八十三年以前在银行里有一个卢布,现在就有一百万啦!唉,你啊,笨蛋,笨蛋!你这么蠢,你倒并不害臊,并不伤心?

白嘴鸦——不然。……我们固然愚蠢,不过另一方面,我们也可以安慰自己:我

经典悦读

们在百年生活里所做的蠢事，比起人在四十年里所做的蠢事还要少得多。……是的，人先生，我活了三百七十六岁，可是没有一回看见白嘴鸦自家里起内讧，自相残杀，然而你想不起有哪一年，你们那儿没有战争。……我们不互相打劫，不开办放款银行和不学古代语言的寄宿学校，不做假见证，不讹诈拐骗，不写糟糕的小说和诗歌，不编骂人的报纸。……我活了三百七十六岁，从没见过雌的白嘴鸦欺骗而且伤害她的丈夫，——可是你们那儿呢，人先生？在我们当中，没有奴才、马屁精、骗子、犹大……

可是讲到这儿，它的伙伴招呼这只跟我谈话的白嘴鸦，它来不及讲完它的宏论，就飞过田野去了。

（选自杨奔编：《外国小品精选》，广东人民出版社1984年版，第194～196页）

知识

契诃夫在世界文学中占有自己的位置，他和莫泊桑、欧·亨利齐名，并称世界短篇小说三大巨匠。契诃夫描写

美刺篇

的都是平凡的日常生活和人物,以小见大,从平凡中揭示社会生活的重要方面,"海鸥"和"樱桃园"就都是他独创的艺术象征。

解读

《庄子·天地》有言:"功利机巧,必忘夫人之心。"人生一世到底为何而来,是一个值得被我们不断思索的问题。契诃夫借白嘴鸦之口讽刺了世人蝇营狗苟的市侩心理,实际上就是希望能够激发读者醍醐灌顶一般的精神觉悟,叫人们走出重利的狭隘的思维,从而回归自然,获得心灵的平和与旷达。

警语

人在智慧上应当是明豁的,道德上应该是清白的,身体上应该是清洁的。

——(俄)契诃夫

自 由

(印度)泰戈尔

医生爱怎么说就让他说去吧!打开,

经典悦读

打开,打开我床前的那两扇窗户。让风吹进来。药?吃药早已使我厌倦。我已经吃够了苦的、涩的药了。在我这一生里,每天,每夜,每分,每秒都在吃药。

活着,对我来说,本身就是一种疾病。在我的周围有多少国医、西医、走方郎中!他们开着药方,送来各种成药。他们说:"这样做才好","那样做是最大的过错"。我听从着每一个人的吩咐,低着头,面纱掩着脸,就这样在你们家里度过了二十二年。因此,家里的、外面的人都说:"她是多么贤惠的媳妇,多么忠贞的妻子,多么善良的女人!"

我刚到你家的时候,才是一个九岁的小姑娘。按着一切人的愿望,沿着这家庭的漫长的道路,拖着疲惫的生命,度过了二十二年,今天终于走到路的尽头了。让我思索一下这生活是好、是坏,是痛苦、还是欢乐的时间在哪里。家务操作的车轮旋转着,发出单调的、疲惫的歌曲,我麻

美刺篇

木地随着它转来转去。我不知道自己是什么人,不知道外面广阔的世界充满着什么意义。我从没有听到在神的琴弦上弹奏出来的人类伟大的消息。我只知道,做完饭后开始吃饭,吃完饭后又正是做饭的时候。二十二年,我的生命始终被捆绑在一个车轮上转,转,转。今天我仿佛感到那个车轮快要停止了,那就让它停止吧!为什么要吃药为难自己呢?

二十二年,每年春天都到过森林,带着花的芳香的春风都曾吹动过大地的心脏,叫嚷着:"打开,把门打开!"但是,它什么时候来了,又走了,我并不知道。也许它曾悄悄震撼过我的心灵;也许它曾使我突然忘记了家务操作;也许它曾在我心上引起生生世世永恒的忧郁;也许在这撩人的春天里,在无名的哀愁与欢乐中,我的心在期待着听到谁的脚步的声音。你下班回来了,但是黄昏时你却又到邻家去下棋。算了吧,别谈这个了,为什么在今天我要经典悦读

想起这些生活中暂时的波动呢?

二十二年后的今天,似乎春天第一次走进我的房间里。凝望着窗外的晴空,欢乐在我心中阵阵涌起。我是女人!我是伟大的!为了我,不眠的明月在它月光的琴弦上弹奏歌曲。没有我,天上的星星将徒然闪烁。没有我,园中花开还有什么意义?

二十二年,我一直认为我是你们这家庭里的囚徒。但是,我并不因此而悲哀。我已经麻木地度过不少岁月,如果必须活下去,我将依旧茫然度日,在这个家庭里有那么多朋友亲戚传诵着我贤淑的声誉,这仿佛是我一生中赢得那可怜的屋角众人口中赞美的最大胜利!那羁绊我的绳索今天要被割断了,在那无边的空阔里,生与死合而为一。在无底溟纱的地方,我将不会再遇到那像一粒泡沫一般的厨房的墙壁。

今天在宇宙的晴空里仿佛第一次为我吹奏起新婚的笛声。让那微不足道的二十二年躺在我的屋角里吧。那从死亡的洞房

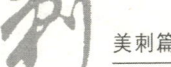美刺篇

里向我传出召唤的,是我门前的乞丐,不,是我的主人。他永不忽视我,无论在什么时候,他向我伸出乞求的双手,乞求我心灵深处最宝贵的甘露。他在众星围拱的天空里向我不转瞬地凝视。啊,甜蜜的天堂,甜蜜的死——我心中永恒的乞士,在召唤他的女人!打开,打开窗子,让那无望的二十二年在时光的大海里消逝吧!

(选自杨奔编:《外国小品精选》,广东人民出版社1984年版,第46~48页)

知识

1915年,泰戈尔结识了甘地,这是印度历史上两位巨人的首次会面。泰戈尔同印度国大党早就有联系,还出席过国大党的代表大会,但是,他同国大党的关系始终是若即若离的,同甘地,却有很真挚的私人友谊,虽然他对甘地的有些做法并不赞同。这两个非凡的人物并不试图掩盖他们之间的意见分歧,同时,从道义上和在社会活动中,他们总是互相尊重、互相支持。

解读

泰戈尔的散文诗,无论是风格还是取材,都是别具一

经典悦读

格的,很多情况下是现实主义和浪漫主义的结合。在这首叙事诗中,泰戈尔就独特地把自己想象成为一个濒死的妇人,以第一人称的极具创意的鲜活视角,将印度封建社会中妇女的悲惨境遇生动地呈现在读者面前,令人唏嘘沉思。

 警语

我们不应该不惜任何代价地去保持友谊,从而使它受到玷污。如果为了那更伟大的爱,必须牺牲友谊,那也是没有办法的事;不过如果能够保持下去,那么,它就能真的达到完美的境界了。

——(印度)泰戈尔

王 者

蒲松龄

 正文

湖南巡抚某公,遣州佐押解饷金六十万赴京。途中被雨,日暮愆程,无所投宿,远见古刹,因诣栖止。天明,视所解金,荡然无存。众骇怪,莫可取咎。回白抚公。

美刺篇

公以为妄,将置之法。及诘众役,并无异词。

公责令仍反故处,缉察综绪。至庙前,见一瞽者,形貌奇异,自榜云:"能细心事。"因求卜筮。瞽曰:"是为失金者。"州佐曰:"然。"因诉前苦。瞽者便索肩舆,云:"但从我去,当自知。"遂如其言,官役皆从之。瞽曰东,东之;曰北,北之。凡五日,入深山,忽睹城郭,居人辐辏。入城,走移时,瞽曰:"止。"因下舆,以手南指曰:"见有高门西向,可款关自问之。"拱手自去。州佐从其教,果见高门。渐入之,一人出,衣冠汉制,不言姓名。州佐诉所自来,其人云:"请留数日,当与君谒当事者。"遂导去,令独居一所,给以食饮。暇时,闲步至第后,见一园亭,入涉之。老松翳日,细草如毡。数转廊榭,又一高亭,历阶而入,见壁上挂人皮数张,五官俱备,腥气流熏。不觉毛骨森竖,疾退归舍。自分留鞬居异域,已无生望,因念进退一死，亦姑听之。明日，衣冠者召之去，曰："今日可见矣。"州佐唯唯。衣冠者乘怒马甚驶，州佐步驰从之。俄至一辕门，俨如制府衙署，皂衣人罗列左右，规模凛肃。衣冠者下马，导入。又一重门，见有王者，珠冠绣绂，南面坐。州佐趋上，伏谒。王者问："汝湖南押官耶？"州佐诺。王者曰："银俱在此。是区区者，汝抚军即慨然见赠，未为不可。"州佐泣诉："限期已满，归即就刑，禀白何所申证？"王者曰："此即不难。"遂付以巨函，云："以此复之，可保无恙。"又遣力士送之。州佐慑息，不敢辩，受函而返。山川道路，悉非来时所经。既出山，送者乃去。数日，抵长沙，敬白抚公。公益妄之，怒不容辨，命左右者飞索以缧。州佐解袱出函，公拆视未竟，面如灰土。命释其缚，但云："银亦细事，汝姑出。"于是急檄属官，设法补解讫。数日，公疾，寻卒。

先是，公与爱姬共寝，既醒，而姬发

美刺篇

尽失。阖署惊怪,莫测其由。盖函中即其发也。外有书云:"汝自起家守令,位极人臣。赇赂贪婪,不可悉数。前银六十万,业已验收在库。当自发贪囊,补充归额。解官无罪,不得加谴责。前取姬发,略示微警。如复不遵教令,旦晚取汝首领。姬发附还,以作明信。"公卒后,家人始传其书。后属员遣人寻其处,则皆重岩绝壑,更无径路矣。

异史氏曰:"红线金盒以警贪婪,良亦快异。然桃源仙人,不事劫掠;即剑客所集,乌得有城郭衙署哉?呜呼!是何神欤?苟得其地,恐天下之赴诉者无已时矣。"

(选自张占良主编:《古代散文精品阅读·初中卷》,辽宁教育出版社2002年版,第190~192页)

湖南地方有一个巡抚某公,派遣州佐押解饷银六十万两赴京城。路上遇到大雨,天黑的时候,前不着村后不着店,没有地方投宿。州佐看到远处有座古庙,就到那里歇息。天亮以后,去看所押解的银两,不料一点都没有了。

经典悦读

众人惊骇,感到很奇怪,可是却无法挽回罪过了。州佐只好回去如实报告给巡抚。巡抚认为他在说谎,要以法惩处他。可是追问同去的众衙役,并没有不同的说法。巡抚便责令州佐仍然返回原来丢银子的地方,探察丢银子的线索。

州佐来到庙前,看见一个瞎子,形貌奇特,自己标榜说:"我能知道别人的心事。"州佐就去请他算卦。瞎子说:"是为丢银子的事吗?"州佐说:"是。"接着诉说了丢银子的苦处。瞎子就让州佐背着他走,他弄一辆车来,随在车后边跟着。瞎子说:"向东。"就向东去。说:"向北。"就向北去。走了五天以后,走进深山,忽然看见一座城,居民密集地住在一起。进了城,走不一会儿,瞎子说:"停下。"就下车,用手向南指着说:"看见有向西的高门楼,就可以敲门打听了。"说完抱拳辞别大家,自己离开了。

州佐按着瞎子的指点,果然看见一座高门楼,就慢慢走进去。这时候,从里边走出来一个人,穿戴着汉朝的衣帽,不说自己的姓名。州佐说明了来意。那人说:"请留住几天,一定引你见当事者。"于是领着州佐进去,让他单独住在一个地方,供给饮食。州佐闲时散步,来到宅子后边,看见花园亭阁,迈步走了进去。花园内古老的松树遮天盖日,地上细草如毡。转过几道廊亭,又是一座高亭。州佐登着台阶走进去,看见墙壁上挂着数张人皮,五官都在,血腥气味熏人。他不禁毛骨悚然,赶快退出来,

美刺篇

回到住处。自己感到留在挂人皮的奇特的地方，已经没有生存的希望了，又一想进退反正都是一死，就顺其自然吧。第二天，那人来召唤州佐，说："今天可以见了。"州佐只好唯唯诺诺。那人乘快马飞驰，州佐跑步跟随。不大一会儿，来到一处官署的外门，好像是知府衙门，穿衙役衣服的人排列两旁，森严整肃。那人下马，带着州佐进去，又走进一道门，看见有一王者，头戴珠冠，身穿绣花青袍，面向南坐着。州佐趋步上前，伏跪在地上参拜。王者说："银子都在这里。此区区小事，你们巡抚既然慷慨赠送，不要也不好。"州佐流着眼泪诉说："我的限期已满，回去一定被杀，如禀报巡抚大人，用什么来做证明？"王者说："这个容易。"于是交给州佐一个大大的信札，说："以此回复他，可保你无事。"州佐害怕，不敢争辩，接受信札后就回来了。没曾想，山川道路，都不是来时所经过的。出山以后，送的人就回去了。

几天以后，州佐来到长沙，很有礼貌地向巡抚说明了情况。巡抚更加认为他说谎，愤怒得不容州佐辩解，就命令左右用绳子把州佐捆绑上。州佐解下头巾，取出信函。巡抚拆开信，还没看完，便吓得面如土色。命令解开州佐的绑绳，对他说："银子只不过是小事，你暂且出去吧。"于是巡抚急忙下令召集所属众官，设法偿还上银子才算完事。

几天以后，巡抚得了病，不久就死了。

原来，巡抚与爱姬共寝，醒来以后，爱姬的头发都没经典悦读

了。整个官署都感到吃惊奇怪,猜不出什么原因。原来这封信函中就有头发。另外一封信上写道:"自从你以太守令起家,职位在人臣之上,贿赂贪婪,不可胜数。前银子六十万,已经验收在库。你应当自己打开贪赃的钱口袋,补充旧额。解银官无罪,不得妄加谴责。先取你爱妾头发,略示警告。如果还不遵从教令,早晚取你的脑袋。妾发附之归还,以此做证明。"巡抚死去以后,家人才把这封信传出。

后来巡抚手下官员派人寻找那个地方,却都是悬崖绝壁,根本没有道路。

异史氏说:"唐代薛嵩的婢女红线盗走田承嗣枕边的金盒,借以警告田承嗣不要贪婪侵犯,王者以巨函用来警告湖南巡抚的贪赃,也是非常痛快而与众不同的。桃花源里的人,不从事抢劫,侠客集聚的地方,哪里用得着城墙官衙呢?啊!这是什么神呢?假如能够找到他们的住处,只怕天天前来告状的人就络绎不绝啦。"

[选自(清)蒲松龄著:《白话聊斋志异(下册)》,李杰译,黑龙江人民出版社2003年版,第906~908页]

知识

《聊斋志异》简称《聊斋》,俗名《鬼狐传》,是中国清代著名小说家蒲松龄创作的文言短篇小说集。全书共有短篇小说491篇,题材广泛,内容丰富。作品成功地塑造了众多的艺术典型,人物形象鲜明生动,故事情节曲折离

奇,结构布局严谨巧妙,文笔简练,描写细腻,堪称文言短篇小说的巅峰之作。

蒲松龄对现实的不满是很强烈的,但是他并未愤愤不平、自怨自艾,而是通过一系列鬼狐神怪的小故事去讽喻现实。作者深谙贪官污吏的可恶,却觉得世态炎凉,因此在文章中设置了一个"王者",这个王者既是正义的化身,也是蒲松龄在现实当中无法得到正义的一种自我安慰。

附　录

拓展阅读书目

林默涵著：《心言散集》，中国文联出版社1996年版。

陈平原、凌云岚编，周作人等著：《茶人茶话》，生活·读书·新知三联书店2007年版。

文明国编、刘半农著：《刘半农自述》，安徽文艺出版社2014年版。

闻一多著：《闻一多讲文学》，凤凰出版社2008年版。

林语堂著：《圣哲的智慧》，陕西师范大学出版社2002年版。

（法）罗曼·罗兰著：《贝多芬传》，于鑫译，陕西师范大学出版社2009年版。

曹植著、赵幼文校注：《曹植集校注》，人民文学出版社1984年版。

鲁迅著：《坟》，人民文学出版社1980年版。

美刺篇

（印度）泰戈尔著：《泰戈尔谈教育》，白开元编译，商务印书馆2010年版。

马瑞芳著：《蒲松龄评传》，人民文学出版社1986年版。

编写说明

"美刺",有两种含义,一种是美与刺,美即歌颂,刺即讽刺,这是"美刺"的最初含义;而作为一种美之风格,"美刺"便有了第二种含义,即优美精妙的讽刺,这便是本册所选文章的基准之一。

事实上,"美刺"作为一种美的风格是比较特殊的,因为大多数人对美的印象是温和的,但是"美刺"因为有了"刺",所以这种风格最核心的特点就是尖锐,甚至有时有些偏激。但是这样的美是有其独特的长处的,因为尖锐,所以能够更加深刻隽永;也因为尖锐,能够得到审美主体更加直白晓畅的理解。

编者在本册中选取了以下几组文章:"刺中有思 发人深省",强调的是"美刺"能够给人以反思的能力;"托物喻理以刺抒怀",表现的是"美刺"的深度和哲

 **美刺篇**

理性,及其对情感的表达;"借古讽今　胸怀天下",主要体现的是"美刺"的社会功能以及历史感;而"寓意深挚　举重若轻",则彰显了"美刺"以小见大的能力,从这一层面我们还能看出,这种风格的美并不是一味的辛辣沉重,也能够在谈笑间达到讽喻的效果。

虽然"美刺"是犀利的,可是这种犀利的美却更能直指人心,让我们在内心深处达到更加丰沛的审美体验,也让我们的思想更加清明。

编者
2015 年 4 月

经典悦读·苍凉篇

中共滨州经济开发区工委 ◎编
南开大学语文教育研究中心

编委会

主　　任：姚和民
委　　员：周志强　邱延忠　董凤家
　　　　　钱　杰　时志军　窦　薇
　　　　　魏建宇　郎　静　高　翔
　　　　　李　飞　杜　娟

主　　编：周志强　魏建宇
本册主编：高　翔

·广州·

版权所有　翻印必究

图书在版编目（CIP）数据

经典悦读·苍凉篇/中共滨州经济开发区工委，南开大学语文教育研究中心编. —广州：中山大学出版社，2015.7
ISBN 978-7-306-05269-8

Ⅰ.①经… Ⅱ.①中… ②南… Ⅲ.①世界文学—作品综合集 Ⅳ.①I 11

中国版本图书馆CIP数据核字（2015）第101381号

出 版 人：	徐　劲
策划编辑：	邹岚萍
责任编辑：	邹岚萍
封面设计：	林绵华
插　　图：	李振东
责任校对：	赵　婷　刘丽丽
责任技编：	黄少伟
出版发行：	中山大学出版社
电　　话：	编辑部 020-84111996，84113349，84111997，84110779 发行部 020-84111998，84111981，84111160
地　　址：	广州市新港西路135号
邮　　编：	510275　　　传　真：020-84036565
网　　址：	http://www.zsup.com.cn　　E-mail：zdcbs@mail.sysu.edu.cn
印 刷 者：	佛山市浩文彩色印刷有限公司
规　　格：	787mm×960mm　1/32　总印张：21　总字数：309千字
版次印次：	2015年7月第1版　2015年7月第1次印刷
总 定 价：	48.00元（共6册）　　印　数：1～11000套

如发现本书因印装质量影响阅读，请与出版社发行部联系调换

经典之美　至真至纯

经典是有魅力的。经典的魅力不仅仅在于其中意义的浓缩与升华，更在于它对读者心灵感悟的激发。我们将那些人们反复阅读、手不释卷的作品命名为经典，并非因为它们有特殊的内容，而是因为它们有特别的深度和影响力。经典中的智慧是取之不尽的，因此，"悦"读经典，永不过时。

《经典悦读》出版到第五辑，已经推介了数百篇优秀的名家名作，在倡导全民阅读、提升社会公共文化水平等方面贡献了自己的力量。李克强总理在《2015年国务院政府工作报告》中提出，我国要建设"书香社会"，要建成全民文化素养普遍提高的"书香社会"，我们更应该多读经典。

经典可以包罗万象，其中就有"美"。美既是抽象的概念，也是具体的感受；既是物化的实体，也是心灵的皈依。世间从

不缺少美，只是缺少发现美的眼睛。经典之美，美在恒久，美在真实。正是因为经典具备了历史积淀的厚重，所以，其中的美的形式才更加完满与纯粹；正是因为经典历经了时代浪潮的淘洗，所以，其中的美的内涵才更加真挚与动人。在第五辑当中，《经典悦读》引入了精益求精的创新理念，集结了六种不同风格的美，以美的形式与风格作为每一分册的主题，大胆而新奇。这样的设计既拓宽了读者的期待视野，也激发了读者的阅读兴致，是十分巧妙而可贵的。

经典之美，至真至纯，它既能提升人的修养和境界，也能健全人的道德和品质。中华民族自古以来就是一个爱重经典、有着浓厚书香传承的民族。对经典的弘扬和传播，是我们走向未来、实现"中国梦"的坚实基础和良好开端！

中共滨州市委书记、市人大常委会主任

张光峰

目 录

沉浮俗世　命途微茫 ……………………… 1
　哀歌（节选）……………………何其芳　2
　夜（节选）………………………师　陀　7
　江上歌声 ………………………（英）毛姆　12
　面色苍白的穷孩子 ………（法）马拉美　15
　北方 ………………………………艾　青　18

天地不仁　浩叹人生 ……………………… 26
　淡淡的血痕中——记念几个死者和生者和
　　未生者 …………………………鲁　迅　27
　废园外 ……………………………巴　金　30
　墓畔哀歌（节选）………………石评梅　35
　唐诗二首 …………………………………… 41
　《哀江南赋》序 …………………庾　信　44

时如逝水　一去不返 ……………………… 52
　匆匆 ………………………………朱自清　53
　万物与岁月同逝
　　（节选） ………………（日）荻原朔太郎　56

| 老人和太阳 …………………（西）阿莱桑德雷 | 61 |

| 诉衷情·当年万里觅封侯………… 陆　游 | 64 |

自然万象　大地苍茫 …………………………… 66

| 山垭口（节选）………………（俄）蒲宁 | 67 |

| 雪夜 …………………………（法）莫泊桑 | 72 |

| 沙漠 …………………………（法）纪德 | 75 |

| 山 ……………………………（美）福克纳 | 80 |

塞上苦寒　烽火弥漫 …………………………… 86

| 燕歌行 ………………………………高　适 | 87 |

| 关山月 ………………………………李　白 | 90 |

| 岑参诗两首 …………………………岑　参 | 92 |

| 纳兰词二首 …………………………纳兰性德 | 94 |

| 芜城赋 ………………………………鲍　照 | 96 |

附　录 ……………………………………………… 102

编写说明 …………………………………………… 103

沉浮俗世　命途微茫

哀 歌
（节选）

何其芳

……

让我们离开那高大的空漠的古宅吧。一座趋向衰老的宅舍，正如一个趋向衰老的人，是有一种怪僻的捉摸不定的性格的。我们已在一座新筑的寨子上了。我们的家邻着姑姑们的家。在寨尾，成天听得见打石头的声音，工人的声音。我们在修着碉楼，水池。依我祖父的意见，依他那些虫蚀的木板书或者发黄的手抄书的意见，那个方向在那年是不可动工的，因为，依书上的话，犯了三煞。我祖父是一个博学者，知道许多奇异的知识，又坚信着。谁要怀疑那些古老的神秘的知识，去同他辩论吧。而他已在深夜，在焚香的案前诵着一种秘籍作攘解了。诵了许多夜了。使我们迷惑

苍凉篇

的是那攘解没有效力,首先,一个石匠从岩尾跌下去了,随后,连接地死去了我叔父家一个三岁的妹妹和我那第二个姑姑。

关于第三个姑姑我的记忆是比较悠长,但仍简单的。低头在小楼的窗前描着花样;提着一大圈钥匙在开箱子了,忧郁的微笑伴着独语;坐在灯光下陪老人们打纸叶子牌,一个呵欠。和我那些悠长又单调的童时一同禁闭在那寨子里。高踞在岩上的石筑的寨子,使人想象法兰西或者意大利的古城堡,住着衰落的贵族和有金色头发或者栗色头发的少女,时常用颤抖的升上天空的歌声,歌唱着一个古传说,充满了爱情和哀愁。远远地,教堂的高阁上飘出洪亮,深沉,仿佛从梦里惊醒了的钟声,传递过来。但我们的城堡却充满着一种声音上的荒凉。早上,正午,几声长长的鸡啼。青色的檐影爬在城墙上,迟缓地,终于爬过去,落在岩下的田野中了。于是日暮。那是很准确的时计,使我知道应该在什么经典悦读

时候跑下碉楼去开始我的早课，或者午课，读着那些古老的不好理解的书籍，如我们的父亲我们的祖父的童时一样。而我那第三个姑姑也许正坐在小楼的窗前，厌倦地但又细心地赶着自己的嫁装吧。她早已许字了人家，依着父母之命，媒妁之言。

一切都会消逝的。一切都应了大卫王指环上的铭语。我们悲哀时那短语使我们快乐，我们快乐时它又使我们悲哀。我们已在异乡度过了一些悠长又单调的岁月了。我们已有了一些关于别的宅舍和少女的记忆了。凭在驶行着的汽船的栏杆上，江风吹着短发，刚从乡村逃出来的少女；或是带着一些模糊的新的观念，随人飘过海外去了又回来的少女。从她们的眼睛，从她们微蹙的眉头，我们猜出了什么呢？想起了我们那些年轻的美丽的姑姑吗？我们已离家三年，四年，五年了。在长长的旅途的劳顿后，我们回到乡土去了。一个最晴朗的日子。我们十分惊异那些树林，小溪，

苍凉篇

道路没有变更。我们已走到家宅的门前。门发出衰老的呻吟。已走到小厅里了。那些磨损的漆木椅还是排在条桌的两侧。桌上还是立着一个碎胆瓶。瓶里还是什么也没有插。使我们十分迷惑:是闯入了时间的"过去",还是那里的一切存在于时间之外。最后,在母亲的鬓发上我们看见几丝银色了。从她激动的不连贯的絮语里,知道有些老人已从缠绵的病痛归于永息了,有些壮年人在一种不幸的遭遇中离开世间了。就在这种迷惑又感动的情景里,我听见了我那第三个姑姑的最后消息:嫁了,又死了。死了,又被忘记了。但当她的剪影在我们心头浮现出来时,可不是如一位西班牙的散文家所说,我们看见了一个花园,一座乡村的树林,和那些蒙着灰尘的小树,和那挂在被冬天的烈风吹斜了的木柱上的灯……

一九三五年一月十六日

(选自陈利保主编:《悲情散文精品文集》,青海人民出版社1999年版,第403～406页)

经典悦读

知识

何其芳出身于北大哲学系，同时爱好古典文学，具有极为细腻敏感的笔触。他的文章，经常能够在细腻的抒情中融入深沉的哲思，具有独具韵味的美感。何其芳早期文字，出入内心，抒发性灵，创造出美丽哀伤的"独语体"，在当时的中国文坛堪称独树一帜。然而，何其芳最终还是放弃了自己的诗人般的敏感细腻，趟入滚滚的时代潮流之中。从诗歌、散文到激烈的文艺论辩，从"独语体"到欣欣然的"我为少男少女歌唱"，从初出茅庐的"汉园三诗人"到新中国文艺界的领导，何其芳走出那个敏感忧郁的内心世界，从此再不回头，只留下那轻吟低唱的"独语体"，梦呓般的回响在文学的天宇中。

解读

对于何其芳来说，古宅以及几位姑姑的故事，绝不仅仅停留在与他自身的联系上。她们的故事在何其芳的想象中一一浮现，和古宅的意象一起，象征着旧时封闭保守的生活样式，象征着一种古老文化的终结。对何其芳来说，古宅中的人物和西方古堡中的想象相契合，这使得他把思绪扩展到整个过去的时代。这种逝去的时代，深深地契合着敏感多思的何其芳的精神。而何其芳从不对这种生活作出价值评判，而只是不断地以时间的意象，来冲刷这古老的回忆。因此，正如何其芳所引用的：一切都会消逝，这是每个人的生命都无法避免的交融着欢乐与悲伤的处境。这是让何其芳真正感伤的地方,他将全文那种个人命运的悲渺的凄凉感受,彻底生发出来。

警语

时间的步伐有三种:未来姗姗来迟,现在像箭一样飞逝,过去永远静立不动。

——(德)席勒

夜

(节选)

师 陀

正文

夜来了,是黑色的夜。已经不是一天了,我不能安睡。我坐在一个旧式的圈椅里,手指叩着椅扶手,但默默的向窗外望着。仿佛已不是一年了。

蛙咯咯的叫个不休,在满蓄臭水的河里;我知道即令是臭水的河里,也生满着荷花,馥郁的红的白的花。然而那不属于夜。鹧鸪还在苦行的唱歌。

然而我坐着。

我不希求什么,向黑色的夜索取什么呢?

门打开了,进来一个人。我很不安。

"没有睡吗?"用鼻子发声的嗅着,他说,"有股霉腐味……很暗呢。"

"是黑色的夜。"

我望着他又踏着迟重的脚走出去。因为空洞更觉不安。干什么来的呢:我问。但真实的我并不曾问。我知道在这样的夜里许多人将做着美满的梦,然而我不能睡。

我睡过,那是许多年以前的事了。孩子的梦是绛色的,在彩色的虹与霞的上面。自己是否做过那样幸福的梦,记不得了。所能记得的是狗在追赶我,鬼神和死尸威吓我……鬼神和死尸的恐怖。从梦里醒来,我浑身出满了冷汗。我并不哭,因为我没有泪;我无力叫喊,也不敢叫喊,因为鬼神和死尸还在左近徘徊:只是黑色而恐怖的梦。少年的梦应该是槿色的,开遍肥大的牡丹,

苍凉篇

那象征着美满富贵。我的梦却充满着人的尖爪,枪杀的呻吟:是黑色而恐怖的梦。

我不再需要梦了,即使是美满的,还能补缀旧的创伤吗?黑色的夜,我坐着,在旧的圈椅里,向夜索求什么呢。

更手的柝声,古老而且沉浊,一遍一遍从墙外踟蹰走过,给夜留下了永不消灭的声音,而后又渐渐的远去……恰说明了夜的沉寂和辽阔。我还是坐在我的旧圈椅里,没有移动,也没有想。一个人跋涉着,跋涉着,经过不算少的荒原,也经过不算少的旷野,宜觉想和梦的无用。我有过不少朋友,因为没有得到确切的消息,只能说——大约被埋的是已经埋进土里,有些已远远的离开,有的依旧和我同样活着。死了的已拉不起来,离开的也觅到了幸福的宝库;让他们安乐吧。活着的在大量饮他的苦杯,安慰是寻不到的。况且也无意找安慰。生命似乎只适于跋涉,迟重的脚步也许是可耻的,然而还是跋涉着吧。

我不是不能够愤怒,反而因为更多的悲愤麻木了。我明白我是在怎样的一块地上生活着。我也有我的白天,那些只能有妓女脸上的笑的白天……人还止是人呢。尽管哄笑着,然而我的白天,其寂寞却远在言语所能诉说的以上。真是古老的声音哩:我这样形容它。偏它又是如此悠长,在那单调的光下熬煎着,一定还有什么东西磨得我心里发痛。

"还是回到夜里去吧,还……"

暗暗的告诉自己。因为白天较夜更黑暗,哄笑较含泪更悲怆,喧嚣也远比沉默寂寞……

夜是无涯际的,夜也似乎永远没有止境。黑暗落下来了,我默坐在我的旧圈椅里,望着围到窗格里的星宿。我没有要笑的笑,生来不会号哭,也不会制造一些泪珠装点在脸上。吃苦并非人的天性,然而幸福的人却将他颂为美德,因为他是幸福的;吃苦的人并非为吃苦才活,而是为活着才吃苦。夜是可怕的,但谁有权力因为

可怕而轻生呢?

蛙,让她尽兴咯咯的叫吧。

(选自范培松编:《师陀散文选集》,百花文艺出版社1992年版,第20~22页)

知识

师陀,小说家。原名王长简,笔名芦焚,河南杞县人。中学毕业。1931年在北平编过文学刊物,后至上海,任苏联上海广播电台文学编辑、上海市立实验戏剧学校教员、文化电影制片公司特约编剧。新中国成立后,任上海出版公司总编辑、上海电影剧本创作所编剧。善写世俗风情,笔触细致。主要作品有中篇小说《无望村的馆主》,长篇小说《马兰》,短篇小说集《谷》、《里门拾记》等。

解读

师陀出身乡下,和沈从文一样有浓厚的"乡下人"情结,他性情散淡,多写地方风物、田园风光,是典型的京派作家。他的笔法较为疏散,没有严格的文体要求,所创作的散文和小说互相渗透,界限并不明显。这一篇《夜》中,师陀面临当时风雨飘摇的残酷现实,但并未直抒胸臆,而是以"梦"为引,缓缓道来。然而正是对生的苦难,对朋友逝去的平静叙述,反而营造出如他所说的"近乎麻木"的感情状态。与鲁迅极力克制激荡感情的

"麻木"不同,师陀的感情如同涓涓溪水,一点点流出,但同样带有那种对于生的深刻哀伤,值得我们细细体味。

语

白昼之光,岂知夜色之深。

—— (德) 尼采

江上歌声
(英) 毛姆

沿江两岸回荡着船夫号子声。桡夫划着收扎起帆樯的高尾舢板,顺流而下;你听,他们喊着嘹亮雄浑的号子。纤夫背着纤绳,逆流而进,五六人拖着小舟,两百人曳着扬帆舢板,越过激流险滩;你听,他们喊着船夫号子,那是更加气喘吁吁的歌唱。船中央,一人站立,不停地擂鼓督阵;他们弓腰曲背,着了魔似的曳着纤绳;极力挣扎,有时就在地上爬行。他们奋力

苍凉篇

紧拉纤绳,同激流的无情力量抗争。工头在一旁察巡,谁不拚死卖命,那一头破开的竹鞭,便会抽打他赤裸的脊背。人人都得竭尽全力,要不就会前功尽弃。他们喊着激越、高亢的号子——激流曲。语言怎能描述歌声里蕴蓄着多少辛劳。这歌声啊,足以显示那极度劳损的心灵,那紧绷欲绽的筋肉,以及那人类征服自然力量的顽强精神。纤绳可能断裂,舢板纵然旋回,而湍流险滩终将被战胜。劳累的一天结束时,饱餐一顿,或吞云吐雾,或陶醉在悠闲自在的美梦中。然而,最痛楚的歌唱却是码头工扛着沉沉大包,沿着陡峭石阶,走向城垣时哼出的歌声。他们上上下下,走个不停;"嗨哟,啊嗬",那节奏分明的喊声,就像他们的辛劳一样,永无休止。他们光脚赤膊,汗流浃背。他们的歌唱是痛苦的呻吟,是绝望的叹息,是凄惨的悲鸣;简直不是人的声音。它是无限忧伤的心灵的呐喊,只不过带上了点旋律和谐的乐音,

而那收尾的音调才是人的最后一声抽泣。生活太艰难,生活太残忍,歌唱是绝望的最后抗议。这就是江上歌声。

(选自陈家元选编:《中外名家杂文精品》,四川文艺出版社1996年版,第32~33页)

知识

威廉·萨默赛特·毛姆,英国著名小说家、戏剧家。代表作有长篇小说《人性的枷锁》、《月亮和六便士》等。他的作品明晰朴素,具有自然主义意味,但在平静、超然的姿态当中,又显现出对社会现实的冷漠和嘲讽、对底层人民的哀悯和同情。他同中国的鲁迅一样,是一位弃医从文的作家。不幸的童年,铸就了他愤世嫉俗的个性,拒斥功利、繁冗的现实生活,探寻精神和灵魂的深度。他一生经历丰富,颇具传奇色彩,不但在"一战"中有过从事谍报工作的经历,还周游世界,足迹遍及各处,也曾到过中国,并以游记《在中国的屏风上》深刻描绘了那个时代中国人的生活情状。

解读

毛姆是一位风格独异的作家,善于在富有自然主义意味的描绘之中探索个体的内心世界,这篇《江上歌声》就是如此。文章虽以"嘹亮雄浑"的歌声为题,但在毛

姆看来,这歌声并非昂扬嘹亮的劳动咏唱,而是近乎绝望的呐喊。虽然劳动的场面热火朝天,但毛姆却敏锐地感受到劳动者们"劳损的心灵",而且这一劳动本身如他们的生活状态一样无休无止,从而将显示昂扬精神的"江上歌声",还原为劳动者们可怕的精神压抑和毫无希望的生活。正是巧妙选取了这一意象,毛姆才能从中展现劳动者们深刻的精神痛苦:这是比体力劳动更为深刻的戕害。

面色苍白的穷孩子

(法)马拉美

面色苍白的孩子,你为什么在大街上扯着嗓子喊,你那尖声尖气而又粗蛮的歌声消失在楼顶的主人和猫群之中?它没有穿过二层楼的窗子,因为窗子后面有沉重的肉红色的丝绸帷帘。

然而,你拼死地唱着,带着一个独自走向生活的孩子执着的信念为自我而劳动。你从来没有父亲吗?当你一文不名地回到家时，连一个哪怕是揍你一顿而使你忘掉饥饿的老母亲也没有。

但你为自己工作着，站在街头，穿着像一个大人的褪了色的衣服，长的过早的瘦削和与年龄不相称的高个子，你为糊口而去声嘶力竭地歌唱，却不向在马路上玩耍的孩子们低下淘气的眼睛。

你的怨怒的歌声是那样高，那样高，你的光头扬向空中，随着你升高的嗓子，仿佛要从你的小肩膀上飞走。

小人儿，你知道当有朝一日在城里喊得久了，再喊不出声来时，你会犯罪吗？犯罪是不很难的，去吧，随着欲望只消有勇气就行了，就这样……你的小脸是坚毅的。

没有一文钱落到你那只悬在裤腿上、无望的长手提着的柳条篮子里，人们对你很坏，有朝一日你会犯罪。

你的头总是扬着并企图飞走，它仿佛已未卜先知，在你用一副进行威胁的面孔

苍凉篇

歌唱时。

当你为我,为了价值小于我的人付出代价时,它会向你告别。在这个世界上你肯定会到这一步,现在你还年轻,我们会在报纸上见到你。

噢!可怜的小脑袋!

(选自杨旭恒、郑千山主编:《品味忧郁:悲情散文诗精品》,云南人民出版社2003年版,第106~107页)

知识

马拉美,法国早期象征主义诗歌大师,出生于一个没落的官宦世家。诗人很小的时候,母亲、父亲和姐姐相继离开人世。中学时代起迷上诗歌。1862年开始发表诗歌,后赴英国学习,次年回国后在中学执教。

1866年,诗人的诗歌开始受到诗坛的关注;1876年,《牧神的午后》在法国诗坛引起轰动。此后,诗人在家中举办的诗歌沙龙成为当时法国文化界最著名的沙龙,一些著名的诗人、音乐家、画家都是他家的常客,如魏尔伦、兰波、德彪西、罗丹夫妇等。因为沙龙在星期二举行,故被称为"马拉美的星期二"。1896年,诗人被选为"诗人之王",成为法国诗坛现代主义和象征主义诗歌的领袖人物。

解读

  《面色苍白的穷孩子》从一个特别的视角,表达了马拉美对底层穷苦人民的关注和同情。诗人巧妙地运用了一种个人的"对话体",它建立在马拉美对"穷孩子"深刻体察的基础上。而略显犀利的问话,实际上并不发生在马拉美和"穷孩子"之间,而是马拉美对社会的诘问。马拉美观察到这个孩子白费力气地唱歌,却无人给钱。但是当看到玩耍的孩子们时,依然会有孩童般的天性的显现。马拉美看到了这个孩子的悲凉结局,因此他用反讽的语气告诉"穷孩子",他一定会走上犯罪道路,实际上是在嘲讽社会一定会把这样的孩子逼上绝路。

  从某种意义上,马拉美所描绘的这个穷孩子也是当时法国社会的某种写照,穷孩子的悲惨处境,也是马拉美对于社会的深刻质疑与批判。

北　方

艾　青

一天
那个科尔沁草原上的诗人

苍凉篇

对我说:
"北方是悲哀的。"

不错
北方是悲哀的。
从塞外吹来的
沙漠风,
已卷去北方的生命的绿色
与时日的光辉
——一片暗淡的灰黄
蒙上一层揭不开的沙雾;
那天边疾奔而至的呼啸

带来了恐怖
疯狂地
扫荡过大地;
荒漠的原野
冻结在十二月的寒风里,
村庄呀,山坡呀,河岸呀,
颓垣与荒冢呀

都披上了土色的忧郁……
孤单的行人,
上身俯前
用手遮住了脸颊,
在风沙里
困苦地呼吸
一步一步地
挣扎着前进……
几只驴子
——那有悲哀的眼
　　和疲乏的耳朵的畜生,
载负了土地的
痛苦的重压,
它们厌倦的脚步
徐缓地踏过
北国的
修长而又寂寞的道路……

那些小河早已枯干了
河底也已画满了车辙,

苍凉篇

北方的土地和人民
在渴求着
那滋润生命的流泉啊!
枯死的林木
与低矮的住房
稀疏地,阴郁地
散布在灰暗的天幕下;
天上,
看不见太阳,
只有那结成大队的雁群
惶乱的雁群
击着黑色的翅膀
叫出它们的不安与悲苦,
从这荒凉的地域逃亡
逃亡到
绿荫蔽天的南方去了……

北方是悲哀的
而万里的黄河
汹涌着混浊的波涛

给广大的北方
倾泻着灾难与不幸;
而年代的风霜
刻画着
广大的北方的
贫穷与饥饿啊。

而我
——这来自南方的旅客,
却爱这悲哀的北国啊。
扑面的风沙
与入骨的冷气
决不曾使我咒诅:
我爱这悲哀的国土,
一片无垠的荒漠
也引起了我的崇敬
——我看见
我们的祖先
带领了羊群
吹着笳笛

沉浸在这大漠的黄昏里;
我们踏着的
古老的松软的黄土层里
埋有我们祖先的骸骨啊,
——这土地是他们所开垦
几千年了
他们曾在这里
和带给他们以打击的自然相搏斗
他们为保卫土地,
从不曾屈辱过一次,
他们死了
把土地遗留给我们——
我爱这悲哀的国土,
它的广大而瘦瘠的土地
带给我们以淳朴的言语
与宽阔的姿态,
我相信这言语与姿态,
坚强地生活在大地上
永远不会灭亡;
我爱这悲哀的国土,

古老的国土
——这国土
养育了为我所爱的
世界上最艰苦
与最古老的种族。

一九三八年二月四日,潼关

[选自艾青著:《艾青诗选》(第三版),人民文学出版社1998年版,第96～100页]

知识

《北方》这首诗是诗集《北方》中的代表作。艾青创作这一诗集时,正是抗日战争爆发之际。华北作为抗日的前线,民生凋敝,万里荒寒。诗人在前往武汉途中,一路感受着古老中国的衰微命运、华夏民族的多灾多难,心中悲郁,完成了这饱含深情的诗集。

解读

艾青是一位独树一帜的伟大诗人。从内容上,由于早年学习绘画的经历,艾青的诗,色彩、意象错落有致,具有强烈的画面感;从形式上,诗句长短结合,不拘一格,顺着诗人本身的感情跳跃流淌,极具感染力;从情感上,

 苍凉篇

艾青将自身的忧郁气质与祖国的苦难相结合,展现出一个伟大的爱国诗人的精神情怀。而《北方》正是这样一首"最艾青"的诗,丰富的意象:河流、沙漠、寒风、大雁,展现了北方的苍凉与痛苦;悲哀的人民,古老荒芜的景象,展现了中国步履蹒跚的困厄;然而诗人最终依然转入对于土地的歌颂和眷恋,通过热爱和悲哀两种感情的结合,将诗人沉郁的爱国情感表达得淋漓尽致。

　　我们的祖国并不是人间乐园,但是每一个中国人都有责任把她建设成人间乐园。

——巴金

天地不仁　浩叹人生

苍凉篇

淡淡的血痕中
——记念几个死者和生者和未生者

鲁 迅

目前的造物主,还是一个怯弱者。

他暗暗地使天变地异,却不敢毁灭一个这地球;暗暗地使生物衰亡,却不敢长存一切尸体;暗暗地使人类流血,却不敢使血色永远鲜秾;暗暗地使人类受苦,却不敢使人类永远记得。

他专为他的同类——人类中的怯弱者——设想,用废墟荒坟来衬托华屋,用时光来冲淡苦痛和血痕;日日斟出一杯微甘的苦酒,不太少,不太多,以能微醉为度,递给人间,使饮者可以哭,可以歌,也如醒,也如醉,若有知,若无知,也欲死,也欲生。他必须使一切也欲生;他还没有灭尽人类的勇气。

几片废墟和几个荒坟散在地上,映以

淡淡的血痕,人们都在其间咀嚼着人我的渺茫的悲苦。但是不肯吐弃,以为究竟胜于空虚,各各自称为"天之僇民",以作咀嚼着人我的渺茫的悲苦的辩解,而且悚息着静待新的悲苦的到来。新的,这就使他们恐惧,而又渴欲相遇。

这都是造物主的良民。他就需要这样。

叛逆的猛士出于人间;他屹立着,洞见一切已改和现有的废墟和荒坟,记得一切深广和久远的苦痛,正视一切重叠淤积的凝血,深知一切已死,方生,将生和未生。他看透了造化的把戏;他将要起来使人类苏生,或者使人类灭尽,这些造物主的良民们。

造物主,怯弱者,羞惭了,于是伏藏。天地在猛士的眼中于是变色。

一九二六年四月八日。

[选自傅德岷、包晓玲主编:《鲁迅散文杂文鉴赏(精华本)》,长江出版社2008年版,第51页]

苍凉篇

知识

鲁迅在《〈野草〉英文译本序》中说:"段祺瑞政府枪击徒手民众后,作《淡淡的血痕中》。"这篇文章是为"三一八惨案"而作的,在这次惨案中,鲁迅的学生杨德群、刘和珍等遇难,先生于愤懑中于当晚写下了《无花的蔷薇之二》,接着在短时间内连续创作了《死地》、《可惨与可笑》、《记念刘和珍君》等战斗檄文。1926年4月8日,先生在避难处创作了此文,可视为他所积累的愤怒力量经过时间沉淀之后的升华之作。

解读

与先生在"三一八惨案"发生之后连续撰写的文章相比,这篇抒情散文的情感更为内蕴,意境更加苍凉,思考更为深刻,脱离了一般的抒情范畴,而具有了《野草》式的深沉品质。

全文构思奇崛,深沉的说理以一种反弹琵琶的方式表达出来。先是通过判定"造物主是一个怯弱者",实际上揭示了命运的残酷,往往使个体只能停留在苟活的生存层面;接着批判了这种只愿意接受命运安排,庸庸碌碌,不知反抗、只求生存的"庸众";最后一如既往地呼唤能使"天地变色"的、具有反抗命运之精神的伟大战士。

此文依然表达了鲁迅先生的战斗精神,但是内中蕴含的却是命运的残酷、生存的荒凉,以及洞见"废墟和荒

坟"、记着"深广痛苦"的英雄的艰辛。先生的呼唤之下所掩盖的正是生命的苍凉和无意义。

真的猛士,敢于直面惨淡的人生,敢于正视淋漓的鲜血。

——鲁迅《记念刘和珍君》

废 园 外

巴 金

晚饭后出去散步,走着走着我又到了这里来了。

从墙的缺口望见园内的景物,还是一大片欣欣向荣的绿叶。在一个角落里,一簇深红色的花盛开,旁边是一座毁了的楼房的空架子。屋瓦全震落了,但是楼前一排绿栏杆还摇摇晃晃地悬在架子上。

我看看花,花开得正好,大的花瓣,长的绿叶。这些花原先一定是种在窗前的。

苍凉篇

我想,一个星期前,有人从精致的屋子里推开小窗眺望园景,赞美的眼光便会落在这一簇花上。也许还有人整天倚窗望着园中的花树,把年轻人的渴望从眼里倾注在红花绿叶上面。

但是现在窗没有了,楼房快要倾塌了。只有园子里还盖满绿色。花还在盛开。倘使花能够讲话,它们会告诉我,它们所看见的窗内的面颜,年轻的,中年的。是的,年轻的面颜,可是,如今永远消失了。花要告诉我的不止这个,它们一定要说出八月十四日的惨剧。精致的楼房就是在那天毁了的。不到一刻钟的功夫,一座花园便成了废墟了。

我望着园子,绿色使我的眼睛舒畅。废墟么?不,园子已经从敌人的炸弹下复活了。在那些带着旺盛生命的绿叶红花上,我看不出一点被人践踏的痕迹。但是耳边忽然响起一个女人的声音:"陈家三小姐,刚才挖出来。"我回头看,没有人。这句话还是几天前,就是在惨剧发生后的第二天听到的。

那天中午我也走过这个园子,不过不是在这里,是在另一面,就是在楼房的后边。在那个中了弹的防空洞旁边,在地上或者在土坡上,我记不起了,躺着三具尸首,是用草席盖着的。中间一张草席下面露出一只瘦小的腿,腿上全是泥土,随便一看,谁也不会想到这是人腿。人们还在那里挖掘。远远地在一个新堆成的土坡上,也是从炸塌了的围墙缺口看进去,七八个人带着悲戚的面容,对着那具尸体发愣。这些人一定是和死者相识的罢。那个中年妇人指着露腿的死尸说:"陈家三小姐,刚才挖出来。"以后从另一个人的口里我知道了这个防空洞的悲惨故事。

一只带泥的腿,一个少女的生命。我不认识这位小姐,我甚至没有见过她的面颜。但是望着一园花树,想到关闭在这个园子里的寂寞的青春,我觉得心里被什么

东西摇着似的痛起来。连这个安静的地方，连这个渺小的生命，也不为那些太阳旗的空中武士所宽容。两三颗炸弹带走了年轻人的渴望。炸弹毁坏了一切，甚至这个寂寞的生存中的微弱的希望。这样地逃出囚笼，这个少女是永远见不到园外的广大世界了。

花随着风摇头，好像在叹息。它们看不见那个熟习的窗前的面庞，一定感到寂寞而悲戚罢。

但是一座楼隔在它们和防空洞的中间，使它们看不见一个少女被窒息的惨剧，使它们看不见带泥的腿。这我却是看见了的。关于这我将怎样向人们诉说呢？

夜色降下来，园子渐渐地隐没在黑暗里。我的眼前只有一片黑暗。但是花摇头的姿态还是看得见的。周围没有别的人，寂寞的感觉突然侵袭到我的身上来。为什么这样静？为什么不出现一个人来听我愤慨地讲述那个少女的故事？难道我是在梦里?

脸颊上一点冷,一滴湿。我仰头看,落雨了。这不是梦。我不能长久立在大雨中。我应该回家了。那是刚刚被震坏的家,屋里到处都漏雨。

1941年8月16日在昆明。

(选自巴金著、李晓明主编:《巴金散文》,吉林文史出版社2006年版,第136~137页)

知识

1937年抗日战争爆发之后,深深热爱祖国的巴金投入到火热的斗争中去。从1940年7月始,巴金辗转于昆明、重庆、桂林等地,从事抗日文化宣传活动。寓居昆明期间,巴金目睹了日本飞机对昆明的轰炸造成的人间惨剧,遂作此文。

解读

从最早的创作开始,渴望用文学批判社会的巴金,其文风就是火热的、激情的,但《废园外》巴金处理得相对含蓄。显然,少女之死带给巴金的情感震动不仅仅是死亡本身,生命的凋零易逝,美丽花园的废弃,无不昭示着生命的脆弱、生之希望的飘渺。盛开的花朵与凋零的少女生命形成了鲜明的对比,在更加克制的叙述中,通过废园、花朵,形成了一种更加沉郁的感情氛围。最终,在黑暗中转化为一种生命的空幻的不真实感,这样,少女之死就超越了事件本身,上升为更加深刻的关乎死亡的一种象征,将残酷的死亡转变为一种苍茫的生命思考。

少女们纯洁而单调的生活中,必有一个美妙的时间,阳光会流入她们的心坎,花会对她们说话,心的跳动会把热烈的生机传给头脑,把意念融为一种渺茫的欲望;真是哀而不怨、乐而忘返的境界!

——(法)巴尔扎克

墓畔哀歌
(节选)
石评梅

五

我整天踟蹰于垒垒荒冢,看遍了春花

秋月不同的风景,抛弃了一切名利虚荣,来到此无人烟的旷野,哀吟缓行。我登了高岭,向云天苍茫的西方招魂,在绚烂的彩霞里,望见了我沉落的希望之陨星。

远处是烟雾冲天的古城,火星似金箭向四方飞游!隐约的听见刀枪搏击之声,那狂热的欢呼令人震惊!在碧草萋萋的墓头,我举起了胜利的金觥,饮吧我爱,我奠祭你静寂无言的孤冢!

星月满天时,我把你遗我的宝剑纤手轻擎,宣誓向长空:愿此生永埋了英雄儿女的热情。

六

假如人生只是虚幻的梦影,那我这些可爱的映影,便是你赠与我的全生命。我常觉你在我身后的树林里,骑着马轻轻地走过去。常觉你停息在我的窗前,徘徊着等我的影消灯熄。常觉你随着我唤你的声音悄悄走近了我,又含泪退到了墙角。常

觉你站在我低垂的雪帐外,哀哀地对月光而叹息!

在人海尘途中,偶然逢见个像你的人,我停步凝视后,这颗心呵,便如秋风横扫落叶般冷森凄零!我默思我已经得到爱的心,如今只是荒草夕阳下,一座静寂无语的孤冢。

我的心是深夜梦里,寒光闪灼的残月,我的情是青碧冷静,永不再流的湖水。残月照着你的墓碑,湖水环绕着你的坟,我爱,这是我的梦,也是你的梦,安息吧,敬爱的灵魂!

七

我自从混迹到尘世间,便忘却了我自己,在你的灵魂中我才知是谁?

记得也是这样夜里。我们在河堤的柳丝中走过来,走过去。我们无语,心海的波浪也只有月儿能领会。你倚在树上望明月沉思,我枕在你胸前听你的呼吸。抬头

看见黑翼飞来掩遮住月儿的清光,你抖颤着问我:假如这苍黑的翼是我们的命运时,应该怎样?

我认识了欢乐,也随来了悲哀,接受了你的热情,同时也随来了冷酷的秋风。往日,我怕恶魔的眼睛凶,白牙如利刃,我总是藏伏在你的腋下趑趄不敢进,你一手执宝剑,一手扶着我践踏着荆棘的途径,投奔那如花的前程!

如今,这道上还留着你斑斑血痕,恶魔的眼睛和牙齿再是那样凶狠。但是我爱,你不要怕我孤零,我愿用这一纤细的弱玉腕,建设那如意的梦境。

八

春来了,催开桃蕾又飘到柳梢,这般温柔慵懒的天气真使人恼!她似乎躲在我眼底有意缭绕,一阵阵风翼,吹起我灵海深处的波涛。

这世界已换上了装束,如少女般那样

苍凉篇

娇娆，她披拖着浅绿的轻纱，蹁跹在她那姹紫嫣红中舞蹈。伫立于白杨下，我心如捣，强睁开模糊的泪眼，细认你墓头，萋萋芳草。

满腔辛酸与谁道？愿此恨吐向青空将天地包。它纠结围绕着我的心，像一堆枯黄的蔓草，我爱，我待你用宝剑来挥扫，我待你用火花来焚烧。

九

垒垒荒冢上，火光熊熊，纸灰缭绕，清明到了。这是碧草绿水的春郊。墓畔有白发老翁，有红颜年少，向这一抔黄土致不尽的怀忆和哀悼，云天苍茫处我将魂招；白杨萧条，暮鸦声声，怕孤魂归路迢迢。

逝去了，欢乐的好梦，不能随墓草而复生，明朝此日，谁知天涯何处寄此身？叹漂泊我已如落花浮萍，且高歌，且痛饮，拼一醉烧熄此心头余情。

我爱，这一杯苦酒细细斟，邀残月与

孤星和泪共饮，不管黄昏，不论夜深，醉卧在你墓碑傍，任霜露侵凌罢！我再不醒。

（选自朱自清等著：《中国最美的散文·世界最美的散文》，吉林出版集团有限公司2011年版，第107～110页）

知识

石评梅，山西阳泉人，因爱慕梅花自取笔名石评梅，乳名心珠，学名汝壁，中国著名女作家，"民国四大才女"（吕碧城、张爱玲、萧红、石评梅）之一。1919年入北京女子高等师范学校，结识庐隐等人，开始在《语丝》、《晨报副刊》、《文学旬刊》、《文学》等杂志上发表作品，大多以追求爱情、真理、渴望自由、光明为主题。

与石评梅的文名相比，她与高君宇如彗星般划过天宇的爱情更具传奇色彩。两个具有同样的革命志趣的青年，互相爱慕，却因为种种阻隔未能结合，最终天人永隔，酿成了深重的悲剧。然而正因如此，《墓畔哀歌》才激发出了石评梅内心的澎湃感情，成为她最著名的代表作品。

解读

石评梅短暂的一生（1902—1928）历经坎坷，其作品也大多具有哀婉忧伤的悲凉情调。然而，石评梅毕竟是女中豪杰，在这首泣血而作的《墓畔哀歌》中，她并未将

苍凉篇

思绪和视野仅仅停留在对高君宇的追忆中,而是情景交织,将内心忧伤附着于古城、星月、荒冢等诸般意象中,在凄冷的氛围中,以火一般的力量追寻自己的生命和灵魂,拷问自身的命运,将炙热与凄凉熔为一炉,更加深沉地表达出对高君宇的追思。

警语

天长地久有时尽,此恨绵绵无绝期。

——白居易

唐诗二首

登幽州台歌

陈子昂

 正文

前不见古人,后不见来者。
念天地之悠悠,独怆然而涕下。

(选自滕咸惠、程相占选注:《唐诗精选》,金盾出版社2002年版,第31页)

知识

陈子昂少时狂浪不羁,后来收拾心性,认真读书,但

经典悦读

两次科举不中,直到 24 岁才中进士。他为人刚直,在朝为官时直言敢谏,一度因触怒武则天而入狱,最终被武三思诬陷而死。有《陈伯玉集》传世,《全唐诗》录其诗两卷。

初唐时候,诗坛还残留着齐梁时期浓厚的靡艳气息。陈子昂不但以骨力遒劲、意蕴深远的诗作令人耳目一新,还提出了著名的"风骨"说,提倡"骨气端祥,金石朗练"的质朴刚健的文风,对扭转当时的诗歌风气起到了关键作用。

《登幽州台歌》是陈子昂最为著名的代表作。诗人颇有政治抱负,却一直不为武则天所重视,心中抑郁难解,于是,当诗人登上幽州的蓟北楼远望时,不禁悲从心中来。本诗第一句写时间,第二句写空间,思绪穿越历史,视野远达天地,然而境界越壮阔辽远,越是衬托出陈子昂精神上的孤独悲苦。可以说,陈子昂将自己的悲凉心绪拓展到整个时空,在孤绝的意境之中,将这种感情升华和拓展,化为一种深刻的、具有人类普遍性的精神意象。

苍凉篇

登 高

杜 甫

正文

风急天高猿啸哀,渚清沙白鸟飞回。
无边落木萧萧下,不尽长江滚滚来。
万里悲秋常作客,百年多病独登台。
艰难苦恨繁霜鬓,潦倒新停浊酒杯。

(选自滕咸惠、程相占选注:《唐诗精选》,金盾出版社2002年版,第229页)

知识

杜甫一生命运坎坷,多灾多难,晚景更是凄凉。此诗作于大历二年(767),诗人已客居四川多年,虽然远离战乱,却由于穷困潦倒,生活依然很艰难。他身在夔州,患有肺病加风疾,眼已昏花,耳也已经半聋,自称"右臂偏枯耳半聋"。生活的艰辛,时局的变幻,对家乡的思念,都冲击着诗人饱经忧患的心灵。尽管境况窘迫,病魔缠身,诗人依旧登高望远,一遣胸怀,创作出了这首光耀千古的七言律诗。

解读

此诗前四句为写景。诗人漂泊他乡,饱尝艰辛,心中的悲郁之气和这无边萧瑟的秋景融为一体。诗人用笔奇崛,寥寥几笔,视野从天空转向地面,将静态化为动态,描绘出一幅充斥天地、扑面而来的肃杀萧瑟之气,充满感染力。第五、六句直抒胸臆,即使潦倒零落,诗人依然横跨时空,气势雄浑,"万里"、"百年",极言诗人的忧愤之深之广;最后两句的自我叹惋,点出诗人客居异乡、多灾多病的凄凉现状,更加令闻者动容。

这首诗表述上句句押韵、章法细密,意境上情景交融、浑然一体,情感上大气沉郁、动人心魄,艺术上达到了极高的成就,被后人称为"古今七言律诗第一"。

《哀江南赋》序

庾信

正文

粤以戊辰之年,建亥之月①,大盗移国②,金陵瓦解。余乃窜身荒谷,公私涂炭。华阳奔命,有去无归。中兴道销,穷于甲戌。三日哭于都亭,三年囚于别馆。

天道周星③,物极不反。傅燮之但悲身世,无处求生;袁安之每念王室,自然流涕。

昔桓君山之志事,杜元凯之平生,并有著书,咸能自序。潘岳之文采,始述家风;陆机之辞赋,先陈世德。信年始二毛④,即逢丧乱,藐是流离,至于暮齿。《燕歌》远别,悲不自胜;楚老相逢,泣将何及!⑤畏南山之雨,忽践秦庭;让东海之滨,遂餐周粟。⑥下亭漂泊,高桥羁旅。⑦楚歌非取乐之方,鲁酒无忘忧之用。追为此赋,聊以记言;不无危苦之辞,惟以悲哀为主。

日暮途远,人间何世?将军一去,大树飘零;壮士不还,寒风萧瑟。⑧荆璧睨柱,受连城而见欺;载书横阶,捧珠盘而不定。⑨钟仪君子,入就南冠之囚⑩;季孙行人,留守西河之馆。申包胥之顿地,碎之以首⑪;蔡威公之泪尽,加之以血⑫。钓台移柳,非玉关之可望⑬;华亭鹤唳,岂河桥之可闻?

孙策以天下为三分，众才一旅；项籍用江东之子弟，人惟八千；遂乃分裂山河，宰割天下。岂有百万义师，一朝卷甲；芟夷斩伐，如草木焉！⑭江淮无涯岸之阻，亭壁无藩篱之固。头会箕敛者合从缔交；锄耰棘矜者⑮因利乘便。将非江表王气，终于三百年乎？是知并吞六合，不免轵道之灾⑯；混一车书，无救平阳之祸⑰。呜呼！山岳崩颓，既履危亡之运；春秋迭代，必有去故之悲。天意人事，可以凄怆伤心者矣！况复舟楫路穷，星汉非乘槎可上；风飙道阻，蓬莱无可到之期。穷者欲达其言，劳者须歌其事。陆士衡闻而抚掌，是所甘心；张平子见而陋之，固其宜矣！

（选自王飞鸿主编：《中国历代名赋大观》，北京燕山出版社2007年版，第445～446页）

注　释

①粤：发音词。戊辰之年：梁武帝太清二年（548）。建亥之月：农历十月。

②大盗：指侯景。大盗移国：梁武帝太清二年八月，侯景

苍凉篇

作乱,十月攻陷金陵。

③周星:岁星12年绕天一周,所以叫周星。

④二毛:头发斑白。侯景作乱时,庾信才36岁,却已出现灰白的头发。

⑤"楚老相逢"二句:汉末楚人龚胜,仕汉为光禄大夫,王莽即位,不应征而饿死。死后有楚地父老来,哭得很伤心。

⑥"畏南山"四句:据说,南山有玄豹,每当雾雨天便不出来,为的是保护皮毛。这里是说,庾信本也有避害全身的思想,可是后来终于奉命出使到西魏。秦庭,指西魏,作者把自己比作来秦庭求救的申包胥。东海之滨,指伯夷、叔齐,所谓"伯夷避纣,居北海之滨"(《孟子·离娄上》)。遂餐周粟,是说自己没能像伯夷、叔齐那样不食周粟,而做了西魏的官。

⑦"下亭漂泊"二句:下亭,地名。汉代孔嵩宿于下亭,马被人家偷去。高桥,一作"皋桥",在苏州市阊门内。汉代皋伯通住在这里,梁鸿曾在他家佣工。这里是庾信用孔、梁之事来比喻自己的不幸遭遇。

⑧"将军一去"四句:将军,指后汉冯异。异为人谦虚,当别人自夸军功时,他常独自倚树不语,军中称他为"大树将军"。壮士,指荆轲。

⑨"荆璧睨柱"四句:荆璧,即和氏璧。这是用蔺相如完璧归赵的故事。载书,即盟书。毛遂随平原君出使楚国,终于说服楚王,最后捧铜盘歃血,与楚结订从约

而归。

⑩ "钟仪君子"二句：钟仪，春秋时楚人，曾被囚于晋。这里庾信用钟仪自比。

⑪ "申包胥"二句：春秋时，吴攻楚，楚大夫申包胥到秦国求救，秦不肯出兵。申包胥倚墙而立，痛哭七日不绝，直到秦国答应出兵救楚。顿地，顿首至地。

⑫ "蔡威公"二句：春秋时，蔡威公见国家将亡，闭门哭了三天，泪尽继之以血。

⑬ "钓台移柳"二句：钓台，在武昌，晋陶侃驻兵武昌时，曾种过很多柳树；移，应作"栘"，是近似白杨的一种树。这里庾信借以比喻故国风物。玉关，玉门关。

⑭ "岂有"四句：侯景作乱时，梁朝的军队号称百万，但在侯景进攻之下，纷纷败逃。芟夷，除草，这里比喻杀人多。

⑮ 耰：一作"援"。棘矜：带尖的棍子。

⑯ "是知并吞"二句：六合，天地四方，即指天下。轵道，亭名，轵道之灾，指刘邦入关，秦王子婴在轵道旁迎降。

⑰ "混一"二句：混一车书，即指统一天下。平阳之祸，指西晋的怀、愍二帝先后被刘聪、刘曜捉到平阳杀害之事。

译文

梁太清二年十月，侯景篡国，金陵沦陷。我于是逃入

荒谷,这时公室私家均受其害,如同陷入泥途炭火。不想后来奉命由江陵出使西魏,却有去无归。可叹梁朝的中兴之道,竟消亡于承圣三年。我的心情遭遇,正如率部在都城亭内痛哭三日的罗宪,又如被囚于别馆三年的叔孙婼。按照天理,岁星循环事情当能好转,而梁的灭亡却物极不反了。傅燮临危只悲叹身世,无处求生;袁安念及王室,自然落泪。

以往桓君山的有志于事业,杜元凯的生平意趣,都有著作自叙流传至今。以潘岳的文采而始述家风,陆机的辞赋而先陈世德。我庾信刚到头发斑白之岁,即遭遇国家丧乱,流亡远方异域,直到如今暮年。想起《燕歌》所咏的远别,悲伤难忍;与故国遗老相会,哭都嫌晚。想当初自己原想像南山玄豹畏雨那样藏而远害,却忽然被任命出使西魏,如同申包胥到了秦庭。以后又想像伯夷、叔齐那样逃至海滨躲避做官,结果却不得不失节仕周,终于食了周粟。如同孔嵩道宿下亭的旅途漂泊,梁鸿寄寓高桥的羁旅孤独。美妙的楚歌不是取乐的良方,清薄的鲁酒也失去了忘忧的作用。我只能追述往事,作成此赋,聊以记录肺腑之言。其中不乏有关自身的危苦之辞,但以悲哀国事为主。

我年已高而归途遥远,这是什么世道啊!冯异将军一去,大树即见飘零。荆轲壮士不回,寒风备感萧瑟。我怀着蔺相如持璧睨柱之志,却不料为不守信义之徒所欺;又想像毛遂横阶逼迫楚国签约合纵那样,却手捧珠盘而未能促其定盟。我只能像君子钟仪那样，做一个戴着南冠的楚囚；像行人季孙那样，留住在西河的别馆。其悲痛惨烈，不亚于申包胥求秦出兵时的叩头于地，头破脑碎；也不减于蔡威公国亡时的痛哭泪尽，继之以血。那故国钓台的桵柳，自非困居玉门关的人可以望见；那华亭的鹤唳，难道是魂断河桥的人再能听到的吗！

　　孙策在天下分裂为三之时，军队不过五百人；项籍率领江东子弟起兵，人只有八千。于是就剖分山河，割据天下。哪里有号称百万的义师，竟一朝卷甲溃败，让作乱者肆意戮杀，如割草摧木一般？长江淮河失去了水岸的阻挡，军营壁垒缺少了藩篱的坚固，使得那些得逞一时的作乱者得以暗中勾结，那些持锄耨和棘矜的人得到乘虚而入的机会。莫不是江南一带的帝王之气，已经在三百年间终止了吗！于此可知并吞天下，最终不免于秦王子婴在轵道旁投降的灾难；统一车轨和文字，最终也救不了晋怀、愍二帝被害于平阳的祸患。呜呼！山岳崩塌，既已经历国家危亡的厄运；春秋更替，必然会有背井离乡的悲哀。天意人事，真可以令人凄怆伤心的啊！何况又舟船无路，银河不是乘筏驾船所能上达；风狂道阻，海中的蓬莱仙山也无可以到达的希望。因踬者欲表达自己的肺腑之言，操劳者须歌咏自己所经历的事。我写此赋，为陆机听了拍掌而矣，也心甘情愿；张衡见了将轻视它，本是理所当然的。

（编者注译）

苍凉篇

知识

庾信,字子山,南阳新野(今河南新野)人,出身门阀。奉命出使西魏,被留在长安,至死都未能回到南朝。早年仕途顺利,诗赋多淫靡绮丽之作,以宫体诗闻名一时,后因国破家亡,风格转为沉郁苍凉,常有"乡关之思"之作。今传有《庾子山集》。《哀江南赋》是庾信晚年流落北朝时,为哀痛梁朝的灭亡而作。"哀江南"取自《楚辞·招魂》"魂兮归来哀江南",这里选的是赋前的序。

解读

庾信这篇序文,于四六整饬的句式中,极尽夭矫变化、抒情议论之能,具有起伏跌宕的音韵美和深沉强烈的感染力,这显然得益于文章内容所蕴含的厚重的历史意识和痛切的反思精神。作者自始至终把个人的遭遇同国家的命运紧密结合,把个人的不幸附着于对故国的黍离之悲和麦秀之感中予以倾诉,这种风格非经过残酷的历史巨变、经历个人的沧桑浮沉是不会产生的。庾信的创造与他的个人经历的关系,值得我们深思。

警语

国家不幸诗家幸,赋到沧桑句便工。

——赵翼《题遗山诗》

时如逝水 一去不返

苍凉篇

匆　匆

朱自清

燕子去了，有再来的时候；杨柳枯了，有再青的时候；桃花谢了，有再开的时候。但是，聪明的，你告诉我，我们的日子为什么一去不复返呢？——是有人偷了他们罢；那是谁？又藏在何处呢？是他们自己逃走了罢：现在又到了哪里呢？

我不知道他们给了我多少日子；但我的手确乎是渐渐空虚了。在默默里算着，八千多日子已经从我手中溜去；像针尖上一滴水滴在大海里，我的日子滴在时间的流里，没有声音，也没有影子。我不禁头涔涔而泪潸潸了。

去的尽管去了，来的尽管来着；去来的中间，又怎样地匆匆呢？早上我起来的时候，小屋里射进两三方斜斜的太阳。太

阳他有脚啊,轻轻悄悄地挪移了;我也茫茫然跟着旋转。于是——洗手的时候,日子从水盆里过去;吃饭的时候,日子从饭碗里过去;默默时,便从凝然的双眼前过去。我觉察他去的匆匆了,伸出手遮挽时,他又从遮挽着的手边过去。天黑时,我躺在床上,他便伶伶俐俐地从我身上跨过,从我脚边飞去了。等我睁开眼和太阳再见,这算又溜走了一日。我掩着面叹息,但是新来的日子的影儿又开始在叹息里闪过了。

在逃去如飞的日子里,在千门万户的世界里的我能做些什么呢?只有徘徊罢了,只有匆匆罢了;在八千多日的匆匆里,除徘徊外,又剩些什么呢?过去的日子如轻烟,被微风吹散了,如薄雾,被初阳蒸融了;我留着些什么痕迹呢?我何曾留着像游丝样的痕迹呢?我赤裸裸来到这世界,转眼间也将赤裸裸的回去罢?但不能平的,为什么偏要白白走这一遭啊?

你聪明的,告诉我,我们的日子为什

苍凉篇

么一去不复返呢?

一九二二年三月二十八日

(选自朱自清等著:《中国最美的散文·世界最美的散文》,吉林出版集团有限公司2011年版,第79～80页)

知识

朱自清,早期主要从事诗歌创作,后来逐渐转向散文。其散文朴素缜密,清隽沉郁,语言洗练,文笔清丽,在中国享有盛名。主要作品有《雪朝》、《踪迹》、《背影》、《春》、《欧游杂记》、《你我》、《精读指导举隅》、《略读指导举隅》、《国文教学》、《诗言志辨》、《新诗杂话》、《标准与尺度》、《论雅俗共赏》等。

解读

朱自清先生以散文蜚声文坛,善于将隽永的思绪和情感用淡雅和朴素的文字表达出来,《匆匆》就体现出了这一点。尽管《匆匆》如先生其他文一样,清雅典丽,富于美感,但细细品来,《匆匆》所蕴含的深刻哲理,与先生深沉内敛的情感交织在一起,使全文在诗一般的氛围中,不可抑制地流淌着一种哀伤、忧愁的气氛。"叹息"、"踌躇"、"茫茫然",在先生隐没于细腻情感的姿态中,我们看到了先生内心的沉重与苍凉,从而使我们逐渐感受到这篇《匆匆》实在不是一篇轻松的文章,细细品味,那种对于生命流失的茫然就会涌动出来。

万物与岁月同逝
（节选）
（日）荻原朔太郎

　　万物与岁月同逝。
　　独自走来彷徨在
　　水流湍急的广濑川畔,
　　用什么才能将河水遮断,
　　只留下忧愁直到永远,
　　我那热情的往日也已黯淡。

　　久别之后回到故乡,一面彷徨在广濑川畔,一面寂寞地低吟这首诗歌。
　　万物与岁月同逝——乡土望景诗中所吟诵的古迹,已无踪无影,尽昔毁灭废弃;在这片乡土上,再也追寻不到早年的记忆。

苍凉篇

内心的寂寞，不禁使我酸泪欲滴。

　　一切全都变了样。不变的，惟有广濑川滔滔的白浪，利根川湍急的河滩，还有昔日国定忠治笼城固守的赤城山。

　　何其多情善感，我那少年时光，
　　身依波宜亭的楼上，
　　沉思默想，不胜悲伤。

　　诗中的波宜亭，而今早已渺无踪影，成了公园的一隅。而公园，过去是赤城牧场的一部分，曾经饲养过牛群。
　　我离开友朋，独自躺在盛长紫苜蓿的校庭，眺望小鸟在蓝天飞舞的身影。

　　为春情的勃发而烦闷。

　　诗中的中学已经他迁，变成废墟一片，只留下断壁残垣。我的中学时代是悲哀的。留级。警告。饱尝老拳。教师连连的叱责。

父母的嗟叹。还有苦闷不堪的性的觉醒。手淫。妄想。厌烦得要死的功课!哦,就连往日的这些记忆也全然荒废。索性让一切都泯灭了倒也干脆。

> 当我化为草木的那一天,
> 有谁能将这失败的历史
> 镌刻在墓碑上,
> 我永远渴望,
> 愿世人把我的过错原谅。
> 愿父母也把不肖儿原谅。
> ——为父亲扫墓

站在父亲墓前,萦回着这些思绪。同许多乡亲的遗骸一起,父亲的墓,凄凉局促,立在城边狭小的寺院一隅,我的一生都是过错。然而,就连这"过错的记忆",不久后也将与这里的万象,同归于虚无的坟墓。父亲呀,请宽宥儿的不孝。

苍凉篇

景物疾逝,火车飞奔,
我的心绪乱纷纷。

诗中二子山的附近,修起了新迁来的中学校舍。往昔荒凉的情景已丝毫不见,气象全然一新。曾经咬着蒲公英的花茎,沉思默想,徘徊在野川之滨;如今,白色的紫萝兰是否仍旧开放在河畔?往日的少女依然留在故乡的家园?

站在这条新路的交叉点,
四面望不见广漠的地平线。
阴郁的日子呀。
天日下低低的屋檐鳞次栉比,
杂树林已砍伐得零落疏稀。

……

后面的树林,已经砍伐殆尽,无由听到啼鸟的清音,往日诗中的情趣,也难再构筑成形像。

经典悦读

> 万物与岁月同逝——
> 独自走来彷徨在
> 流水湍急的广濑川畔,
> 用什么才能将河水遮断。
>
> ——彷徨于广濑河畔

（选自柳鸣九主编、高慧勤选编：《世界散文经典：日本卷》，春风文艺出版社1997年版，第210～214页）

知识

荻原朔太郎，现代诗人，生于日本群马县前桥市。1913年与著名诗人室生犀星、北原白秋相识。1914年和犀星等组织了"以研究诗歌、宗教、音乐为目的"的人鱼诗社，并于1916年创办诗歌杂志《感情》。虽然他从17岁就开始写短歌、写诗，但直到31岁诗集《吠月》问世，以其白话自由诗体和对爱情大胆直率的表现，才一鸣惊人，被认为是"诗的革命"，成为日本现代派诗歌的先导。1923年出版《青猫》，受到了尼采的影响，艺术上更加成熟，被日本人奉为"现代诗歌中的极品"、"日本口语诗的最终完成"。晚年著有诗集《冰岛》、《回归日本》等，情绪日趋转向悲观颓废。

解读

荻原朔太郎以诗人的身份写散文，自然会带有诗的节

苍凉篇

奏和美感。本篇写作者回乡勾起昔日的回忆,以地点的变化,依次回忆昔年的场景,再与今日完全不同的景象相对比,展现出时光流逝、物是人非的伤感与忧愁。全文节奏优美,以诗歌来抒写心中的惆怅,选取古迹、校园、父亲的坟墓、树林等代表性景观,表达了"万物与岁月同逝"的主题。

老人和太阳

(西)阿莱桑德雷

正文

他已经活了很久。

他靠在那里,老态龙钟,靠着一根树干,一根极粗的树干,在迟暮中,在夕阳下山的时候。

那时刻,我正好路过,便停下脚步,把他端详。

他老了,满脸皱纹,那双眼睛暗淡甚于忧伤。

他靠着树干,阳光先朝他移来,轻轻

吞噬着他的双脚。

在那儿,像蜷缩着,停留了片刻。

然后上升,把他沉浸,把他淹没,

缓缓地从他那儿移开,把他和自己的美丽光芒合成一体。

啊,年老的生命,年老的存在,他在溶解!

整个的火,悲哀的历史,皱纹的残余,受侵蚀的皮肤的痛苦,

正怎样地啃啮自己,毁掉自己!

像毁灭性洪流中的一块岩石正在渐渐消蚀,

向最响亮的爱屈服,

老人就这样,在那静寂之中,慢慢消失,慢慢退隐。

我目睹着太阳怀着深深的爱恋慢慢把他吞下,叫他长眠。

就这样,一点一点把他带走;就这样,在自己的光芒中一点一点把他溶解。

像一个妈妈把自己的孩子温柔地重又

抱在怀中。

我路过，我亲眼看见了他，可有时候我只看见一点最微妙的残余。几乎不是生命的最微细的痕迹。

留下的只是这个，当那深情可爱的老人成了光芒，

像世间其他无形的东西，

随着夕阳的余晖无比缓慢地离去。

（选自杨旭恒、郑千山主编：《品味忧郁：悲情散文诗精品》，云南人民出版社2003年版，第210～211页）

知识

阿莱桑德雷，西班牙现当代著名诗人。生于风景秀美的海滨小城马拉加。1911年随全家迁往马德里；1913年入大学学习法律和商业，毕业后从事商业工作，时常为金融报纸撰稿。1925年，一场突如其来的肾结核病使得诗人放弃了工作，开始了漫长的病榻生活，从此决心从事诗歌写作。

1926年发表处女作，1928年出版第一部诗集《轮廓》，逐渐获得人们的认可，成为"二七年一代"的重要成员。1933年，获得西班牙皇家学院的国家文学奖。1944年，诗集《天堂的影子》引起轰动，成为青年一代的先驱，声望日隆，其创作也更加成熟。1977年，获得诺贝

尔文学奖。

这是一首颇具意蕴的散文诗,老人沐浴在夕阳的光辉之下,他的生命就如同太阳一般,将要走过一个轮回。这时的夕阳对他来说既是生命的能量,又象征着生命的终结。当老人慢慢地被光明所吞没时,同时也陷入了永恒的沉寂。在诗人看来,这死亡显然就是"向最响亮的爱屈服",是对生命的回归。然而,对于无法超脱生死的人类来说,在老人为夕阳所吞没的时刻,在光明和黑暗交织的刹那,我们亦感受到了生命的有限和时间的冷酷。诗人的平静之中带着苍凉,而我们看到的苍凉之中蕴含着生命的暖意。

夕阳无限好,只是近黄昏。

——李商隐《登乐游原》

诉衷情·当年万里觅封侯

陆　游

正文

当年万里觅封侯,匹马戍梁州。关河梦断何处?尘暗旧貂裘。　　胡未灭,鬓

先秋,泪空流。此生谁料,心在天山,身老沧洲。

(选自刘扬忠注评:《陆游诗词选评》,三秦出版社 2008 年版,第 256 页)

知识

陆游一生胸怀大志,为国家奔忙;然而作为主战派的他屡遭排斥,官场上几度浮沉,始终无法实现自己抗金报国、收复河山的志向。最终陆游在朝廷担任文职,主持修史工作;书成以后,他闲居山阴,聊遣余生。这首词正是诗人闲居时所作。

解读

这首词以直抒胸臆的方式排遣英雄失意的悲哀。诗人以早年和暮年作为对比,先回忆青年从军时的英雄气概、风发意气;再写英雄无用武之地的无奈,最终抒发年老鬓衰、闲居山阴的愤懑。"心在天山,身老沧洲"尤为沉痛,深刻表达了诗人内心的不甘,以及对世事无常、壮志难酬的苍凉叹惋。

警语

出师未捷身先死,长使英雄泪满襟。

——杜甫《蜀相》

自然万象　大地苍茫

苍凉篇

山垭口

（节选）

（俄）蒲宁

……

天黑得很快，我走着走着，走到树林边——山变得越来越阴森，越来越突兀，而在山峦之间空旷的地方，深雾被山上的暴风驱赶过来，急遽地汇成一股狭长的、斜斜的云层。这雾是从山顶上吹来的（山顶上积集着一大堆松散的雾），它仿佛使山峦之间的峡谷变得更加阴沉、深邃了。它已经使森林成为白茫茫的一片，还随同低沉而凄凉的松涛声一起向我袭来。空气中洋溢着冬天的清冷，风雪交作……天已经夜了，我低下头避着寒风，长久地在山间的松树枝构成的拱道中走着，松树在浓雾中不断哗哗地鸣响。

……

我避着风,转身走到马的身边。这是和我在一起惟一的有生命的东西!然而马对我看也不看。它浑身湿透,冻僵了,蜷缩着身子,高高的马鞍笨拙地矗立在它的背上。它顺从地耷拉着脑袋,两耳紧贴在脑袋上。我狠狠地拉着缰绳,重新面对着潮湿的风雪,重新迎着风雪顽强地前进。我试图看清周围的东西,但只能看见灰白色的一片,在飞驰着,闪着耀目的雪光。我侧耳静听,只能听到耳边的风声,以及背后单调的铿锵声:这是马镫互相碰击的声音……

然而很奇怪:绝望的心情开始使我变得强壮起来!我更加有力地迈着步子。由于使我必须忍受这一切而对人家产生恶意的埋怨,这种心情反而使我感到愉快。这种埋怨的心情已经变成一种忧郁而沉毅的顺服,决心对必需忍受的一切逆来顺受,在这种心情下,即使无望也是心甘情愿的……

苍凉篇

最后，山垭口终于在望。然而我已经无所谓了。我沿着平缓的草地走着，风把浓雾吹得像一绺绺蓬松的长发，把我吹倒在地，可是我毫不介意。只消根据风的呼啸声，根据浓雾，就可以感觉到，深夜牢牢地占领着群山——渺小的人们早已在谷地上，在自己的小房子里睡觉了；可是我并不匆忙，咬紧牙关走着，不时冲着马嘟囔几句：

"走啊，走啊。拼命地走吧，直到倒下来为止。在我的一生中，这样荒僻难走的山垭口已经走过不知多少遍了！灾难、痛苦、疾病、亲友的背叛、友谊的被糟蹋，这一切都曾经像黑夜一样向我袭来——终于到了与熟悉的一切分手的时刻。于是，我无可奈何地重新把流浪者的拐杖握在手里。然而，通往新的幸福的山路是陡峭的，崎岖的，黑夜、浓雾、暴风在山顶上等待着我，令人害怕的孤独感会在山垭口占据我的思想……不过——继续走吧，走吧！"

我磕磕绊绊，仿佛在睡梦中似的走着。

离早晨时间还很长。往下到谷地需要走一整夜,也许黎明时才能够在什么地方沉沉地睡一觉——蜷缩着身子,心里只有一个感觉:受凉后体味到温暖的甜蜜。

白天又会有人们和阳光使我感到愉快,又会长久地欺骗我……也许在什么地方我会倒下来,永远地留在这光秃的、自古以来一直荒无人迹的山里,在黑夜和暴风雪之中?

(选自苏福忠选编:《外国散文百篇必读》,人民文学出版社2011年版,第203~205页)

知识

蒲宁,俄国诗人、小说家、散文家和翻译家,生于没落贵族家庭,后家道中落。15岁辍学,19岁出外谋生,从事过校对员、统计员、图书管理员和报社记者等多种职业,也曾受教于托尔斯泰、契诃夫和高尔基等大作家,并曾为高尔基主持的知识出版社撰稿。他以诗集《落叶》获得普希金奖,并逐渐获得广泛影响。

十月革命后,蒲宁出于对革命者的恐惧流亡国外,定居法国,并且再未返回祖国,其创作风格也日趋悲凉。蒲宁擅长以抒情的手法描绘俄罗斯式的自然风光和美好人性,同时带有对旧时代的忧伤和惋叹,创作了大量具有古

典气息的优美散文。由于"严谨的艺术才能使俄罗斯古典传统在散文中得到继承",获得了1933年的诺贝尔文学奖。

解读

《山垭口》一文较为典型地表现了蒲宁的创作风格:优美、细致的景物描写,细腻的人物内心活动,哲理性的情感抒发。尽管只描写了主人公穿过山垭口这样一件小小的事情,蒲宁却用优美的文笔将它写得生动细腻,富有哲理。可以说,"山垭口"这一意象象征了人生的艰难境遇,而在黑暗中坚持行走的主人公,则象征着与命运的不断交织和碰撞。

蒲宁式的散文大多通过人物的活动来和细腻、丰富的自然景象交织融合,以大自然的微妙变化来映照主人公的心灵世界,以浪漫的自然世界为主人公提供心灵活动的舞台,从而营造出极富古典之美的审美境界。在《山垭口》中,我们不但感受到了蒲宁所塑造的压抑、危险的山间道路,也感受到了主人公丰富狂暴的心灵独语,从而带给我们一种暗色调的审美感受和哲学意味。

警语

大自然把人们困在黑暗之中,迫使人们永远向往光明。

——(德)歌德

经典悦读

雪　夜

（法）莫泊桑

　　黄昏时分，纷纷扬扬地下了一天的雪，终于渐下渐止。沉沉夜幕下的大千世界，仿佛凝固了，一切生命都悄悄进入了梦乡。或近或远的山谷、平川、树林、村落……在雪光映照下，银妆素裹，分外妖娆。这雪后初霁的夜晚，万籁俱寂，了无生气。

　　蓦地，从远处传来一阵凄厉的叫声，冲破这寒夜的寂静。那叫声，如泣如诉，若怒若怨，听来令人毛骨悚然！喔，是那条被主人放逐的老狗，在前村的篱畔哀鸣，是在哀叹自己的身世，还是在倾诉人类的寡情？

　　漫无涯际的旷野平畴，在白雪的覆压下蜷缩起身子，好像连挣扎一下都不情愿的样子。那遍地的萋萋芳草、匆匆来去的游蜂浪蝶，如今都藏匿得无迹可寻；只有

苍凉篇

那几棵百年老树,依旧伸展着槎桠的秃枝,像是鬼影幢幢,又像那白骨森森,给雪后的夜色平添上几分悲凉、凄清。

茫茫太空,默然无语地注视着下界,越发显出它的莫测高深。云层背后,月亮露出了灰白色的脸庞,把冷冷的光洒向人间,使人更感到寒气袭人。和她做伴的,唯有寥寥的几点寒星,致使她也不免感叹这寒夜的落寞和凄冷。看,她的眼神是那样忧伤,她的步履又是那样迟缓!

渐渐地,月儿终于到达她行程的终点,悄然隐没在旷野的边沿,剩下的只是一片青灰色的回光在天际荡漾。少顷,又见那神秘的鱼白色开始从东方蔓延,像撒开一幅轻柔的纱幕笼罩住整个大地。寒意更浓了。枝头的积雪都已在不知不觉间凝成了水晶般的冰凌。

啊,美景如画的夜晚,却是小鸟们恐怖颤栗、备受煎熬的时光!它们的羽毛沾湿了,小脚冻僵了;刺骨的寒风在林间往来驰突，肆虐逞威，把它们可怜的窝巢刮得左摇右晃；困倦的双眼刚刚合上，一阵阵寒冷又把它们惊醒……只得瑟瑟索索地颤着身子，打着寒噤，忧郁地注视着漫天皆白的原野，期待那漫漫未央的长夜早到尽头，换来一个充满希望之光的黎明！

(选自史冬梅主编：《世界精选美文集》，内蒙古人民出版社2008年版，第223~224页)

知识

居伊·德·莫泊桑，19世纪后半期法国优秀的批判现实主义作家。出生于法国诺曼底省狄埃卜城。一生创作了6部长篇小说和300多篇中短篇小说，由其小说改编的电影风靡全球。其文学成就以短篇小说最为突出，被誉为"短篇小说之王"。莫泊桑与契诃夫和欧·亨利并称为世界三大短篇小说巨匠，作品在法国乃至世界文学史上都占据着无可替代的地位，对后世产生了极大的影响。代表作有《漂亮朋友》、《羊脂球》、《项链》、《我的叔叔于勒》等。

解读

作为世界知名的短篇小说大师，莫泊桑对于短篇小说的驾驭能力是毋庸置疑的，即使这篇写景的《雪夜》，也非常具有意味。莫泊桑不断变化着描述的对象和视角，搭建了从远到近、从低到高的观察视角,极具层次感,构成了从辽阔到高旷的时空感受,颇具哲理意味。此外,本文中,莫泊桑的意象选取极富象征主义意味,雪夜本身似乎也处在一种辩证的临界状态之中,这也就难怪不少人认为此文意指当时死气沉沉的法国社会。

沙 漠

(法)纪德

  多少次黎明即起,面向霞光万道,比光轮还明灿的东方——多少次走到绿洲的边缘,那里的最后几棵棕榈枯萎了,生命再也战胜不了沙漠——多少次啊,我把自己的欲望伸向你,沐浴在阳光中的酷热的大漠,正如俯向这无比强烈的耀眼的光源……何等激动的瞻仰、何等强烈的爱恋,才能战胜这沙漠的灼热呢?

  不毛之地、冷酷无情之地、热烈赤诚之地、先知神往之地——啊!苦难的沙漠、

经典悦读

辉煌的沙漠,我曾狂热地爱过你。

在那时时出现海市蜃楼的北非盐湖上,我看见犹如水面一样的白茫茫的盐层。——我知道,湖面上映照着碧空——盐湖湛蓝得好似大海,——但是为什么——会有一簇簇灯芯草,稍远处还会矗立着正在崩坍的页岩峭壁——为什么会有漂浮的船只和远处宫殿的幻象?——所有这些变了形的景物,悬浮在这片臆想的深水之上。(盐湖岸边的气味令人作呕;岸边是可怕的泥灰岩,吸饱了盐分,暑气熏蒸。)

我曾看见在朝阳的斜照中,阿马尔卡杜山变成玫瑰色,好像是一种燃烧的物质。

我曾见天边狂风怒吼,飞沙走石,令绿洲气喘吁吁,像一只遭受暴风雨袭击而惊慌失措的航船,绿洲被狂风掀翻。而在小村庄的街道上,瘦骨嶙峋的男人赤身露体,蜷缩着身子,忍受着炙热焦渴的折磨。

我曾见荒凉的旅途上,骆驼的白骨蔽野;那些骆驼因过度疲惫,再难赶路,被

苍凉篇

商人遗弃了。随即尸体腐烂,叮满苍蝇,散发出恶臭。

我也曾见过这种黄昏:除了鸣虫的尖叫,再也听不到任何歌声。

——我还想谈谈沙漠:

生长细茎针茅的荒漠,游蛇遍地;绿色的原野随风起伏。

乱石的荒漠,不毛之地。页岩熠熠闪光;小虫飞来舞去;灯芯草干枯了。在烈日的曝晒下,一切景物都发出劈劈啪啪的声音。

粘土的荒漠,只要有一场雨,万物就会充满生机。虽然土地过于干旱,难得露出一丝笑容。但雨后簇生的青草似乎比别处更嫩更香。由于害怕未待结实就被烈日晒枯,青草都急急忙忙地开花,授粉播香,它们的爱情是急促短暂的。可是太阳又出来了,大地龟裂、风化,水从各个裂缝里逃遁。大地坼裂得面目全非,尽管大雨滂沱,激流涌进沟里,冲刷着大地,但大地

无力挽留住水,依然干涸而绝望。

黄沙漫漫的荒漠——宛似海浪的流沙,在远处像金字塔一样指引着商队。登上一座沙丘,便可望见天边另一座沙丘的顶端。

刮起狂风时,商队停下,赶骆驼的人便在骆驼的身边躲避。这里生命灭绝,唯有风与热的搏动。阴天下雨,沙漠犹如天鹅绒一般柔软,夕照中,像燃烧的火焰;而到清晨,又似化为灰烬。沙丘间是白色的谷壑,我们骑马穿过,每个足迹都立即被尘沙所覆盖。由于疲惫不堪,每到一座沙丘,我们总感到难以跨越了。

黄沙漫漫的荒漠啊,我早就应当狂热地爱你!但愿你最小的尘粒在它微小的空间,也能映现宇宙的整体!微尘啊,你是从何种爱情中分离出来的?微尘也想得到人类的赞颂。

我的灵魂,你曾在黄沙上看到什么?

白骨——空的贝壳……

一天早上,我们来到一座高高的沙丘

脚下避日。我们坐下,那里还算荫凉,悄然长着灯芯草。

至于黑夜,茫茫黑夜,我能谈些什么呢?

海浪输却沙丘三分蓝,

胜似天空一片光。

——我熟悉这样的夜晚,似乎觉得一颗颗明星格外璀璨。

(选自金波主编:《20世纪外国散文精选》,上海人民美术出版社2009年版,第96~98页)

知识

纪德,法国最具代表性的作家之一,擅长各种文体,被称为"20世纪前半期统治文坛"的作家。他出生在一个宗教氛围浓厚的家庭,自幼体弱多病,因此养成了敏感忧郁的性格,并推动他走向了文学之路。

纪德的一生都在不断体验生命,探索自我,丰富自身的思想。幼年时他较多受宗教的束缚,长大后结识了象征派大师马拉美等诗人,并受到尼采和王尔德影响,开始推崇个人主义。1925年刚果之行后,成为抨击殖民制度的斗士,并且开始关注社会问题。他一度推崇共产主义,但经过对苏联的实地考察后,又著文批评其社会现实。

纪德一生创作丰富,主要有《人间食粮》、《梵蒂冈的地窖》、《伪币制造者》等著作,并因杰出的文学成就获得1947年诺贝尔文学奖。

在这篇描述沙漠的文章中,纪德以第一人称的口吻,满怀激情与狂热地进行诉说。丰富的意象,从多个角度展现沙漠的可怕与狂野;而作者始终紧扣沙漠和生命的关系,来表现沙漠毁灭性的可怕能量。但沙漠的意象又是辩证的,"只要有一场雨,万物就会充满生机",在毁灭性的沙漠之中,同样见证着生命的顽强。

通过饱含激情的描写,纪德塑造了狂暴、壮阔、荒凉的沙漠奇观,而正是对生命的炙烤和毁灭,激发了歌者对于人生的思考与咏叹。因此,可怕的沙漠同时也是一个充满激情的神奇所在,引发我们体悟不一样的生命和宇宙,发现"一颗颗明星格外璀璨",这正是沙漠如此令人着迷的原因。

山

(美)福克纳

在他的前方,在稍稍高出他头的上面,

山清晰地映衬着蓝天。一阵飕飕的风拂过，宛如一泓清水，他似乎可以从路上抬起双脚，乘风游上并越过山去。风充满了他胸前的衬衫，拍打着他周身宽松的短外衣和裤子，搅乱了他那宁静的圆胖面孔上边没有梳理的头发。他瘦长的腿影滑稽地垂直起落，好像缺少前进的动力，好像他的身体被一个古怪的上帝催眠，进行着木偶式的操作，而时间和生命越过他逝去，把他抛在后面。最后他的影子到达山顶，头朝前落在它上面。

首先进入他眼帘的是对面的山谷，在午后和暖的阳光下，显得青翠欲滴。一座白色教堂的尖顶依山耸立，犹如梦境一般，红色的、浅绿色的和橄榄色的屋顶，掩映在开花的橡树和榆树丛中。三株白杨的叶子在一堵阳光照射的灰墙上闪亮，墙边是白色和粉红色花朵盛开的梨树和苹果树，虽然山谷没有一丝风影，树枝却在四月的压迫下变得弯曲，树叶间浮荡着银色的雾。

整个山谷伸展在他下面,他的影子宁静而巨大,伸出很远,跨过谷地。到处都有一缕青烟缭绕。村庄在夕阳下笼罩着一片寂静,似乎它已沉睡了一个世纪。欢乐和忧愁,希望和失望交集,等待着时间的终结。

从山顶眺望,山谷是一幅静止的树木和屋宇的镶嵌画,山顶上他看不到被春雨所湿润、布满牛马蹄痕的杂乱的一小块一小块荒地,看不到成堆的冬天灰烬和生锈的罐头盒,看不到贴满色情画和广告的告示牌。没有争斗、虚荣心、野心、贪婪和宗教争论的一丝痕迹,他也看不到被烟草染污的法院布告栏。山谷中除了袅袅上升的青烟和白杨的颤抖外,没有任何活动。除了一个铁砧的有节奏的微弱的回声外,没有任何别的声音。

他脸上的平淡无奇开始转化为内心的冲动,心灵上的可怕的摸索。他的巨大阴影像两个特异的人映在教堂上,一瞬间他几乎抓住了一些与他格格不入的东西,但

苍凉篇

它们又躲开他;他不知道有什么东西能突破心灵屏障与他交流。在他身后是用他的双手干一天粗活,去与自然斗争,取得衣食和一席就寝之地,是一种以他的身体和不少生存日子为代价取得的胜利;在他前面是一座村庄,他这个连领带也不系的临时工的家庭就在那里。此外,等待他的是另外一天的艰苦劳动以得到衣食和一席就寝之地,这样,他开始明白了自己命运的无关紧要,他的心今后不再为那些道德说教和原则所干扰,最后,他却被春天落日时分的一个山谷不可抗拒的魅力所打动。

太阳静静地西沉,山谷突然处于暗影之中,他一直在阳光下生活和劳动,现在太阳离开他,他那不安的心第一次宁静下来。在黄昏中,这儿的林间女神和农牧神可能在冰冷的星星下,尖声吹奏风笛,用钹发出颤声和嘶嘶声,造成一片喧嚷。……在他身后是满天火红的落霞,在他前面是映衬在变幻的天空中的山谷。他站在一端地平

线上,凝视着另一端地平线,那里是无穷无尽的苦役而又使人不能安寝的尘世;他心事浩渺,有一段时间他忘掉了一切……现在他必须回家去了。他于是缓步下山。

(选自金波主编:《20世纪外国散文精选》,上海人民美术出版社2009年版,第177~179页)

知识

福克纳是美国历史上最杰出的小说家之一、意识流小说的代表性作家之一。他的《喧哗与骚动》,与普鲁斯特的《追忆逝水年华》、乔伊斯的《尤利西斯》,并称为意识流的三大杰作。

福克纳又是一个乡土情结浓厚的作家,终其一生几乎没有离开过家乡奥克斯福镇。他说:我不是文人,而是个农民。事实上,他拥有一块只属于他一人的领地,那就是他所创造的"约克纳帕塔法县",通过这一虚构的地域,福克纳深刻描绘了美国南方的人文风土,并且创造出错乱时间、意识流动的独特的魔幻现实主义风格。

福克纳以其独有的风格,1980年代后曾在中国风靡一时,并且深刻影响了莫言等当代中国作家。

解读

福克纳的独特品质在这篇文章中得到了体现。福克纳

苍凉篇

并不打算简单地描摹山中景色，而是着力描绘了一个辛苦劳动的临时工人的回家之路。他上山的动作是僵硬、机械的，而福克纳独具匠心地描绘道："时间和生命越过他逝去，把他抛在后面"，通过生命化的描写，赋予了自然事物一种醇厚的质感。

而工人在登上山之后，面对着山对面的景色，那纯朴的、远离世俗喧嚣的景象忽然震撼了他的心灵，让他感受到"与他格格不入的东西"。最后，他的心平静下来，在对自身的领悟之中离开。山谷下静谧的村庄、远离喧嚣的自然，带给他生命的启示。通过对一座山的视野转化，福克纳以一种极富生活感的语言，展现着生活的内在矛盾，描绘出一个工人内心丰富和深刻的领悟。这也是福克纳"意识流"的一次小小展现。

塞上苦寒　烽火弥漫

苍凉篇

燕歌行
高适

正文

开元二十六年,客有从御史大夫张公①出塞而还者,作《燕歌行》以示适,感征戍之事,因而和焉。

汉家烟尘在东北,汉将辞家破残贼。
男儿本自重横行,天子非常赐颜色。②
摐金伐鼓下榆关,旌旆逶迤碣石间。③
校尉羽书飞瀚海,单于猎火照狼山。
山川萧条极边土,胡骑凭陵④杂风雨。
战士军前半死生,美人帐下犹歌舞。
大漠穷秋⑤塞草腓⑥,孤城落日斗兵稀。
身当恩遇恒轻敌,力尽关山未解围。
铁衣⑦远戍辛勤久,玉箸⑧应啼别离后。
少妇城南欲断肠,征人蓟北空回首。
边庭飘飖那可度,绝域苍茫更何有。

杀气三时作阵云⑨，寒声一夜传刁斗⑩。
相看白刃血纷纷，死节从来岂顾勋。
君不见沙场征战苦，至今犹忆李将军。

(选自滕咸惠、程相占选注：《唐诗精选》，金盾出版社2002年版，第88～89页)

注释

①御史大夫张公：此指幽州节度使张守珪。开元二十三年（735），张因与契丹作战有功，拜辅国大将军兼御史大夫。遂恃功骄纵，不恤士卒，开元二十六年（738），其部将败于契丹，张却隐瞒败绩，虚报战功，并贿赂奉命前去调查的牛仙童。

②"汉家"四句：开元十八年（730）五月，契丹及奚族叛唐，此后唐与契、奚之间战事不断（参见《资治通鉴》卷213）。汉将，指张守珪将领。非常赐颜色，破格赐予荣耀。

③挍金伐鼓：军中鸣金击鼓。榆关：山海关。逶迤：连绵不断。碣石：山名，在今河北昌黎县北，此借指东北沿海一带。

④凭陵：逼压。

⑤穷秋：深秋。

⑥腓（一作衰）：变黄。隋虞世基《陇头吟》："穷秋塞草腓，塞外胡尘飞。"

⑦铁衣:借指将士。《木兰辞》:"寒光照铁衣。"
⑧玉箸:白色的筷子,比喻思妇的泪水如注。
⑨三时:早、午、晚。阵云:战云。
⑩刁斗:军中夜里巡更敲击报时用的铜器。

知识

高适,字达夫、仲武,沧州(今河北省景县)人,唐代著名的边塞诗人。他少年孤贫,爱交游,有游侠之风。20岁西游长安,功名未就而返,定居宋城。此后北游燕赵、长安赴考,都未能仕途如愿。直到天宝八年(749),经睢阳太守张九皋推荐,已逾不惑之年的高适应举中第,授封丘尉。不久辞官,入陇右、河西节度使哥舒翰幕为掌书记。"安史之乱"后,曾担任过淮南节度使、彭州刺史、蜀州刺史、剑南节度使等职,官至左散骑常侍,故世称"高常侍"。

高适与岑参并称"高岑",为盛唐边塞诗人的魁首,他的作品笔力雄健、气势奔放,洋溢着盛唐所特有的奋发进取、蓬勃向上的时代精神,同时对于边关战士的悲惨命运、统治者的骄奢也有深刻的批判和揭露。

解读

《燕歌行》完整地叙述了一场战役的过程。从唐军出师,逐步推进到瀚海、狼山,到单于军来,唐军浴血奋战,失利被困,生动地描写了战争发生的过程。高适善于渲染氛围,运用多种意象,将战争的残酷、大漠的苦寒描绘得入木三分。然而更重要的是高适强烈的感情倾向,他批判将军们不顾前方的士兵死活恣意享乐,感叹战士们为国捐躯的高尚品德,更感慨"少妇城南欲断肠,征人蓟北空回首"的人间悲剧,使全诗更加感情激荡,富有震撼人心的艺术力量。

警语

黄沙百战穿金甲,不破楼兰终不还。

——王昌龄《出塞》

关 山 月

李 白

正文

明月出天山,苍茫云海间。
长风几万里,吹度玉门关。
汉下白登道,胡窥青海湾。
由来征战地,不见有人还。
戍客望边邑,思归多苦颜。

苍凉篇

高楼当此夜,叹息未应闲。

(选自滕咸惠、程相占选注:《唐诗精选》,金盾出版社2002年版,第111页)

知识

"关山月"是乐府旧题。《乐府古题要解》:"'关山月',伤离别也。"李白的这首诗,在内容上继承了古乐府,但又有极大的提高。

唐代虽然国力强盛,但边关战事却从未曾停息过,李白的这首《关山月》就是一首反映当时无数戍边将士及其后方思妇愁苦的力作。作品从描绘边塞的苍茫风光写起,转入对于戍边战士悲惨命运的描述,慨叹了战争的残酷与历史的无情。

解读

太白之诗,想象奇崛,大气磅礴。这首诗也不例外。在前四句中,太白以"明月"、"云海"、"长风"等边塞意象,塑造了一幅苍茫、荒凉的西北图卷。"出"字足见其匠心独运。而后从空间转入时间,发出"由来征战地,不见有人还"的历史感慨。经过地理画卷的勾勒、历史经验的慨叹,这才回归到现实情境中来,以"戍客"思归和高楼(妇人)"叹息"遥相呼应,将战争的残酷和战士的悲苦表现得真切动人。

可怜无定河边骨,犹是春闺梦里人。

——陈陶《陇西行》

岑参诗两首

岑 参

碛中作

走马西来欲到天,辞家见月两回圆。
今夜不知何处宿,平沙万里绝人烟。

暮秋山行

疲马卧长坂,夕阳下通津。
山风吹空林,飒飒如有人。
苍旻①霁凉雨,石路无飞尘。
千念集暮节,万籁悲萧辰。
鶗鴂②昨夜鸣,蕙草色已陈。

苍凉篇

况在远行客,自然多苦辛。

(选自阮堂明、李新解评:《高适集·岑参集》,山西古籍出版社2005年版,第180、176页)

注释

①旻(mín):天,天空。此处指秋季的天。
②鹈鴃(tí jué):亦作"鹈鴂",即杜鹃鸟。

知识

岑参,祖籍南阳(今河南南阳),迁居江陵(今属湖北),世称"岑嘉州"。盛唐时期重要的边塞诗人,与高适并称"高岑"。早年诗歌以绮丽见长,后三赴边塞,经过边塞生活的磨洗之后,风格大变。他的边塞诗想象丰富、气势磅礴、悲壮奇崛,语言明快,音调铿锵嘹亮,充满了豪情壮语和慷慨激昂的战斗。

解读

岑参大部分边塞诗作都描写了边塞的艰苦生活和激烈战斗,抒发了边塞将士昂扬不屈的战斗精神。但《碛中作》和《暮秋山行》却别有特色,在意境上更加沉郁苍凉。《碛中作》寥寥几笔,把大漠孤绝苍凉、茫无边际的苍茫之感表现得淋漓尽致,而"辞家见月两回圆"的思乡之情,又使苍茫大漠显得更加凄冷。《暮秋山行》写苍凉景致,更与忧愁内心相互映照,反映了长途跋涉的行人身心的憔悴和孤寂。

纳兰词二首

纳兰性德

蝶恋花·出塞

今古河山无定据,画角声中,牧马频来去。满目荒凉谁可语,西风吹老丹枫树。

从来幽怨应无数。铁马金戈,青冢黄昏路。一往情深深几许,深山夕照深秋雨。

长相思·山一程

山一程,水一程。身向榆关那畔行,夜深千帐灯。　　风一更,雪一更。聒碎乡心梦不成,故园无此声。

(选自王友胜、童向飞注:《纳兰词注》,岳麓书社2005年版,第75、76页)

苍凉篇

知识

纳兰性德,字容若,号楞伽山人,满洲正黄旗籍,大学士明珠长子。生性聪敏,少好读书,博通经史。康熙十五年(1676)进士,得帝恩宠,官一等侍卫。喜结交朝野文士,与徐乾学、姜宸英、严绳孙、陈维崧、秦松龄等交游契厚。能诗文,尤以词为佳,长于小令。词多写护驾出巡之感及夫妻离情别绪,善用白描,不事雕琢,情真意挚,自然超逸。况周颐《惠风词话》推其为"国初第一词人"。有《通志堂集》、《纳兰词》(又名《饮水词》)。

解读

纳兰性德的词,于素朴之中见深情,于婉约中见通达之意。《蝶恋花·出塞》是一首出塞词,纳兰的出塞词,比起他人更有婉约之气,风姿绰约,然而又能寄豪放之情于其中,轻重得宜,苍茫大气与细腻情思熔为一炉,读来令人神销魂断。难怪王国维先生赞曰:"北宋以来只此一人尔!"《长相思·山一程》同样如此,不过与《蝶恋花·出塞》相比,以写情为主,但通过对地理因素的巧妙运用,又把故乡、家园的苍茫之感与相思之情巧妙融合,同样耐人寻味。

芜 城 赋

鲍 照

泺迤平原，南驰苍梧涨海，北走紫塞雁门。①柂以漕渠，轴以昆岗。②重江复关之隩，四会五达之庄。当昔全盛之时，车挂辖，人驾肩③；廛闬扑地，歌吹沸天。④孳货盐田，铲利铜山。才力雄富，士马精妍。故能侈秦法，佚周令，划崇墉，刳浚洫，图修世以休命。是以板筑雉堞之殷，井干烽橹之勤，格高五岳，袤广三坟，崒若断岸，矗似长云。制磁石以御冲，糊赪壤以飞文。⑤观基扃之固护，将万祀而一君。⑥出入三代，五百余载，竟瓜剖而豆分。

泽葵依井，荒葛罥涂。⑦坛罗虺蜮，阶斗䴥鼯。木魅山鬼，野鼠城狐。风嗥雨啸，昏见晨趋。饥鹰厉吻，寒鸱吓雏。⑧伏虣藏虎，乳血飧肤。⑨崩榛塞路，峥嵘古馗。⑩白杨早

苍凉篇

落,塞草前衰。棱棱霜气,蔌蔌风威。孤蓬自振,惊沙坐飞。灌莽杳而无际,丛薄纷其相依。⑪通池既已夷,峻隅又以颓。⑫直视千里外,唯见起黄埃。凝思寂听,心伤已摧。

若夫藻扃黼帐⑬,歌堂舞阁之基;璇渊⑭碧树,弋林钓渚之馆⑮;吴蔡齐秦之声,鱼龙爵马之玩⑯。皆熏歇烬灭,光沉响绝。东都妙姬,南国丽人,蕙心纨质,玉貌绛唇,莫不埋魂幽石,委骨穷尘,岂忆同舆之愉乐,离宫之苦辛哉?⑰天道如何,吞恨者多,抽琴命操,为芜城之歌。歌曰:"边风急兮城上寒,井径灭兮丘陇残。千龄兮万代,共尽兮何言!"

(选自王飞鸿主编:《中国历代名赋大观》,北京燕山出版社2007年版,第418页)

注释

①沵迤:地势相连渐平的样子。
②柂:拖引。漕渠:古时运粮的河道,这里指古邗沟,春秋时吴王夫差所开。轴:车轴。昆岗:亦名阜岗、昆仑岗、广陵岗,广陵城在其上。

③辖：车轴的顶端。挂辖：即车轴头互相碰撞。驾：陵，相迫。
④廛闬扑地：遍地是密匝匝的住宅。廛，市民居住的区域。闬，阊，里门。扑地，遍地。歌吹，歌唱及吹奏。
⑤御冲：防御持兵器冲进来的歹徒。《西京记》："秦阿房宫以磁石为门，怀刃入者辄止之。"赪：红色。飞文：光彩相照，此谓墙上用红泥糊满光彩焕发。
⑥基扄：城阙。扄，门上的关键。固护：牢固。万祀：万年。
⑦泽葵：莓苔一类的植物。葛：蔓草，善缠绕在其他植物上。罥：挂绕。涂：同"途"。
⑧吻：嘴。鸱：鹞鹰。吓：怒叫声、恐吓声。
⑨虣：古文"暴"，指虎狼。乳血：饮血。飧肤：飧肉。飧，同"餐"。
⑩崩榛：倒下的众多树木。逌：同"迶"，大路。
⑪灌莽：草木丛生之地。杳：幽远。丛薄：草木杂处。
⑫通池：城濠，护城河。夷：填平。峻隅：城上的角楼。
⑬藻扄：彩绘的门户。黼帐：绣花帐。
⑭璇渊：玉池。璇，美玉。
⑮弋林：射鸟的地方。钓渚之馆：观赏鱼的处所。
⑯鱼龙爵马：古代杂技的名称。爵，通"雀"。
⑰同舆：古时帝王命后妃与之同车，以示宠爱。离宫：长门宫，为陈皇后所居，喻失宠。见司马相如《长门赋》。

（编者注）

苍凉篇

译文

　　地势辽阔平坦的广陵郡，南通苍梧、南海，北趋长城雁门关。前有漕河萦迴，下有昆岗横贯。周围江河城关重叠，地处四通八达之要冲。当年吴王刘濞在此建都的全盛之时，街市车轴互相撞击，行人摩肩，里坊密布，歌唱吹奏之声喧腾沸天。吴王靠开发盐田繁殖财货，开采铜山获利致富，使广陵人力雄厚，兵马装备精良。所以能超过秦代的法度，逾越周代的规定。筑高墙，挖深沟，图谋国运长久和美好的天命。所以大规模地修筑城墙，辛勤地营建备有烽火的望楼。使广陵城高与五岳相齐，宽广与三坟连接。城墙若断岸一般高峻，似长云一般耸立。用磁铁制成城门以防歹徒冲入，城墙上糊红泥以焕发光彩。看城池修筑得如此牢固，总以为会万年而永属一姓，哪知只经历三代，五百多年，竟然就如瓜之剖、豆之分一般崩裂毁坏了。

　　莓苔环井边而生，蔓蔓野葛长满道路。堂中毒蛇、短狐遍布，阶前野獐、鼫鼠相斗。木石精灵、山中鬼怪，野鼠城狐，在风雨之中呼啸，出没于晨昏之际。饥饿的野鹰在磨砺尖嘴，寒冷的鹞子正怒吓着小鸟。伏着的野兽、潜藏的猛虎，饮血食肉。崩折的榛莽塞满道路，多阴森可怕的古道。白杨树叶早已凋落，离离荒草提前枯败。劲锐严寒的霜气，疾厉逞威的寒风，孤蓬忽自扬起，沙石因风惊飞。灌木林莽幽远而无边无际，草木杂处缠绕相依。护城河已经填平，高峻的角楼也已崩塌。极目千里之外，唯见黄尘飞扬。聚神凝听而寂无所有,令人心中悲伤之极。

至于彩绘门户之内的绣花帐,陈设豪华的歌舞楼台之地;玉池碧树,处于射弋山林、钓鱼水湾的馆阁;吴、蔡、齐、秦各地的音乐之声,各种技艺耍玩;全都香消烬灭、光逝声绝。东都洛阳的美姬,吴楚南方的佳人,芳心丽质,玉貌朱唇,没有一个不是魂归于泉石之下,委身于尘埃之中。哪里还会回忆当日同辇得宠的欢乐,或独居离宫失宠的痛苦?天运真难说,世上抱恨者何其多!取下瑶琴,谱一首曲,作一支芜城之歌。歌词说:广陵的边风急啊飒飒城上寒,田间的小路灭啊荒墓尽摧残,千秋万代,人们总要同归于死啊还有什么可说的呢!

(编者译)

知识

鲍照,南朝宋诗人。字明远,本籍东海(治所在今山东郯城)。曾谒见临川王刘义庆,献诗言志,获得赏识,被任为国侍郎。先后任中书舍人、秣陵令、刑狱参军等职。后为乱兵所害。

鲍照出身贫寒,无法冲破森严的门第之别,一生沉沦下僚,很不得志。但他颇富文才,其诗、赋、骈文都不乏名篇,又以诗歌成就最高。作品多反映寒士对当时门阀制度的不满,表现徭役、战乱和人民生活的痛苦,抒写寒士怀才不遇的郁愤之情和驰骋疆场、建功立业的壮志。

鲍照长于乐府和七言歌行,风格俊逸,气势雄放,形

象鲜明。与谢灵运、颜延之合称"元嘉三大家"。有《鲍参军集》存世。

宋文帝元嘉二十七年(450)冬,北魏太武帝南侵至瓜步,广陵太守刘怀之烧城逃走。孝武帝大明三年(459),竟陵王刘诞据广陵反,沈庆之率师讨伐,破城后大肆烧杀。广陵十年之间二罹兵祸,城摧垣颓,瓦砾衰草,一片荒凉。鲍照登临劫后的废城,有感而发,遂作此文。

作者将广陵昔日歌吹沸天、热闹繁华的景象与眼前山河破碎的破败景象进行对比,在对历史的回顾和思索中,慨叹历史的无常、山河的变幻,发出悠悠兴亡之感。鲍照层层铺开,既有对前朝时代的历史评述,又有对繁华胜景的描摹,还有对荒凉情状的夸张描写,使得全文感情充沛,说理精深,意象奇崛,是一篇不可多得的文章。

附　录

拓展阅读书目

杨旭恒、郑千山主编：《品味忧郁：悲情散文诗精品》，云南人民出版社2003年版。

《中国最美的散文·世界最美的散文》，吉林出版集团有限公司2011年版。

王军、李晔选注：《边塞诗派选集》，首都师范大学出版社1994年版。

曹济平著：《陆游》，江苏人民出版社1982年版。

王飞鸿主编：《中国历代名赋大观》，北京燕山出版社2007年版。

柳鸣九主编：《世界散文经典·日本卷》，春风文艺出版社1997年版。

（法）安德烈·纪德著：《纪德文集·游记卷》，由权、朱静等译，花城出版社2001年版。

 **编写说明**

"苍凉"是内涵非常丰富的审美范畴，同时又较为飘忽和难以把握。一般来说，苍凉是一种意象的合成，它将辽阔广大的审美境界与冷色调的情感或内心世界相结合，意味着超越一般时空限制的视野，然而，这一视野却蕴含着相对深沉、悲观或其他冷色调的精神面向。在这个意义上，苍凉又是一种与俗世的欢乐相对立的体验，往往表现为深刻的生命体验，这种体验可能是主动的，也可能是被动的、不幸的。

由此，本册对"苍凉"这一审美范畴做了相对的划分："沉浮俗世　命途微茫"，关注那些为了生存苦苦挣扎的群体，他们的群像显现出人类生命的残酷本质。"天地不仁　浩叹人生"，选择那些敏感丰富的心灵，他们承担着人类精神的痛苦，同时也拥有远比普通人更为浩瀚的精神世界。"时如逝水

经典悦读

一去不返",从时间的角度切入"苍凉"的心灵感受。因为,就人类个体而言,生命的有限性是人类的根本悲剧性所在,因此,对时间的敏锐感受必然可以到达一种深刻的、普遍性的悲剧体验。此外,由自然现象所带来的审美境界也是"苍凉"的必然组成部分。"自然万象 大地苍茫"部分,一些现代文学大师都有精品出现。而作为一个具有强烈传统韵味的审美范畴,苍凉一直广泛存在于中国西北大陆的沙漠和征战之中。"塞上苦寒 烽火弥漫",将反映边塞的作品单独列出,以构筑传统中国苍凉的审美意境。

毋庸讳言,以"苍凉"作为选文的标准还是新尝试,不敢自夸具有苍凉意味的优秀作品都呈现于本书,编者所期待的,是读者能通过本书,更加深刻地领悟这一审美范畴的内涵,得到新的生命体验和感受。于此,于愿足矣。

编者
2015 年 5 月

经典悦读·蕴藉篇

中共滨州经济开发区工委
南开大学语文教育研究中心 ◎编

编 委 会

主　　任： 姚和民
委　　员： 周志强　邱延忠　董凤家
　　　　　　钱　杰　时志军　窦　薇
　　　　　　魏建宇　郎　静　高　翔
　　　　　　李　飞　杜　娟

主　　编： 周志强　魏建宇
本册主编： 魏建宇

中山大学出版社
·广州·

版权所有　翻印必究

图书在版编目（CIP）数据

经典悦读·蕴藉篇/中共滨州经济开发区工委，南开大学语文教育研究中心编．—广州：中山大学出版社，2015.7
ISBN 978-7-306-05269-8

Ⅰ．①经… Ⅱ．①中…②南… Ⅲ．①世界文学—作品综合集 Ⅳ．①I 11

中国版本图书馆 CIP 数据核字（2015）第 101393 号

出 版 人：	徐　劲
策划编辑：	邹岚萍
责任编辑：	邹岚萍
封面设计：	林绵华
插　　图：	张志斌
责任校对：	赵　婷　刘丽丽
责任技编：	黄少伟
出版发行：	中山大学出版社
电　　话：	编辑部 020-84111996，84113349，84111997，84110779 发行部 020-84111998，84111981，84111160
地　　址：	广州市新港西路135号
邮　　编：	510275　　传　真：020-84036565
网　　址：	http://www.zsup.com.cn　E-mail:zdcbs@mail.sysu.edu.cn
印 刷 者：	佛山市浩文彩色印刷有限公司
规　　格：	787mm×960mm　1/32　总印张：21　总字数：309千字
版次印次：	2015年7月第1版　2015年7月第1次印刷
总 定 价：	48.00元（共6册）　印　数：1～11000套

如发现本书因印装质量影响阅读，请与出版社发行部联系调换

经典之美　至真至纯

经典是有魅力的。经典的魅力不仅仅在于其中意义的浓缩与升华,更在于它对读者心灵感悟的激发。我们将那些人们反复阅读、手不释卷的作品命名为经典,并非因为它们有特殊的内容,而是因为它们有特别的深度和影响力。经典中的智慧是取之不尽的,因此,"悦"读经典,永不过时。

《经典悦读》出版到第五辑,已经推介了数百篇优秀的名家名作,在倡导全民阅读、提升社会公共文化水平等方面贡献了自己的力量。李克强总理在《2015年国务院政府工作报告》中提出,我国要建设"书香社会",要建成全民文化素养普遍提高的"书香社会",我们更应该多读经典。

经典可以包罗万象,其中就有"美"。美既是抽象的概念,也是具体的感受;既是物化的实体,也是心灵的皈依。世间从不缺少美，只是缺少发现美的眼睛。经典之美，美在恒久，美在真实。正是因为经典具备了历史积淀的厚重，所以，其中的美的形式才更加完满与纯粹；正是因为经典历经了时代浪潮的淘洗，所以，其中的美的内涵才更加真挚与动人。在第五辑当中，《经典悦读》引入了精益求精的创新理念，集结了六种不同风格的美，以美的形式与风格作为每一分册的主题，大胆而新奇。这样的设计既拓宽了读者的期待视野，也激发了读者的阅读兴致，是十分巧妙而可贵的。

经典之美，至真至纯，它既能提升人的修养和境界，也能健全人的道德和品质。中华民族自古以来就是一个爱重经典、有着浓厚书香传承的民族。对经典的弘扬和传播，是我们走向未来、实现"中国梦"的坚实基础和良好开端！

中共滨州市委书记、市人大常委会主任

张光峰

目 录

古韵流转　情致幽微 …………………………… 1
　宋诗两首 …………………………………………… 2
　桃花行 ……………………………………… 曹雪芹 5

幽居即事　蕴情深远 …………………………… 9
　囚绿记 ……………………………………… 陆　蠡 10
　故都的秋 …………………………………… 郁达夫 16
　蛛丝和梅花 ………………………………… 林徽因 22

心曲万象　大音希声 …………………………… 31
　迟暮 ………………………………………… 张爱玲 32
　美 …………………………………… (印度) 泰戈尔 36
　窗下 ………………………………………… 柯　灵 42
　悼念一棵枫树 ……………………………… 牛　汉 46

情思含蓄　款曲低徊 …………………………… 52
　你的名字 …………………………………… 纪　弦 53

送行（节选） ……………………	梁实秋 55
伊豆的舞女（节选）……（日）川端康成	60

情动山水　尽得风流 …………………… 68

绿 ……………………………………	朱自清 69
桨声灯影里的秦淮河（节选）……	朱自清 74
山水 …………………………………	李广田 91

附　　录 …………………………………… 101
编写说明 …………………………………… 103

古韵流转　情致幽微

宋诗两首

正文

剑门道中遇微雨
陆 游

衣上征尘①杂酒痕,远游无处不消魂。
此身合是②诗人未?细雨骑驴入剑门。

注释

①征尘:旅途中的灰尘。
②合是:应该是,大概是。

（选自邹志方选注:《陆游诗词选》,中华书局2005年版,第39页)

题竹石牧牛
黄庭坚

　　子瞻画丛竹、怪石,伯时增前坡牧儿骑牛,甚有意态,戏咏。

　　野次小峥嵘①,幽篁②相倚绿。

蕴藉篇

阿童三尺箠③,御此老觳觫④。
石吾甚爱之,勿遣牛砺角!
牛砺角犹可,牛斗残我竹。

注释

①野次:郊野间。峥嵘:此指怪石。
②幽篁:深幽的竹林。
③箠:鞭子。
④觳觫(hú sù):原意为因恐惧而发抖,此代指牛。

(选自黄宝华撰:《黄庭坚诗词文选评》,上海古籍出版社2003年版,第103页)

知识

陆游,字务观,号放翁,越州山阴(今绍兴)人。南宋文学家、史学家、爱国诗人。陆游一生笔耕不辍,诗词文俱有很高成就,其诗语言平易晓畅、章法整饬谨严,兼具李白的雄奇奔放与杜甫的沉郁悲凉,尤以饱含爱国热情对后世影响深远。陆游亦有史才,他的《南唐书》"简核有法",史评色彩鲜明,具有很高的史料价值。

黄庭坚,字鲁直,号山谷道人,晚号涪翁,洪州分宁(今江西修水)人。北宋著名文学家、书法家,为盛极一时的江西诗派开山之祖。与杜甫、陈师道和陈与义素有"一祖三宗"(黄庭坚为其中一宗)之称。与张耒、晁补之、秦观都游学于苏轼门下,合称"苏门四学士"。生前与苏轼齐名,世称"苏黄"。著有《山谷词》,书法亦能独树一格,为"宋四家"之一。

陆游的《剑门道中遇微雨》是一首广泛传颂的名作,诗情画意,十分动人。然而,也不是人人都懂其深意,特别是第四句,写得太美,容易使读者"释句忘篇"。如果不联系作者平生思想、当时境遇,不通观全诗并结合作者其他作品来看,便易误解。作者因"无处不销魂"而黯然神伤,是与他一贯的追求和当时的处境有关的。他生于金兵入侵的南宋初年,自幼志在恢复中原,写诗只是他抒写怀抱的一种方式。然而报国无门,年近半百才得以奔赴陕西前线,过上一段"铁马秋风"的军旅生活,旋即又要去后方充任闲职,重做纸上谈兵的诗人了,这使作者很难甘心。所以,"此身合是诗人未",并非这位爱国志士的欣然自得,而是他无可奈何的自嘲、自叹。如果不是故作诙谐,他也不会把骑驴饮酒认真看作诗人的标志。作者怀才不遇,报国无门,衷情难诉,壮志难酬,因此在抑郁中自嘲,在沉痛中自我调侃。

黄庭坚《题竹石牧牛》非常符合宋代文人诗画的传统。宋代绘画艺术特别繁荣,题画诗也很发达,苏轼、黄庭坚都是这类诗作的能手。此诗为苏轼、李公麟合作的竹石牧牛图题咏,但不限于画面意象情趣的渲染,而是借题

 蕴藉篇

发挥,凭空翻出一段感想议论,在题画诗中别具一格。这首诗从画中的竹石牧牛,联想到生活里的牛砺角和牛斗,再以之寄寓自己对现实政治的观感,而一切托之于"戏咏",在构思上很有曲致,也很有深度。宁静的田园风光与烦嚣的官场角逐构成了鲜明的对比。通篇不用典故,不加藻饰,以及散文化拗体句式的使用,给全诗增添了古朴的风味。

桃 花 行

曹雪芹

桃花帘外东风软,桃花帘内晨妆懒①。
帘外桃花帘内人,人与桃花隔不远。
东风有意揭帘栊②,花欲窥人帘不卷。
桃花帘外开仍旧,帘中人比桃花瘦。
花解怜人花亦愁,隔帘消息风吹透。
风透帘栊花满庭,庭前春色倍伤情。
闲苔院落门空掩,斜日栏杆人自凭。
凭栏人向东风泣,茜裙③偷傍桃花立。
桃花桃叶乱纷纷,花绽新红叶凝碧。

经典悦读

雾裹烟封一万株,烘楼照壁④红模糊。
天机烧破鸳鸯锦,春酣⑤欲醒移珊枕。
侍女金盆进水来,香泉影蘸胭脂冷。
胭脂鲜艳何相类⑥,花之颜色人之泪⑦。
若将人泪比桃花,泪自长流花自媚。
泪眼观花泪易干,泪干春尽花憔悴。
憔悴花遮憔悴人,花飞人倦易黄昏。
一声杜宇⑧春归尽,寂寞帘栊空月痕!

(选自曹雪芹、高鹗著:《红楼梦》,中国工人出版社 2000 年版,第 722 页)

① 晨妆懒:早上懒于梳妆打扮。
② 帘栊:窗帘。
③ 茜裙:茜纱裙。茜,一种植物,可制成红色染料,这里指红色的纱。
④ 烘楼照壁:指桃花鲜红灿烂如火。
⑤ 春酣:春季酣睡,亦有说法指饮酒微醺。
⑥ 何相类:什么东西与它相像。
⑦ 人之泪:血泪。
⑧ 杜宇:杜鹃鸟,亦称子规。

(编者注)

蕴藉篇

知识

《红楼梦》,长篇章回体小说,作者为清代小说家曹雪芹(曹雪芹存稿只到前八十回,后四十回相传为高鹗所续)。该书以贾宝玉、林黛玉、薛宝钗的爱情婚姻悲剧为故事主线,并描绘了贾、史、王、薛四大家族由兴转衰的历程,可谓我国古代小说的扛鼎之作,在思想性与艺术性上达到高度统一,被誉为"中国封建社会的百科全书"。在《红楼梦》中,曹雪芹尽展文学才华,假托其中人物写下不少富有个性与文采的诗词美文。诸如林黛玉的《葬花吟》、《秋窗风雨夕》,贾宝玉《芙蓉女儿诔》,等等。

解读

《桃花行》与《葬花吟》、《秋窗风雨夕》的基本格调是一致的,在不同程度上都含有"诗谶"的成分。《葬花吟》既是宝黛悲剧总的象征,广义地看又不妨当作"是大观园诸艳之归源小引"(第二十七回脂批)。《秋窗风雨夕》隐示宝黛诀别后,黛玉"枉自嗟呀"的情景。《桃花行》则专为命薄如桃花的林黛玉的夭亡预作象征性的写照。作者描写宝玉读这首诗的感受说:"宝玉看了,并不称赞,却滚下泪来,便知出自黛玉。"并且借对话点出这是"哀音"。不过,作者是很含蓄而有分寸的,他只把这种象征或暗示写到隐约可感觉到的程度,并未把全诗句句都写成预言,否则,不但违反现实生活的真实,在艺术上也不可取。

机关算尽太聪明,反算了卿卿性命。生前心已碎,死后性空灵。家富人宁,终有个,家亡人散各奔腾。枉费了,意悬悬半世心;好一似,荡悠悠三更梦。忽喇喇似大厦倾,昏惨惨似灯将尽。呀!一场欢喜忽悲辛,叹人世,终难定。

——曹雪芹《聪明累》

幽居即事　蕴情深远

囚 绿 记

陆 蠡

这是去年夏间的事情。

我住在北平的一家公寓里。我占据着高广不过一丈的小房间,砖铺的潮湿的地面,纸糊的墙壁和天花板,两扇木格子嵌玻璃的窗,窗上有很灵巧的纸卷帘,这在南方是少见的。

窗是朝东的。北方的夏季天亮得快,早晨五点钟左右太阳便照进我的小屋,把可畏的光线射个满室,直到十一点半才退出,令人感到炎热。这公寓里还有几间空房子,我原有选择的自由的,但我终于选定了这朝东房间,我怀着喜悦而满足的心情占有它,那是有一个小小理由。

这房间靠南的墙壁上,有一个小圆窗,直径一尺左右。窗是圆的,却嵌着一块六

蕴藉篇

角形的玻璃,并且左下角是打碎了,留下一个大孔隙,手可以随意伸进伸出。圆窗外面长着常春藤。当太阳照过它繁密的枝叶,透到我房里来的时候,便有一片绿影。我便是欢喜这片绿影才选定这房间的。当公寓里的伙计替我提了随身小提箱,领我到这房间来的时候,我瞥见这绿影,感觉到一种喜悦,便毫不犹疑地决定下来,这样了截爽直使公寓里伙计都惊奇了。

绿色是多宝贵的啊!它是生命,它是希望,它是慰安,它是快乐。我怀念着绿色把我的心等焦了。我欢喜看水白,我欢喜看草绿。我疲累于灰暗的都市的天空,和黄漠的平原,我怀念着绿色,如同涸辙的鱼盼等着雨水!我急不暇择的心情即使一枝之绿也视同至宝。当我在这小房中安顿下来,我移徙小台子到圆窗下,让我的面朝墙壁和小窗。门虽是常开着,可没人来打扰我,因为在这古城中我是孤独而陌生。但我并不感到狐独。我忘记了困倦的旅程和已往的许多不快的记忆。我望着这小圆洞,绿叶和我对语。我了解自然无声的语言,正如它了解我的语言一样。

我快活地坐在我的窗前。度过了一个月,两个月,我留恋于这片绿色。我开始了解渡越沙漠者望见绿洲的欢喜,我开始了解航海的冒险家望见海面飘来花草的茎叶的欢喜。人是在自然中生长的,绿是自然的颜色。

我天天望着窗口常春藤的生长。看它怎样伸开柔软的卷须,攀住一根缘引它的绳索,或一茎枯枝;看它怎样舒开折叠着的嫩叶,渐渐变青,渐渐变老,我细细观赏它纤细的脉络,嫩芽,我以揠苗助长的心情,巴不得它长得快,长得茂绿。下雨的时候,我爱它淅沥的声音,婆婆的摆舞。

忽然有一种自私的念头触动了我。我从破碎的窗口伸出手去,把两枝浆液丰富的柔条牵进我的屋子里来,教它伸长到我的书案上,让绿色和我更接近,更亲密。

蕴藉篇

我拿绿色来装饰我这简陋的房间，装饰我过于抑郁的心情。我要借绿色来比喻葱茏的爱和幸福，我要借绿色来比喻猗郁的年华。我囚住这绿色如同幽囚一只小鸟，要它为我作无声的歌唱。

绿的枝条悬垂在我的案前了。它依旧伸长，依旧攀缘，依旧舒放，并且比在外边长得更快。我好像发现了一种"生的欢喜"，超过了任何种的喜悦。从前我有个时候，住在乡间的一所草屋里，地面是新铺的泥土，未除净的草根在我的床下茁出嫩绿的芽苗，蕈菌在地角上生长，我不忍加以剪除。后来一个友人一边说一边笑，替我拔去这些野草，我心里还引为可惜，倒怪他多事似的。

可是每天早晨，我起来观看这被幽囚的"绿友"时，它的尖端总朝着窗外的方向。甚至于一枚细叶，一茎卷须，都朝原来的方向。植物是多固执啊！它不了解我对它的爱抚，我对它的善意。我为了这永

远向着阳光生长的植物不快,因为它损害了我的自尊心。可是我囚系住它,仍旧让柔弱的枝叶垂在我的案前。

它渐渐失去了青苍的颜色,变得柔绿,变成嫩黄;枝条变成细瘦,变成娇弱,好像病了的孩子。我渐渐不能原谅我自己的过失,把天空底下的植物移锁到暗黑的室内;我渐渐为这病损的枝叶可怜,虽则我恼怒它的固执,无亲热,我仍旧不放走它。魔念在我心中生长了。

我原是打算七月尾就回南去的。我计算着我的归期,计算这"绿囚"出牢的日子。在我离开的时候,便是它恢复自由的时候。

芦沟桥事件发生了。担心我的朋友电催我赶速南归。我不得不变更我的计划;在七月中旬,不能再留连于烽烟四逼中的旧都,火车已经断了数天,我每日须得留心开车的消息。终于在一天早晨候到了。临行时我珍重地开释了这永不屈服于黑暗的囚人。我把瘦黄的枝叶放在原来的位置

蕴藉篇

上,向它致诚意的祝福,愿它繁茂苍绿。

离开北平一年了,我怀念着我的圆窗和绿友。有一天,得重和它们见面的时候,会和我面生么?

(选自陈平原编:《闲情乐事》,复旦大学出版社2005年版,第124~126页)

知识

陆蠡,浙江天台平镇岩头下村人,学名陆圣泉,原名陆考原,现代散文家、革命家、翻译家。资质聪颖,童年即通诗文,有"神童"之称。巴金认为他是一位真诚、文如其人的作家。著作有散文集《海星》、《竹刀》、《囚绿记》,曾翻译俄国屠格涅夫的《罗亭》、英国笛福的《鲁滨逊漂流记》、法国拉·封丹的《寓言诗》和法国拉马丁的《希腊神话》。1942年,仅34岁的陆蠡死于日寇酷刑之下,1983年4月,民政部批准他为革命烈士。

解读

《囚绿记》是陆蠡的散文代表作,它展示了人心灵中最真实最永恒的一面,那就是:和平安宁、优美诗意的生活才是人真正的需要,但当某种东西侵犯人的自由的时候,他会为了自由而反抗,甚至牺牲。一个人的高贵之处就在于:当他的精神遭受侮辱时,他的内心会逼他去抗经典悦读

争,他会为精神自由而死,死而无憾。经典的散文,它的蕴藉而深远的生命,在于不管在什么时代,都可以读出永恒的价值。几十年前的《囚绿记》,放在当今时代,仍有它值得人反思和自省的地方。

故都的秋

郁达夫

秋天,无论在什么地方的秋天,总是好的;可是啊,北国的秋,却特别地来得清,来得静,来得悲凉。我的不远千里,要从杭州赶上青岛,更要从青岛赶上北平来的理由,也不过想饱尝一尝这"秋",这故都的秋味。

江南,秋当然也是有的;但草木凋得慢,空气来得润,天的颜色显得淡,并且又时常多雨而少风;一个人夹在苏州上海杭州,或厦门香港广州的市民中间,浑浑沌沌地过去,只能感到一点点清凉,秋的

蕴藉篇

味,秋的色,秋的意境与姿态,总看不饱,尝不透,赏玩不到十足。秋并不是名花,也并不是美酒,那一种半开,半醉的状态,在领略秋的过程上,是不合适的。

不逢北国之秋,已将近十余年了。在南方每年到了秋天,总要想起陶然亭的芦花,钓鱼台的柳影,西山的虫唱,玉泉的夜月,潭柘寺的钟声。在北平即使不出门去罢,就是在皇城人海之中,租人家一椽破屋来住着,早晨起来,泡一碗浓茶、向院子一坐,你也能看得到很高很高的碧绿的天色,听得到青天下驯鸽的飞声。从槐树叶底,朝东细数着一丝一丝漏下来的日光,或在破壁腰中,静对着像喇叭似的牵牛花(朝荣)的蓝朵,自然而然地也能够感觉到十分的秋意。说到了牵牛花,我以为以蓝色或白色者为佳,紫黑色次之,淡红色最下。最好,还要在牵牛花底,教长着几根疏疏落落的尖细且长的秋草,使作陪衬。

北国的槐树,也是一种能使人联想起

秋来的点缀。像花而又不是花的那一种落蕊,早晨起来,会铺得满地。脚踏上去,声音也没有,气味也没有,只能感出一点点极微细极柔软的触觉。扫街的在树影下一阵扫后,灰土上留下来的一条条扫帚的丝纹,看起来既觉得细腻,又觉得清闲,潜意识下并且还觉得有点儿落寞,古人所说的梧桐一叶而天下知秋的遥想,大约也就在这些深沉的地方。

秋蝉的衰弱的残声,更是北国的特产;因为北平处处全长着树,屋子又低,所以无论在什么地方,都听得见它们的啼唱。在南方是非要上郊外或山上去才听得到的。这秋蝉的嘶叫,在北平可和蟋蟀耗子一样,简直像是家家户户都养在家里的家虫。

还有秋雨哩,北方的秋雨,也似乎比南方的下得奇,下得有味,下得更像样。

在灰沉沉的天底下,忽而来一阵凉风,便息列索落地下起雨来了。一层雨过,云渐渐地卷向了西去,天又青了,太阳又露出脸来了;著着很厚的青布单衣或夹袄的都市闲人,咬着烟管,在雨后的斜桥影里,上桥头树底下去一立,遇见熟人,便会用了缓慢悠闲的声调,微叹着互答着的说:

"唉,天可真凉了——"(这了字念得很高,拖得很长。)

"可不是么?一层秋雨一层凉了!"

北方人念阵字,总老像是层字,平平仄仄起来,这念错的歧韵,倒来得正好。

北方的果树,到秋来,也是一种奇景。第一是枣子树;屋角,墙头,茅房边上,灶房门口,它都会一株株地长大起来。像橄榄又像鸽蛋似的这枣子颗儿,在小椭圆形的细叶中间,显出淡绿微黄的颜色的时候,正是秋的全盛时期;等枣树叶落,枣子红完,西北风就要起来了,北方便是尘沙灰土的世界,只有这枣子、柿子、葡萄,成熟到八九分的七八月之交,是北国的清秋的佳日,是一年之中最好也没有的 Golden Days。

有些批评家说,中国的文人学士,尤其是诗人,都带着很浓厚的颓废色彩,所以中国的诗文里,颂赞秋的文字特别的多。但外国的诗人,又何尝不然?我虽则外国诗文念得不多,也不想开出账来,做一篇秋的诗歌散文钞,但你若去一翻英德法意等诗人的集子,或各国的诗文的Anthology来,总能够看到许多关于秋的歌颂与悲啼。各著名的大诗人的长篇田园诗或四季诗里,也总以关于秋的部分,写得最出色而最有味。足见有感觉的动物,有情趣的人类,对于秋,总是一样的能特别引起深沉,幽远,严厉,萧索的感触来的。不单是诗人,就是被关闭在牢狱里的囚犯,到了秋天,我想也一定会感到一种不能自已的深情;秋之于人,何尝有国别,更何尝有人种阶级的区别呢?不过在中国,文字里有一个"秋士"的成语,读本里又有着很普遍的欧阳子的《秋声》与苏东坡的《赤壁赋》等,就觉得中国的文人,与秋的关系特别深了。可是这秋的

蕴藉篇

深味,尤其是中国的秋的深味,非要在北方,才感受得到底。

南国之秋,当然是也有它的特异的地方的,比如廿四桥的明月,钱塘江的秋潮,普陀山的凉雾,荔枝湾的残荷等等,可是色彩不浓,回味不永。比起北国的秋来,正像是黄酒之与白干,稀饭之与馍馍,鲈鱼之与大蟹,黄犬之与骆驼。

秋天,这北国的秋天,若留得住的话,我愿把寿命的三分之二折去,换得一个三分之一的零头。

(选自淡霞主编:《人一生要读的100篇散文》,中国和平出版社2006年版,第274~277页)

知识

郁达夫,字达夫,原名郁文,出生于浙江富阳的一个知识分子家庭。中国现代小说家、散文家,代表作有《沉沦》、《故都的秋》、《春风沉醉的晚上》、《过去》、《迟桂花》等。

解读

郁达夫的这篇散文,充满了对北京秋天的深厚感情。

采用总分结合的写作手法,将北方的秋天的色彩感、画面感展现得淋漓尽致。在文章中,作者选用了充满诗情画意的意象,诸如芦花、虫唱、夜月、钟声等,以具体景物的魅力连缀出秋季独有的美感。

作品饱含作者的感情,在文笔上却显得抑制而富有韵味,秋季的味道缓缓流出,蕴藉深远,堪称经典佳作。

没有情感的理智,是无光彩的金块,而无理智的情感,是无鞍镫的野马。

——郁达夫

蛛丝和梅花

林徽因

真真地就是那么两根蛛丝,由门框边轻轻地牵到一枝梅花上。就是那么两根细丝,迎着太阳光发亮……再多了,那还像样么?一个摩登家庭如何能容蛛网在光天白日里作怪,管它有多美丽,多玄妙,多

蕴藉篇

细致,够你对着它联想到一切自然,造物的神工和不可思议处;这两根丝本来就该使人脸红,且在冬天够多特别!可是亮亮的,细细的,倒有点像银,也有点像玻璃制的细丝,委实不算讨厌,尤其是它们那么潇脱风雅,偏偏那样有意无意地斜着搭在梅花的枝梢上。

你向着那丝看,冬天的太阳照满了屋内,窗明几净,每朵含苞的,开透的,半开的梅花在那里挺秀吐香,情绪不禁迷茫缥缈地充溢心胸,在那刹那的时间中振荡。同蛛丝一样的细弱,和不必需,思想开始抛引出去:由过去牵到将来,意识的,非意识的,由门框梅花牵出宇宙,浮云沧波踪迹不定。是人性,艺术,还是哲学,你也无暇计较,你不能制止你情绪的充溢,思想的驰骋,蛛丝梅花竟然是瞬息可以千里!

好比你是蜘蛛,你的周围也有你自织的蛛网,细致地牵引着天地,不怕多少次风雨来吹断它,你不会停止了这生命上基本的活动。此刻"……一枝斜好,幽香不知甚处……"

拿梅花来说吧,一串串丹红的结蕊缀在秀劲的傲骨上,最可爱,最可赏,等半绽将开地错落在老枝上时,你便会心跳!梅花最怕开;开了便没话说。索性残了,沁香拂散同夜里炉火都能成了一种温存的凄清。

记起了,也就是说到梅花,玉兰。初是有个朋友说起初恋时玉兰刚开完,天气每天的暖,住在湖旁,每夜跑到湖边林子里走路,又静坐幽僻石上看隔岸灯火,感到好像仅有如此虔诚地孤对一片泓碧寒星远市,才能把心里情绪抓紧了,放在最可靠最纯净的一撮思想里,始不至亵渎了或是惊着那"瘴寐思服"的人儿。那是极年轻的男子初恋的情景——对象渺茫高远,反而近求"自我的"郁结深浅——他问起少女的情绪。

就在这里,忽记起梅花。一枝两枝,老枝细枝,横着,虬着,描着影子,喷着

蕴藉篇

细香;太阳淡淡金色地铺在地板上;四壁琳琅,书架上的书和书签都像在发出言语;墙上小对联记不得是谁的集句;中条是东坡的诗。你敛住气,简直不敢喘息,巅起脚,细小的身形嵌在书房中间,看残照当窗,花影摇曳,你像失落了什么,有点迷惘。又像"怪东风着意相寻",有点儿没主意!浪漫,极端的浪漫。"飞花满地谁为扫?"你问,情绪风似地吹动,卷过,停留在惜花上面。再回头看看,花依旧嫣然不语。"如此娉婷,谁人解看花意,"你更沉默,几乎热情地感到花的寂寞,开始怜花,把同情统统诗意地交给了花心!

这不是初恋,是未恋,正自觉"解看花意"的时代。情绪的不同,不止是男子和女子有分别,东方和西方也甚有差异。情绪即使根本相同,情绪的象征,情绪所寄托,所栖止的事物却常常不同。水和星子同西方情绪的联系,早就成了习惯。一颗星子在蓝天里闪,一流冷涧倾泄一片幽愁的平静,便激起他们诗情的波涌,心里甜蜜地,热情地便唱着由那些鹅羽的笔锋散下来的"她的眼如同星子在暮天里闪",或是"明丽如同单独的那颗星,照着晚来的天",或"多少次了,在一流碧水旁边,忧愁倚下她低垂的脸。"

惜花,解花太东方,亲昵自然,含着人性的细致是东方传统的情绪。

此外年龄还有尺寸,一样是愁,却跃跃似喜,十六岁时的,微风零乱,不颓废,不空虚,巅着理想的脚充满希望,东方和西方却一样。人老了脉脉烟雨,愁吟或牢骚多折损诗的活泼。大家如香山,稼轩,东坡,放翁的白发华发,很少不梗在诗里,至少是令人不快。话说远了,刚说是惜花,东方老少都免不了这嗜好,这倒不论老的雪鬓曳杖,深闺里也就攒眉千度。

最叫人惜的花是海棠一类的"春红",那样娇嫩明艳,开过了残红满地,太招惹同情和伤感。但在西方即使也有我们同样

蕴藉篇

的花,也还缺乏我们的廊庑庭院。有了"庭院深深深几许"才有一种庭院里特有的情绪。如果李易安的"斜风细雨"底下不是"重门须闭"也就不"萧条"得那样深沉可爱;李后主的"终日谁来"也一样的别有寂寞滋味。看花更须庭院,深深锁在里面认识,不时还得有轩窗栏杆,给你一点凭藉,虽然也用不着十二栏杆倚遍,那么慵弱无聊。

当然旧诗里伤愁太多;一首诗竟像一张美的证券,可以照着市价去兑现!所以庭花,乱红,黄昏,寂寞太滥,诗常失却诚实。西洋诗,恋爱总站在前头,或是"忘掉",或是"记起",月是为爱,花也是为爱,只使全是真情,也未尝不太腻味。就以两边好的来讲。拿他们的月光同我们的月色比,似乎是月色滋味深长得多。花更不用说了;我们的花"不是预备采下缀成花球,或花冠献给恋人的",却是一树一树绰约的,个性的,自己立在情人的地位

经典悦读

上接受恋歌的。

所以未恋时的对象最自然的是花,不是因为花而起的感慨——十六岁时无所谓感慨——仅是刚说过的自觉解花的情绪,寄托在那清丽无语的上边,你心折它绝韵孤高,你为花动了感情,实说你同花恋爱,也未尝不可——那惊讶狂喜也不减于初恋。还有那凝望,那沉思……

一根蛛丝!记忆也同一根蛛丝,搭在梅花上就由梅花枝上牵引出去,虽未织成密网,这诗意的前后,也就是相隔十几年的情绪的联络。

午后的阳光仍然斜照,庭院阒然,离离疏影,房里窗棂和梅花依然伴和成为图案,两根蛛丝在冬天还可以算为奇迹,你望着它看,真有点像银,也有点像玻璃,偏偏那么斜挂在梅花的枝梢上。

二十五年新年漫记

(选自梁从诫编:《林徽因文集·文学卷》,百花文艺出版社1999年版,第33~36页)

知识

林徽因,出生于浙江杭州。容貌姣好,才华横溢,在诗歌方面有着极高的天赋。原名林徽音,其名出自《诗·大雅·思齐》:"大姒嗣徽音,则百斯男。"后因常被人误认为当时一位作家林微音,故改名徽因。她不仅极具文学造诣,同时也是一名著名建筑师。林徽因是人民英雄纪念碑和中华人民共和国国徽深化方案的设计者、建筑师梁思成的第一任妻子,1930年代初,她同梁思成一起用现代科学方法研究中国古代建筑,成为这个学术领域的开拓者,后来在这方面获得了巨大的学术成就,为中国古代建筑研究奠定了坚实的科学基础。文学上,著有散文、诗歌、小说、剧本等,另有译作和书信传世,代表作有《你是人间四月天》、《莲灯》、《九十九度中》等。其中,《你是人间四月天》最为大众熟知,广为传诵。

解读

林徽因的这一篇小文,充满了情趣,特别是女性的情趣。闲情逸致、散漫清新,读者仿若从字里行间看到临窗观望的女子,挑弄着花草,窥视着蛛丝,并把自己的感触和遐思写下个三言两语。但是,林徽因的情感又并不简单,似乎不是小女子的小情小感,在观察与体悟之中,她联系着东方韵致,联系着千古思念,联系着恋爱未觉的情愫。散文的一个特质就是一花一树皆有情,而在将情绪凝经典悦读

结成意象之时,林徽因的描写却显得率真而不做作,情感饱满而又意味深长。有时候,观景状物,不露痕迹地就引向心灵深处,引人入胜于无形之中。这种富含女性情怀的独特美感,在林徽因的这篇文章里表现得淋漓尽致。

　　对于三十岁以后的人来说,十年八年不过是指缝间的事,而对于年轻人而言,三年五年就可以是一生一世。

——林徽因

心曲万象　大音希声

经典悦读

迟　暮

张爱玲

多事的东风,又冉冉地来到人间,桃花支不住红艳的酡颜而醉倚在封姨的臂弯里,柳丝趁着风力,俯了腰肢,搔着行人的头发,成团的柳絮,好像春神足下坠下来的一朵朵的轻云,结了队儿,模仿着二月间漫天舞出轻清的春雪,飞入了处处帘栊。细草芊芊的绿茵上,沾濡了清明的酒气,遗下了游人的屐痕车迹。一切都兴奋到了极点,大概有些狂乱了吧?——在这缤纷繁华目不暇接的春天!

只有一个孤独的影子,她,倚在栏杆上;她的眼,才从青春之梦里醒过来的眼还带着些朦胧睡意,望着这发狂似的世界,茫然地像不解这人生的谜。她是时代的落伍者了,在青年的温馨的世界中,她在无

蕴藉篇

形中已被摈弃了。她再没有这资格,心情,来追随那些站立时代前面的人们了!在甜梦初醒的时候,她所有的惟有空虚,怅惘;怅惘自己的黄金时代的遗失。

咳!苍苍者天,既已给与人们的生命,赋与人们创造社会的青红,怎么又吝啬地只给我们仅仅十余年最可贵的稍纵即逝的创造时代呢?这样看起来,反而是朝生暮死的蝴蝶为可羡了。它们在短短的一春里尽情的酣足的在花间飞舞,一旦春尽花残,便爽爽快快地殉着春光化去,好像它们一生只是为了酣舞与享乐而来的,倒要痛快些。像人类呢,青春如流水一般的长逝之后,数十载风雨绵绵的灰色生活又将怎样度过?

她,不自觉地已经坠入了暮年人的园地里,当一种暗示发现时,使人如何的难堪!而且,电影似的人生,又怎样能挣扎?尤其是她,十年前痛恨老年人的她!她曾经在海外壮游,在崇山峻岭上长啸,在冻港内滑冰,在广座里高谈。但现在呢?往事悠悠，当年的豪举都如烟云一般霏霏然的消散，寻不着一点的痕迹，她也惟有付之一叹，青年的容貌，盛气，都渐渐的消磨去了。她怕见旧时的挚友。她改变了的容貌，气质，无非添加他们或她们的惊异和窃议罢了。为了躲避，才来到这幽僻的一隅，而花，鸟，风，日，还要逗引她愁烦。她开始诅咒这逼人太甚的春光了。……

灯光绿黯黯的，更显出夜半的苍凉。在暗室的一隅，发出一声声凄切凝重的磬声，和着轻轻的喃喃的模模糊糊的诵经声，"黄卷青灯，美人迟暮，千古一辙"。她心里千回百转的想，接着，一滴冷的泪珠流到冷的嘴唇上，封住了想说话又说不出的颤动着的口。

（选自张爱玲著：《流言私语》，江苏文艺出版社 2005 年版，第 251～252 页）

知识

张爱玲，中国现代女作家。原名张瑛，家世显赫，却在动荡年代漂若浮萍。张爱玲作品颇多，特别是早期创作的中篇小说、散文成就很高，现在亦作为经典并且进入学

蕴藉篇

术研究视野。1961年,夏志清在其英文代表作《中国现代小说史》中发掘并论证了张爱玲的文学史地位,影响深远。张爱玲一直被认为是通俗小说家,在批评家眼里她"不登大雅之堂",但夏志清对张爱玲倍加推崇,在小说史中给予张爱玲的篇幅比鲁迅的要多上一倍,他甚至认为张爱玲的《金锁记》是"中国从古以来最伟大的中篇小说"。

当代著名作家白先勇称她"是不世出的天才,她的文字风格很有趣,像是绕过了五四时期的文学,直接从《红楼梦》、《金瓶梅》那一脉下来的,张爱玲的小说语言更纯粹,是正宗的中文,她的中国传统文化造诣其实很深"。

女作家王安忆则说:"唯有小说才是张爱玲的意义。所以,认识的结果就是,将张爱玲从小说中攫出来,然后再还给小说。"

这是张爱玲13岁时写的一篇散文。其中,少年的苍凉,笔力的老道,让人感慨,也只有张爱玲才有这样的天赋。《迟暮》一文催人泪下:一代才女佳人在容颜如花瓣凋零的瞬间发出"黄卷青灯,美人迟暮,千古一辙"的凄凉哀叹,让人读来也不由为自己担心。张爱玲的作品中那种灰暗幽雅的基调会引起读者内心深处的共鸣,慢慢地,自己也仿佛难挡青春消逝、往事如烟,也要逐渐步入"黄卷青灯,美人迟暮"的年龄,也有过刚从浪漫的青春梦幻中清醒过来的空虚所带来的一丝淡淡的惆怅。然而与

经典悦读

之不同的是,清醒过后感觉迟暮的景致却别有一份成熟温和,不似夏阳般绚烂,而是秋暮晚霞般温润柔和,朦胧而高贵。把青春梦中的记忆重新整理,美好的、值得珍藏的部分永远存封在心中一处角落。用我们的成熟智慧平静地迎接真实的生活,活出人生四季不同的色彩。女人如红酒,珍藏越久越纯正,只有懂得品味的才会欣赏。即使无人欣赏又何妨,生活原本就是自己的,自己的感受才最重要,花开花落是万物的自然规律,我们所能够做到的就是珍惜每一天光阴、尽可能快乐地活着,花儿虽美,但没有秋后的果实来得殷实,只在于你从何种角度去看罢了。人生如歌,生命作曲,自己来谱词,悲喜剧全凭自己书写。

生命是一袭华美的袍,爬满了蚤子。

——张爱玲

美

(印度)泰戈尔

夕阳坠入地平线,西天燃烧着鲜红的霞光,一片宁静轻轻落在梵学书院娑罗树

蕴藉篇

的枝梢上,晚风的吹拂也便弛缓起来。一种博大的美悄然充溢着我的心头。对我来说,此时此刻,已失落其界限。今日的黄昏延伸着,延伸着,融入无数时代前的邈远的一个黄昏。在印度的历史上,那时确实存在隐士的修道院,每日喷薄而出的旭日,唤醒一座座净修林中的鸟啼和《娑摩吠陀》的颂歌。白日流逝,晚霞鲜艳的恬静的黄昏,召唤终年为祭火提供酥油的牛群,从芳草萋萋的河滨和山麓归返牛棚。印度那淳朴的生活,肃穆修行的时光,在今日静谧的暮天清晰地映现。

我忽然想起,我们的雅利安祖先,一天也不曾忽视一望无际的恒河平原上日出和日落的壮丽景象。他们从未冷漠地送别晨夕和晚祷。每一位瑜珈行者和每家的主人,都在心中热烈欢迎迷人的景色。他们把自然之美迎进了祭神的庙宇,以虔诚的目光注望美中涌溢的欢乐。他们抑制着激动,稳定着心绪,将朝霞和暮色溶入他们无限的遐想。我

认为,他们在河流的交汇处,在海滩,在山峰上欣赏自然美景的地方,不曾营造自己享受的乐园;在他们开辟的圣地和留下的名胜古迹中,人与神浑然一体。

暮空中萦绕着我内心的祈祷:愿我以纯洁的目光瞻仰这美的伟大形象,不以享乐思想去黯淡和去贬低世界的美,要学会以虔诚使之愈加真切和神圣。换句话说,要弃绝占有它的妄想,心中油然萌发为它献身的决心。

我又觉得,认识到真实是美,美是崇伟,不是件容易的事。我们摈弃许多东西,把厌烦的许多东西推得远远的,对许多矛盾视而不见,在合乎心意的狭小范围内,把美当作时髦的奢侈品。我们妄图让世界艺术女神沦为女婢,羞辱她,失去了她,同时也丧失了我们的福祉。

撇开人的好恶去观察,世界本性并不复杂,很容易窥见其中的美和神灵。将察看局部发现的矛盾和形变,掺入整体之中,

蕴藉篇

就不难看到一种恢弘的和谐。

然而,我们不能像对待自然那样对人。周围的每个人离我们太近,我们以特别挑剔的目光夸大地看待他的小疵。他短时的微不足道的缺点,在我们的感情中往往变成非常严重的过错。贪欲、愤怒、恐惧妨碍我们全面地看人,而让我们在他人的小毛病中摇摆不定。所以我们很容易在寥廓的暮空发现美,而在俗人的世界却不容易发现。

今日黄昏,不费一点气力,我们见到了宇宙的美妙形象。宇宙的拥有者亲手把完整的美捧到我们的眼前。如果我们仔细剖析,进入它的内部,扑面而来的是数不清的奇迹。此刻,无垠的暮空的繁星间飞驰着火焰的风暴,若容我们目睹其一部分,必定目瞪口呆。用显微镜观察我们前面那株姿态优美的斜倚星空的大树,我们能看清许多脉络,许多虬须,树皮的层层褶皱,枝桠的某些部位干枯,腐烂,成了虫豸的巢穴。站在暮空俯瞰人世,映入眼帘的一切，都有不完美和不正常之处。然而，不扬弃一切，广收博纳，卑微的，受挫的，变态的，全部拥抱着，世界坦荡地展示自己的美。整体即美，美不是荆棘保卫的窄圈里的东西，造物主能在静寂的夜空毫不费力地向世人昭示。

强大的自然力的游戏惊心动魄，可我们在暮空却看到它是那样宁静，那样绚丽。同样，伟人一生经受的巨大痛苦，在我们眼里也是美好的，高尚的，我们在完满的真实中看到的痛苦，其实不是痛苦，而是欢乐。

我曾经说过，认识美需要克制和艰苦的探索，空虚的欲望宣扬的美，是海市蜃楼。

当我们完美地认识真理时，我们才真正地懂得美。完美地认识了真理，人的目光才纯净，心灵才圣洁，才能不受阻挠地看见世界各地蕴藏的欢乐。

（选自淡霞主编：《人一生要读的 100 篇散文》，中国和平出版社 2006 年版，第 263～265 页）

蕴藉篇

知识

泰戈尔,印度著名诗人、文学家、社会活动家、哲学家和印度民族主义者。1861年5月7日,泰戈尔出生于印度加尔各答一个富有的贵族家庭。1913年,泰戈尔以《吉檀迦利》成为第一位获得诺贝尔文学奖的亚洲人,他的诗包含宗教和哲学的深刻见解,在印度享有史诗的地位。代表作有《吉檀迦利》、《飞鸟集》、《眼中沙》、《四个人》、《家庭与世界》、《园丁集》、《新月集》、《最后的诗篇》、《戈拉》、《文明的危机》等。

解读

泰戈尔通过对黄昏美景的描绘,辩证地发表了对美的看法。开篇壮阔深远的黄昏美景图看似要写一篇借景抒情的文章,而文字的进行开始徐徐展开泰戈尔个人对美的体悟。美就是真实、崇伟、整体,但认识美又不是一件容易的事情,应"不扬弃一切,广收博纳"。本文文风隽永清新,深蕴哲理,给人以精神的无限启迪。

窗 下

柯 灵

在窗下,我望着无云的天。

玄想之翅遂向空腾起,沐着阳光,向不见边际的蓝色飞远了。

我曾经有孩提的心,驾风舟,泛云海,探索宇宙的奥秘。虹桥彼岸有瑰奇的天地,月中宫阙是宝玉砌成。而夏晚小院的凉榻上,我还织过不止一回的摘星之梦。

稍后我又爱独自仰卧草茵,枕着丛翠,凝望天宇,对自由阔大的人世,射出向往的箭。

有一次我独上危楼,正当江南雪后,阳光稀薄,寒气逼人,天体辽廓如无极。遥望郊外白首的层峦,傲然环立;俯瞰城中密密麻麻的房宇街巷,挤着一堆人事兴废,一种无意义的感叹,不觉油然而起。

蕴藉篇

忽地,一个断线的红色气球,从近处市廛飞升,我目送它直上太空,又飘飘荡荡飞向城外,渐远渐小,终至于连那微尘似的灰色小点,也从目力中消失。我的不羁的灵魂,也就为它所远引,觉得天地之宽,而自己则又渺无着落了。

也曾对怒云疾驱,期待着暴风雨的袭来,效海燕的欢舞。

也曾摸索于漆似的暗夜,无风,无星,无月。远处却有猫头鹰诡秘而惨厉的鸣声,忽而飘来,忽而中断,如一缕游丝。于是我浑身颤悸,为末世的忧惧所威胁……

谁能够设想没有太阳的世界,将是怎样的世界呢!

我以想象的彩笔作过两幅图画,一幅是黝暗的牢狱,黑色的墙,黑色的呼吸。铁链如大乌蛇,懒懒地盘在囚徒们的脚下。狭小的铁窗,镶一张枯瘦如柴的脸,怔怔地望着一角远天。另一幅是小楼,轩明的静室,柳丝低垂如帘幕,掩着一窗岑寂。

有少妇倚栏,对暧昧的白云搜索逝去的欢乐,她昂着头,犹如海上鲛人,晶莹的珠串从象牙似的颊上散落。

运命降苦难于不幸的人群,但希望的种子还孕在人们心里,茁长着新的生命。失去了光的,铁槛外还有春阳跳跃的大地;失去了爱的,人间也还有广阔无边的温暖。——"生之意志":这是我为这幅画所拟想的笨拙的题词。

磅礴于地球四围的大气,曾使古人惊奇于那浩瀚的"大块文章";我们则又知道它是一切生物的养命之源。而一自这城市拔去祖国的徽帜,奴隶的厄运却使人们永远低头,不敢再仰望那晶明的苍穹。偶尔从窗下窥天的人,不禁也有囚徒似的哀戚了。

想象着粲然如金的阳光下,是何等壮丽的气象啊。山岳,江河,原野,造物者不世的杰作!北国的宫殿峨巍,古城头有洁白的鸽子,在青空下扇动皎然的双翼,鸽铃撒下一把和平美妙的歌声。但如今满缀在这些光景上面的,是异族侵凌下屈辱的暗影。

魔鬼化成似的灰色蜻蜓,又吐着喤喤的毒咒,从远天飞近了。

我昂着头,有鼎沸的思潮,沉重的心。——我梦想着一个狂欢的日子,盈城火炬,遍地歌声,满街扬着臂把,挺起胸脯的行人……

一九三九年三月十七日

(选自柯灵著:《柯灵散文》,人民文学出版社 2007 年版,第 79~80 页)

知识

柯灵,原名高季琳,笔名朱梵、宋约。原籍浙江绍兴,生于广州。电影理论家、剧作家、评论家。1926 年在商务印书馆《妇女杂志》上发表了第一篇作品——叙事诗《织布的女人》,从此步入文坛。1941 年与师陀合作,将高尔基的话剧《底层》改编成话剧剧本《夜店》(后改编成电影),产生了广泛影响。1948 年到香港《文汇报》工作,担任副社长兼副总编辑。1949 年回到上海,次年加入中国共产党。曾任上海电影剧本创作所所长、上海电影艺术研究所所长、《大众电影》主编、上海作协书记处

经典悦读

书记、上海影协常务副主席等职。他的散文作品风格隽永,文笔清淡而优美,读来令人深觉意境悠远、齿颊留香。

柯灵的文章蕴藉深远,而这一特点在本篇中更是被发挥得淋漓尽致。正值苦难年月的中国,透过一窗之望,融入作者天马行空的想象、含蓄深沉的关怀,化作了情景交融的悲怆画面。而在文章后段,作者更是在笔尽豪情的文字之中畅怀胸臆,表现出不屈的意志和文人高洁的风骨。这篇散文层次鲜明,感情逐步浓烈,而将诸多情绪凝结在"窗"这一意象之上,切口极细腻,才显情感极贲张,足见大家功力深厚。

悼念一棵枫树

牛 汉

我想写几篇小诗,把你最后的绿叶保留下几片来。

——摘自日记

蕴藉篇

湖边山丘上
那棵最高大的枫树
被伐倒了……
在秋天的一个早晨

几个村庄
和这一片山野
都听到了,感觉到了
枫树倒下的声响

家家的门窗和屋瓦
每棵树,每根草
每一朵野花
树上的鸟,花上的蜂
湖边停泊的小船
都颤颤地哆嗦起来……

是由于悲哀吗?

这一天

整个村庄
和这一片山野上
飘忽着浓郁的清香

清香
落在人的心灵上
比秋雨还要阴冷
想不到
一棵枫树
表皮灰暗而粗犷
发着苦涩气息
但它的生命内部
却贮蓄了这么多的芬芳

芬芳
使人悲伤

枫树直挺挺的
躺在草丛和荆棘上
那么庞大,那么青翠
看上去比它站立的时候

还要雄伟和美丽

伐倒三天之后
枝叶还在微风中
簌簌地摇动
叶片上还挂着明亮的露水
仿佛亿万只含泪的眼睛
向大自然告别

哦,湖边的白鹤
哦,远方来的老鹰
还朝着枫树这里飞翔呢

枫树
被解成宽阔的木板
一圈圈年轮
涌出了一圈圈的
凝固的泪珠

泪珠

也发着芬芳
不是泪珠吧
它是枫树的生命
还没有死亡的血球

村边的山丘
缩小了许多
仿佛低下了头颅

伐倒了
一棵枫树
伐倒了
一个与大地相连的生命

[选自杨晓民主编:《百年百首经典诗歌(1901—2000)》,长江文艺出版社2003年版,第83～86页]

知识

牛汉,本名史承汉,后改为史成汉,又名牛汉,曾用笔名"谷风",山西省定襄县人,蒙古族。当代著名诗人、文学家和作家,"七月派"代表诗人之一。1940年开始发表文学作品,主要写诗,同时写散文。曾任《新文学史料》主编、《中国》执行副主编、中国作家协会全国名誉委员、中国诗歌学会副会长。他创作的《悼念一棵枫树》、《华南虎》、《半棵树》等诗广为传诵,曾出版《牛汉诗文集》等。

解读

《悼念一棵枫树》是一首典型的托物言志诗,曾有人认为此诗是为悼念"七月派"领袖胡风而作,而牛汉本人在谈及此诗的创作目的时曾说:"我悼念栋梁之材,民族的伟大人物一个个地倒下,是可悲的。如果专指某一个人的倒下,就太没价值了。"可以推想,诗人创作此诗,更多地着眼于整个时代、整个民族的命运,此诗既是对饱受摧残、满目疮痍的中华民族的每个人——包括自我——的哀悼,更是对有着辉煌的过去如今却历尽沧桑的祖国命运的哀悼。诗人的悼念是悲哀的,一棵"最高大的"、"雄伟和美丽"的枫树倒下了,它散发的"浓郁的清香"和生命的"芬芳"却满溢于"整个村庄"和"这一片山野上",这种隐喻,不着一字,却尽得真意,充满了气节之美。

警语

再丑的东西,孩子都能把它画美了;再美好的东西,大人也许把它画丑了。

——牛汉

情思含蓄　款曲低徊

蕴藉篇

你的名字

纪 弦

用了世界上最轻最轻的声音,
轻轻地唤你的名字每夜每夜。

写你的名字,
画你的名字,
而梦见的是你的发光的名字:

如日,如星,你的名字。
如灯,如钻石,你的名字。
如缤纷的火花,如闪电,你的名字。
如原始森林的燃烧,你的名字。

刻你的名字!
刻你的名字在树上。
刻你的名字在不凋的生命树上。

当这植物长成了参天的古木时,
啊啊,多好,多好,
你的名字也大起来。

大起来了,你的名字。
亮起来了,你的名字。
于是,轻轻轻轻轻轻地唤你的名字。

[选自杨晓民主编:《百年百首经典诗歌(1901—2000)》,长江文艺出版社 2003 年版,第 54~55 页]

知识

纪弦,台湾诗坛三位元老之一(另两位为覃子豪、余光中),在台湾诗坛享有极高的声誉。纪弦不仅创作极丰,而且在理论上亦颇有建树。他是现代派诗歌的倡导者,主张写"主知"的诗,强调"横的移植"。诗风明快,善嘲讽,乐戏谑。他的诗极有韵味,且注重创新,令后学者竞相仿效,成为台湾诗坛的一面旗帜。

解读

这是一首别开生面的爱情诗,诗中没有出现一个爱字,而是鬼斧神工地选取了人所忽视的对方的名字为吟咏对象,在平凡中酿出了不平凡的艺术美酒。这首 18 行抒

蕴藉篇

情诗,以"用了世界上最轻最轻的声音/轻轻地唤你的名字每夜每夜"开头,中间以一节系列地形容名字的灿烂,再以一节刻写的动作来写名字,终以"轻轻轻轻轻轻地唤你的名字"结束,结构单纯而明朗,但主旨却是朦胧的。文字浅显易懂,内涵却很丰富。

送 行
(节选)
梁实秋

"黯然销魂者,别而已矣。"遥想古人送别,也是一种雅人深致。古时交通不便,一去不知多久,再见不知何年,所以南浦唱支骊歌,灞桥折条杨柳,甚至在阳关敬一杯酒,都有意味。李白的船刚要启碇,汪伦老远的在岸上踏歌而来,那幅情景真是历历如在目前。其妙处在于纯朴真挚,出之以潇洒自然。平夙莫逆于心,临别难分难舍。如果平常我看着你面目可憎,你觉着我语言无味,一旦远离,那是最好不过,只恨世界太

小，唯恐将来又要碰头，何必送行？

在现代人的生活里，送行是和拜寿送殡等等一样的成为应酬的礼节之一。"揪着公鸡尾巴"起个大早，迷迷糊糊的赶到车站码头，挤在乱哄哄人群里面，找到你的对象，扯几句淡话，好容易耗到汽笛一叫，然后鸟兽散，吐一口轻松气，撅着大嘴回家。这叫做周到。在被送的那一方面，觉得热闹，人缘好，没白混，而且体面，有这么多人舍不得我走，斜眼看着旁边的没人送的旅客，相形之下，尤其容易起一种优越之感，不禁精神抖擞，恨不得对每一个送行的人要握八次手，道十回谢。死人出殡，都讲究要有多少亲友执绋，表示恋恋不舍，何况活人？行色不可不壮。

悄然而行似是不大舒服，如果别的旅客在你身旁耀武扬威地与送行的话别，那会增加旅中的寂寞。这种情形，中外皆然。Max Beerbohm 写过一篇《谈送行》，他说他在车站上见一位以演剧为业的老朋友在送一位女

蕴藉篇

客,始而喁喁情话,俄而泪湿双颊,终乃汽笛一声,勉强抑止哽咽,向女郎频频挥手,目送良久而别。原来这位演员是在作戏,他并不认识那位女郎,他是属于"送行会"的一个职员,凡是旅客孤身在外而愿有人到站相送的,都可以到"送行会"去雇人来送。这位演员出身的人当然是送行的高手,他能放进感情,表演逼真。客人纳费无多,在精神上受惠不浅。尤其是美国旅客,用金钱在国外可以购买一切,如果"送行会"真的普遍设立起来,送行的人也不虞缺乏了。

送行既是人生中所不可少的一桩事,送行的技术也便不可不注意到。如果送行只限于到车站码头报到,握手而别,那么问题就简单,但是我们中国的一切礼节都把"吃"列为最重要的一个项目。一个朋友远别,生怕他饿着走,饯行是不可少的,恨不得把若干天的营养都一次囤积在他肚里。我想任何人都有这种经验,如有远行而消息外露(多半还是自己宣扬),他有理

经典悦读

由期望着饯行的帖子纷至沓来,短期间家里可以不必开伙。还有些思虑更周到的人,把食物携在手上,亲自送到车上船上,好像是你在半路上会挨饿的样子。

……

我不愿送人,亦不愿人送我。对于自己真正舍不得离开的人,离别的那一刹那像是开刀,凡是开刀的场合照例是应该先用麻醉剂,使病人在迷蒙中度过那场痛苦,所以离别的苦痛最好避免。一个朋友说,"你走,我不送你;你来,无论多大风多大雨,我要去接你。"我最赏识那种心情。

(选自梁实秋著:《梁实秋雅舍小品全集》,上海人民出版社1993年版,第70~72页)

知识

梁实秋,著名的散文家、学者、文学批评家、翻译家,国内第一个研究莎士比亚的权威,曾与鲁迅等左翼作家笔战不断。一生给中国文坛留下了2000多万字的著作,其散文集创造了中国现代散文著作出版的最高纪录。代表作有《雅舍小品》、《莎士比亚全集》(译作)等。

蕴藉篇

梁实秋的散文作品,每一篇都是一则小故事、一段小家常。《送行》最后说得最好,"对于自己真正舍不得离开的人,离别的那一刹那像是开刀,凡是开刀的场合照例是应该先用麻醉剂,使病人在迷蒙中度过那场痛苦,所以离别的苦痛最好避免。"以开刀来类比离别,正是贯穿了古今同理的依依惜别之情在常人来看是多么难过伤怀的情绪。经历生活的大师们亦不能免俗,最后一句笔锋一转,从"离别"说到"相逢",好似化解了一切苦痛,幽默地避开了自己也不可解的难题。人生亦如此,有些苦痛难以绕过,以胸怀包容、以情趣化解也未尝不是妙法。

"与朋友交,久而敬之"。敬也就是保持距离,也就是防止过分地亲昵。要注意的是,友谊不可透支,总要保留几分。

——梁实秋

伊豆的舞女

(节选)

(日)川端康成

动身那天早晨七点钟,我正在吃早饭,荣吉从马路上呼喊我。他穿了一件带家徽的黑外褂,这身礼服像是为我送行才穿的。姑娘们早已芳踪渺然。一种剜心的寂寞,从我心底里油然而生,荣吉走进我的房间,说:

"大家本来都想来送行的,可昨晚睡得太迟,今早起不来,让我赔礼道歉来了。她们说等着您冬天再来。一定来呀。"

早晨,街上秋风萧瑟。荣吉在半路上给我买了四包敷岛牌纸烟、柿子和"薰牌"清凉剂。

"我妹妹叫薰子。"他笑眯眯地对我说,"在船上吃桔子不好。柿子可以防止晕船,可以吃。"

蕴藉篇

"这个送给你吧。"

我脱下便帽,戴在荣吉的头上。然后从书包里取出学生制帽,把皱折展平。我们俩人都笑了。

快到码头,舞女蹲在岸边的倩影赫然映入我的心中。我们走到她身边以前,她一动不动,只顾默默地把头耷拉下来。她依旧是昨晚那副化了妆的模样,这就更加牵动我的情思。眼角的胭脂给她的秀脸添了几分天真、严肃的神情,使她像在生气。荣吉说:

"其他人也来了吗?"

舞女摇了摇头。

"大家还睡着吗?"

舞女点了点头。

荣吉去买船票和舢板票的工夫,我找了许多话题同她攀谈,她却一味低头望着运河入海处,一声不响。每次我还没把话讲完,她就一个劲点头。

这时,一个建筑工人模样的汉子走了

过来：

"老婆子，这个人合适哩。"

"同学，您是去东京的吧？我们信赖您，拜托您把这位老婆子带到东京，行不行啊？她是个可怜巴巴的老婆子。她儿子早先在莲台寺的银矿上干活，这次染上了流感，儿子、儿媳都死掉了。留下三个这么小不丁点的孙子。无可奈何，俺们商量，还是让她回老家。她老家在水户。老婆子什么也不清楚，到了灵岸岛，请您送她乘上开往上野站的电车就行了。给您添麻烦了。我们给您作揖。拜托啦。唉，您看到她这般处境，也会感到可怜的吧。"

老婆子呆愣愣地站在那里，背上背着一个吃奶的婴儿。左右手各拖着一个小女孩，小的约莫三岁，大的也不过五岁光景。那个污秽的包袱里带着大饭团和咸梅。五六个矿工在安慰着老婆子。我爽快地答应照拂她。

"拜托啦。"

蕴藉篇

"谢谢,俺们本应把她们送到水户的,可是办不到啊。"矿工都纷纷向我致谢。

舢板猛烈地摇晃着。舞女依然紧闭双唇,凝视着一个方向。我抓住绳梯,回过头去,舞女想说声再见,可话到嘴边又咽了回去,然后再次深深地点了点头。舢板折回去了。荣吉频频地摇动着我刚才送给他的那顶便帽。直到船儿远去,舞女才开始挥舞她手中白色的东西。

轮船出了下田海面,我全神贯注地凭栏眺望着海上的大岛,直到伊豆半岛的南端,那大岛才渐渐消失在船后。同舞女离别,仿佛是遥远的过去了。老婆子怎样了呢?我窥视船舱,人们围坐在她的身旁,竭力抚慰她。我放下心来,走进了贴邻的船舱。相模湾上,波浪汹涌起伏。一落座就不时左跌右倒。船员依次分发着金属小盆供晕船者呕吐用。我用书包当枕头,躺了下来。脑子空空,全无时间概念了。泪水簌簌地滴落在书包上。脸颊凉飕飕的,

只得将书包翻了过来。我身旁睡着一个少年。他是河津一家工厂老板的儿子,去东京准备入学考试。他看见我头戴一高制帽,对我抱有好感。我们交谈了几句之后,他说:

"你是不是遭到什么不幸啦?"

"不,我刚刚同她离别了。"

我非常坦率地说了。就是让人瞧见我在抽泣,我也毫不在意了。我若无所思,只满足于这份闲情逸致,静静地睡上一觉。

我不知道海面什么时候昏沉下来。网代和热海已经耀着灯光。我的肌肤感到一股凉意,肚子也有点饿了。少年给我打开竹叶包的食物。我忘了这是人家的东西,把紫菜饭团抓起来就吃。吃罢,钻进了少年学生的斗篷里,产生了一股美好而又空虚的情绪,无论别人多么亲切地对待我,我都非常自然地接受了。明早我将带着老婆子到上野站去买前往水户的车票,这也是完全应该做的事。我感到一切的一切都

蕴藉篇

融为一体了。

　　船舱里的煤油灯熄灭了。船上的生鱼味和潮水味变得更加浓重。在黑暗中,少年的体温温暖着我。我任凭泪泉涌流。我的头脑恍如变成了一池清水,一滴滴溢了出来,后来什么都没有留下,顿时觉得舒畅了。

[选自(日)川端康成著:《伊豆的舞女》,叶渭渠译,北京出版社 2003 年版,第 41~46 页]

知识

　　川端康成,毕业于东京大学,日本新感觉派作家,著名小说家。1899 年 6 月 14 日生于大阪。幼年父母双亡,其后姐姐和祖父母又陆续病故。一生多旅行,心情苦闷忧郁,逐渐形成了感伤与孤独的性格,这种内心的痛苦与悲哀成为川端康成后来的文学底色。在东京大学国文专业学习时,参与复刊《新思潮》杂志。1924 年毕业,同年和横光利一创办《文艺时代》杂志,后成为由此诞生的新感觉派的中心人物之一。新感觉派衰落后,参加新兴艺术派和新心理主义文学运动。一生创作小说 100 多篇,作品极富抒情性,追求人生升华的美,并深受佛教思想和虚无主义影响。早期多以下层女性作为小说的主人公,写她们

的纯洁和不幸,后期一些作品写了近亲之间甚至老人的变态情爱心理,手法纯熟,浑然天成。

成名作小说《伊豆的舞女》(1926)描写一名高中生"我"和流浪艺人的感伤及不幸生活。代表作有《伊豆的舞女》、《雪国》、《千只鹤》、《古都》以及《睡美人》等。1968年获诺贝尔文学奖,亦是首位获得该奖项的日本作家。1972年4月16日在工作室自杀身亡。

川端康成曾担任国际笔会副会长、日本笔会会长等职。1957年被选为日本艺术院会员。曾获得日本政府的文化勋章、法国政府的文化艺术勋章等。

《伊豆的舞女》是川端康成的成名作,虽仅是一部中篇小说,但是足以令他名噪文坛,且这一故事的流传度和经典性今时今日已不可置疑。由原著小说改编的影视作品从1931年起就从未断绝,广为中国观众熟知的就有分别由吉永小百合和山口百惠扮演舞女阿熏的两个电影版本。

《伊豆的舞女》充分体现了川端式的"佛典"文学特征。日本学者伊藤整在评论《伊豆的舞女》时,曾有过精辟的阐述:"反复读一下《伊豆的舞女》,可以随处发现这篇作品同川端今天的创作在脉搏上是相通的。可以说这相通之处在《伊豆的舞女》中只是处在不引人注目的角落。不用说,读作品时,虽然在这不引人注目的地方获得一次又一次真正的感动而深入了下去,但掩卷时获得的

蕴藉篇

总的感动不是在不引人注目的地方获得的,而是构成这篇作品骨骼的情节和情景的甜蜜性,是青春的抒情。残忍的不回避的目光不漏过丑恶的全过程,在最后的目的地,一定要抓住纯洁和美。川端这一创作精神,游弋在贯穿始终的抒情气氛中,因而被深藏在作品的内部。"

选文所选是小说的最后一个部分,也即"我"与舞女告别以及"我"的离开。这一部分不着痕迹地以哀伤笔调渲染了依依惜别的凄楚场面,舞女的纯真与纯洁,我的不安和难舍,都在极具画面感的描写中展现无遗。

我们都是上帝之子,每一个降生就像是被上帝抛下……因为我们是上帝之子,所以抛弃在前,拯救在后。

——川端康成《古都》

情动山水　尽得风流

蕴藉篇

绿

朱自清

我第二次到仙岩的时候,我惊诧于梅雨潭的绿了。

梅雨潭是一个瀑布潭。仙岩有三个瀑布,梅雨瀑最低。走到山边,便听见哗哗哗哗的声音;抬起头,镶在两条湿湿的黑边儿里的,一带白而发亮的水便呈现于眼前了。我们先到梅雨亭。梅雨亭正对着那条瀑布;坐在亭边,不必仰头,便可见它的全体了。亭下深深的便是梅雨潭。这个亭踞在突出的一角的岩石上,上下都空空儿的;仿佛一只苍鹰展着翼翅浮在天宇中一般。三面都是山,像半个环儿拥着;人如在井底了。这是一个秋季的薄阴的天气。微微的云在我们顶上流着;岩面与草丛都从润湿中透出几分油油的绿意。而瀑布也似乎分外的响了。那瀑布从上面冲下，仿佛已被扯成大小的几绺；不复是一幅整齐而平滑的布。岩上有许多棱角；瀑流经过时，作急剧的撞击，便飞花碎玉般乱溅着了。那溅着的水花，晶莹而多芒；远望去，像一朵朵小小的白梅。微雨似的纷纷落着。据说，这就是梅雨潭之所以得名了。但我觉得像杨花，格外确切些。轻风起来时，点点随风飘散，那更是杨花了。——这时偶然有几点送入我们温暖的怀里，便倏钻了进去，再也寻它不着。

　　梅雨潭闪闪的绿色招引着我们；我们开始追捉她那离合的神光了。揪着草，攀着乱石，小心探身下去，又鞠躬过了一个石穹门，便到了汪汪一碧的潭边了。瀑布在襟袖之间；但我的心中已没有瀑布了。我的心随潭水的绿而摇荡。那醉人的绿呀！仿佛一张极大极大的荷叶铺着，满是奇异的绿呀。我想张开两臂抱住她；但这是怎样一个妄想呀。——站在水边，望到那面，

蕴藉篇

居然觉着有些远呢！这平铺着、厚积着的绿，着实可爱。她松松的皱缬着，像少妇拖着的裙幅；她轻轻的摆弄着，像跳动的初恋的处女的心；她滑滑的明亮着，像涂了"明油"一般，有鸡蛋清那样软，那样嫩，令人想着所曾触过的最嫩的皮肤；她又不杂些儿尘滓，宛然一块温润的碧玉，只清清的一色——但你却看不透她！我曾见过北京什刹海拂地的绿杨，脱不了鹅黄的底子，似乎太淡了。我又曾见过杭州虎跑寺旁高峻而深密的"绿壁"，重叠着无穷的碧草与绿叶的，那又似乎太浓了。其余呢，西湖的波太明了，秦淮河的又太暗了。可爱的，我将什么来比拟你呢？我怎么比拟得出呢？大约潭是很深的，故能蕴蓄着这样奇异的绿；仿佛蔚蓝的天融了一块在里面似的，这才这般的鲜润呀。——那醉人的绿呀！我若能裁你以为带，我将赠给那轻盈的舞女；她必能临风飘举了。我若能把你以为眼，我将赠给那善歌的盲妹；

她必明眸善睐了。我舍不得你;我怎舍得你呢?我用手拍着你、抚摩着你,如同一个十二三岁的小姑娘。我又掬你入口,便是吻着她了。我送你一个名字,我从此叫你"女儿绿",好么?

我第二次到仙岩的时候,我不禁惊诧于梅雨潭的绿了。

(选自朱自清著:《荷塘月色》,福建人民出版社2012年版,第52~54页)

知识

朱自清,原名自华,号秋实,后改名自清,字佩弦。原籍浙江绍兴,出生于江苏省东海县(今连云港市东海县平明镇)。现代杰出的散文家、诗人、学者、民主战士。1919年开始发表诗歌。1928年第一本散文集《背影》出版。1932年7月,任清华大学中国文学系主任。1934年,出版《欧游杂记》和《伦敦杂记》。1935年,出版散文集《你我》。1948年8月12日病逝于北平,年仅50岁。

解读

《绿》是朱自清先生早期的游记散文《温州的踪迹》里的一篇,作于1924年2月8日,是一篇贮满诗意的美

蕴藉篇

文。文章不仅取题为"绿",也用"绿"自然地将全文勾连在一起。

文章结构小巧,全篇只有四段文字,大约有1200字。

本文不同于一般的游记散文,而是通过梅雨潭潭水之绿,抒写作者之情。首句"我第二次到仙岩的时候,我惊诧于梅雨潭的绿了",起笔突兀,却点了题,使读者对本文抒写的中心一目了然。"梅雨潭是一个瀑布",写瀑布的飞流直泻,飞花碎玉般的美景,正是为了映衬梅雨潭的奇异、可爱的潭水;写梅雨亭,正是为了过渡到写亭下深深的梅雨潭,这些都是在为下文着意刻画梅雨潭的"绿"作好铺垫。所以,作者没有详细地描述游览的经过,而只是顺着游历的足迹,对瀑布、对梅雨亭作了简洁而形象的介绍。在描写梅雨亭与瀑布的中间,插入了这样两句话:"这是一个秋季的薄阴的天气。微微的云在我们顶上流着;岩面与草丛都从润湿中透出几分油油绿意。"既交代了出游的时节,也从那"透出几分油油的绿意"中,扣紧"绿"字,时时与文章要描写的中心相照应。最后,全文以"我第二次到仙岩的时候,我不禁惊诧于梅雨潭的绿了"一语骤然刹笔,仍然归结到"绿"字上,与开头相映照。起笔不凡,收束利落。结尾与开头的不同处,只加了"不禁"二字,却是传神之笔。经过作者的一番描绘,连读者也"不禁"要为梅雨潭的绿所惊诧。

经典悦读

因为人生有限,我们若能夜夜有这样清楚的梦,则过了一日,足抵两日,过了五十岁,足抵一百岁;如此便宜的事,真是落得的。至于梦中的"苦乐",则照我素人的见解,毕竟是"梦中的"苦乐,不必斤斤计较的。

——朱自清

桨声灯影里的秦淮河
(节选)
朱自清

一九二三年八月的一晚,我和平伯同游秦淮河;平伯是初泛,我是重来了。我们雇了一只"七板子",在夕阳已去,皎月方来的时候,便下了船。于是桨声汩——汩,我们开始领略那晃荡着蔷薇色的历史的秦淮河的滋味了。

秦淮河里的船,比北京万牲园、颐和园的船好,比西湖的船好,比扬州瘦西湖

蕴藉篇

的船也好。这几处的船不是觉着笨,就是觉着简陋、局促;都不能引起乘客们的情韵,如秦淮河的船一样。秦淮河的船约略可分为两种:一是大船;一是小船,就是所谓"七板子"。大船舱口阔大,可容二三十人。里面陈设着字画和光洁的红木家具,桌上一律嵌着冰凉的大理石面。窗格雕镂颇细,使人起柔腻之感。窗格里映着红色蓝色的玻璃;玻璃上有精致的花纹,也颇悦人目。"七板子"规模虽不及大船,但那淡蓝色的栏杆,空敞的舱,也足系人情思。而最出色处却在它的舱前。舱前是甲板上的一部。上面有弧形的顶,两边用疏疏的栏杆支着。里面通常放着两张藤的躺椅。躺下,可以谈天,可以望远,可以顾盼两岸的河房。大船上也有这个,但在小船上更觉清隽罢了。舱前的顶下,一律悬着灯彩;灯的多少,明暗,彩苏的精粗,艳晦,是不一的。但好歹总还你一个灯彩。这灯彩实在是最能钩人的东西。夜幕垂垂地下

来时，大小船上都点起灯火。从两重玻璃里映出那辐射着的黄黄的散光，反晕出一片朦胧的烟霭；透过这烟霭，在黯黯的水波里，又逗起缕缕的明漪。在这薄霭和微漪里，听着那悠然的间歇的桨声，谁能不被引入他的美梦去呢？只愁梦太多了，这些大小船儿如何载得起呀？我们这时模模糊糊地谈着明末的秦淮河的艳迹，如《桃花扇》及《板桥杂记》里所载的。我们真神往了。我们仿佛亲见那时华灯映水，画舫凌波的光景了。于是我们的船便成了历史的重载了。我们终于恍然秦淮河的船所以雅丽过于他处，而又有奇异的吸引力的，实在是许多历史的影象使然了。

秦淮河的水是碧阴阴的；看起来厚而不腻，或者是六朝金粉所凝么？我们初上船的时候，天色还未断黑，那漾漾的柔波是这样恬静，委婉，使我们一面有水阔天空之想，一面又憧憬着纸醉金迷之境了。等到灯火明时，阴阴的变为沉沉了：黯淡

蕴藉篇

的水光,像梦一般;那偶然闪烁着的光芒,就是梦的眼睛了。我们坐在舱前,因了那隆起的顶棚,仿佛总是昂着首向前走着似的;于是飘飘然如御风而行的我们,看那些自在的湾泊着的船,船里走马灯般的人物,便像是下界一般,迢迢地远了,又像在雾里看花,尽朦朦胧胧的。这时我们已过了利涉桥,望见东关头了。沿路听见断续的歌声:有从沿河的妓楼飘来的,有从河上船里度来的。我们明知那些歌声,只是些因袭的言词,从生涩的歌喉里机械地发出来的;但它们经了夏夜的微风的吹漾和水波的摇拂,袅娜着到我们耳边的时候,已经不单是她们的歌声,而混着微风和河水的密语了。于是我们不得不被牵惹着,震撼着,相与浮沉于这歌声里了。从东关头转湾,不久就到大中桥。大中桥共有三个桥拱,都很阔大,俨然是三座门儿;使我们觉得我们的船和船里的我们,在桥下过去时,真是太无颜色了。桥砖是深褐色,表明它的历史的长久;但都完好无缺,令人太息于古昔工程的坚美。桥上两旁都是木壁的房子,中间应该有街路?这些房子都破旧了,多年烟熏的迹,遮没了当年的美丽。我想象秦淮河的极盛时,在这样宏阔的桥上,特地盖了房子,必然是髹漆得富富丽丽的;晚间必然是灯火通明的。现在却只剩下一片黑沉沉!但是桥上造着房子,毕竟使我们多少可以想见往日的繁华;这也慰情聊胜于无了。过了大中桥,便到了灯月交辉,笙歌彻夜的秦淮河,这才是秦淮河的真面目哩。

大中桥外,顿然空阔,和桥内两岸排着密密的人家的景象大异了。一眼望去,疏疏的林,淡淡的月,衬着蔚蓝的天,颇像荒江野渡光景;那边呢,郁丛丛的,阴森森的,又似乎藏着无边的黑暗:令人几乎不信那是繁华的秦淮河了。但是河中眩晕着的灯光,纵横着的画舫,悠扬着的笛韵,夹着那吱吱的胡琴声,终于使我们认

蕴藉篇

识绿如茵陈酒的秦淮水了。此地天裸露着的多些,故觉夜来的独迟些;从清清的水影里,我们感到的只是薄薄的夜——这正是秦淮河的夜。大中桥外,本来还有一座复成桥,是船夫口中的我们的游踪尽处,或也是秦淮河繁华的尽处了。我的脚曾踏过复成桥的脊,在十三四岁的时候。但是两次游秦淮河,却都不曾见着复成桥的面;明知总在前途的,却常觉得有些虚无缥缈似的。我想,不见倒也好。这时正是盛夏。我们下船后,借着新生的晚凉和河上的微风,暑气已渐渐消散;到了此地,豁然开朗,身子顿然轻了——习习的清风荏苒在面上,手上,衣上,这便又感到了一缕新凉了。南京的日光,大概没有杭州猛烈;西湖的夏夜老是热蓬蓬的,水像沸着一般,秦淮河的水却尽是这样冷冷地绿着。任你人影的憧憧,歌声的扰扰,总像隔着一层薄薄的绿纱面幂似的;它尽是这样静静的、冷冷的绿着。我们出了大中桥,走不上半里路,船夫便将船划到一旁,停了桨由它宕着。他以为那里正是繁华的极点,再过去就是荒凉了;所以让我们多多赏鉴一会儿。他自己却静静的蹲着。他是看惯这光景的了,大约只是一个无可无不可。这无可无不可,无论是升的沉的,总之,都比我们高了。

那时河里闹热极了;船大半泊着,小半在水上穿梭似的来往。停泊着的都在近市的那一边,我们的船自然也夹在其中。因为这边略略的挤,便觉得那边十分的疏了。在每一只船从那边过去时,我们能画出它的轻轻的影和曲曲的波,在我们的心上;这显着是空,且显着是静了。那时处处都是歌声和凄厉的胡琴声,圆润的喉咙,确乎是很少的。但那生涩的,尖脆的调子能使人有少年的,粗率不拘的感觉,也正可快我们的意。况且多少隔开些儿听着,因为想象与渴慕的做美,总觉更有滋味;而竞发的喧嚣,抑扬的不齐,远近的杂沓,和乐器的嘈嘈切切,合成另一意味的谐音,

蕴藉篇

也使我们无所适从，如随着大风而走。这实在因为我们的心枯涩久了，变为脆弱；故偶然润泽一下，便疯狂似的不能自主了。但秦淮河确也腻人。即如船里的人面，无论是和我们一堆儿泊着的，无论是从我们眼前过去的，总是模模糊糊的，甚至渺渺茫茫的；任你张圆了眼睛，揩净了眦垢，也是枉然。这真够人想呢。在我们停泊的地方，灯光原是纷然的；不过这些灯光都是黄而有晕的。黄已经不能明了，再加上了晕，便更不成了。灯愈多，晕就愈甚；在繁星般的黄的交错里，秦淮河仿佛笼上了一团光雾。光芒与雾气腾腾的晕着，什么都只剩了轮廓了；所以人面的详细的曲线，便消失于我们的眼底了。但灯光究竟夺不了那边的月色；灯光是浑的，月色是清的。在浑沌的灯光里，渗入一派清辉，却真是奇迹！那晚月儿已瘦削了两三分。她晚妆才罢，盈盈地上了柳梢头。天是蓝得可爱，仿佛一汪水似的；月儿便更出落

得精神了。岸上原有三株两株的垂杨树,淡淡的影子,在水里摇曳着。它们那柔细的枝条浴着月光,就像一支支美人的臂膊,交互地缠着、挽着;又像是月儿披着的发。而月儿偶尔也从它们的交叉处偷偷窥看我们,大有小姑娘怕羞的样子。岸上另有几株不知名的老树,光光的立着;在月光里照起来,却又俨然是精神矍铄的老人。远处——快到天际线了,才有一两片白云,亮得现出异彩,像是美丽的贝壳一般。白云下便是黑黑的一带轮廓;是一条随意画的不规则的曲线。这一段光景,和河中的风味大异了。但灯与月竟能并存着,交融着,使月成了缠绵的月,灯射着渺渺的灵辉;这正是天之所以厚秦淮河,也正是天之所以厚我们了。

　　这时却遇着了难解的纠纷。秦淮河上原有一种歌妓,是以歌为业的。从前都在茶舫上,唱些大曲之类。每日午后一时起,什么时候止,却忘记了。晚上照样也有一

蕴藉篇

回，也在黄晕的灯光里。我从前过南京时，曾随着朋友去听过两次。因为茶舫里的人脸太多了，觉得不大适意，终于听不出所以然。前年听说歌妓被取缔了，不知怎的，颇涉想了几次——却想不出什么。这次到南京，先到茶舫上去看看，觉得颇是寂寥，令我无端的怅怅了。不料她们却仍在秦淮河里挣扎着，不料她们竟会纠缠到我们，我于是很张皇了，她们也乘着"七板子"，她们总是坐在舱前的。舱前点着石油汽灯，光亮眩人眼目：坐在下面的，自然是纤毫毕见了——引诱客人们的力量，也便在此了。舱里躲着乐工等人，映着汽灯的余辉蠕动着；他们是永远不被注意的。每船的歌妓大约都是二人；天色一黑，她们的船就在大中桥外往来不息的兜生意。无论行着的船，泊着的船，都是要来兜揽的。这都是我后来推想出来的。那晚不知怎样，忽然轮着我们的船了。我们的船好好的停着，一只歌舫划向我们来了；渐渐和我们

经典悦读

的船并着了。铄铄的灯光逼得我们皱起了眉头；我们的风尘色全给它托出来了，这使我踧踖不安了。那时一个伙计跨过船来，拿着摊开的歌折，就近塞向我的手里，说，"点几出吧"！他跨过来的时候，我们船上似乎有许多眼光跟着。同时相近的别的船上也似乎有许多眼睛炯炯的向我们船上看着。我真窘了！我也装出大方的样子，向歌妓们瞥了一眼，但究竟是不成的！我勉强将那歌折翻了一翻，却不曾看清了几个字；便赶紧递还那伙计，一面不好意思地说："不要。我们……不要。"他便塞给平伯，平伯掉转头去，摇手说，"不要！"那人还腻着不走。平伯又回过脸来，摇着头道，"不要！"于是那人重到我处。我窘着再拒绝了他。他这才有所不屑似的走了。我的心立刻放下，如释了重负一般。我们就开始自白了。

我说我受了道德律的压迫，拒绝了她们；心里似乎很抱歉的。这所谓抱歉，一

蕴藉篇

面对于她们,一面对于我自己。她们于我们虽然没有很奢的希望;但总有些希望的。我们拒绝了她们,无论理由如何充足,却使她们的希望受了伤;这总有几分不做美了。这是我觉得很怅怅的。至于我自己,更有一种不足之感。我这时被四面的歌声诱惑了,降伏了;但是远远的,远远的歌声总仿佛隔着重衣搔痒似的,越搔越搔不着痒处。我于是憧憬着贴耳的妙音了。在歌舫划来时,我的憧憬,变为盼望;我固执的盼望着,有如饥渴。虽然从浅薄的经验里,也能够推知,那贴耳的歌声,将剥去了一切的美妙;但一个平常的人像我的,谁愿凭了理性之力去丑化未来呢?我宁愿自己骗着了。不过我的社会感性是很敏锐的;我的思力能拆穿道德律的西洋镜,而我的感情却终于被它压服着,我于是有所顾忌了,尤其是在众目昭彰的时候。道德律的力,本来是民众赋予的;在民众的面前,自然更显出它的威严了。我这时一面盼望，一面却感到了两重的禁制：一、在通俗的意义上，接近妓者总算一种不正当的行为；二、妓是一种不健全的职业，我们对于她们，应有哀矜勿喜之心，不应赏玩地去听她们的歌。在众目睽睽之下，这两种思想在我心里最为旺盛。她们暂时压倒了我的听歌的盼望，这便成就了我的灰色的拒绝。那时的心是在异常状态中，觉得颇是昏乱。歌舫去了，暂时宁静之后，我的思绪又如潮涌了。两个相反的意思在我心头往复：卖歌和卖淫不同，听歌和狎妓不同，又干道德甚事？——但是，但是，她们既被逼的以歌为业，她们的歌必无艺术味的；况她们的身世，我们究竟该同情的。所以拒绝倒也是正办。但这些意思终于不曾撇开我的听歌的盼望。它力量异常坚强；它总想将别的思绪踏在脚下。从这重重的争斗里，我感到了浓厚的不足之感。这不足之感使我的心盘旋不安，起坐都不安宁了。唉！我承认我是一个自私的人！平伯

蕴藉篇

呢,却与我不同。他引周启明先生的诗,"因为我有妻子,所以我爱一切的女人,因为我有子女,所以我爱一切的孩子。"①他的意思可以见了。他因为推及的同情,爱着那些歌妓,并且尊重着她们,所以拒绝了她们。在这种情形下,他自然以为听歌是对于她们的一种侮辱。但他也是想听歌的,虽然不和我一样。所以在他的心中,当然也有一番小小的争斗;争斗的结果,是同情胜了。至于道德律,在他是没有什么的;因为他很有蔑视一切的倾向,民众的力量在他是不大觉着的。这时他的心意的活动比较简单,又比较松弱,故事后还怡然自若;我却不能了。这里平伯又比我高了。

在我们谈话中间,又来了两只歌舫。伙计照前一样地请我们点戏,我们照前一样地拒绝了。我受了三次窘,心里的不安更甚了。清艳的夜景也为之减色。船夫大约因为要赶第二趟生意,催着我们回去;我们无可无不可地答应了。我们渐渐和那经典悦读

些晕黄的灯光远了,只有些月色冷清清的随着我们的归舟。我们的船竟没个伴儿,秦淮河的夜正长哩!到大中桥近处,才遇着一只来船。这是一只载妓的板船,黑漆漆的没有一点光。船头上坐着一个妓女;暗里看出,白地小花的衫子,黑的下衣。她手里拉着胡琴,口里唱着青衫的调子。她唱得响亮而圆转;当她的船箭一般驶过去时,余音还袅袅地在我们耳际,使我们倾听而向往。想不到在弩末的游踪里,还能领略到这样的清歌!这时船过大中桥了,森森的水影,如黑暗张着巨口,要将我们的船吞了下去。我们回顾那渺渺的黄光,不胜依恋之情:我们感到了寂寞了!这一段地方夜色甚浓,又有两头的灯火招邀着;桥外的灯火不用说了,过了桥另有东关头疏疏的灯火。我们忽然仰头看见依人的素月,不觉深悔归来之早了!走过东关头,有一两只大船湾泊着,又有几只船向我们来着。嚣嚣的一阵歌声人语,仿佛笑我们

蕴藉篇

无伴的孤舟哩。东关头转弯，河上的夜色更浓了；临水的妓楼上，时时从帘缝里射出一线一线的灯光；仿佛黑暗从酣睡里眨了一眨眼。我们默然地对着，静听那汩——汩的桨声，几乎要入睡了；朦胧里却温寻着适才的繁华的余味。我那不安的心在静里愈显活跃了！这时我们都有了不足之感，而我的更其浓厚。我们却又不愿回去，于是只能由懊悔而怅惘了。船里便满载着怅惘了。直到利涉桥下，微微嘈杂的人声，才使我豁然一惊；那光景却又不同。右岸的河房里，都大开了窗户，里面亮着晃晃的电灯，电灯的光射到水上，蜿蜒曲折，闪闪不息，正如跳舞着的仙女的臂膊。我们的船已在她的臂膊里了；如睡在摇篮里一样，倦了的我们便又入梦了。那电灯下的人物，只觉像蚂蚁一般，更不去萦念。这是最后的梦；可惜的是最短的梦！黑暗重复落在我们面前，我们看见傍岸的空船上一星两星的，枯燥无力又摇摇不定的灯光。我们的梦醒了,我们知道就要上岸了;我们心里充满了幻灭的情思。

(选自朱自清著:《荷塘月色》,福建人民出版社 2012 年版,第 30～43 页)

知识

1923 年,俞平伯与朱自清同游秦淮河,以《桨声灯影里的秦淮河》为共同的题目,各作散文一篇,以风格不同、各有千秋而传世,成为现代文学史上的一段佳话。

解读

朱自清的《桨声灯影里的秦淮河》是一篇出色的散文代表作,文章笔墨变化多端,有典雅的诗化语言,也有浓艳的语句。作者坦率和诚挚地流露出真情实感,将自己的感情与思绪,融合在技巧高超的风景描写中,使读者真切地感受到作者的思想感情。这篇文章相当突出地标志着"五四"散文创作所达到的艺术成就。

对于社会人生和自然景色,朱自清一向很善于进行精确和缜密的观察,作出细腻和深入的描写。朱自清在描绘自然景物的时候,都是在读者不知不觉中,悄悄地完成的。这些委婉而富有韵味的描绘,在开始时似乎都是无关紧要的闲笔,他从各处名胜的游艇讲起,说到了秦淮河的小船("七板子"),说到了这船上的"灯彩",接着就扩

蕴藉篇

展到多少条游船上的灯光,映出了河上的"薄霭和微漪",然后又过渡到描写"碧阴阴的"、"厚而不腻"的河水,描写河上"薄薄的夜,淡淡的月",描写清朗的月光和浑浊的灯光,及其相互交织的景致。在这一束束五彩缤纷而又变幻莫测的光照底下,秦淮河的夜景显出"缠绵"和"渺渺"的丰富复杂的意境。

在表现秦淮河光亮的这一点上,朱自清运用的并非形象的色彩,而是抽象的文字,他驾驭起文字来像具有魔力似的,非常真实地绘出了秦淮河光亮的美丽与绚丽多彩,绘出了犹如印象派大师所作的五光十色的油画,显得非常丰满和浑厚。这当然是由于作为现代人的朱自清,接受了中外文学艺术创作的许多有益的经验,对于宇宙万物的观察和理解深刻的缘故,因此才能够作出这种真实形象的描写。

山　水

李广田

先生,你那些记山水的文章我都读过,我觉得那些都很好。但是我又很自然地有一个奇怪念头:我觉得我再也不愿意读你

那些文字了,我疑惑那些文字都近于夸饰,而那些夸饰是会叫生长在平原上的孩子悲哀的。你为什么尽把你们的山水写得那样美好呢?难道你从来就不曾想到过,就是那些可爱的山水也自有不可爱的理由吗?我现在将以一个平原之子的心情来诉说你们的山水:在多山的地方行路不方便,崎岖坎坷,总不如平原上坦坦荡荡;住在山圈里的人很不容易望到天边,更看不见太阳从天边出现,也看不见流星向地平线下消逝,因为乱山遮住了你们的望眼;万里好景一望收,是只有生在平原上的人才有这等眼福;你们喜欢写帆,写桥,写浪花或涛声,但在我平原人看来,却还不如秋风禾黍或古道鞍马为更好看,而大车工东,恐怕也不是你们山水乡人所可听闻。此外呢,此外似乎还应该有许多理由,然而我的笔偏不听我使唤,我不能再写出来了。唉唉,我够多么愚,我想同你开一回玩笑,不料却同自己开起玩笑来了,我原是要诉

蕴藉篇

说平原人的悲哀呀。我读了你那些山水文章，我乃想起了我的故乡，我在那里消磨过十数个春秋，我不能忘记那块平原的忧愁。

我们那块平原上自然是无山无水，然而那块平原的子孙们是如何地喜欢一洼水，如何地喜欢一拳石啊。那里当然也有井泉，但必须是深及数丈之下才能用桔槔取得他们所需的清水，他们爱惜清水，就如爱惜他们的金钱。孩子们就巴不得落雨天，阴云漫漫，几个雨点已使他们的灵魂得到了滋润，一旦大雨滂沱，他们当然要乐得发狂。他们在深仅没膝的池塘里游水，他们在小小水沟里放草船，他们从流水的车辙想象长江大河，又从稍稍宽大的水潦想象海洋。他们在凡有积水的地方作种种游戏，即使因而为父母所责骂，总觉得一点水对于他们的感情最温暖。有远远从水乡来卖鱼蟹的，他们就爱打听水乡的风物；有远远从山里来卖山果的，他们就爱探访山里有什么奇产。远山人为他们带来小小的光滑石卵，那简直就是获得了至宝，他们会以很高的代价，使这块石头从一个孩子的衣袋转入另一个的衣袋。他们猜想那块石头的来源，他们说那是从什么山岳里采来的，曾在什么深谷中长养，为几千万年的山水所冲洗，于是变得这么滑，这么圆，又这么好看。曾经去过远方的人回来惊讶道："我见过山，我见过山，完全是石头，完全是石头。"于是听话的人在梦里画出自己的山峦。他们看见远天的奇云，便指点给孩子们说道："看啊，看啊，那像山，那像山。"孩子们便望着那变幻的云彩而出神。平原的子孙对于远方山水真有些好想象，而他们的寂寞也正如平原之无边。先生，你几时到我们那块平原上去看看呢：树木、村落，树木、村落，无边平野，尚有我们的祖先永息之荒冢累累，唉唉，平原的风从天边驰向天边，管叫你望而兴叹了。

蕴藉篇

自从我们的远祖来到这一方平原,在这里造起第一个村庄后,他们就已经领受了这份寂寞。他们在这块地面上种树木,种菜蔬,种各色花草,种一切谷类,他们用种种方法装点这块地面。多少世代向下传延,平原上种遍了树木,种遍了花草,种遍了菜蔬和五谷,也造下了许多房屋和坟墓。但是他们那份寂寞却依然如故,他们常常想到些远方的风候,或者是远古的事物,那是梦想,也就是梦呓,因为他们仿佛在前生曾看见些美好的去处。他们想,为什么这块地方这么平平呢,为什么就没有一些高低呢。他们想以人力来改造他们的天地。

你也许以为这块平原是非常广远的吧,不然,南去三百里,有一条小河,北去三百里,有一条大河,东至于海,西至于山,俱各三四百里,这便是我们这块平原的面积。这块地面实在并不算广漠,然而住在这平原中心的我们的祖先,却觉得这天地之大等于无限。我们的祖先们住在这里，就与一个孤儿被舍弃在一个荒岛上无异。我们的祖先想用他们自己的力量来改造他们的天地，于是他们就开始一件伟大的工程。农事之余，是他们的工作时间，凡是这平原上的男儿都是工程手，他们用锹，用锨，用刀，用铲，用凡可掘土的器具，南至小河，北至大河，中间绕过我们祖先所奠定的第一个村子，他们凿成了一道大川流。我们的祖先并不曾给我们留下记载，叫我们无法计算这工程所费的岁月。但有一个不很正确的数目写在平原之子的心里：或说三十年，或说四十年，或说共过了五十度春秋。先生，从此以后，我们祖先才可以垂钓，可以泅泳，可以行木桥，可以驾小舟，可以看河上的云烟。你还必须知道，那时代我们的祖先都很勤苦，男耕耘，女蚕织；所以都得饱食暖衣，平安度日，他们还有余裕想到别些事情，有余裕使感情上知道缺乏些什么东西。他们既已有了

蕴藉篇

河流，这当然还不如你文章中写的那末好看，但总算有了流水，然而我们的祖先仍是觉得不够满好，他们还需要在平地上起一座山岳。

一道活水既已流过这平原上第一个村庄之东，我们的祖先就又在村庄的西边起始第二件工程。他们用大车，用小车，用担子，用篮子，用布袋，用衣襟，用一切可以盛土的东西，运村南村北之土于村西，他们用先前开河的勤苦来工作，要掘得深，要掘得宽，要把掘出来的土都运到村庄的西面。他们又把那河水引入村南村北的新池，于是一曰南海，一曰北海，自然村西已聚起了一座十几丈的高山。然而这座山完全是土的，于是他们远去西方，采来西山之石，又到南国，移来南山之木，把一座土山装点得峰峦秀拔，嘉树成林。年长日久，山中梁木柴薪，均不可胜用，珍禽异兽，亦时来栖止，农事有暇，我们的祖先还乐得扶老提幼，携酒登临。南海北海，亦自鱼鳖蕃殖,蘋藻繁多,夜观渔舟火,日听采莲歌。先生,你看我们的祖先曾过了怎样的好生活呢。

唉唉,说起来令人悲哀呢,我虽不曾像你的山水文章那样故作夸饰——因为凡属这平原的子孙谁都得承认这些事实,而且任何人也乐意提起这些光荣,——然而我却是对你说了一个大谎,因为这是一页历史,简直是一个故事,这故事是永远写在平原之子的记忆里的。

我离开那平原已经有好多岁月了,我绕着那块平原转了好些圈子。时间使我这游人变老,我却相信那块平原还该是依然当初。那里仍是那末坦坦荡荡,然而也仍是那末平平无奇,依然是村落,树木,五谷,菜畦,古道行人,鞍马驰驱。你也许会问我:祖先的工程就没有一点影子,远古的山水就没有一点痕迹吗?当然有的,不然这山水的故事又怎能传到现在,又怎能使后人相信呢。这使我忆起我的孩提之

蕴藉篇

时,我跟随着老祖父到我们的村西——这村子就是这平原上第一个村子,我那老祖父像在梦里似的,指点着深深埋在土里而只露出了顶尖的一块黑色岩石,说道:"这就是老祖宗的山头。"又走到村南村北,见两块稍稍低下的地方,就指点给我说道:"这就是老祖宗的海子。"村庄东面自然也有一条比较低下的去处,当然那就是祖宗的河流。我在那块平原上生长起来,在那里过了我的幼年时代,我凭了那一块石头和几处低地,梦想着远方的高山,长水,与大海。

(选自杨耀文选编:《乡居闲情:文化名家修身录》,京华出版社2005年版,第57～59页)

李广田,现代优秀散文家之一。号洗岑,笔名黎地、曦晨等。山东邹平人。1929年考入北京大学外语系,次年开始发表诗文。1935年大学毕业,回济南教中学。曾与北大学友卞之琳、何其芳合出诗集《汉园集》。抗日战争胜利后,他先后在南开大学、清华大学任教。1948年加入中国共产党。新中国成立后任清华大学中文系主任。1949年全国第一次文代会,当选为文联委员、文协理事。1951年任清华副教务长。1952年调任云南大学副校长、校长。历任中国科学院云南分院文学研究所所长、作协云南分会副主席、中国作协理事等。先后结集的还有《雀蓑集》、《圈外》、《回声》、《日边随笔》等。

这篇《山水》,作者用朴实的笔触再现了平原的风貌,寄怀着深情的思绪,然而又不动声色地把情绪收敛在笔触,几句日常,几个画面,诸如"夜观渔舟火,日听采莲歌",就把我们带入情境。最后以梦结尾,仿佛电影的镜头推向远方,言有尽而意无穷。

附 录

拓展阅读书目

邹志方选编:《陆游诗词选》,中华书局2005年版。

黄宝华选编:《黄庭坚诗词文选评》,上海古籍出版社2003年版。

陈平原编:《闲情乐事》,复旦大学出版社2005年版。

梁从诫编:《林徽因文集·文学卷》,百花文艺出版社1999年版。

张爱玲:《流言私语》,江苏文艺出版社2005年版。

柯灵:《柯灵散文》,人民文学出版社2007年版。

杨晓民主编:《百年百首经典诗歌(1901—2000)》,长江文艺出版社2003年版。

梁实秋:《梁实秋雅舍小品全集》,上海人民出版社 1993 年版。

（日）川端康成：《伊豆的舞女》，叶渭渠译，北京出版社 2003 年版。

朱自清：《荷塘月色》，福建人民出版社 2012 年版。

曹雪芹：《红楼梦》，人民文学出版社 2008 年版。

（印度）泰戈尔：《泰戈尔散文诗全集》，冰心译，北京燕山出版社 2010 年版。

编写说明

"蕴藉"之美——不着一字,尽得风流。自然万象、饮食起居、情感哲思、游历山水,流于笔端并不全然言而有尽,往往在文字之间有所留白、有隐而未发之感,才能让读者领会其意无穷,开掘字里行间的感发潜能。本册选文希望能够在古今中外名家的款款文字中徐徐打开属于内心的画卷,在对含蓄有致的美感之中,让精神做一次深呼吸。

本册选文分五部分,"古韵流转 情致幽微",所选文章都是古典诗词。诗词最有别致动人于无形之处的特质,或写景,或抒情,在古朴之中感知情韵悠扬。"幽居即事 蕴情深远",从我们的日常生活之中了悟处世的道理,或指导实践,或寄情冶游,经典悦读

或顿悟日常,字字珠玑,篇篇箴言。"心曲万象 大音希声",从心灵的角度择取古今名篇,写作者们将声音深埋心内,透过看似漫不经心的文字,缓缓流淌,成为我们心智的感动。"情思含蓄 款曲低徊",其中情动于衷,却未曾酣畅于外,在隐隐的喜忧之间,暗诉内心情怀。"情动山水 尽得风流",是文人在游历自然之时产生的感悟。天地万象,各怀韵致,然而在作家笔下,这份感动却委曲婉转、不动声色。总而言之,编者希望借助本册选文为您打开心窗,呼入一丝纯净的气息,顿开与蕴藉之美对话的窗口,于纷繁乱世亦能栖居灵魂,觉悟人世。

编者

2015 年 4 月

经典悦读·睿智篇

中共滨州经济开发区工委 ◎编
南开大学语文教育研究中心

编 委 会

主　　任： 姚和民

委　　员： 周志强　邱延忠　董凤家
　　　　　　钱　杰　时志军　窦　薇
　　　　　　魏建宇　郎　静　高　翔
　　　　　　李　飞　杜　娟

主　　编： 周志强　窦　薇
本册主编： 杜　娟

版权所有　翻印必究

图书在版编目（CIP）数据

经典悦读·睿智篇/中共滨州经济开发区工委，南开大学语文教育研究中心编. —广州：中山大学出版社，2015.7
ISBN 978-7-306-05269-8

Ⅰ. ①经… Ⅱ. ①中… ②南… Ⅲ. ①世界文学—作品综合集 Ⅳ. ①I 11

中国版本图书馆 CIP 数据核字（2015）第 101394 号

出 版 人：徐　劲
策划编辑：邹岚萍
责任编辑：邹岚萍
封面设计：林绵华
插　　图：赵先闻
责任校对：赵　婷
责任技编：黄少伟
出版发行：中山大学出版社
电　　话：编辑部 020-84111996，84113349，84111997，84110779
　　　　　发行部 020-84111998，84111981，84111160
地　　址：广州市新港西路 135 号
邮　　编：510275　　　　传　真：020-84036565
网　　址：http://www.zsup.com.cn　　E-mail:zdcbs@mail.sysu.edu.cn
印 刷 者：佛山市浩文彩色印刷有限公司
规　　格：787mm×960mm　1/32　总印张：21　总字数：309 千字
版次印次：2015 年 7 月第 1 版　2015 年 7 月第 1 次印刷
总 定 价：48.00 元（共 6 册）　印　数：1～11000 套

如发现本书因印装质量影响阅读，请与出版社发行部联系调换

经典之美　至真至纯

经典是有魅力的。经典的魅力不仅仅在于其中意义的浓缩与升华，更在于它对读者心灵感悟的激发。我们将那些人们反复阅读、手不释卷的作品命名为经典，并非因为它们有特殊的内容，而是因为它们有特别的深度和影响力。经典中的智慧是取之不尽的，因此，"悦"读经典，永不过时。

《经典悦读》出版到第五辑，已经推介了数百篇优秀的名家名作，在倡导全民阅读、提升社会公共文化水平等方面贡献了自己的力量。李克强总理在《2015年国务院政府工作报告》中提出，我国要建设"书香社会"，要建成全民文化素养普遍提高的"书香社会"，我们更应该多读经典。

经典可以包罗万象，其中就有"美"。美既是抽象的概念，也是具体的感受；既是物化的实体，也是心灵的皈依。世间从

不缺少美，只是缺少发现美的眼睛。经典之美，美在恒久，美在真实。正是因为经典具备了历史积淀的厚重，所以，其中的美的形式才更加完满与纯粹；正是因为经典历经了时代浪潮的淘洗，所以，其中的美的内涵才更加真挚与动人。在第五辑当中，《经典悦读》引入了精益求精的创新理念，集结了六种不同风格的美，以美的形式与风格作为每一分册的主题，大胆而新奇。这样的设计既拓宽了读者的期待视野，也激发了读者的阅读兴致，是十分巧妙而可贵的。

　　经典之美，至真至纯，它既能提升人的修养和境界，也能健全人的道德和品质。中华民族自古以来就是一个爱重经典、有着浓厚书香传承的民族。对经典的弘扬和传播，是我们走向未来、实现"中国梦"的坚实基础和良好开端！

中共滨州市委书记、市人大常委会主任

张光峰

目 录

微言大义　智慧箴言 …………………… 1
　《论语》八篇 ……………………孔　子　2
　得道多助，失道寡助 ……………孟　子　6
　非攻（上） ………………………墨　子　9
　荆人欲袭宋（《察今》节选） ………………14
　晋献公假道伐虞 …………………刘　安　16

生活随想　冷暖人情 …………………… 20
　时间（节选） ……………………沈从文　21
　导向自由的律令（节选） …………三　毛　25
　说笑（节选） ……………………钱锺书　31
　生活之艺术 ………………………周作人　36
　中年人的寂寞 ……………………夏丏尊　42
　朋友 ………………………………巴　金　46

睿文广见　生命达观 …………………… 52
　如何避免愚蠢的见识
　　（节选） …………………（英）罗　素　53
　一个数学家的辩白
　　（节选） …………………（英）哈　代　57

1

《回忆录》序（节选）	……（法）罗兰	61
什么东西是我的（节选）	……（波兰）米沃什	65
散文与散文家	……（美）E. B. 怀特	69
生与死	……（意）达·芬奇	73

佛言禅理　棒喝顿悟 …………………… 78
　　证道盛会，十方来贺　　　　　　　　　79
　　菩提本无树　　　　　　　　　　　　　82
　　愚人食盐喻　　　　　　　　　　　　　87
　　《菜根谭》八则　　………………洪应明　90
　　生来死去之疑（节选）　　………南怀瑾　96
附　　录 ……………………………………… 101
编写说明 ……………………………………… 103

微言大义　智慧箴言

经典悦读

《论语》八篇

孔 子

正文

子曰:"为政以德,譬如北辰,居其所而众星共之。"

译文

孔子说:"以德行来治理国家,好像天上北斗星,坐在那个位置上,群星围绕环抱着它。"

正文

子曰:"道之以政,齐之以刑,民免而无耻;道之以德,齐之以礼,有耻且格。"

译文

孔子说:"用政策来管理、领导,用刑罚来整治、规范,民众只求免于受罚,心中并无耻辱的感觉。用德行来管理、领导,用礼制来整治、规范,民众有耻辱感,内心认同而归依。"

正文

子曰:"吾十有五而志于学,三十而

睿智篇

立,四十而不惑,五十而知天命,六十而耳顺,七十而从心所欲,不逾矩。"

译文

孔子说:"我十五岁下决心学习,三十岁建立起自我,四十岁不再迷惑,五十岁认同自己的命运,六十岁自然地容受各种批评,七十岁心里想做什么便做什么,却不违反礼制规矩。"

正文

子曰:"视其所以,观其所由,察其所安。人焉廋哉?人焉廋哉?"

译文

孔子说:"看他的所作所为,观察他的由来始末,了解他的心理寄托,他还能躲藏到哪里去呀!他还能躲藏到哪里去呀!"

正文

子曰:"君子不器。"

译文

孔子说:"君子不是器具。"

正文

子曰:"君子周而不比,小人比而不周。"

译文

孔子说:"君子普遍厚待人们,而不偏袒阿私;小人偏袒阿私,而不普遍厚待。"

正文

子张学干禄。子曰:"多闻阙疑,慎言其余,则寡尤;多见阙殆,慎行其余,则寡悔。言寡尤,行寡悔,禄在其中矣。"

译文

子张问得官职、获薪俸的方法。孔子说:"多听,保留有怀疑的地方,谨慎地说那可以肯定的部分,就会少犯过错;多看,不干危险的事情,谨慎地做那可以肯定的部分,就不会失误后悔。讲话少过错,行为少后悔,官职薪俸便自然会有了。"

正文

哀公问曰:"何为则民服?"孔子对曰:"举直错诸枉,则民服;举枉错诸直,则民

睿智篇

不服。"

译文

哀公问怎么才能使老百姓服从,孔子回答说:"举用正直的人,废弃邪曲的人,老百姓便服从。举用邪曲的人,废弃正直的人,老百姓便不服从。"

(选自李泽厚著:《论语今读》,安徽文艺出版社1998年版,第48~68页)

知识

孔子,名丘,字仲尼,中国著名的思想家、教育家、政治家。孔子开创了私人讲学的风气,是儒家学派的创始人。儒家倡导血亲人伦、现世事功、修身存养、道德理性,其中心思想是孝、悌、忠、信、礼、义、廉、耻,其核心是"仁"。儒家学说经历代统治者的推崇,以及孔子后学的发展和传承,对中国文化的发展起了决定性的作用,中国文化的深层观念无不打上儒家思想的烙印。

解读

孔子开创了以"仁"和"礼"为核心的儒家学说,其中,"仁"规定了人的内在品格,无论是做官还是做人,都要心怀仁义,以德治国。而"礼"规定了人的外在行为,要成为君子,就要用"礼"的规范来要求自己。孔子的克己复礼、为政以德的政治理想在当时并未被广泛采纳,但在汉代之后成为中国的统治思想,至今仍是中国传统文化的核心和支柱。

得道多助,失道寡助

孟 子

孟子曰:"天时不如地利,地利不如人和①。三里之城,七里之郭②,环而攻之而不胜。夫环而攻之,必有得天时者矣;然而不胜者,是天时不如地利也。城非不高也,池③非不深也,兵革非不坚利也,米粟非不多也;委④而去之,是地利不如人和也。故曰:域民⑤不以封疆之界,固国不以山溪之险,威天下不以兵革之利。得道者多助,失道者寡助。寡助之至,亲戚畔⑥之;多助之至,天下顺之。以天下之所顺,攻亲戚之所畔;故君子有⑦不战,战必胜矣。"

(选自杨伯峻译注:《孟子译注》,中华书局1960年版,第86页)

睿智篇

①天时、地利、人和:"天时",指尖兵作战的时机、气候等;"地利",指山川险要、城池坚固等;"人和",指人心所向、内部团结等。
②内城叫"城",外城叫"郭"。内外城比例一般是三里之城,七里之郭。
③池:护城河。
④委:弃。
⑤域民:限制人民。域,界限。
⑥畔:同"叛"。
⑦有:或,要么。

(编者注)

孟子说:"有利的时机和气候不如有利的地势,有利的地势不如人的齐心协力。一个三里内城墙、七里外城墙的小城,四面围攻都不能够攻破。既然四面围攻,总有遇到好时机或好天气的时候,但还是攻不破,这说明有利的时机和气候不如有利的地势。另一种情况是,城墙不是不高,护城河不是不深,兵器和甲胄不是不锋利和坚固,粮草也不是不充足,但还是弃城而逃了,这就说明有利的地势不如人的齐心协力。所以说,老百姓不是靠封锁边境线就可以限制住的,国家不是靠山川险阻就可以保住的,扬经典悦读

威天下也不是靠锐利的兵器就可以做到的。拥有道义的人得到的帮助就多,失去道义的人得到的帮助就少。帮助的人少到极点时,连亲戚也会叛离;帮助的人多到极点时,全天下的人都会顺从。以全天下人都顺从的力量去攻打连亲戚都会叛离的人,必然是不战则已、战无不胜的了。"

(编者译)

知识

《孟子》记录了孟子的治国思想、政治观点(仁政、王霸之辨、民本、格君心之非、民为贵社稷次之君为轻)和政治行动,成书大约在战国中期,属儒家经典著作。其学说出发点为性善论,主张德治。南宋时,朱熹将《孟子》与《论语》、《大学》、《中庸》合称为"四书"。宋、元、明、清都把它当作家传户诵的书,就像今天的教科书一样。《孟子》是"四书"中篇幅最大、部头最重的一本,有35000多字,直至清末,"四书"一直是科举必考内容。

解读

孟子在此篇中提出了为战的三个要素,"天时"、"地利"、"人和",而"人和"是最重要的。孟子的核心政治观点是"仁政",强调在战争中客观的条件不如主观的条件重要,获胜的关键是人心。本篇层层递进,论证有力,最后得出"得道多助失道寡助"的结论,侧面反映了"民贵君轻"的治国思想。

睿智篇

警语

无恒产而有恒心者,惟士为能。若民,则无恒产,因无恒心。苟无恒心,放辟邪侈,无不为已。

——《孟子》

非攻(上)

墨 子

正文

今有一人,入人园圃,窃其桃李,众闻则非之①,上为政者得②则罚之,此何也?以亏人③自利也。至攘人犬豕鸡豚者④,其不义又甚入人园圃窃桃李。是何故也?以亏人愈多⑤,其不仁兹⑥甚,罪益厚。至入人栏厩⑦,取人马牛者,其不义又甚攘人犬豕鸡豚。此何故也?以其亏人愈多。苟亏人愈多,其不仁兹甚,罪益厚。至杀不辜人⑧也,扡⑨其衣裘,取戈剑者,其不义又甚入人栏厩取人马牛,此何故也?以其亏人愈多。苟亏人愈多,其不仁兹甚矣,罪益厚。当此⑩天下之君子,皆知而非之,谓之不义。今至大为攻国⑪,则弗知非,从而誉之,谓之义。此可谓知义与不义之别乎?

杀一人,谓之不义,必有一死罪⑫矣。若以此说往⑬,杀十人,十重⑭不义,必有十死罪矣;杀百人,百重不义,必有百死罪矣。当此天下之君子,皆知而非之,谓之不义。今至大为不义,攻国,则弗知非,从而誉之,谓之义。情不知其不义也,故书其言以遗后世⑮;若知其不义也,夫奚说⑯书其不义以遗后世哉?

今有人于此,少见黑曰黑,多见黑曰白,则以此人不知白黑之辩矣⑰;少尝苦曰苦,多尝苦曰甘,则必以此人为不知甘苦之辩矣。今小为非,则知而非之;大为非,攻国,则不知非,从而誉之,谓之义;此可谓知义与不义之辩乎?是以知天下之君子也⑱,辩义与不义之乱也⑲。

睿智篇

注释

①众闻则非之：众人听到了，都认为他的行为是错误的。

②得：发现、捕获。

③亏人：损害他人。

④攘：偷盗。豚：小猪。

⑤据孙诒让说，此处依下文当有"苟亏人愈多"五字。

⑥兹：同"滋"，更加。

⑦厩：马棚。

⑧不辜人：无罪的人。

⑨扡（tuō）：同"拖"，夺取。

⑩当此：犹言"如今"。

⑪据毕沅说，依下文"今至大为不义，攻国"句，这句"攻国"上应补"不义"二字。

⑫必有一死罪：必定构成一项死罪。

⑬此句谓"如果照此类推"。

⑭十重：十倍。

⑮"情不知"两句：情，作"诚"解，犹言"果真"。书，记载。此两句意谓这些人大概真是不知道攻人之国是不义的，所以才把那些称誉攻国的话记载下来遗留给后世。

⑯奚：何。奚说，如何解释。

⑰据孙诒让说，此句依下文，"则"下当有"必"字，"人"下当有"为"字。辩：同"辨"。

⑱据孙诒让说，此句末尾的"也"字是衍文。

⑲此句连上意谓"由此可知,天下的君子对义与不义的分辨是多么混乱啊!"

(选自郁贤皓主编:《中国古代文学作品选·第一卷·先秦部分》,高等教育出版社2003年版,第167～168页)

现在有一个人,进入家果园,偷人家桃李,大家听到就谴责他,执政的人抓获了就惩罚他。这是为什么呢?因为他损人利己。至于偷人家鸡犬大猪小猪的,比进入家果园偷桃李更不义。这是什么缘故呢?因为他损人更多。他越是不仁,罪越重。至于进人家牲口棚,牵走人家马牛的,比偷人家鸡犬大猪小猪更不义。这是什么缘故?因为他损人更多。损人越多,他越是不仁,罪越重。至于杀无辜的人,剥下人家的衣服皮袄,拿走戈剑,这比进入家牲口棚牵走马牛又更不义。这是什么缘故呢?因为他损人更严重。损人越严重,他就越不仁,罪越大。现今天下君子,都知道这些事,说它们不义。今天最不义的事,是进攻别国,却不知道谴责,反而称赞它,说它是义。这能说知道义与不义的分别吗?

杀一个人,说它不义,一定构成一项死罪了。如果照这个说法类推下去,杀十个人,十倍不义,必定构成十项死罪了;杀一百个人,一百倍不义,必定构成一百项死罪了。今天最不义的事,是进攻别国,却不知道反对,反而称赞它,说它义。这是确实不知道进攻别国是不义的,所

以把称赞的话记载下来传给后世;如果知道它是不义的,那还有什么理由记载不义的事传给后世呢?

现在有人在这里,见一点黑说是黑,见一片黑却说是白,那么一定以为这人是不知辨别黑白的了;尝一点苦说苦,尝多了苦却说是甜,那么一定以为这个人是不知辨别苦甜的了。今天干小的坏事,能够知道而且谴责它;干大的坏事,攻打别国,就不知道谴责,反而称赞它,说它义;这能说知道辨别义与不义吗?由此可知世上的君子,分辨义与不义是多么混乱啊。

(编者译)

知识

墨子名翟,生卒年不详,春秋末期战国初期宋国人。墨子是中国历史上唯一一位农民出身的哲学家,创立了墨家学说,墨家在先秦时期影响很大,与儒家并称"显学"。墨子曾学习儒术,因不满"礼"之烦琐,另立新说,聚徒讲学,成为儒家的主要反对派。据说楚王曾计划攻宋,墨子前往劝说楚王,并在与公输般的模拟攻防中取得胜利,楚王只得退兵。

解读

"非攻"和"兼爱"是墨子最重要的理论之一。在诸侯纷争的春秋战国时期,墨子能看到战争的残酷性和掠夺性,反对不义之战,这是很难得的。"兼爱"和"非攻"

是体和用的关系。"兼爱"是大到国家之间要兼相爱、交相利,小到人与人之间也要兼相爱、交相利。而"非攻"则主要表现在国与国之间。只有"兼爱"才能做到"非攻",也只有"非攻"才能保证"兼爱"。

警语

官无常贵而民无终贱。

——《墨子》

荆人欲袭宋

(《察今》节选)

正文

荆人①欲袭宋,使人先表澭水②。澭水暴益③,荆人弗知,循表而夜涉④,溺死者千有余人,军惊而坏都舍⑤。向其先表之时可导也⑥,今水已变而益多矣,荆人尚犹循表而导之,此其所以败也。今世之主法先王之法也,有似于此。其时已与先王之法亏⑦矣,而曰此先王之法也,而法之以为治,岂不悲哉!

睿智篇

注释

①荆人：楚人。
②表：同"标"，做标记，作动词用。澭水：河流名，约在今河南商丘一带。
③暴益：突然涨满。
④循：沿着。表：标记，作名词用。
⑤而：作"如"解。坏：崩毁。都舍：城舍。此句意谓军士惊乱如同城舍崩毁一样。
⑥向：先前。导：引导。
⑦亏：通"诡"，差异。

（选自郁贤皓主编：《中国古代文学作品选·第一卷·先秦部分》，高等教育出版社2003年版，第222～223页）

译文

楚国人要偷袭宋国，让人先测量澭水的深浅并刻好标记。澭水暴涨，楚国人不知道，还按照原先的标记渡河，结果淹死了1000多人，军中惊哗如城舍崩毁了一样。原先做标记时是可以渡河的，现在澭水有变化而且水位增高了，楚国人却还按照原先的标记渡河，这是失败的原因所在。如今世上的君主学习先王的法制，便和这个道理一样。这个时代与先王的法制已经不相适应了，却还要说这是先王的法制，且非要效法这种法制治国，岂不是很悲哀吗？

（编者译）

经典悦读

《吕氏春秋》汇合先秦诸子各派学说,目的在于为当时秦国统一天下、治理国家提供思想武器。在议论中引征了许多古史旧闻和有关天文、历数、音律等方面的知识,有几篇还保存了先秦农学的片段,对于先秦的学术研究来说,它是一部重要的参考资料。文章篇幅大多不长,组织却很严密,善于设喻,运用寓言、故事说理,颇为生动。

本篇节选自《吕氏春秋·察今》。"察今"的题意,即制定法令制度时必须考察当今的实际情况,这也是本文的中心论点,它体现了法家因时变法的先进思想。本篇运用寓言故事说理,生动形象,相似的故事还有刻舟求剑、郑人买履,都是讽刺头脑不灵活、固守刻板的规则、不会相时而动的人。对于治理国家,法家主张变革,不被先王之法拘束,有开创精神。

晋献公假道伐虞

刘 安

何谓与之而反取之?晋献公^①欲假道于

睿智篇

虞以伐虢②,遗虞垂棘之璧与屈产之乘③。虞公惑于璧与马,而欲与之道。宫之奇④谏曰:"不可!夫虞之与虢,若车之有轮,轮依于车,车亦依轮。虞之与虢,相恃而势也,若假之道,虢朝亡而虞夕从之矣。"虞公弗听,遂假之道。荀息⑤伐虢,遂克⑥之。还反伐虞,又拔之。此所谓与之而反取者也。……

注释

①晋献公:春秋晋国君,公元前677—前651年在位。
②假道:借道。虞:春秋诸侯国名,地在今山西平陆东北。虢:春秋诸侯国名,在虞之南。
③垂棘、屈产:皆晋国地名。乘:马。
④宫之奇:虞国大夫。
⑤荀息:晋大夫。
⑥克:战胜。

什么叫做给予反而夺取?晋献公想向虞国借路去征伐虢国,送给虞国垂棘的玉璧和屈产的良马。虞公贪图玉璧和良马,打算借路给晋国。宫之奇劝阻说:"不行。虞国和虢国，就像车辆有轮子，轮子依赖车子，车子也依赖轮子。虞国和虢国是相互依恃的形势。如果借路给晋国，虢国早晨灭亡，虞国晚上就跟着灭亡。"虞公不听，于是借路给晋国。荀息征伐虢国，攻克了它。回来的路上征伐虞国，又夺取了它。这就是所说的给予它反而夺取它。……

[选自（汉）刘安撰、陈静注译：《淮南子》，中州古籍出版社2010年版，第274～275页]

知识

《淮南子》又名《鸿烈》、《淮南鸿烈》或《淮南内篇》，"鸿"是广大的意思，"烈"是光明的意思（东汉高诱《淮南鸿烈解序》）。作者为西汉淮南王刘安及其幕下的士人，成书于公元前139年以前。该书在继承先秦道家思想的基础上，糅合了阴阳、墨、法和一部分儒家思想，但主要的宗旨属于道家。作者认为此书如道一样包含了广大而光明的通理。

解读

《淮南子》认为世间祸福、利害、得失、成败，虽然相反，却常互相转化，事情的发展，往往就是对立面互相转化的过程。刘安主张道家思想，书中不乏有无相生、阴阳相成的理念。作者写此书意在反对汉武帝的政治改革，反对"罢黜百家独尊儒术"，在书中也间接地批评了《诗经》、《春秋》，认为其并非"王道之书"。刘安有心在天

睿智篇

下一旦发生变乱时取得政治主动,积极制作战争装备,淮南国贵族违法的事件逐渐败露,在朝廷追查时,刘安最终发起叛乱。然而叛乱迅速被汉王朝平定,刘安被判定为"大逆不道,谋反"罪,自杀,淮南国被废除。汉武帝在这里设立了九江郡。

生活随想　冷暖人情

睿智篇

时　间

（节选）

沈从文

一切存在严格地说都需要"时间"。时间证实一切，因为它改变一切。气候寒暑，草木荣枯，人从生到死，都不能缺少时间，都从时间上发生作用。

……

正仿佛多数人的愚昧与少数人的聪明……大别言之，聪明人要理解生活，愚蠢人要习惯生活。聪明人以为目前并不完全好，一切应比目前更好，且竭力追求那个理想。愚蠢人对习惯完全满意，安于现状，保证习惯。（在世俗观察上，这两种人称呼常常相反，安于习惯的被呼为聪明人，怀抱理想的人却成愚蠢家伙。）

两种人即同样有个"怎么来耗费这几十个年头"的打算，要从人与人之间寻找生存的意义和价值，即或择业相同，成就却不相同。同样想征服颜色线条作画家，同样想征服乐器音声作音乐家，同样想征服木石铜牙及其他材料作雕刻家，甚至于同样想征服人身行为作帝王，同样想征服人心信仰作思想家或教主，一切结果都不会相同。因此世界上有大诗人，同时也就有蹩脚诗人，有伟大革命家，同时也有虚伪革命家。至于两种人目的不同，择业不同，那就更容易一目了然了。

　　看出生命的意义同价值，原来如此如此，却想在生前死后使生命发生一点特殊意义和永久价值，心性绝顶聪明，为人却好像傻头傻脑，历史上的释迦，孔子，耶稣，就是这种人。这种人或出世，或入世，或革命，或复古，活下来都显得很愚蠢，死过后却显得很伟大。屈原算得这种人另外一格，历史上这种人可并不多。可是每一时代间或产生一个两个，就很像样子了。这种人自然也只能活个几十年，可是他的

睿智篇

观念,他的意见,他的风度,他的文章,却可以活在人类的记忆中几千年。一切人生命都有时间的限制,这种人的生命又似乎不大受这种限制。

话说回来,事事物物要时间证明,可是时间本身却又像是个极其抽象的东西,从无一个人说得明白时间是个什么样子。时间并不单独存在。时间无形,无声,无色,无臭。要说明时间的存在,还得回过头来从事事物物去取证。从日月来去,从草木荣枯,从生命存亡找证据。正因为事事物物都可为时间作注解,时间本身反而被人疏忽了。所以多数人提问到生命意义同价值时,没有一个人敢说"生命意义同价值,只是一堆时间"。

"前不见古人,后不见来者",这是一个真正明白生命意义同价值的人所说的话。老先生说这话时心中的寂寞可知!能说这话的是个伟人,能理解这话的也不是个凡人。目前的活人,大家都记得这两句话,经典悦读

却只有那些从日光下牵入牢狱,或从牢狱中牵上刑场的倾心理想的人,最了解这两句话的意义。因为说这话的人生命的耗费,同懂这话的人生命的耗费,异途同归,完全是为事实皱眉,却胆敢对理想倾心。

他们的方法不同,他们的时代不同,他们的环境不同,他们的遭遇也不相同;相同的是他们的心,同样为人类向上向前而跳跃。

一九三五年十月

(选自《沈从文文集·第十卷·散文、诗》,花城出版社1984年版,第57~59页)

知识

沈从文,著名作家,原名沈岳焕,字崇文。笔名休芸芸、甲辰、上官碧、璇若等,所创作的小说主要有两类,一类是以湘西生活为题材,一类是以都市生活为题材。沈从文是具有特殊意义的乡村世界的主要表现者和反思者,他认为"美在生命",虽身处虚伪、自私和冷漠的都市,却醉心于人性之美。沈从文通过对湘西人情美的崇尚,重塑了对于国民性的看法。他常说他的创作是建"希腊小庙","这神庙里供奉的是'人性'"。沈从文笔下的国民

性不同于鲁迅等启蒙主义的理性觉醒,而是崇尚老庄式的原始、淳朴、自然的本真生活状态,把现代化城市看作民族文化的歧路,彰显原始生命力的东方之美。

生命具有双重性,短暂与永恒、爱与死、单纯与复杂,其根本内涵是情感与偶然,意义在于对真善美的追求,对种种形式,包括宇宙自然的形式和人的生命的形式的疯狂与追求。倘若生命能呈现出与自然契合的原始人性,取得理性对它的驾驭,便成为符合理想的健全人生形式,生命将带来美的境界。

珍惜生命本原的美丽,那些属于生命本身的东西,以清丽的眼睛,对人生一切景物凝眸,不为爱欲所炫目,不为污秽所恶心,同时也不为尘世卑猥的生活厌烦而有所逃遁;永远正确看待生命,永远那么透明地看,幽僻处、细小处,都闪耀着光芒!

导向自由的律令
(节选)
三 毛

前几天,一位跟我认识了二十二年的

老朋友，相约晚餐，在这不相见的半年里，我们各奔前程，没有刻意见过面。

跟这位朋友的谈话，一拉拉回到我们的年青时代。我说："想当年我们也是雄姿英发地在做梦，怎么少了今天这份从容和自由的体会？"

他很平淡地说："当年我们都在池子里呀。"

就因为这一个简单的比喻，我将我的生长过程，做一份来龙去脉的整理。

我是这样以人为本位开始分析的，不将大自然放在这一个类似的定律中去。

好，我们是人。人在出生后以来，尤其是幼年少年时期，很难脱离一般的"成长依靠"而独立存活。在这极受限制的过渡时期中，我们被局限在一种"游戏规则"中，而不能轻言犯规。

于是当我们在不可以犯规的情况下，没有太大的可能，不得不乖乖地去那个水池中，去做池中的鱼。

睿智篇

好,我们要当心,不要变成一条引人注目的大鱼,不然,一旦被池子的主人所注意,赋予我们永远在水中的大工作,我们就一辈子跳不出去了。

在那不出水池的守望中,我们不疾不徐,我们利用这"守"字,培养自己的潜能。十年二十年,不算太长。

有一天,时机成熟了,我们突然发现,那一池浅水已然不再存在,我们如此自然地破空跃出去,看见了广大的天空。在这个变局中,人生的另一步出来了。那是"守"之后的"破"。

"我明明飞出了水池,我犯了规,可是身边的人不说话、不批评。"

因为我们已然破局。全新的生活模式、价值观念,也就得到了建立的空间。

在这破空而去的步骤中,我们必须掌握一个简单的条件——经济独立、精神独立。甚而心有余力。

"当我们不再是任何人的拖累时,人们

经典悦读

就对我们放心,肯定,漠视。这时候,自由的能力,在一碗阳春面或者满汉全席中的出神入化,已没有了区别。"

好。我们由守而破而化,这三个连贯的过程中,必然已经有所改变。

在这自然的转变中,我们走上了另一个境界——"我不再参与一般的游戏规则,我无所谓"。

我们慢慢在不伤害任何人的自信中,懂得了"拒绝的艺术",而他人无伤。当我们也受到他人拒绝时,我们又培养了一个沟通的检讨和反省,以及学习绝对的客观。

很平衡地,我们在化过之后,又有了另一番了悟。原来我们已经创造出属于自己的游戏规则。

在这份知觉中,我们看清楚了一份生活的品质。我们升华了。

"人为物累、心为形役"的无可奈何已成为过去,那处身囹圄中的我们,被自己释放出来。我们内心的宇宙,如此饱满丰

睿智篇

富,而对于外在的情、爱、名、利,也并不看轻,但是已不再是它们的囚犯了。

在这个饱满的品质秩序中,我警惕自己:不要太满,不要执着,不然又不自由了。

好。我将自己的生活,不必特别看守太牢稳,我因此可以空出一些地方来透透气,给自己更大的空间。等于自我舍弃,为了迎接另一个新天地。但不刻意。

这希望是接近了参破。这时我意识到,我已没有了"游戏规则"。门无边为之法门,不设规则,又怎么谈犯规呢?

在我目前的生活中,我滑出了自由而不规则的舞步,包括那"导向自由的律令"都不再是一个僵硬的目标——我无求。

可是一般性的工作,就去做呀。不必逃避它们嘛。安安稳稳地负责,并不累人。

朋友,这不过是交换心得而已。说不定"我的阳关道,正是你的独木桥","你的巧克力,不巧恰是我的砒霜"。自由和束缚的解释,人人都有说词。

经典悦读

"量材适性"这句话,我们都了然的。对吗?

(选自三毛著:《亲爱的三毛》,哈尔滨出版社2003年版,第38~41页)

知识

《亲爱的三毛》是三毛在台湾媒体上刊登的一个著名的专栏,在里面,三毛和读者朋友相互倾诉心声,谈爱情,论人生。她说:我愿在这步入夕阳残生的阶段里,将自己再度化为一座小桥,跨越在浅浅的溪流上,但愿亲爱的你,接住我的真诚和拥抱。三毛经历了灰暗的少女时期和多舛的青年、中年时期,悲情成了她作品的基调,这种对疼痛的敏感一直在三毛的性格中保持了下来,并对她日后的写作产生了巨大的影响。她用善良、忧伤、怜悯的目光关注自我,关注周遭的世界,因此,她的字里行间总是满溢着悲情的美丽。

解读

三毛是一个时代文艺而自由的象征,撒哈拉的沙漠成了文艺者的向往之所。三毛的字里行间透露着自由和随性,做自己喜欢的事情,爱自己想爱的人,在最美好的年华走到世界的另一端,见证异域的风物和奇特的景观,经历不一样的社会和人情冷暖。现代社会的水泥森林里,人总会遭遇种种身不由己的境况,但仍可以保有一颗自由的心灵,不忘年轻时的理想,脚踏实地,却也能仰望星空。

我当心地去爱别人,因为比较不会泛滥。我爱哭的时候便哭,想笑的时候便笑,只要这一切出于自然。我不求深刻,只求简单。

——三毛

说　笑
(节选)
钱锺书

自从幽默文学提倡以来,卖笑变成了文人的职业。幽默当然用笑来发泄,但是笑未必就表示着幽默。刘继庄《广阳杂记》云:"驴鸣似哭,马嘶如笑。"而马并不以幽默名家,大约因为脸太长的缘故。老实说,一大部分人的笑,也只等于马鸣萧萧,充不得什么幽默。

……

笑是最流动、最迅速的表情，从眼睛里泛到口角边。……柏格森《笑论》(*Le Rire*)说，一切可笑都起于灵活的事物变成呆板，生动的举止化作机械式（Le mécanique plaque sur le vivant）。所以，复出单调的言动，无不惹笑，像口吃，像口头习惯语，像小孩子的有意模仿大人。老头子常比少年人可笑，就因为老头子不如少年人灵变活动，只是一串僵化的习惯。幽默不能提倡，也是为此。一经提倡，自然流露的弄成模仿的，变化不居的弄成刻板的。这种幽默本身就是幽默的资料，这种笑本身就可笑。一个真有幽默的人别有会心，欣然独笑，冷然微笑，替沉闷的人生透一口气。也许要在几百年后、几万里外，才有另一个人和他隔着时间空间的河岸，莫逆于心，相视而笑。假如一大批人，嘻开了嘴，放宽了嗓子，约齐了时刻，成群结党大笑，那只能算下等游艺场里的滑稽大会串。国货提倡尚且增添了冒牌，何况幽默是不能

睿智篇

大批出产的东西。所以,幽默提倡以后,并不产生幽默家,只添了无数弄笔墨的小花脸。挂了幽默的招牌,小花脸当然身价大增,脱离戏场而混进文场;反过来说,为小花脸冒牌以后,幽默品格降低,一大半文艺只能算是"游艺"。小花脸也使我们笑,不错!但是他跟真有幽默者绝然不同。真有幽默的人能笑,我们跟着他笑;假充幽默的小花脸可笑,我们对着他笑。小花脸使我们笑,并非因为他有幽默,正因为我们自己有幽默。

所以,幽默至多是一种脾气,决不能标为主张,更不能当作职业。我们不要忘掉幽默(Humour)的拉丁文原意是液体;换句话说,好像贾宝玉心目中的女性,幽默是水做的。把幽默当为一贯的主义或一生的衣食饭碗,那便是液体凝为固体,生物制成标本。就是真有幽默的人,若要卖笑为生,作品便不甚看得……提倡幽默作一个口号、一种标准,正是缺乏幽默的举动；这不是幽默，这是一本正经的宣传幽默，板了面孔的劝笑。我们又联想到马鸣萧萧了！听来声音倒是笑，只是马脸全无笑容，还是拉得长长的，像追悼会上后死的朋友，又像讲学台上的先进的大师。

大凡假充一桩事物，总有两个动机。或出于尊敬，例如俗物尊敬艺术，就收集骨董，附庸风雅。或出于利用，例如坏蛋有所企图，就利用宗教道德，假充正人君子。幽默被假借，想来不出这两个缘故。然而假货毕竟充不得真。西洋成语称笑声清扬者为"银笑"，假幽默像掺了铅的伪币，发出重浊呆木的声音，只能算铅笑。不过，"银笑"也许是卖笑得利，笑中有银之意，好比说"书中有黄金屋"；姑备一说，供给辞典学者的参考。

(选自钱锺书著：《写在人生边上》，生活·读书·新知三联书店2002年版，第23～26页)

知识

钱锺书，字默存，号槐聚，曾用笔名中书君，江苏无

睿智篇

锡人,现当代著名学者、作家。《写在人生边上》是钱锺书的第一本散文集,1941年出版。他于抗日战争期间所写的散文虽未直接反映重大题材,但凡写人论世,总有其鲜明的褒贬,于自然天成的诙谐中表现出他对庸俗、堕落、虚伪的鄙视与尖刻嘲讽。《写在人生边上》总共只有10篇散文、不到3万字来谈人生的大问题,却字字珠玑,大放智慧的异彩,自然地把读者引入一个广阔无垠的人生天地,给予我们的是丰富多彩的深刻启迪。他或旁征博引,或侃侃而谈,文风如行云流水,汪洋恣肆,奇思妙想和真知灼见俯拾即是。而这一切,他都以一种幽默的情趣,为之披上一件微笑的外衣,轻者令人绽然,重者令人喷饭,笑过之后又让人沉思良久,咀嚼回味再三,每有会意,无不拍手击节。

笑是最美的语言之一,一个微笑可以拉近彼此的距离,打破陌生人之间的区隔,成为一段友谊的开始。美人颔首微笑的娇羞,如洛神下凡令人心醉不已。壮士举杯仰天大笑,是金戈铁马的豪迈,气吞万里如虎。街坊里弄的嬉笑,有两小无猜,绕床弄青梅。茶馆剧社里的嘲笑,却也诙谐幽默,让人拍案叫绝。让无处不在的笑容驱散生活的烦恼吧!

经典悦读

生活之艺术

周作人

契诃夫(Tshekhov)书简集中有一节道,(那时他在瑗珲附近旅行,)"我请一个中国人到酒店里喝烧酒,他在未饮之前举杯向着我和酒店主人及伙计们,说道'请。'这是中国的礼节。他并不像我们那样的一饮而尽,却是一口一口的啜,每啜一口,吃一点东西;随后给我几个中国铜钱,表示感谢之意。这是一种怪有礼的民族。……"

一口一口的啜,这的确是中国仅存的饮酒的艺术:干杯者不能知酒味,泥醉者不能知微醺之味。中国人对于饮食还知道一点享用之术,但是一般的生活之艺术却早已失传了。中国生活的方式现在只是两个极端,非禁欲即是纵欲,非连酒字都不

睿智篇

准说即是浸身在酒槽里，二者互相反动，各益增长，而其结果则是同样的污糟。动物的生活本有自然的调节，中国在千年以前文化发达，一时有臻于灵肉一致之象，后来为禁欲思想所战胜，变成现在这样的生活，无自由，无节制，一切在礼教的面具底下实行迫压与放恣，实在所谓礼者早已消灭无存了。

　　生活不是很容易的事。动物那样的，自然地简易地生活，是其一法；把生活当作一种艺术，微妙地美地生活，又是一法；二者之外别无道路，有之则是禽兽之下的乱调的生活了。生活之艺术只在禁欲与纵欲的调和。蔼理斯对于这个问题很有精到的意见，他排斥宗教的禁欲主义，但以为禁欲亦是人性的一面；欢乐与节制二者并存，且不相反而实相成。人有禁欲的倾向，即所以防欢乐的过量，并即以增欢乐的程度。他在《圣芳济与其他》一篇论文中曾说道，"有人以此二者（即禁欲与耽溺）之

一为其生活之唯一目的者，其人将在尚未生活之前早已死了。有人先将其一（耽溺）推至极端，再转而之他，其人才真能了解人生是什么，日后将被记念为模范的高僧。但是始终尊重这二重理想者，那才是知生活法的明智的大师。……一切生活是一个建设与破坏，一个取进与付出，一个永远的构成作用与分解作用的循环。要正当地生活，我们须得模仿大自然的豪华与严肃。"他又说过，"生活之艺术，其方法只在于微妙地混和取与舍二者而已"，更是简明的说出这个意思来了。

生活之艺术这个名词，用中国固有的字来说便是所谓礼。斯谛耳博士在《仪礼》的序上说，"礼节并不单是一套仪式，空虚无用，如后世所沿袭者。这是用以养成自制与整饬的动作之习惯，唯有能领解万物感受一切之心的人才有这样安详的容止。"从前听说辜鸿铭先生批评英文《礼记》译名的不妥当，以为"礼"不是 Rite 而是

Art，当时觉得有点乖僻，其实却是对的，不过这是指本来的礼，后来的礼仪礼教都是堕落了的东西，不足当这个称呼了。中国的礼早已丧失，只有如上文所说，还略存于茶酒之间而已。去年有西人反对上海禁娼，以为妓院是中国文化所在的地方，这句话的确难免有点荒谬，但仔细想来也不无若干理由。我们不必拉扯唐代的官妓，希腊的"女友"（Hetaira）的韵事来作辩护，只想起某外人的警句，"中国挟妓如西洋的求婚，中国娶妻如西洋的宿娼"，或者不能不感到《爱之术》（*Ars Amatoria*）真是只存在草野之间了。我们并不同某西人那样要保存妓院，只觉得在有些怪论里边，也常有真实存在罢了。

中国现在所切要的是一种新的自由与新的节制，去建造中国的新文明，也就是复兴千年前的旧文明，也就是与西方文化的基础之希腊文明相合一了。这些话或者说的太大太高了，但据我想舍此中国别无得救之道，宋以来的道学家的禁欲主义总是无用的了，因为这只足以助成纵欲而不能收调节之功。其实这生活的艺术在有礼节重中庸的中国本来不是什么新奇的事物，如《中庸》的起头说，"天命之谓性，率性之谓道，修道之谓教"，照我的解说即是很明白的这种主张。不过后代的人都只拿去讲章旨节旨，没有人实行罢了。我不是说半部《中庸》可以济世，但以表示中国可以了解这个思想。日本虽然也很受到宋学的影响，生活上却可以说是承受平安朝的系统，还有许多唐代的流风余韵，因此了解生活之艺术也更是容易。在许多风俗上日本的确保存这艺术的色彩，为我们中国人所不及，但由道学家看来，或者这正是他们的缺点也未可知罢。

（选自周作人著：《雨天的书》，止庵校订，北京十月文艺出版社2011年版，第92～94页）

知识

周作人，散文家，翻译家。原名櫆寿，字启明，晚年

睿智篇

改名遐寿,浙江绍兴人。青年时代留学日本,与兄树人(鲁迅)一起翻译介绍外国文学。五四运动时任北京大学等校教授,并从事写作。论文《人的文学》、《美文》以及新诗《小河》等在新文化运动中均有重大影响。所作散文,风格冲淡朴讷、从容平和。在外国文学艺术的翻译介绍方面,尤其钟情希腊、日本文学,贡献巨大。著有自编集《艺术与生活》、《自己的园地》、《雨天的书》等30多种,译有《日本狂言选》、《伊索寓言》等。

《雨天的书》收录56篇散文,是周作人自编集中最著名、最有代表性的一本,收录了《故乡的野菜》、《北京的茶食》、《喝茶》等脍炙人口的名篇。

解读

《雨天的书》,书如其名,晶莹剔透,宁静隽永。周作人极擅长写生活的方式,如《喝茶》:"喝茶当于瓦屋纸窗之下,清泉绿茶,用素雅的陶瓷茶具,同二三人同饮,得半日之闲,可抵上十年的尘梦。"这本书最可显示周作人前期随笔的风格特色,也就是"极慕平淡自然的景地",是周作人的性情之作,影响深远。

中年人的寂寞

夏丏尊

我已是一个中年的人。一到中年,就有许多不愉快的现象,眼睛昏花了,记忆力减退了,头发开始秃脱而且变白了,意兴,体力,什么都不如年青的时候,常不禁会感觉到难以名言的寂寞的情味。尤其觉得难堪的是知友的逐渐减少和疏远,缺乏交际上的温暖的慰藉。

不消说,相识的人数是随了年龄增加的,一个人年龄越大,走过的地方当过的职务越多,相识的人理该越增加了。可是相识的人并不就是朋友。我们和许多人相识,或是因了事务关系,或是因了偶然的机缘——如在别人请客的时候同席吃过饭之类。见面时点头或握手,有事时走访或通信,口头上彼此也称"朋友",笔头上有

睿智篇

时或称"仁兄",诸如此类,其实只是一种社交上的客套,和"顿首""百拜"同是仪式的虚伪。这种交际可以说是社交,和真正的友谊相差似乎很远。

真正的朋友,恐怕要算"总角之交"或"竹马之交"了。在小学和中学的时代容易结成真实的友谊,那时彼此尚不感到生活的压迫,入世未深,打算计较的念头也少,朋友的结成全由于志趣相近或性情适合,差不多可以说是"无所为"的,性质比较纯粹。二十岁以后结成的友谊,大概已不免搀有各种各样的颜色分子在内;至于三十岁四十岁以后的朋友中间,颜色分子愈多,友谊的真实成分也就不免因而愈少了。这并不一定是"人心不古",实可以说是人生的悲剧。人到了成年以后,彼此都有生活的重担须负,入世既深,顾忌的方面也自然加多起来,在交际上不许你不计较,不许你不打算,结果彼此都"钩心斗角",像七巧板似地只选定了某一方面和对

方接合。这样的接合当然是很不坚固的,尤其是现代这样什么都到了尖锐化的时代。

在我自己的交游中,最值得系念的老是一些少年时代以来的朋友。这些朋友本来数目就不多,有些住在远地,连相会的机会也不可多得。他们有的年龄大过了我,有的小我几岁,都是中年以上的人了,平日各人所走的方向不同。思想趣味境遇也都不免互异,大家晤谈起来,也常会遇到说不出的隔膜的情形。如大家话旧,旧事是彼此共喻的,而且大半都是少年时代的事,"旧游如梦",把梦也似的过去的少年时代重提,因谈话的进行,同时会联想起许多当时的事情,许多当时的人的面影,这时好像自己仍回归到少年时代去了。我常在这种时候感到一种快乐,同时也感到一种伤感,那情形好比老妇人突然在抽屉里或箱子里发见了她盛年时的影片。

逢到和旧友谈话,就不知不觉地把话题转到旧事上去,这是我的习惯。我在这上面

睿智篇

无意识地会感到一种温暖的慰藉。可是这些旧友一年比一年减少了,本来只是屈指可数的几个,少去一个是无法弥补的。我每当听到一个旧友死去的消息,总要惆怅多时。

学校教育给我们的好处不但只是灌输知识,最大的好处恐怕还在给与我们求友的机会上。这好处我到了离学校以后才知道,这几年来更确切地体会到,深悔当时毫不自觉,马马虎虎地过去了。近来每日早晚在路上见到两两三三的携着书包、携了手或挽了肩膀走着的青年学生,我总艳羡他们有朋友之乐,暗暗地要在心中替他们祝福。

(选自《中国翻译》1998年第1期)

知识

夏丏尊,本名夏铸,字勉旃,号闷庵,浙江上虞松厦人。中国近代教育家、散文家。著有《平屋杂文》、《文章作法》、《现代世界文学大纲》、《阅读与写作》、《夏丏尊选集》、《夏丏尊文集》,译有《爱的教育》、《文心》、《近代日本小说集》,曾经被誉为浙江一师"四大金刚"

经典悦读

(另三人为陈望道、刘大白、李次力)之一。曾与毛泽东同事,在春晖中学任国文教员兼出版部主任,并译成《爱的教育》。夏丏尊和鲁迅在浙江一师共事时过从甚密,思想上、文学上都受到鲁迅的影响。

其实人生每个阶段都有特别的滋味。虽说上有老下有小是压力和责任,而家庭团聚也是人生的幸福。处于事业的成熟期,是人生最具成就感的年代。中年人为人处世不张狂、不张扬,面对社会上种种类类的诱惑有了一定的定力,不管在生活当中遇到了什么样的突发事件,都能够沉稳冷静地面对,都能够有条不紊地处理。

朋 友

巴 金

这一次的旅行使我更了解一个名词的意义,这个名词就是:朋友。

七八天以前我曾对一个初次见面的朋友说:"在朋友们面前我只感到惭愧。你们

睿智篇

待我太好了,我简直没法报答你们。"这并不是谦虚的客气话,这是真的事实。说过这些话,我第二天就离开了那个朋友,并不知道以后还有没有机会再看见他。但是他给我的那一点点温暖至今还使我的心颤动。

我的生命大概不会很长久罢。然而在短促的过去的回顾中却有一盏明灯,照彻了我的灵魂的黑暗,使我的生存有一点光彩。这盏灯就是友情。我应该感谢它,因为靠了它我才能够活到现在;而且把旧家庭给我留下的阴影扫除了的也正是它。

世间有不少的人为了家庭抛弃朋友,至少也会在家庭和朋友之间划一个界限,把家庭看得比朋友重过若干倍。这似乎是很自然的事情。我也曾亲眼看见一些人结婚以后就离开朋友,离开事业。……

朋友是暂时的,家庭是永久的。在好些人的行为里我发见了这个信条。这个信条在我实在是不可理解的。对于我,要是没有朋友,我现在会变成怎样可怜的东西,经典悦读

我自己也不知道。

然而朋友们把我救了。他们给了我家庭所不能给的东西。他们的友爱,他们的帮助,他们的鼓励,几次把我从深渊的边沿救回来。他们对我表示了无限的慷慨。

我的生活曾经是悲苦的,黑暗的。然而朋友们把多量的同情,多量的爱,多量的欢乐,多量的眼泪分了给我,这些东西都是生存所必需的。这些不要报答的慷慨的施舍,使我的生活里也有了温暖,有了幸福。我默默地接受了它们。我并不曾说过一句感激的话,我也没有做过一件报答的行为。但是朋友们却不把自私的形容词加到我的身上。对于我,他们太慷慨了。

这一次我走了许多新地方,看见了许多新朋友。我的生活是忙碌的:忙着看,忙着听,忙着说,忙着走。但是我不曾遇到一点困难,朋友们给我准备好了一切,使我不会缺少什么。我每走到一个新地方,我就像回到我那个在上海被日本兵毁掉的

睿智篇

旧居一样。

每一个朋友,不管他自己的生活是怎样苦,怎样简单,也要慷慨地分一些东西给我,虽然明知道我不能够报答他。有些朋友,连他们的名字我以前也不知道,他们却关心我的健康,处处打听我的"病况",直到他们看见了我那被日光晒黑了的脸和膀子,他们才放心地微笑了。这种情形的确值得人掉眼泪。

有人相信我不写文章就不能够生活。两个月以前,一个同情我的上海朋友寄稿到《广州民国日报》的副刊,说了许多关于我的生活的话。他也说我一天不写文章第二天就没有饭吃。这是不确实的。这次旅行就给我证明:即使我不再写一个字,朋友们也不肯让我冻馁。世间还有许多慷慨的人,他们并不把自己个人和家庭看得异常重要,超过一切。靠了他们我才能够活到现在,而且靠了他们我还要活下去。

朋友们给我的东西是太多、太多了。

我将怎样报答他们呢?但是我知道他们是不需要报答的。

最近我在法国哲学家居友的书里读到了这样的话:"生命的一个条件就是消费……世间有一种不能跟生存分开的慷慨,要是没有了它,我们就会死,就会从内部干枯。我们必须开花。道德,无私心就是人生的花。"

在我的眼前开放着这么多的人生的花朵了。我的生命要到什么时候才会开花?难道我已经是"内部干枯"了么?

一个朋友说过:"我若是灯,我就要用我的光明来照彻黑暗。"

我不配做一盏明灯。那么就让我做一块木柴罢。我愿意把我从太阳那里受到的热放散出来,我愿意把自己烧得粉身碎骨给人间添一点点温暖。

1933年6月在广州

(选自本社编:《巴金散文精编》,浙江文艺出版社1991年版,第231~233页)

知识

巴金，原名李尧棠，字芾甘，四川成都人。现代文学家、出版家、翻译家，被誉为五四新文化运动以来最有影响力的作家之一，是20世纪中国杰出的文学大师、中国当代文坛的巨匠。鲁迅认为"巴金是一个有热情的、有进步思想的作家，在屈指可数的好作家之列的作家"。他的主要作品包括长篇小说爱情三部曲《雾》、《雨》、《电》，激流三部曲《家》、《春》、《秋》，抗战三部曲《火》以及小说《寒夜》、《憩园》，散文《随想录》等。译作有长篇小说《父与子》、《处女地》。

解读

朋友也许不能一直与你同路，却是路上一段最美的风景。他在你危难关头、不知所措的时候雪中送炭，这是患难见真情；他在清风明月的夏夜与你把酒言欢，这是酒逢知己千杯少；他在你举目无亲、独在异乡的时候给你一份陪伴，这是他乡遇故知。珍惜你身边的朋友，珍惜和你心灵相通的人。

睿文广见　生命达观

如何避免愚蠢的见识

（节选）

（英）罗素

正文

怀有各种各样愚蠢的见识乃是人类的通病。要想避免这种通病，并不需要超人的天才。下面提供的几项简单原则，虽然不能保证你不犯任何错误，却可以保证你避免一些可笑的错误。

如果一个问题但凭观察就可以解决的话，就请您亲自观察一番。亚里士多德误以为妇女牙齿的数目比男人少。这种错误，他本来是可以避免的，而且办法很简单。他只消请他的夫人把嘴张开亲自数一数就行了。但他却没有这样做，原因是他自以为是。自以为知道而实际上自己并不知道，这是我们人人都容易犯的一种致命错误。

我自己就以为刺猬好吃油虫，理由无非是我听人这么讲过，但是如果我真的要动手动脚写一部介绍刺猬习性的著作，我就不应该妄下断语，除非我亲自看见一只刺猬享用这种并不可口的美餐。然而亚里士多德却不够谨慎。

许多事情不那么容易用经验加以检验。如果你像大多数人一样在许多这类事情上有颇为激烈的主张，也有一些办法可以帮你认识自己的偏见。如果你一听到一种与你相左的意见就发怒，这就表明，你已经下意识地感觉到你那种看法没有充分理由。……最激烈的争论是关于双方都提不出充分证据的那些问题的争论。所以，不论什么时候，只要发现自己对不同的意见发起火来，你就要小心，因为一经检查，你大概就会发现，你的信念并没有充分证据。

摆脱某些武断看法的一种好办法就是设法了解一下与你所在的社会圈子不同的人们所持有的种种看法。我觉得这对削弱狭隘偏见的强烈程度很有好处。如果你无法外出旅行，也要设法和一些持不同见解

睿智篇

的人们有些交往,或者阅读一种和你政见不同的报纸。如果这些人和这种报纸在你看来是疯狂的、乖张的、甚至是可恶的,那么你不应该忘记在人家看来你也是这样。双方的这种看法可能都是对的,但不可能都是错的。这样想一下,应该能够慎重一些。

有些人富于心理想象力。对于这些人来说,一个好办法便是设想一下自己在与一位怀有不同偏见的人进行辩论。这同实地跟论敌进行辩论比起来有一个(也只有一个)有利条件,那就是这种方法不受时间和空间的限制。……我自己有时就因为进行这种想象性的对话而真的改变了原来的看法;即使没有改变原来的看法,也常常因为认识到假想的论敌有可能蛮有道理而变得不那么自以为是。

[选自《文苑:经典美文》2012年第2期]

知识

伯特兰·罗素,英国哲学家、数学家、逻辑学家,是20世纪声誉卓著、影响深远的思想家之一,1950年诺贝尔文学奖获得者。重要著作有《哲学原理》、《哲学问题》、《心的分析》、《物的分析》、《西方哲学史》、《论教育》等。

由于罗素个人思想的高超,他一直成为全球瞩目与争论的中心,他自己除了固定的写作与研究以外,也随时准备迎接任何战斗,未曾一日懈怠。在人类知识和数理方面,他的研究成果可以与牛顿在力学上的成就相媲美,但他并不是因为这方面的成就而获得诺贝尔文学奖,而是因为他能够把一般性的哲学思想成功地介绍给人们,他这样做,是对哲学始终保持兴趣的最成功的范例。

解读

如何避免愚蠢的见识?最简单的办法就是观察和检验,避免先入为主的偏见。作者以哲学家的思辨能力,为我们论述了检验的必要性,就是要用科学实证的态度来看问题。学习数理的严谨思维和想象力也并不矛盾,科学家为了探索新知,依靠的就是永无止境的好奇心和探索精神,大胆假设加上小心求证,来拓展科学王国的边界,用科学的态度驱散无知的黑暗。

警语

一直向着自己目标前进的人,那么整个世界都会为他让路。

——(英)罗素

睿智篇

一个数学家的辩白
（节选）
（英）哈代

数学家跟画家或诗人一样，也是造型家，如果说数学家的造型比画家和诗人的造型更能经受时间的考验，这是因为前者是由概念塑造的。画家造型用形与色，诗人则用语言。一幅画可以表现一种"意境"，但画意通常是老生常谈，无足轻重，相比之下诗意则重要得多。然而，诗意的重要性往往言过其实，这是豪斯曼坚定不移的看法，他说："我无法确信竟然存在诗意这样的东西……诗歌不在于表述了什么，而在于怎样表达。"

倾江海之水
洗不净帝王身上的膏香御气。

就字句而论还能有什么更好的呢？就诗意而言，还能有什么更平庸更荒唐的呢？意境的贫乏似乎并没有影响词语格律的优美。另一方面，数学家除了概念之外不会与任何东西打交道，因此数学家的造型可能更持久。因为概念不会像语言那样快地变成陈词滥调。

数学家的造型与画家或诗人的造型一样，必须美；概念也像色彩或语言一样，必须和谐一致。美是首要的标准；不美的数学在世界上是找不到永久的容身之地的。这里我必须提到至今仍然散布甚广的一种错误看法（不过现在的情况可能比二十年前好多了），这就是怀特海（Whitehead）所谓的"书呆子"：爱好数学和欣赏数学的美，这"在每一代都只是一个怪人的偏执狂"。

……

实际上，没有什么比数学更为"普及"的学科了。大多数人都能欣赏一点数学，正如多数人能欣赏一支令人愉快的曲调一样。对数学真有兴趣的人很可能比对音乐有兴趣的人要多。表面看来可能与此相反,但这是很容易解释的。音乐可用来激发群众的情绪,而数学却不能;音乐上缺乏才能是公认为不太体面的事(这无疑是正确的),而大多数人一听到数学就害怕,所以他们随时都会由衷地强调自己在数学上并不高明。

……

我再补充一点,世上没有其他东西能像发现或重新发现一个真正的数学定理那样使知名人士(以及曾用鄙夷的语言谈论过数学的人士)感到高兴了。斯潘塞(Spencer)在他的自传中重新发表了他20岁的时候证明的关于圆的一个定理(当时他不知道柏拉图在两千年前早就证明了)。索迪(Soddy)教授是最近一个更为突出的例子(但他的定理的确是他自己的)。

[选自(英)哈代著,李文林、戴宗铎、高嵘编译:《一个数学家的辩白》,大连理工大学出版社2009年版,第33~36页]

经典悦读

知识

哈代（G. H. Hardy），1877年2月7日生于克兰利，1947年12月1日卒于剑桥，终生未娶。19世纪末20世纪初是他数学生涯的黄金时代，这期间正是现代数学的转折点，逻辑主义、形式主义、直觉主义三大流派在数学界争论不休，而哈代则站在了罗素一边，信奉逻辑主义。

17世纪以后，由于英国数学界固守牛顿的传统，拒绝使用莱布尼茨更为优越的微积分符号，英国的数学日益没落，远远落后于欧洲大陆。直到哈代的出现，才为英国的分析界重新赢得了荣誉，他开创了解析数论的英国分析学派，是著名的分析大师、数论大师。

解读

陈省身说，数学是美的。一种好的科学理论也具有形式上的美感，它可以用简洁的公式和图形来表现，并且十分方便地运用在实际操作中。一个数学家也可以拥有诗人的头脑，他们都具有卓越的想象力，一个在抽象逻辑中建树卓越，一个在具象思维里信手拈来。数学是一门有用的学问，是一种古已有之的看待事物的方式。正如作者所说，数学其实很大众化，生活中处处有数学，只是我们往往忽略了数学之美，只看到其晦涩的一面。

《回忆录》序
(节选)
(法)罗兰

这里发表我青年时期《回忆录》的前两卷,我今天的眼光所见的在高等师范和在法耐斯宫时期的生活。为了纠正我的老眼昏花,我掺了些旧时的日记摘录,那些日记是在生活的道路上日复一日仔细记录和及时搜集的材料。

我承认,在开始之前,把这些自传性的记录公布于众,我感到不无痛苦和踌躇。

并非这个自我令人讨厌,如果不是那样的自我,生活将是什么样呢?诱惑把生活置于并使之保持在深渊之上。没有诱惑,生活可能是没有眼睛和没有欲望的,生活潜入无形的存在之中,而存在与非存在是一对孪生兄弟。

可是这个自我在宇宙间繁衍着,就像鲱

鱼群在一个海湾之中。一个人有什么权利敢居于千百万人之上呢？除了记载人类英勇事迹的伟大故事外，回顾个人，表现自己（自我欣赏）岂不是太自私而无耻了吗？

我很清楚，利己主义者经常有他准备好的辩词：他们说，宇宙就反映在芸芸众生的每一个人身上。每一个人都在探索无限。但每一个人的历史同无限是无法比拟的，而同那些（已逝而非尚存的）每时每刻都在灭亡、不复再来的有限相比，则略好一点；但它需要拯救，因为它淹没在时间的波涛之中。至于那超出时间范围的事物，就没有丢失之虞了。

可是，如果认为人们有权来拯救并把它写在一张纸上，不是微不足道的事么？即使如此，就像刻在一块石碑上的古罗马那些自命不凡的人的名字一样，在最好的情况下，也永远不过是垂死者的影子而已。

我想，没有人像我一样从童年时起就看到生命是建筑在痛苦之上的，整个生活贯穿

睿智篇

着痛苦。然而,这种深切而持久的情绪并没有毁坏我赖以生活和建设的顽强精神。而这正是悲剧的症结所在。如果人生真是一场梦,我不过是这个梦网中的蜘蛛,而我热衷于张开这深渊之上的网;我希望这个网结得完美而牢固……可是后来,风却把它吹走而消失了!风做了它的工作,我将做我的工作。我能做到的而没有做到,那将是不幸的(将是罪过)。剩下就是老天爷的事了。

因此,在生命即将结束之际,蜘蛛注视了一下它的网,并且以某些方法回忆一番它怎样战胜障碍,以及产生诸如腰间裂口之类伤痕的原因,这便是很自然的事了。

需要知道的是,为什么别的蜘蛛会关心这个蜘蛛网和织网者的命运呢?我明白了!因为它们的命运相同,它们的网织在同一荆棘丛中,并受到同样的风的袭击。朋友,仇敌,姐妹,当时都在一起。

(选自谢大光主编:《百年外国散文精华》,浙江文艺出版社2007年版,第92~93页)

经典悦读

知识

罗曼·罗兰,法国现代著名文学家、传记作家、音乐评论家、社会活动家。作为作家,他创作了《约翰·克利斯朵夫》、《母与子》(又名《欣悦的灵魂》)等作品,并获得1915年诺贝尔文学奖;作为社会活动家,他一生坚持自由真理正义,为人类的权利和反法西斯斗争奔走不息,被称为"欧洲的良心"。这位现代传记文学大师的《名人传》[《贝多芬传》(1903)、《米开朗琪罗传》(1906)和《托尔斯泰传》(1911)]对当代传记文学仍然产生巨大影响。

解读

罗曼·罗兰生活在大师退场的时代,此时法国的先驱维克多·雨果已经逝世,写作了《包法利夫人》和《情感教育》的福楼拜也已谢世,邻国泰斗弗里德里希·尼采失去了他的光芒,而左拉和莫泊桑所描绘的世界又是那样的晦涩和阴暗。在这样一个变坏的时代里,罗曼·罗兰能保有自由正义的启蒙理想,不间断地呼吁自由和人类精神的尊严,支持被压迫者。他真诚地相信艺术应该描绘真实的情感,传达出使人变得高贵的道德感,他的作品体现了这种坚持和对文学艺术的热忱。

什么东西是我的

（节选）

（波兰）米沃什

我的头发，我的胸膛，我的手，和一些年月日对我如此重要的我的一生。唯一的问题是，它们是不是真属于我，如果头发、胸膛、手不是笼统而言，我的一生中那些年月日是不是失去了重要性，一旦它们以一般方式指明若干瞬间的话。我从四面八方为电视、杂志、影片、刺激人们追求健康和幸福的广告所包围；我应当怎样洗，怎样吃，怎样穿，成为某人关心的对象，……

我的面前经常摊开来一大张人体解剖图；一只拿着指示器的手指着肾、肝、心、生殖器，并解释着它们的功能。不管我愿不愿意，我被传授了红白血球、新陈代谢、排卵过程、细胞的生长和萎缩等等秘密。如果我的健康开始恶化，病房的白色走廊

就会等着我;高效率、无人称、漠然无动于衷的白衣少女就会把我的赤裸的身体翻来覆去,仿佛我是一个人体模型,递给我一根玻璃管装尿,把我放在爱克斯光机后面,抽我的血化验。

但是,我永远是赤裸的,而且不仅作为一个肉体对象。我的器官,那些为皮肤所覆盖的和那些为其他器官所覆盖的器官,都是赤裸的,从而成为构成我的传记的事件。那些事件可以分成两大类:一类壮丽地实现了童年、青少年和成年的准则,另一类则有某件事阻碍了和撕裂了我和人们的关系,由此而产生了"难题"。对我来说,那些都是个人隐私,但我知道我错了,因为所有这类问题都已被编入目录,加以记载,附有大量例证,而且不是由我而是由看病的精神分析学者,掌握着它们的钥匙。同那位精神分析学者谈话,给我很大的宽慰,因为他使我感觉到,我是从普遍的平均化中给挑出来的;我的独特性质一

睿智篇

定大有关系。不只是宽慰,这是一种强烈的快感,因为毕竟有人在埋头研究我的命运的细节,而我的命运在每个别人看来是可以互换的,毫无个性特征可言。然而,我认识到,咨询谈话的用意就是让我懂得——就是说,让我把因果联系起来——这样我患病的自身,我现在把它看成许多别的事物中的一件,就被抛到脑后了。

我为集体的浓密物质,那晦涩的、执拗的、坚持的另一个自然所包围,但我至少被分配了一个区域,可以自由活动,关心我的身心健康,享受一个运转正常的有机体的幸福,在活物中间生气勃勃。不过,当我不得不成为我自己的避难所,躲避文明的压力时,那个为我们大家(包括我自己)所藏匿的世界,那另一个自然就慢慢爬到我的身上来,不断提醒我,我的独特性不过是个幻觉,即使在这里,在我自己的圈子里,我也化成了一个数码。

(选自谢大光主编:《百年外国散文精华》,浙江文艺出版社2007年版,第251~252页)

经典悦读

米沃什（1911—2004），1980年获诺贝尔文学奖，生于今立陶宛，是波兰著名的诗人、作家和散文家。出版的诗集有《白昼之光》、《诗的论文》、《波别尔王和其它的诗》、《中了魔的古乔》、《没有名字的城市》、《太阳从何处升起，在何处下沉》、《诗歌集》等。米沃什的创作经历同他的生活道路一样是曲折的。早期作品具有象征主义特点，常常流露出悲观的情绪。战争期间的诗歌表现了渴望和平、反对战争的强烈愿望。后期作品则深入政治、哲学、历史、文化等各个方面，以冷静的笔触揭露现实生活的虚伪和丑陋，真实地展现了人类生存的荒诞境况。

本篇探讨了人类生存的荒诞境况，每个人看似是自己身体的主宰，实际总是被他人和环境支配着自己的行为。消费社会吞噬着我们的个人生活，培养我们的消费习惯，如果你不融入现代商业社会之中，你会发现自己无法生存。健康和美丽是被社会定义的，光洁的肌肤和结实的肌肉是社会倡导的典范，不遵守的人会成为生活中的异类。知识统御并结构着我们的身体，一次大笑被解读为多少块肌肉的牵动，完整的有机的生命被分解为无数个同质的琐碎的过程，让人反思现代社会的生命意义和个体价值。

睿智篇

散文与散文家

(美) E. B. 怀特

散文家是一位自我解脱的人,靠一种幼稚的信念支撑着,他总认为自己想到的一切,自己遭遇的一切,是大家都感兴趣的。他是一个充分欣赏自己工作的人,就像遛鸟的人欣赏他们的工作那样。散文家的每一次新的游览,每一次新的"尝试",都和前一次不同,而且总把他带进新的国度里去。这使他很快慰。只有生来以自我为中心的人才会厚颜无耻、持之以恒地去写散文。

散文种类很多,犹如人的姿态,而散文风格韵味之多则犹如霍华德·约翰逊的冰激凌。散文家清晨起来,倘若有工作得做,总从一批特别多样化的服装中挑选出他的外衣来:且不论他是哪一类人,他可以根据自己的心境或是题材披上任何种类经典悦读

的衬衫——哲学家、爱骂人的人、诙谐的人、讲故事的人、知己朋友、学术权威、爱唱反调的人、热心人士。我爱好散文,一向爱好,孩提时就动手写文章,试图把我年轻的思想与经历写在纸上,强加给别人。我写的散文最早刊登在《圣尼古拉杂志》上。当我突然有了一个想法时,我还是倾向于采用散文这种形式(或者可以说是,缺乏任何形式),不过我对于散文在二十世纪美国文坛上的地位并没有上当受骗。——总的说来,散文地位偏低。散文家不像小说家、诗人和剧作家,他必须满足于自己强加上身的二等公民的角色。一个目光瞄准诺贝尔奖或是世上其他荣誉的作家,最好写一篇小说、一首诗或一部戏剧,撇下散文家四下漫游,满足于一种自由自在的生活,享受着一种或多或少散漫生活的种种快事。(约翰逊博士把散文称为"一篇不合常规的、未经整理的文字";我这个快乐的散文作者无意就那位好博士关

睿智篇

于散文特性的描述进行指责。）

不过有一件事是散文家所不能做的——他不能尽情欺骗或是隐瞒,因为那样一来,他很快就会被别人发觉。德斯蒙德·麦卡锡在达顿公司一九二八年出版的《蒙田文集》的序言里说,蒙田"具有生性爽朗的天赋……"这是主要的成分。就连散文家摆脱法则也只是部分摆脱:散文虽然形式松散,却订有自己的法则,提出自己的问题。这些法则和问题不久就变得很明显,而且(我们全都希望)对任何一个仅仅因为自己浮想联翩或者因为心境快乐或胡思乱想而握起笔管来的人充当一种制约因素。

我想有些人认为散文是利己主义者的最后一招,是不合他们口味的一种过于扭捏作态、过于自私自利的形式。他们觉得一个作家设想他的微不足道的游览或是他的琐细的观察会使读者感兴趣,这是十分荒谬的。他们的抱怨中倒也有相当道理。我一贯知道,我生性是自顾自和利己的;

写我自己写到这样的地步,它表明我对自己的生活过分在意,而不太关心别人的生活。我穿过许多件衬衫,并不是所有的都很合身。不过遇到我心情沮丧或郁郁不快时,我只需要把衣橱的门一下拉开;那里藏在所有别的衣服后面,挂着米歇尔·德·蒙田的披风,微微地散发出樟脑的气息。

(选自谢大光主编:《百年外国散文精华》,浙江文艺出版社2007年版,第467~468页)

知识

E. B. 怀特是美国当代著名散文家、评论家、讽刺幽默作家、童话作家。作为《纽约客》主要撰稿人,他一手奠定了影响深远的"《纽约客》文风"。"其文风冷峻清丽,辛辣幽默,自成一格",因此被誉为"20世纪最伟大的美国随笔作家"。除了终生挚爱的随笔创作之外,他还不忘为孩子们写书,他的三本经典作品:《斯图尔特鼠小弟》(又译《精灵鼠小弟》)、《夏洛蒂的网》与《天鹅的喇叭》,已经成为各个年龄段读者都异常喜爱的文学经典。

解读

作者以其丰富的想象力为读者留下丰富的散文和小说

作品,曾有一个小读者写信问他,你的童话故事是真的吗?怀特去信回答:"不,他们是想象出来的故事——但是真的生活也不过是生活的一种罢了——想象里的生活也算一种生活。"怀特在他58岁那年写道:"我生活的主题就是,面对复杂,保持欢喜。"四年之后的1961年,在对《纽约时报》的一点声明中,他写道:"我在书中要说的一切就是,我喜爱这世界。各位如果深入些浏览,或许能发现这一点。"令他欢喜不尽的所谓复杂,即是生活本身。他从眼前的几乎所有事物中,都找到了欢喜,从城里花园中一棵伤痕累累的大柳树,"靠铁丝捆扎才不致摧折",到刚孵出的鹅蛋,从投机的"獾狗"弗雷德,到《美国宪法》和美国民主。复杂生活中的种种特殊性,都让他心欢眼亮,他在其无可比拟的随笔和写给孩子们的三本书中赞美这些特殊之处,确立了它们在我们文学中的不朽位置。

生 与 死

(意)达·芬奇

啊,你睡了。什么是睡眠?睡眠是死的形象。唔,为什么不让你的工作成为这样:死后你成为不朽的形象;好像活着的时候,你睡得成了不幸的死人。

每一种灾祸在记忆里留下悲哀,只有最大的灾祸——死亡,不是这样;死亡把记忆和生命一股脑儿毁灭。

正像劳累的一天带来愉快的睡眠一样,勤劳的生命带来愉快的死亡。

当我想到我正在学会如何去生活的时候,我已经学会如何去死亡了。

年岁飞逝,它偷偷地溜走,而且相继蒙混;再没有比时光易逝的了,但谁播种道德,谁就收获荣誉。

废铁会生锈;死水会变得不清洁,在冷空气里还会冻结;懒惰甚至会逐渐毁坏头脑的活动力。

勤劳的生命是长久的。

河川之水,你所触到的前浪的浪尾也就是后浪的浪头;因此,对于时间要珍惜现在。

人们错误地痛惜时间的飞逝,抱怨它去得太快,看不到这一段时期并不短暂;

睿智篇

而自然所赋予我们的好记忆使过去已久的事情如同就在眼前。

我们的判断,不能按照事情的精确的顺序,推断不同时期所过去的事情;因为发生在许多年前的许多事情和现在仿佛是密切关联的,目前的许多事情到我们后辈的遥远年代将视为邈古。对眼睛来说也是如此,远处的东西被太阳光所照的时候仿佛就近在眼前,而眼前的东西却仿佛很远。

唔,时间!你消蚀万物!唔,嫉妒的年岁,你摧毁万物,而且用尖利的一年一年的牙齿吞噬万物,一点一点地、慢慢地叫它们死亡!海伦,当她照着镜子,看到年月在她脸上留下憔悴的皱纹时,她哭泣了,而且不禁对自己寻思:为什么她竟被两次带走。

唔,时间啊,你耗蚀万物!唔,嫉妒的年岁,万物因你而消逝!

(选自本社编:《外国散文观止》,安徽文艺出版社1995年版,第60~61页)

经典悦读

知识

列奥纳多·达·芬奇常常被描述成博学者中的一个典型、一个有着"不可遏制的好奇心"和"极其活跃的创造性想象力"的人。他被广泛地认同为迄今最伟大的画家之一,或许他还是所有人中拥有最多不同类型的天赋的人。按照艺术史学者海伦·加德纳的说法,他的兴趣到达了一个前所未有的范围和深度,而且"他的思想和人格似乎是超出常人的,而他本身却是神秘又疏远"。

达·芬奇受到人们的尊崇是因为他技术上的独创性。他具有超越当时的广泛构思,其中著名的概念性发明有直升机、机关枪、机器人、坦克、太阳能聚焦使用、计算器、双层壳,他还勾勒出了板块构造论的基本理论框架。但达·芬奇的作品中只有极少数画作流传下来,加上散布在形形色色收藏中包括了绘画、科学示意图、笔记的手稿。达·芬奇的发明大多是超前的,在当时,只有少数设计被建造出来,而多数设计在当时是不可实现的。

解读

对时间和生命的讨论是永恒的主题,时间如河水流去,一去不返,因此有"逝者如斯夫,不舍昼夜"的感叹。古人的平均寿命远远低于现代人,能够在有限的生命里,留下绘画,留下发明,以至于千年之后,我们还为蒙娜丽莎的微笑倾倒不已,为直升机和热气球的发明而发出

睿智篇

惊叹,为维特鲁威人的精确比例而由衷赞叹。或许人类已经找到了无限留存生命的方式,就是以文学艺术和科学的形式,让自己的思想永远地发挥功效。

佛言禅理　棒喝顿悟

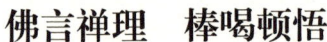

睿智篇

证道盛会，十方来贺

正文

如是我闻①。一时②，佛在摩竭提③国阿兰若法菩提场④中，始成正觉⑤。其地坚固，金刚所成⑥。上妙宝轮，及众宝华，清净摩尼⑦，以为严饰⑧。诸色相海⑨，无边显现。摩尼为幢⑩，常放光明，恒出妙音；众宝罗网，妙香华缨，周匝垂布⑪。摩尼宝王，变现自在，雨无尽宝，及众妙华，分散于地⑫。宝树行列，枝叶光茂。

注释

①如是我闻：佛经一般都以此句为开始句，其意相当于"我闻如是"，即"我在当时所见所闻如下"。其中的"我"，一般指佛的弟子阿难。相传佛即将涅槃时，阿难受阿泥楼驮比丘之托，向佛请问四事，其中的第四事就是"一切经首置何字"。佛答："一切经首置'如是我闻'等言。"此后佛经的编集中，阿难是转述者，转述其在各次法会中的所见所闻，以"如是我闻"开卷，以示其所说真实不虚。

经典悦读

②一时：某时或当时。
③摩竭提：也称摩揭陀，中印度国名。
④阿兰若法菩提场："场"指道场。"阿兰若法菩提"是修饰此"场"之语。"阿兰若"指寂静处，适于修行的空闲处。"法"，有多种含义，此处指所证真理。"菩提"意译为智、觉悟。故此句意谓"清净的、能证真理、获得觉悟的道场"。
⑤始成正觉：指在此处正道成佛。
⑥金刚所成：指道场之地面，全是金刚，而非世间之泥地。
⑦摩尼：意译为珠、宝珠，是珠玉之总称。传说摩尼有消除灾难、疾病，及澄清浊水、改变水色之功能，所以也称为如意宝、如意珠。
⑧严饰：装饰。
⑨诸色相海：指各种宝物放出的光明，如大海般无量无边。
⑩幢：与幡等同为佛教道场和寺院中常用的装饰物。圆桶状者为幢，长片状者为幡。
⑪周匝垂布：指缨条沿宝幢圆顶四周下垂。
⑫分散于地：指宝物和宝花纷纷洒落到地上。

我在当时所见所闻如下。当时，佛在摩竭提国清净的、能证真理、获得觉悟的道场中正道成佛。道场变得无比庄严。地面不再是坑坑洼洼的污泥秽土，而变成了金刚地,平整无比。地面有众多美妙的宝轮、宝花、宝珠作为装饰。宝轮、宝花、宝珠放射出各种绚丽的光彩,层层叠叠,像大海一样,无量无边。由摩尼宝珠所作之幢,能永无间断地放出光明,发出美妙的声音;宝幢顶上是由各种宝物做成的罗网;散发出美妙香味的宝花做成的缨条,沿宝幢圆顶四周下垂。摩尼宝珠自在地变化出无量的宝物和美妙花朵,像下雨般洒落到地面。道场周围众多宝树整齐排列、枝叶茂密,放出光明。

(选自林国良著:《佛典选读》,广西师范大学出版社2006年版,第1~3页)

 知识

佛教是一门很深的学问,可以说是一门真正的哲学,自汉代传入中土以来,对我国的文化产生了深远的影响,自身也得到了极大的发展。佛教虽然兴起于印度,但发展的最高峰却在中国,亦即我们所说的禅宗。佛教极强的思辨性,也大大改善了儒家思想不够深刻的缺点,使其逐渐从世俗规范中解脱出来,终于在宋朝上升为哲学——程朱理学。魏晋南北朝时期,佛道两教直接或间接的论战,大大激发了彼此的创新力,为我国传统文化的丰富作出了巨大的贡献。

 解读

大乘佛教力求一切众生都能成佛。但成佛后又是如何

经典悦读

光景？这超出了人们的想象力。而《华严经》对释迦牟尼成佛后的状况作了介绍。

选篇是《华严经·世主妙严品》的开篇,用瑰丽的辞藻详细描述了道场的状况和成佛的场景。按大乘的说法,释迦牟尼在菩提树下成道后,十方世界的佛都来祝贺,无数的佛弟子和追随者都来瞻仰致敬,佛陀就向大众宣说了自己所证道的圆顿法门,这就形成了华严法会和这部《华严经》。

菩提本无树

复两日,有一童子,于碓坊过,唱诵其偈。惠能一闻,便知此偈未见本性。虽未蒙教授,早识大意。遂问童子曰:"诵者何偈?"童子曰:"尔这猎獠,不知大师言:'世人生死事大,欲得传付衣法,令门人作偈来看。若悟大意,即付衣法,为第六祖。'神秀上座于南廊壁上,书无相偈。大师令人皆诵,依此偈修,免堕恶道。依此偈修，有大利益。"惠能曰："（一本有：我亦要诵此，结来生缘。）上人！我此踏碓，八个余月，未曾行到堂前。望上人引至偈前礼拜。"童子引至偈前礼拜。惠能曰"惠能不识字，请上人为读"时，有江州别驾，姓张名日用，便高声读。惠能闻已，遂言："亦有一偈，望别驾为书。"别驾言："汝亦作偈，其事希有。"惠能向别驾言："欲学无上菩提，不得轻于初学。下下人有上上智，上上人有没意智①。若轻人，即有无量无边罪。"别驾言："汝但诵偈，吾为汝书。汝若得法，先须度吾，勿忘此言。"惠能偈曰：

菩提本无树，明镜亦非台②。本来无一物，何处惹尘埃③？

书此偈已，徒众总惊，无不嗟讶，各相谓言："奇哉！不得以貌取人。何得多时，使他肉身菩萨？"祖见众人惊怪，恐人损害，遂将鞋擦了偈，曰："亦未见性。"众以为然。

经典悦读

①没意智:《佛光大词典》解作非思量之智。

②菩提本无树:此句从字面意思看,菩提本是指佛的智慧,当然不是树。而此偈的直接意思是:一切法自性空("本来无一物"),故菩提树也空,明镜台也空,而那空的本性又如何会沾上灰尘?

③本来无一物:敦煌本等此句为"佛性常清净",虽文字不同,但二句意义并无重大差别,含义均为自性(佛性)空性、清净;或者说,都只限于自性的"不生不灭、不垢不净、不增不减、不来不去"一面,即自性的如实空的一面。而惠能在听五祖讲《金刚经》后所说的五个"何期自性"中,还说到了自性"本自具足"、"能生万法",即自性的如实不空一面。

(选自林国良著:《佛典选读》,广西师范大学出版社 2006 年版,第 309～310 页)

译文

又过了两天,寺院中一个小童,从碓房门前经过,一边走一边唱诵神秀的偈语。惠能一听,就知道这篇偈子没有认识佛的本性。惠能虽然没有接受过谁的教导,但早已懂了这首偈语的大意,就问小童说:"你念诵的是什么偈子?"童子回答说:"你这猎獠哪儿知道,大师说:'世人最大的事是生死问题,想要把衣钵法教传承下去,让众门

睿智篇

人都作偈语给他看,如果能觉悟大意,就把衣钵法教传给他,做第六代祖师。'神秀上座在南边廊壁上写了这篇揭示万物无相的偈语,大师让众人都来唱诵,按照这篇偈子来修持,以免堕落三恶道,照这篇偈子修持,可以获得大好处。"惠能说:"我也要念诵这篇偈语,好结下辈子的佛缘。上人,我在这儿踏碓舂米已经八个多月了,从来没有到前面法堂去过,希望上人能引导我到偈语前礼拜。"童子就引导惠能到偈语前礼拜。惠能又说:"惠能不识字,请上人给我念一念。"这时正好有一个信佛的江州别驾官,姓张、名叫日用的在旁边,就高声朗诵这篇偈语给惠能听。惠能听了以后,就说:"我也有了一篇偈子,希望别驾替我写到壁上。"别驾说:"你也能作偈语?这种事可是少有。"惠能向别驾说:"要想学最高的智慧,就不能轻视初学的人。最下等的人也许有最上等的智慧,最上等的人也许会埋没智慧。如果轻视初学的人,就有无限大的罪过。"别驾说:"你念你的偈子吧,我替你写。但如果你将来得到佛法,首先要超度我,可别忘了我这句话。"惠能就念偈语:

菩提本无树,明镜亦非台。本来无一物,何处惹尘埃?

别驾把偈子写在廊壁上,众门徒看了都很吃惊,没有不感叹的,互相说:"真稀奇呀!看来不能以貌取人,他来的时间还不长,怎么就成了肉身菩萨了!"五祖看到众人吃惊奇怪,恐怕有人会伤害惠能,就用鞋把偈子擦掉,

说:"这篇偈语也没有觉悟到佛性。"大家信以为真。

(编者译)

知识

本文选自《坛经》,记述了惠能呈偈的过程。惠能的偈,明显比神秀高明,所以众人见之无不惊讶。其高明之处在于,深得一切法性空之旨。然而,这种认识还不是禅宗自家的特法,而是与空宗旨同之共法。

惠能(638—713)是中国佛教禅宗第六代祖师,其禅学思想是中国佛教史上的伟大革命,他所开创的南宗禅后来成为中国禅宗的代名词,禅宗也成为中国佛教宗派中的主流。陈寅恪称赞六祖:"特提出直指人心、见性成佛之旨,一扫僧徒繁琐章句之学,摧陷廓清,发聋振聩,固我国佛教史上一大事也!"

解读

山也空来水也空,随缘变现体无穷,青山绿水依旧在,为人疑嫉难兼容。这是一句佛语,要领会佛法的空,就要放得下,就应该看得破,看不破就很难真正放得下,而要看得破就要有六度中的般若,就是智慧的意思,它是我们人生的明灯。没有智慧就像在黑暗中乱冲乱撞,找不到方向。世人需要智慧,这智慧来自我们自身的本具如来智慧德相,不是往外求的,心地清净,自然智慧涌现。

睿智篇

愚人食盐喻

昔有愚人,至于他家,主人与食,嫌淡无味。主人闻已,更为益①盐。既得盐美,便自念言:"所以美者,缘有盐故。少有尚尔,况复多也。"愚人无智,便空食盐。食已口爽②,返为其患。

譬彼外道③,闻节饮食,可以得道,即便断食④。或经七日,或十五日,徒自困,饿无益于道。

如彼愚人,以盐美故,而空食之。致令口爽,此亦复尔。

注释

①益:增长,加多,添加,辅助。
②爽:伤败。
③外道:指佛教以外之一切宗教。与儒家所谓之"异端"一语相当。梵语之原义系指神圣而应受尊敬之隐遁者,初为佛教称其他教派之语,意为正说者、苦行者;对此

经典悦读

而自称内道,称佛教经典为内典,称佛教以外之经典为外典。至后世,附渐加异见、邪说之义,外道遂成为侮蔑排斥之贬称,意为真理以外之邪法者。

④**断食**:即为祈愿或成就修行,而于特定期间内断绝饮食。印度自古即行断食法,本为瑜伽派或其他苦行外道行法之一。而后佛教亦采用之,尤其是密宗之修秘法者,为表诚心及保持身体清净,皆实行断食,以避免诸秽物。断食亦可疗病,据《萨婆多毗尼毗婆沙》卷一载:"目连问耆婆曰:'弟子有病,当云何治?'耆婆答:'唯以断食为本。'"近代欧美兴起断食之热潮,虽涉及宗教之因素甚少,然断食能治病及开发生命之潜能,则属事实。断食期间之长短因人而异,其种类亦很多,有断盐分之盐断、断食谷物之谷断、唯食果实之木食等。关键是要断得其法,否则有害,如食盐之愚人。

从前有个愚人,到别人家里去做客,主人设宴请他,他嫌菜肴的味道淡了。主人便在菜里加了点盐,他尝后觉得味道鲜美好吃。便心里想:"菜的味道之所以很好,是因为有了盐的缘故。加那么一点,味道就变好了,如果更多加些呢?味道一定更美!"于是,他便空口大把大把地吃起盐来,不但没有尝到美味,反而丧失味觉,口也被盐烧坏了。

这个譬喻是说明那些不知道正确修行的外道,听说通

睿智篇

过节制饮食,就可以得证果位,便盲目地断食,或七天或十五天,绝食修行,除了使自己饥饿疲困之外,无益于解脱之道。这正像那个愚人吃盐一样,使自己的味口及脾胃都受到了伤害。

(选自弘学注释:《百喻经注释》,巴蜀书社2008年版,第5~7页)

知识

本篇选自《百喻经》,《百喻经》是印度古代佛教寓言故事集的汉文译本,全名为《百句譬喻经》,列入汉文大藏经,原文尚未发现。《百喻经》原著者为5世纪印度僧伽斯那。古文汉译本为南朝齐(497—502)时来华僧人、伽斯那的弟子求那毗地。《百喻经》是一部以寓言譬喻故事演述大乘佛法的佛教文学作品,是佛教典籍中较为特别的一种。

依照佛教信众的说法,佛经中记录的乃是佛祖释迦牟尼本人的教诲,是佛祖历次讲法言论的实录。释迦牟尼在世时,曾于不同的时间、地点,针对不同的徒众分别说法。佛祖涅槃后不久,大弟子迦叶便组织曾亲闻释迦牟尼教诲的佛弟子们进行了第一次结集:由博闻强记的阿难等弟子复述他们亲耳听到的释迦牟尼对佛教教义的解说言辞,再由其他弟子共同审定其复述是否准确无误,大家一致认可的即作为佛的遗教正式确定下来。此后佛弟子们还进行多次类似的结集,并逐渐用书面文字代替了最初口耳相传的传教方式，最终形成了今天我们所看到的佛经。

这个故事告诉我们，过分的享乐与吃苦主义都是有害的。世间万事必须适中，过与不及都可能坏事。又比喻有些人做事不负责任，可能一生一世都一事无成，过分热衷名利，也会因争夺计较而铸成大错，或劳碌一生，与烦恼纠缠不休。世间万事做得适中，就能成功立业。物用之得适即物物皆良，人用之得适即人尽其才。时、地、人都恰到好处，即事事皆通，否则事事都障碍。

《菜根谭》八则

洪应明

一、欲做精金美玉的人品，定从烈火中锻来；思立掀天揭地的事功，须向薄冰上履过。

要想追求那种金玉般纯洁的品德，必须到轰轰烈烈的事业中去磨炼；要想创立惊天动地的功绩，必须到难关险隘中去拼搏。

正文

二、一念错，便觉百行皆非，防之当如渡海浮囊，勿容一针之罅漏；万善全，始得一生无愧，修之当如凌云宝树，须假众木以撑持。

译文

如果一个想法或念头错了，就会觉得做的任何修行都是错的，要提防这样的错误发生就像是用气囊来渡大海，不能允许有任何一点哪怕是针那么大的缝隙；所有的事情都做好，才能一生无愧，修行就像是生长在天空的宝树，必须借助许多的大树才能得以支撑。

正文

三、忙处事为，常向闲中先检点，过举自稀。动时念想，预从静里密操持，非心自息。

译文

繁忙时事情多，如果常常于闲暇中先行检点，那么错误举措自然稀少。不时有各种非分的想法，如果预先从平静中紧密操持，那么非分之想就自然消失。

正文

四、为善而欲自高胜人，施恩而欲要名结好，修业而欲惊世骇俗，植节而欲标异见奇，此皆是善念中戈矛，理路上荆棘，最易夹带，最难拔除者也。须是涤尽渣滓，斩绝萌芽，才见本来真体。

译文

做善事却是想着抬高自己而去取胜于人，行施恩惠却是想着取得好的名声结交好友，进修事业却是想着使世俗惊叹，树立节操却是想着显示奇异，这都是善良念头中的戈矛，通向天理之路上的荆棘，最容易夹带上，却又是最难以去除的啊。必须洗净渣滓，斩断萌芽，才能看到本来的真心。

正文

五、能轻富贵，不能轻一轻富贵之心；能重名义，又复重一重名义之念。是事境之尘氛未扫，而心境之芥蒂未忘。此处拔除不净，恐石去而草复生矣。

译文

人能看轻富贵，但不能看轻"轻富贵"的想法；能看重名义，但又看重"重名义"的品格。这是尘世中人世污浊之气没有扫净，心中的种种欲念没有忘却。这里如果不能去除干净，恐怕石头移走而杂草又生长出来了。

正文

六、纷扰固溺志之场，而枯寂亦槁心之地。故学者当栖心玄默，以宁吾真体；亦当适志恬愉，以养吾圆机。

译文

纷杂扰乱固然是导致意志消沉的场所，而单调寂寞也是引起身心憔悴的原因。因此，学习的人应当排除纷扰，安心默识，以宁静我纯正的本体；也应该适当顺应志愿，坦然愉悦，以培养我圆满的心机。

正文

七、昨日之非不可留，留之，则根柢复萌，而尘情终累乎理趣；今日之是不可执，执之，则渣滓未化，而理趣反转为欲根。

过去犯下的错误不可再留下一点，否则，会使已改的错误行为再度萌生，这就是因俗情而使理想趣味受到连累；今日认为正确而喜爱的生活、事物，不可太执着，太执着，就是尚未得到理趣的神髓，反而使得理趣转变成欲望的根苗。

八、无事便思有闲杂念想否，有事便思有粗浮意气否，得意便思有骄矜辞色否，失意便思有怨望情怀否。时时检点，到得从多入少，从有入无处，才是学问的真消息。

没有事情的时候要反省自己是否有一些杂乱的念头出现，忙碌的时候要思考自己是否心浮气躁，得意的时候要注意自己的言行举止是否骄慢，失意的时候要反省自己是否有怨天尤人的想法。能时时这样细查自己的身心，使不良的习气由多而少，最后渐渐地完全革除，这才算是真正了解了学问的真谛。

（原文选自洪应明著、李伟编注：《菜根谭全编》，岳麓书社2006年版，第83～86页。译文为编者所译）

知识

《菜根谭》是以处世思想为主的格言式小品文集，采用语录体，糅合了儒家的中庸思想、道家的无为思想和释家的出世思想，是人生处世哲学的表白。《菜根谭》文辞优美，对仗工整，含义深邃，耐人寻味，是一部有益于人们陶冶情操、磨炼意志、奋发向上的通俗读物。作者以"菜根"为书命名，意谓"人的才智和修养只有经过艰苦磨炼才能获得"，正所谓"咬得菜根，百事可做"。

解读

佛家有"理趣般若"，讲真实的智慧；对于陶渊明而言，"今是而昨非"乃是指"心为形役"的小吏生活，违反了他自然的本性。我们经常为了口腹而委屈自己的心，使自己过着一种不合乎本性的生活。倘若陶渊明也像我们一般牵挂着俗情，那么，历史上可能只会多一个不快乐的小官，而不会有那么多美好的诗篇了。

有一句谚语说："如果你舍不得夕阳，你便会失去满天繁星。"生活的智慧是不要执着，不要让欲望生根；如果你能不执取一切，你便能不舍弃一切。"无取无舍"是最好的生活态度。

生来死去之疑
（节选）
南怀瑾

你们要学禅,很好。

禅,是一切佛法的基本。人家说我是禅宗,那才笑话呢!天地良心,当着菩萨的面前讲,我一宗都不宗。那我是干什么的?我是学佛的人。释迦牟尼佛的经典几时给你说过宗派?这都是后人门户之见,自生烦恼。这是个大问题。

在这七天当中,你们什么功夫都不要用,过去学什么方法也都不要管。现在参个话头试试看。你心中有一件没有了的事,"生从哪里来,死往何处去?"这个话头也可以。话头不要念。比如我们念南无阿弥陀佛,南无阿弥陀佛……那是念,嘴里念。

睿智篇

参话头并不是叫你在心中念。就是有一个问题在心中没有解决,随时去找"谁是我自己?""谁是我?""我是谁?"这样也可以。这两个话头随便你挑。

回转过来在心中看。我这个思想一来,它是怎么来的?哦!想吃包子。嗨!肚子饿了,找到了。肚子为什么饿了?体力不能支持。体力为什么不能支持?打七打累了。为什么要来打七呢?哦!上当了。为什么要上当呢?哎!听他们说的嘛!为什么听人家说呢?因为要学佛嘛!为什么要学佛?我想嘛!为什么要想呢?这样一路追问下去。所以真正学佛参话头,是科学的,是怀疑的,以怀疑求实证。并不是叫你盲目迷信。你说我晓得死掉以后有六道轮回,我还说八道轮回呢!或许只有五道半呢!这是佛那么说的,不错啊!那是佛说的,你看到啦?佛也要你成佛呀!你自己也要看到,要去实证。

你向哪里去?而且六道轮回中间,你有

把握吗?你说我今天到某人那里去投胎,找某人当妈妈,你有把握吗?或是你认为这个妈妈不好,再找另外一个,像住房子一样,找个合适的,你做得到?所以喽!自己生命的来去都不知道,这不是问题吗?这不是话头吗?话头者,问题也。这是个大问题。怎么去找呢?走!走两步再说。慢慢找!走!(行香)我在哪里呀?那个"真我"有没有?这个是假的啊!这个一定要死的。

啪!(香板震响声)怎么去找呢?简单得很。先从心念去找。我们现在不是在这里打坐吗?打也好打,坐也好坐。两条腿稍微难受一点,这两个家伙也好办,哄哄它就是了。它麻了,就起来走走。走累了,就停下来坐坐,那不是很好办?最难者就是心念无法平定,无法清净。现在先不要管生与死,先管心念。思想、感觉怎么起来?腿痛了,我晓得,怎么晓得?而且念头像流水一般地过去,过去就过去了,留也留不住。观察这个心念,不管善念、恶

睿智篇

念,它都留不住。你看看它的根源,这个念头还没有起来以前,那一段,那一段是什么样子?找找看。或者是念头过了以后那一段,看一看,是什么样子?先这样办。先把念头的事情了一下,真找到了念头的来源去处,然后自己也能够作了念头的主,不听它骗了。要不起妄心,就定住了。

慢慢来,第二步再找"生从何处来?死向何处去?"就方便了。话是这么讲,话是很简单哦!现在你们试试看,先把自己的心念找出来。这不是叫你们用妄想心嗐!这可不是叫你把心守住不动,抓得紧紧的。不要像有些练气功的,把呼吸在丹田守着,有些人作观想啊!有些人念咒子,那都好办。那都在用心嘛!我们生下来一辈子都在那里妄用心,用心惯了,蛮好办。现在反其道而行,叫你不要再用心。看看能起用心的"能"在什么地方?你说"能"在电力公司,错了。

(选自南怀瑾:《习禅录影》,中国世界语出版社1996年版,第10～12页)

经典悦读

知识

南怀瑾,浙江温州人,中国当代诗文学家、佛学家、教育家、文化传播者、诗人、武术家。历任台湾政治大学、台湾辅仁大学及中国文化大学教授。

南怀瑾的著作多以演讲整理而成,精通儒、释、道等多种典籍。他的人生观点是"佛为心,道为骨,儒为表,大度看世界;技在手,能在身,思在脑,从容过生活"。南怀瑾一生都在致力于传播中国传统文化,出版了《论语别裁》、《孟子旁通》、《原本大学微言》、《易经杂说》等30多种著作,并被翻译成八种语言流通世界。

解读

生来死去指死接着生,生接着死,轮回不停,形容众生在生死世界循环不已。佛教的最终目标,是解脱、超越、自由或涅槃,佛教希望人们能够从现实的苦难之中,达到自由和解脱的"涅槃"境界。生命的轮回,给人的心盖上一座房子,约束净化人的心灵。只有当有情众生"确信业报由各自负责"时,才不会像赌徒那样,不计后果地押注,恣意挥霍自己的人生,也不会受到外界的种种诱惑,种下恶业。善恶自造,苦乐自招,心不敢如野马,任性而行。

附　录

拓展阅读书目

（美）弗朗西斯·福山：《历史的终结与最后的人》，陈高华译，孟凡礼校，广西师范大学出版社2014年版。

（法）吕克·博尔坦斯基、夏娃·希亚佩洛：《资本主义的新精神》，高铦译，译林出版2012年版。

（德）彼得·昆兹曼等：《哲学百科》，黄添盛译，广西人民出版社2011年版。

（英）韦尔斯：《世界史纲：生物和人类的简明史》，吴文藻、谢冰心、费孝通译，广西师范大学出版社2001年版。

（美）彼得·海斯勒：《奇石：来自东西方的报道》，李雪顺译，上海译文出版社2014年版。

（美）苏珊·桑塔格：《反对阐释》，程巍译，上海译文出版社2011年版。

（法）帕特里斯·伊戈内：《巴黎神话：从启蒙运动到超现实主义》，喇卫国译，商务印书馆2013年版。

林达：《历史深处的忧虑：近距离看美国之一》，生活·读书·新知三联书店1997年版。

（美）G. 伽莫夫：《从一到无穷大：科学中的事实和臆测》，暴永宁译，吴伯泽校，科学出版社2002年版。

（德）艾·爱因斯坦、（波）利·英费尔德：《物理学的进化》，周肇威译，湖南教育出版社1999年版。

编写说明

"睿智"是一种聪明的生活方式,是一种豁达的人生态度,是处变不惊的为人经验,是直达内心的交往话语。

本册共分四个部分。"微言大义　智慧箴言",选取中国古代散文经典,片段式地展示了古人含蓄隽永的智慧,篇章虽短,含义深刻,言此及彼,回味悠长;"生活随想　冷暖人情",选取中国现当代文化名人的著名篇章,简述了当时文人为人处世、人际交往的心得体会,从生活中的实际经验,折射人生哲理;"睿文广见　生命达观",选取外国散文佳作,其中很多作家获得诺贝尔奖等重大奖项的肯定,他们以丰富的生活阅历写出对生命的别样感受;"佛言禅理　棒喝顿悟",选取佛经原文和佛经故事,可以窥见佛学思想下超然出世的达经典悦读

观思想,用最俭省的语言使人领悟真理。

在实际生活中,我们需要学会睿智,睿智地看待生活中的不幸,睿智地处理人际关系中的摩擦,睿智地体会每个生命阶段给予我们的意义。做个聪明人,汲取正能量!

编者
2015 年 4 月

经典悦读·淡雅篇

中共滨州经济开发区工委
南开大学语文教育研究中心 ◎编

编 委 会

主　　任：姚和民
委　　员：周志强　邱延忠　董凤家
　　　　　　钱　杰　时志军　窦　薇
　　　　　　魏建宇　郎　静　高　翔
　　　　　　李　飞　杜　娟

主　　编：周志强　窦　薇
本册主编：李　飞

·广州·

版权所有 翻印必究

图书在版编目（CIP）数据

经典悦读·淡雅篇/中共滨州经济开发区工委，南开大学语文教育研究中心编. —广州：中山大学出版社，2015.7
ISBN 978-7-306-05269-8

Ⅰ. ①经… Ⅱ. ①中… ②南… Ⅲ. ①世界文学—作品综合集 Ⅳ. ①I 11

中国版本图书馆 CIP 数据核字（2015）第 101398 号

| 出 版 人：徐 劲
| 策划编辑：邹岚萍
| 责任编辑：邹岚萍
| 封面设计：林绵华
| 插 图：张家会
| 责任校对：赵 婷 刘丽丽
| 责任技编：黄少伟
| 出版发行：中山大学出版社
| 电 话：编辑部 020-84111996，84113349，84111997，84110779
| 　　　　发行部 020-84111998，84111981，84111160
| 地 址：广州市新港西路 135 号
| 邮 编：510275 传 真：020-84036565
| 网 址：http://www.zsup.com.cn E-mail:zdcbs@mail.sysu.edu.cn
| 印 刷 者：佛山市浩文彩色印刷有限公司
| 规 格：787mm×960mm 1/32 总印张：21 总字数：309 千字
| 版次印次：2015 年 7 月第 1 版 2015 年 7 月第 1 次印刷
| 总 定 价：48.00 元（共 6 册） 印 数：1～11000 套

如发现本书因印装质量影响阅读，请与出版社发行部联系调换

经典之美　至真至纯

经典是有魅力的。经典的魅力不仅仅在于其中意义的浓缩与升华，更在于它对读者心灵感悟的激发。我们将那些人们反复阅读、手不释卷的作品命名为经典，并非因为它们有特殊的内容，而是因为它们有特别的深度和影响力。经典中的智慧是取之不尽的，因此，"悦"读经典，永不过时。

《经典悦读》出版到第五辑，已经推介了数百篇优秀的名家名作，在倡导全民阅读、提升社会公共文化水平等方面贡献了自己的力量。李克强总理在《2015年国务院政府工作报告》中提出，我国要建设"书香社会"，要建成全民文化素养普遍提高的"书香社会"，我们更应该多读经典。

经典可以包罗万象，其中就有"美"。美既是抽象的概念，也是具体的感受；既是物化的实体，也是心灵的皈依。世间从

不缺少美，只是缺少发现美的眼睛。经典之美，美在恒久，美在真实。正是因为经典具备了历史积淀的厚重，所以，其中的美的形式才更加完满与纯粹；正是因为经典历经了时代浪潮的淘洗，所以，其中的美的内涵才更加真挚与动人。在第五辑当中，《经典悦读》引入了精益求精的创新理念，集结了六种不同风格的美，以美的形式与风格作为每一分册的主题，大胆而新奇。这样的设计既拓宽了读者的期待视野，也激发了读者的阅读兴致，是十分巧妙而可贵的。

　　经典之美，至真至纯，它既能提升人的修养和境界，也能健全人的道德和品质。中华民族自古以来就是一个爱重经典、有着浓厚书香传承的民族。对经典的弘扬和传播，是我们走向未来、实现"中国梦"的坚实基础和良好开端！

中共滨州市委书记、市人大常委会主任

目　　录

情景相宜　兴致方盛 …………………… 1
　张岱散文两篇………………张　岱　 2
　晚游六桥待月记……………袁宏道　 7
　大明湖之春…………………老　舍　10
　花会（节选）………………朱光潜　16
　桃源与沅州（节选）………沈从文　21

平凡之处　境界自出 …………………… 26
　与子俨等疏…………………陶渊明　27
　姜夔词二首…………………姜　夔　31
　瓦尔登湖（节选）…………（美）梭罗　35
　寂寞…………………………梁实秋　40
　没有秋虫的地方……………叶圣陶　45

人情长存　世事如烟 …………………… 49
　浮生六记（节选）…………沈　复　50
　与故人书……………………毛奇龄　56
　王维诗四首…………………王　维　59

1

追忆似水年华

　　（节选）…………（法）M. 普鲁斯特　63

聂鲁达诗两首…………（智利）聂鲁达　68

情深言浅　词近意远　　　　　　　　　75

林逋诗三首………………………林　逋　76

闹市闲民………………………汪曾祺　78

乌篷船…………………………周作人　84

我所知道的康桥（节选）………徐志摩　89

谈自载…………………………孙　犁　94

附　录………………………………　99

编写说明……………………………　101

情景相宜　兴致方盛

张岱散文两篇

张　岱

白洋潮

故事，三江看潮，实无潮看，午后喧传曰："今年暗涨潮。"岁岁如之。庚辰八月，吊朱恒岳少师，至白洋，陈章侯、祁世培同席。海塘上呼看潮，余遄往，章侯、世培踵至。立塘上，见潮头一线从海宁而来，直奔塘上。稍近则隐隐露白，如驱千百群小鹅，擘翼惊飞。渐近，喷沫冰花蹴起，如百万雪狮蔽江而下，怒雷鞭之，万首镞镞无敢后先。再近则飓风逼之，势欲拍岸而上。看者辟易，走避塘下。潮到塘，尽力一礴，水击射溅起数丈，著面皆湿。旋卷而右，龟山一挡，轰怒非常，炮碎龙湫，半空雪舞，看之惊眩。坐半日，颜始定。先辈言,浙江潮头,自龛、赭两山而起。白洋在两山外,潮头更大,何耶?

译文

以往的事情是,三江看潮,实在没有潮可看,就在午后喊道:"今年暗涨潮。"每年都是这个样子。庚辰年(1640)八月,我吊唁朱恒岳少师,到了白洋,与陈章侯(即陈洪绶)、祁世培(即祁彪佳)同席。海塘上呼喊看潮,我就一个人去了,章侯、世培则是随后到。我们站立在海塘上,看见潮头从海宁那里一字儿涌来,直奔塘上。稍近一些,隐隐约约地露出一丝白色,像驱赶千万群小鹅似的,竖起翅膀乱飞。渐渐地又近了一些,只见浪涛涌起,如百万白狮一样遮蔽了三江,在怒雷般的轰鸣声中,争先恐后地奔来。再近一些看,飓风追赶着浪潮,那势头好像要拍岸而上。人们急忙躲避,逃到海塘下。海潮到了塘前,拼尽全力一搏,水箭四起,高约数丈,看潮的人弄了一头海水。海水从此旋转着向右边冲去,遇到龟山的阻挡,更加愤怒,如大炮轰击池渊,浪花雪花般飞到半空中,看了让人惊心动魄,半天才能缓过神来。先辈们曾经说过,浙江的潮头,从龛山、赭山才开始形成。而白洋在两座山之外,潮头却更大,原因何在呢?

[选自(清)张岱著,卫邵生译评:《陶庵梦忆》,吉林文史出版社2001年版,第55~56页]

秦淮河房

秦淮河河房,便寓,便交际,便淫冶。房值甚贵而寓之者无虚日。画船箫鼓,去去来来,周折其间。河房之外,家有露台,朱栏绮疏,竹帘纱幔。夏月浴罢,露台杂坐。两岸水楼中,茉莉风起动儿女香甚。女客团扇轻纨,缓鬓倾髻,软媚著人。年年端午,京城士女填溢,竞看灯船。好事者集小篷船百什艇,篷上挂羊角灯如联珠,船首尾相衔,有连至十余艇者。船如烛龙火蜃,屈曲连蜷,蟠委旋折,水火激射。舟中镦钹星铙,宴歌弦管,腾腾如沸。士女凭栏轰笑,声光凌乱,耳目不能自主。午夜,曲倦灯残,星星自散。钟伯敬有《秦淮河灯船赋》,备极形致。

秦淮河边的住房,方便住宿,方便交游,方便寻色猎艳。房价虽然很昂贵,但来这里住宿的人每天都满满的。士女画船,歌儿舞女,来来往往,周旋于其中。客房外面

淡雅篇

的人家,家家都有阳台,朱红的栏杆稀稀疏疏,垂挂着竹帘纱幔。夏天洗浴之后,男男女女相混杂,坐在阳台上。两岸的水楼中,夏风吹来,男男女女一个个香气逼人。女客手摇团扇,身着轻衫,鬓发披散,发髻斜坠,整个人儿软绵绵,妩媚媚。每年的端午节,京城士女都来到秦淮河畔,争相观赏船灯。好事的人聚集起百十条小篷船,篷上挂着羊角灯,远看如联珠。小船头尾相连,有的十几只小船连在一起。船如烛光之龙、火把之虿,弯弯曲曲,旋转逶迤,水光火光相映成趣。船中锣鼓齐鸣,钹铙并奏,饮酒作乐,载歌载舞,人声鼎沸。男男女女倚着栏杆轰然大笑。灯光烛光,鼓乐声喧哗声,令人耳鸣目眩,无以暇接。到了半夜,曲终人散,灯火寥寥,只有天上的星星一眨一眨地。钟伯敬(即钟惺)有一篇《秦淮河灯船赋》,描绘秦淮河灯船的情形极为详细。

[选自(清)张岱著、卫邵生译评:《陶庵梦忆》,吉林文史出版社2001年版,第73~74页]

知识

《陶庵梦忆》是明代著名文学家张岱最为出色的一部散文集。和引经据典、说理明辨、为圣人立言的古文不同,《陶庵梦忆》展现的是作者的日常生活,酒楼茶肆、童趣婚事、斗鸟养花、山水风景、琴棋书画,都包含其中。有人认为这部书是明代生活的广阔画卷,是文中的"清明上河图",这当然是个极大的误解,《陶庵梦忆》处处彰显的是士大夫作为有闲有钱阶级的浪荡生活，正如张岱在自作《墓志铭》中说："少为纨绔子弟，极爱繁华，好精舍，好美婢，好娈童，好鲜衣，好美食，好骏马，好华灯，好烟火，好梨园，好鼓吹，好古董，好花鸟，兼以茶淫橘虐，书蠹诗魔，劳碌半生，皆成梦幻。"这和明代普通老百姓眼中的生活肯定是不同的。

解读

本册所选两篇游记，大体可以反映张岱《陶庵梦忆》的整体文风：清新淡雅，韵味绵长。《白洋潮》先写"三江看潮，实无潮看"，后笔锋急转，极力描绘此次来潮的汹涌气势："如百万雪狮蔽江而下，怒雷鞭之，万首镞镞无敢后先"，比喻活泼，语言生动。而后，"旋卷而右，龟山一挡，轰怒非常，炮碎龙湫，半空雪舞，看之惊眩"，连续的四字句，顿挫有致，节奏鲜明。秦淮是文人墨客的聚集地，因此吟咏秦淮的诗文非常多。张岱这篇《秦淮河房》以房地产为始，描绘了一幅繁荣、热闹的秦淮景象，寥寥数笔，人、物、景皆次第而出，如在画上。

晚游六桥待月记

袁宏道

正文

西湖最盛,为春为月。一日之盛,为朝烟,为夕岚。今岁春雪甚盛,梅花为寒所勒,与杏桃相次开发,尤为奇观。石篑①数为余言:"傅金吾②园中梅,张功甫③玉照堂故物也,急往观之!"余时为桃花所恋,竟不忍去。

湖上由断桥至苏堤一带,绿烟红雾,弥漫二十余里。歌吹为风,粉汗为雨,罗纨之盛,多于堤畔之草,艳冶极矣。

然杭人游湖,止午、未、申三时,其实湖光染翠之工,山岚设色之妙,皆在朝日始出,夕舂未下,始极其浓媚。月景尤不可言,花态柳情,山容水意,别是一种趣味。此乐留与山僧受用,安可为俗士道哉!

注释

①石篑:陶石篑,即陶望龄,字望周,号石篑,会稽(今

浙江绍兴）人，万历十七年进士，初授翰林院编修，后官国子监祭酒，以讲学闻名，为"公安派"作家之一。

②傅金吾："金吾"为官名，汉有"执金吾"，明代亲军中有"金吾卫"。傅，姓氏。

③张功甫：即张镃，字功甫，号约斋，南宋将领张俊之孙，官奉议郎，直秘阁，善画竹石古木，家有园林"玉照堂"。

[选自（清）张岱等著、张厚余注析：《明清小品文选》，三晋出版社2008年版，第99～100页]

杭州西湖最美丽的时候，是春天，是月夜；每一天最美丽的时候，是清晨烟笼时，是傍晚起雾时。今年春天的雪非常大，梅花被严寒所迫，和杏花、桃花相继开放，景观尤其令人惊奇。石篑几次对我说："傅金吾院子里的梅花，是张功甫玉照堂里的旧物，赶紧去看看！"我当时正迷恋桃花，终究没舍得离开。

西湖之上，由断桥到苏堤一带，柳绿如烟，桃红如雾，弥漫二十多里地。歌声和乐声像风一样，粉汗就如同下雨，士女游人如织，甚至比堤畔的绿草更多，冶艳至极。

然而，杭州人游西湖，仅在上午十一点到下午五点的时候，其实，湖光染翠的天工、山岚颜色之美妙，都在朝

日刚刚出头、夕阳将落之时,才达到浓媚的高潮。月夜的景色尤其妙不可言,花的姿态,柳的情状,山的容貌,水的意境,别是一种趣味。这种乐趣就留给山僧享用吧,怎么可以说给俗人听呢!

(编者译)

知识

文学史上,一家出多个文学家的现象比较多,其中又以"三"最常见。最为人们熟悉的想必是"三曹"、"三苏"。"三曹"指的是汉魏间曹操和他的儿子曹丕、曹植,而"三苏"指的是北宋文学家苏洵和他的儿子苏轼(即苏东坡)、苏辙。

其实,文学史上还有一个著名的"三袁"(也被称为"公安三袁"),指的是明代晚期著名文学家袁宗道、袁宏道、袁中道兄弟三人。兄弟三人都很擅长作文,并且开启了晚明的一个散文流派——公安派(他们是湖北荆州公安县人),其"独抒性灵"的文学主张和文学实践均对文坛产生了重大影响。

解读

这篇散文很好地体现了公安派的文学主张:不拘格套,独抒性灵。描写杭州西湖的诗文多不胜数,袁氏大可"引经据典"、铺排描陈,但是综观全文,几无生僻字,几无典故。语言自然清新,富有一种自然的美感。真正描写湖上风景的只有"绿烟红雾,弥漫二十馀里。歌吹为风,粉汗为雨,罗纨之盛,多于堤畔之草,艳冶极矣",寥寥数句,却摇曳生姿,其色其味如在眼前。

大明湖之春

老 舍

　　北方的春本来就不长,还往往被狂风给七手八脚的刮了走。济南的桃李丁香与海棠什么的,差不多年年被黄风吹得一干二净,地暗天昏,落花与黄沙卷在一处,再睁眼时,春已过去了!记得有一回,正是丁香乍开的时候,也就是下午两三点钟吧,屋中就非点灯不可了,风是一阵比一阵大,天色由灰而黄,而深黄,而黑黄,而漆黑,黑得可怕。第二天去看院中的两株紫丁香,花已像煮过一回,嫩叶几乎全破了!济南的秋冬,风倒很少,大概都留在春天刮呢。

淡雅篇

有这样的风在这儿等着,济南简直可以说没有春天;那么,大明湖之春更无从说起。

济南的三大名胜,名字都起得好:千佛山、趵突泉、大明湖,都多么响亮好听!一听到"大明湖"这三个字,便联想到春光明媚和湖光山色等等,而心中浮现出一幅美景来。事实上,可是,它既不大,又不明,也不湖。

湖中现在已不是一片清水,而是用坝划开的多少块"地"。"地"外留着几条沟,游艇沿沟而行,即是逛湖。水田不需要多么深的水,所以水黑而不清;也不要急流,所以水定而无波。东一块莲,西一块蒲,土坝挡住了水,蒲苇又遮住了莲,一望无景,只见高高低低的"庄稼"。艇行沟内,如穿高粱地然,热气腾腾,碰巧了还臭气哄哄。夏天总算还好,假若水不太臭,多少总能闻到一些荷香,而且必能看到些绿叶儿。春天,则下有黑汤,旁有破烂的土坝;风又那么野,绿柳新蒲东倒西歪,恰似挣命。所以,它既不大,又不明,也不湖。

　　话虽如此,这个湖到底得算个名胜。湖之不大与不明,都因为湖已不湖。假若能把"地"都收回,拆开土坝,挖深了湖身,它当然可以马上既大且明起来:湖面原本不小,而济南又有的是清凉的泉水呀。这个,也许一时作不到。不过,即使作不到这一步,就现状而言,它还应当算作名胜。北方的城市,要找有这么一片水的,真是好不容易了。千佛山满可以不算数儿,配作个名胜与否简直没多大关系。因为山在北方不是什么难找的东西呀。水,太难找了。济南城内据说有七十二泉,城外有河,可是还非有个湖不可。泉、池、河、湖,四者俱备,这才显出济南的特色与可贵。它是北方唯一的"水城",这个湖是少不得的。设若我们游湖时,只见沟而不见湖,请到高处去看看吧,比如在千佛山上往北眺望,则见城北灰绿的一片——大明

湖；城外，华鹊二山夹着弯弯的一道灰亮光儿——黄河。这才明白了济南的不凡，不但有水，而且是这样多呀。

况且，湖景若无可观，湖中的出产可是很名贵呀。懂得什么叫作美的人或者不如懂得什么好吃的人多吧，游过苏州的往往只记得此地的点心，逛过西湖的提起来便念叨那里的龙井茶、藕粉与莼菜什么的，吃到肚子里的也许比一过眼的美景更容易记住，那么大明湖的蒲菜、茭白、白花藕，还真许是它驰名天下的重要原因呢。不论怎么说吧，这些东西既都是水产，多少总带着些南国风味；在夏天，青菜挑子上带着一束束的大白莲花骨朵出卖，在北方大概只有济南能这么"阔气"。

我写过一本小说——《大明湖》——在"一·二八"与商务印书馆一同被火烧掉了。记得我描写过一段大明湖的秋景，词句全想不起来了，只记得是什么什么秋。桑子中先生给我画过一张油画，也画的是大明湖之秋，这里大概有点意思。对了，只是在秋天，大明湖才有些美呀。济南的四季，唯有秋天最好，晴暖无风，处处明朗。这时候，请到城墙上走走，俯视秋湖，败柳残荷，水平如镜；唯其是秋色，所以连那些残破的土坝也似乎正与一切景物配合：土坝上偶而有一两截断藕，或一些黄叶的野蔓，配着三五枝芦花，确是有些画意。"庄稼"已都收了，湖显着大了许多，大了当然也就显着明。不仅是湖宽水净，显着明美，抬头向南看，半黄的千佛山就在面前，开元寺那边的"橛子"——大概是个塔吧——静静的立在山头上。往北看，城外的河水很清，菜畦中还生着短短的绿叶。往南往北，往东往西，看吧，处处空阔明朗，有山有湖，有城有河，到这时候，我们真得到个"明"字了。桑先生那张画便是在北城墙上画的，湖边只有几株秋柳，湖中只有一只游艇，水作灰蓝色，柳叶儿半黄。湖外，他画上了千佛山；湖光山色，

淡雅篇

联成一幅秋图,明朗,素净,柳梢上似乎吹着点不大能觉出来的微风。

  对不起,题目是大明湖之春,我却说了大明湖之秋,可谁教亢德先生出错了题呢!

(选自老舍著、林非主编:《中国二十世纪名家散文经典丛书·老舍卷》,太白文艺出版社2003年版,第44~46页)

知识

  老舍是中国现当代著名作家,晚境却凄惨异常。从1962年开始,他的许多文艺作品遭到批判,被迫停止小说《正红旗下》的写作。之后,他的一系列向主流意识形态靠近的作品也未能发表,仅在1966年春发表了一篇关于科学养猪的快板书《陈各庄上养猪多》,这也是他发表的最后一篇作品。1966年8月23日,老舍与其他作家、艺术家一道被红卫兵挂上"走资派"、"反动文人"、"牛鬼蛇神"等牌子游街,并惨遭侮辱、毒打,直至血流满面、遍体伤痕。但红卫兵并不罢休,要求老舍24日继续到北京市文联接受批斗。24日清晨,老舍独自出门,不是去接受批斗,而是走到了北京城西的太平湖;深夜,投湖自尽。

解读

  描景状物的诗文,大多文字优美,铺排比兴,富有韵律。老舍这篇《大明湖之春》则极为不同。和名篇《桨声灯影里的秦淮河》(俞平伯)注重语言的典雅、工心意境的营造不同,《大明湖之春》娓娓道来,极力用口语表达,注意传达生活的韵味而不是营造意境。和名篇《荷塘月色》(朱自清)不同,《大明湖之春》没有通过"景语"表达什么志向和胸怀,却处处充满了平淡生活的乐趣和兴致。虽是如此,全文却不着一句废语,读来气韵生动,大快朵颐。

1. 这世上真话本就不多,一位女子的脸红胜过一大段对白。

2. 人格一旦失去,想再恢复,比使死人复活的希望一样微小。

——老舍

花　会

(节选)

朱光潜

成都整年难得见太阳,全城的人天天都埋在阴霾里,像古井阑的苔藓,他们浑身染着地方色彩，浸润阴幽、沉寂，永远在薄雾浓云里度过他们的悠悠岁月。他们好闲，却并不甘寂寞，吃饭、喝茶、逛街、看戏，都向人多的处所挤。挤来挤去，左右不过是那几个地方。早上坐少城公园的茶馆，晚上逛春熙路、西东大街以及满街挂着牛肉的皇城壩，你会想到成都人没有在家里坐着的习惯，有闲空总得出门，有热闹总得挨凑进去。成都人的生活可以说是"户外的"，但是同时也是"城里的"。翻来覆去，总跳不出这个城圈子。五十万的人口、几十方里的面积，形成一种大规模的蜂巢蚁穴。所以表面看来，车如流水马如龙，无处不是骚动，而实际上这种骚动只是蛰伏式的蠕动，像成都一位老作家所说的"死水微澜"。

花会时节是成都人的惊蛰期。举行花会的地方是西门外的青羊宫。这座大道观据说是从唐朝遗留下来的。花会起于何朝何代，尚待考据家去推断，大概来源也很早。成都的天气是著名的阴沉，但在阳春三月，风光却特别明媚。春来得迟，一来了，气候就猛然由温暖而热燥，所以在其他地带分季开放的花卉在成都却连班出现。梅花茶花没有谢，接着就是桃杏，桃杏没有谢，接着就是木槿建兰芍药。在三月里你可以同时见到冬春夏三季的花。自然，最普遍的花要算菜花。成都大平原纵横有五六百里路之广。三月间登高一望，视线所能达到的地方尽是菜花麦苗，金黄一片，杂以油绿，委实是一种大观。在太阳之下，花光草色如怒火放焰，闪闪浮动，固然显出山河浩荡生气蓬勃的景象，有时春阴四布，小风薄云，苗青鹊静，亦别有一番清幽情致。这时候成都人，无论是男女老少，便成群结队地出城游春了。

游春自然是赶花会。花会之名并不副实。陈列各种时花的地方是庙东南一个偏僻的角落。所陈列的不过是一些普通花卉，并无名品，据说今年花会未经政府提倡，

淡雅篇

没有往年的热闹,外县以及本城的名园都没有把他们的珍品送来。无论如何,到花会来的人重要目的并不在看花而在凑热闹看人。成都人究竟是成都人,丢不开那古老城市的风俗习惯。花会场所还是成都城市的具体而微。古董摊和书画摊是成都搬来的会府和西玉龙街,铜铁摊是成都搬来的东御街,著名的吴抄手在此有临时分店,临时茶馆菜馆面馆更简直都还是成都城里的那种气派。每个菜馆后面差不多都有个篾篷,一个大篾箱似的东西只留着一个方孔做门,门上挂着大红布帘。里面锣鼓喧阗,川戏、相声、洋琴、大鼓、杂耍,应有尽有。纵横不过一里的地方,除着成都城里所有的形形色色之外,还有乡下人摆的竹器木器花根谷种以至于锄头菜刀水桶烟杆之类。地方小,花样多,所以挤,所以热闹。大家来此,吃、喝、买、卖、"耍"、看,城里人来看乡下人,乡下人来看城里人,男的来看女的,女的来看男的。

好一幅仇十洲的《清明上河图》,虽然它所表现的不尽是太平盛世的攘往熙来的盛况。

(选自朱光潜:《大美人生:朱光潜随笔》,北京大学出版社2008年版,第37～38页)

知识

花会是汉民族传统的民间自发组织的娱乐活动,是在春节等节日进行的各种游艺活动的统称。花会最早称为香会,起源于元代佛教的"行像大会",成型于明代中叶。花会分为"文会"、"武会","文会"包括"粥茶会"、"面茶会"、"青菜会"、"献会"、"缝绽会"等几十种名目,"武会"包括"狮子会"、"花钹大鼓"、"五虎棍"、"秧歌会"、"太平会"等13种名目。旧时花会的举行地点为"三山五顶"("三山"即丫髻山、妙峰山、天台山;"五顶"即京城五座比较闻名的娘娘庙:东顶、西顶、南顶、北顶、中顶),至今著名的花会有北京花会、七里寺花会、开封菊花花会、洛阳牡丹花会、上海花会、成都花会。本段选文描写的正是成都花会。

解读

朱光潜先生是我国著名的文艺学、美学学者,他的《西方美学史》是国内第一部美学史著作,至今仍是相关专业的必读书目。更为难得的是,朱光潜先生的学术著作

的行文和他的散文随笔极为相似。语言极为平实,没有生疏的字词,句子相对较短,但富有节奏感。这篇节选的散文读起来极为平易流畅,但又淡雅留香,将一幅活生生的清明上河图素描出来。读者若有闲暇,找《西方美学史》来翻看,定会发现文风颇为一致,读来极富美感,也极具知识性。

桃源与沅州

(节选)

沈从文

全中国的读书人,大概从唐朝以来,命运中注定了应读一篇《桃花源记》。因此把桃源当成一个洞天福地。人人皆知道那地方是武陵渔人发现的,有桃花夹岸,芳草鲜美。远客来到,乡下人就杀鸡温酒,表示欢迎。乡下人都是避秦隐居的遗民,不知有汉朝,更无论魏晋了。千余年来读书人对于桃源的印象,既不怎么改变,所以每当国体衰弱发生变乱时,想做遗民的必多，这文章也就增加了许多人的幻想，增加了许多人的酒量。至于住在那儿的人呢，却无人自以为是遗民或神仙，也从不曾有人遇着遗民或神仙。

……

桃源既是个有名地方，每年自然就有许多"风雅"人，心慕古桃源之名，二三月里携了《陶靖节集》与《诗韵集成》等参考资料和文房四宝，来到桃源县访幽探胜。这些人往桃源洞赋诗前后，必尚有机会过后江走走，由朋友或专家引导，这家那家坐坐，烧盒烟，喝杯茶。看中意某一个女人时，问问行市，花个三元五元，便在那龌龊不堪万人用过的花板床上，压着那可怜妇人胸膛放荡一夜。于是纪游诗上多了几首无题艳遇诗，把"巫峡神女"、"汉皋解珮"、"刘阮天台"等等典故，一律被引用到诗上去。看过了桃源洞，这人平常若是很谨慎的，自会觉得应当即早过医生处走走，于是匆匆的回家了。至于接待过这种外路"风雅"人的神女呢,前一夜也许陆续接待过了三个麻阳船水手,后一夜又得陪伴两个贵州省牛皮商人。这些女人照例说不定还被一个散兵游勇,一个县公署执达吏,一个公安局书记,或一个当地小流氓长时期包定占有,客来时那人往烟馆过夜,客去后再回到妇人身边来烧烟。

妓女的数目占城中人口比例数不小。因此仿佛有各种原因,她们的年龄都比其他大都市更无限制。有些人年在五十以上,还不甘自弃,同十六七岁孙女辈前来参加这种生活斗争,每日轮流接待水手同军营中火夫。也有年纪不过十四五岁,乳臭尚未脱尽,便在那儿服侍客人过夜的。

她们的技艺是烧烧鸦片烟,唱点流行小曲,若来客是粮子上跑四方人物,还得唱唱军歌党歌,和时下电影明星的新歌,应酬应酬,增加兴趣。她们的收入有些一次可得洋钱二十三十,有些一整夜又只得一块八毛。这些人有病本不算一回事。实在病重了，不能作生意挣饭吃，间或就上街到西药房去打针，六零六、三零三扎那么几下，或请走方郎中配副药，朱砂茯苓乱吃一阵，只要支持得下去，总不会坐下来吃白饭。直到病倒了，毫无希望可言了，就叫毛伙用门板抬到那类住在空船中孤身过日子的老妇人身边去，尽她咽最后那一口气。死去时亲人呼天抢地哭一阵，罄所有请和尚安魂念经，再托人赊购副四合头棺木，或借"大加一"买副薄薄板片，土里一埋也就完事了。

（选自沈从文著、林非主编：《中国二十世纪名家散文经典丛书·沈从文卷》，太白文艺出版社2003年版，第6~7页）

知识

文学史上，很多作家都是经过时间之网才被打捞上来的，张爱玲、沈从文就是如此。一般历数现代文学大家时，惯用"鲁郭茅，巴老曹"的流行说法，把一流文学家的交椅交给鲁迅、郭沫若、茅盾、巴金、老舍、曹禺，这既和当时的社会环境有关，也和新中国成立后的文学研

淡雅篇

究环境有关。

但是1980年代以来,张爱玲、沈从文的文学地位越来越高,研究者也越来越多,他们也就顺理成章地坐上了一流文学家的交椅。不过有意思的是,这两个人的重新发现,均是"出口转内销",得益于美国哥伦比亚大学夏志清教授的一本书:《中国现代小说史》。

沈从文其人其文向来给人一种温润淡雅的感觉,这主要归功于他的小说《边城》的影响力。在这篇节选的文章当中,我们则可以看到沈从文优雅从容的文风背后,是他的幽默和辛辣。他不只嘲讽了文人所谓的"桃花源"的白日梦,解构了被无数次使用的典故"巫峡神女"、"汉皋解珮"、"刘阮天台",还将妓女文化的肮脏与不堪暴露出来。文人总是用文字将自己的经历浪漫化,实际的情况往往很是反讽。

平凡之处　境界自出

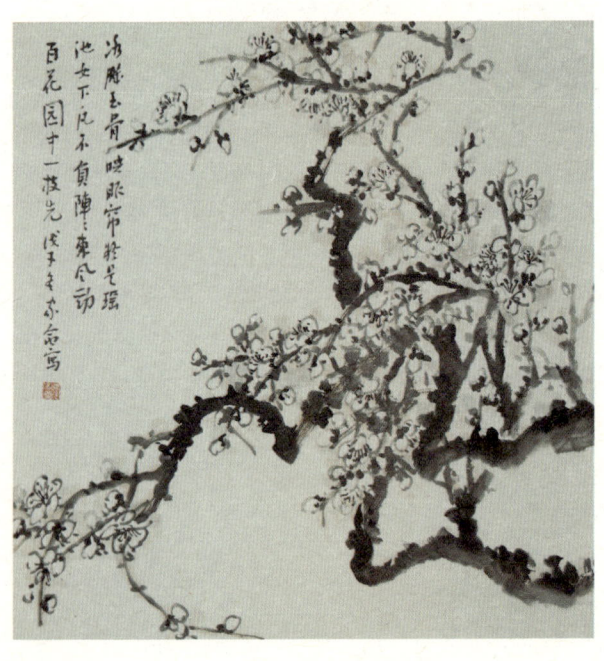

与子俨等疏

陶渊明

正文

告俨、俟、份、佚、佟：

天地赋命，生必有死；自古圣贤，谁能独免？子夏有言："死生有命，富贵在天。"四友之人，亲受音旨。发斯谈者，将非穷达不可妄求，寿夭永无外请故耶？

吾年过五十，少而穷苦，每以家弊，东西游走。性刚才拙，与物多忤。自量为己，必贻俗患。僶俛辞世，使汝等幼而饥寒。余尝感孺仲贤妻之言，败絮自拥，何惭儿子？此既一事矣。但恨邻靡二仲，室无莱妇，抱兹苦心，良独内愧。

少学琴书，偶爱闲静，开卷有得，便欣然忘食。见树木交荫，时鸟变声，亦复欢然有喜。常言五六月中，北窗下卧，遇凉风暂至，自谓是羲皇上人。意浅识罕，谓斯言可保。日月遂往,机巧好疏。缅求在昔,眇然如何!

疾患以来,渐就衰损,亲旧不遗,每以药石见救,自恐大分将有限也。汝辈稚小家贫,每役柴水之劳,何时可免?念之在心,若何可言!然汝等虽不同生,当思四海皆兄弟之义。鲍叔、管仲,分财无猜;归生、伍举,班荆道旧;遂能以败为成,因丧立功。他人尚尔,况同父之人哉!颍川韩元长,汉末名士,身处卿佐,八十而终,兄弟同居,至于没齿。济北氾稚春,晋时操行人也,七世同财,家人无怨色。《诗》曰:"高山仰止,景行行止。"虽不能尔,至心尚之。汝其慎哉,吾复何言!

(选自陶渊明著、孟二冬译注:《陶渊明集译注》,吉林文史出版社1996年版,第335~336页)

告诉严、俟、份、佚、佟诸子:

天地赋予人类以生命,有生必定有死。自古至今,即便是圣贤之人,谁又能逃脱死亡呢?子夏曾经说过:"死

淡雅篇

生之数自有命定，富贵与否在于天意。"孔子四友之辈的学生，亲身受到孔子的教诲。子夏之所以讲这样的话，岂不是因为人的穷困和显达不可非分地追求、长寿与短命永远不可能在命定之外求得的缘故吗？

我已经年过五十，年少时即受穷苦，家中常常贫困，不得不在外四处奔波。我性格刚直，无逢迎取巧之能，与社会人事多不相合。自己为自己考虑，那样下去必然会留下祸患。于是我努力使自己辞去官场世俗事务，因而也使你们从小就过着贫穷饥寒的生活。我曾被王霸贤妻的话所感动，自己穿着破棉袄，又何必为儿子不如别人而惭愧呢？这个道理是一样的。我只遗憾没有求仲、羊仲那样的邻居，家中没有像老莱子妻那样的夫人，怀抱着这样的苦心，内心很是惭愧。

我少年时曾学习弹琴、读书，间或喜欢悠闲清静，打开书卷，心有所得，便高兴得连饭也忘记吃了。看到树木枝叶交错成荫，听见候鸟不同的鸣声，我也十分高兴。我常常说，五六月里，在北窗下面躺着，遇到凉风一阵阵吹过，便自认为是伏羲氏以前的古人了。我的思想单纯，见识稀少，认为这样的生活可以保持下去。时光逐渐逝去，逢迎取巧那一套我仍十分生疏。要想恢复过去的那种生活，希望又是多么渺茫！

自从患病以来，身体逐渐衰老，亲戚朋友们不嫌弃我，常常拿来药物给我医治，我担心自己的寿命将不会很长了。你们年纪幼小，家中贫穷，常常担负打柴挑水的劳作,什么时候才能免掉呢?这些事情总是牵挂着我的心,可是又有什么可说的呢!你们兄弟几人虽然不是一母所生,但应当理解普天下的人都是兄弟的道理。鲍叔和管仲分钱财时,互不猜忌;归生和伍举久别重逢,便在路边铺上荆条坐下畅叙旧情;于是才使得管仲在失败之中转向成功,伍举在逃亡之后回国立下功劳。他们并非亲兄弟尚且能够这样,何况你们是同一父亲的儿子呢!颍川的韩元长,是汉末的一位名士,身居卿佐的官职,享年八十岁,兄弟在一起生活,直到去世。济北的氾稚春,是晋代一位品行高尚的人,他们家七代没有分家,共同拥有财产,但全家人没有不满意的。《诗经》上说:"对古人崇高的道德则敬仰若高山,对古人的高尚行为则效法和遵行。"虽然我们达不到那样高的境界,但应当以至诚之心崇尚他们的美德。你们要谨慎做人啊,我还有什么话好说呢!

(选自陶渊明著、孟二冬译注:《陶渊明集译注》,吉林文史出版社1996年版,第339~341页)

知识

我们今天统称的古代散文,其实在古代有着更加细致的文体归属,并且会体现在标题中。古代散文大体有以下分类:①论说文,包括论、原、辩。如贾谊的《过秦论》、黄宗羲的《原道》等。②奏议,包括奏、议、疏、表等。如贾谊的《论积贮疏》、诸葛亮的《出师表》等。③序跋。如司马迁的《太史公自序》等。④赠序。如韩愈的

《送东阳马生序》等。⑤铭。如刘禹锡的《陋室铭》。⑥祭文。如袁枚的《祭妹文》。另外还包括其他许多文体如志、传等,不再一一列出。

　　本文是著名隐士陶渊明在50岁出头时,因为经历了一场大病、自恐大限将至的情况下,给儿子们写的一封家书。文首开宗明义,说到"生死有命,富贵在天"。而后是文章的主体部分,陶渊明边回顾边评点自己的人生。文末,用儒家的道德义理劝孩子们要好好做人。初看起来,本文似乎是写给儿子们的家书,细读文本,我们就会发现,这是陶渊明写给自己的信:不断回顾自己的选择,并指出选择所带来的困顿,然后解释自己之所以这样做的原因。陶渊明一直在向自己解释,想说服自己,人到晚年,就更加希望自己的人生是有意义的。

姜夔词二首

姜　夔

疏　影

苔枝缀玉,有翠禽小小,枝上同宿①。

客里^②相逢,篱角黄昏,无言自倚修竹。昭君不惯胡沙远,但暗忆、江南江北。想佩环、月夜归来,化作此花幽独。　　犹记深宫旧事,那人正睡里,飞近蛾绿。莫似春风,不管盈盈,早与安排金屋。还教一片随波去,又却怨、玉龙哀曲^③。等恁时、重觅幽香,已入小窗横幅。

注释

①"有翠禽"二句:《龙城录》有述,隋开皇中,赵师雄行罗浮山,日暮于松林中见美人,与之对饮,又有一绿衣童子笑歌戏舞。(宋)曾慥《类说》卷十二引《异人录》:"师雄醉寐,但觉寒风相袭。久之东方已白,起视大梅花树上,有翠羽剌嘈相顾,所见盖花神。月落参横,惆怅而已。"原来赵师雄所遇美女为梅花之神,绿衣童子即梅花树上的翠鸟幻化。

②客里:姜夔是江西人,当时住苏州,因此自称"客里"。

③玉龙哀曲:玉龙,笛子名。玉指其华饰,龙状其音声。马融《长笛赋》所谓"龙鸣水中"。哀曲,指曲子《梅花落》。

(选自姜夔著,韩经太、王维若评注:《姜夔词》,人民文学出版社 2005 年版,第 103～105 页)

淡雅篇

水 龙 吟

黄庆长夜泛鉴湖①,有怀归之曲,课予和之。

夜深客子移舟处,两两沙禽惊起。红衣入桨②,青灯摇浪,微凉意思。把酒临风,不思归去,有如此水③。况茂陵④游倦,长干⑤望久,芳心事,箫声里。　屈指归期尚未,鹊南飞、有人应喜。画阑桂子,留香小待,提携影底。我已情多,十年幽梦,略曾如此。甚谢郎⑥也恨飘零,解道月明千里?

注释

①黄庆长:未详。鉴湖:在浙江绍兴城南三里。原名镜湖,以宋讳改。
②红衣入桨:船桨没入粉红的荷花塘中。红衣,指荷花。
③有如此水:指水为誓,表示归心迫切。《左传·僖公二十四年》记公子重耳之言:"所不与舅氏同心者,有如白水。"苏轼《游金山寺》诗:"有田不如归江水。"姜夔套用此意思,表明思乡情绪之切。
④茂陵:西汉五陵之一。

⑤长干:古建康里巷(今属南京),此处代指黄庆长的故乡。
⑥谢郎:指南朝宋时作家谢庄。(南朝宋)谢庄《月赋》"美人迈兮音尘阙,隔千里兮共明月,临风叹兮将焉歇,川路长兮不可越"之句,此处指黄庆长。

(选自姜夔著,韩经太、王维若评注:《姜夔词》,人民文学出版社2005年版,第107~108页)

知识

姜夔,即白石道人,他不仅是大文学家,而且是才华横溢的音乐家。他的《白石道人歌曲》是唯一流传下来的带有曲谱的宋代歌集,被称为音乐史上的奇珍异宝,其中收录了10首祀神曲《越九歌》、1首琴歌《古怨》、17首曲子词、1首《玉梅令》、14首《自度曲》(姜夔自己创作),共计43首歌曲。在每首《自度曲》前,他都介绍了创作的动机和背景,有些歌曲还交代了演奏方法。姜夔可以非常娴熟地使用七声音阶和半音,对词调音乐的格律、曲式和音阶的使用均有突破。他还曾写作《大乐议》献给朝廷,希望复兴宫廷音乐,但并未受到重视。

解读

姜夔这两首词,语言清雅,平仄与节奏配合紧密,读来朗朗上口。《疏影》暗含情愫,融于景语,了无痕迹,却萦绕于心。《水龙吟》中,"惊起"、"入桨"、"摇浪"是动态描写,"红衣"、"青灯"调动人的色觉,而"微凉

意思"则是一种触觉感受。这几句话将衣服动态的充满色彩和温度的立体画面呈献给读者,言简境深。刘熙载评姜词"幽韵冷香,令人挹之无尽",可谓得矣。

瓦尔登湖
(节选)
(美)梭罗

我开始在林中居住,也就是说,开始昼夜都在那里生活的那一天,恰好是1845年7月4日独立日,我的房子还不能过冬,只能挡挡雨,没有抹灰泥,也没有烟囱,墙是用风雨侵蚀、斑驳变色的粗糙的旧木板,缝隙很大,因此晚上很凉。笔直的砍削出来的白立柱,和新刨好的门和窗框使房子看上去洁净通风,特别是在早晨,木头浸透了露水,使我幻想中午时分会有甜甜的树汁从里面渗出来。在我的想象中,房子一整天都多多少少保留着这黎明时的特点，让我想起了头一年拜访过的在山上的一所房子。这是一所宽敞通风的没有抹灰泥的小屋，适于招待旅途上的神仙，女神也可以在那里拖曳着裙裾翩然行走。吹过我的屋子的风如同扫过山岭的风，带来断续的旋律，或许只是人间音乐中仙乐的片段。晨风不停地吹拂，创世的诗篇连续不断；但是却几乎没有耳朵听得到它。天国就是地球的外部，处处皆在。

此前我拥有过的唯一房子，如果不算一条船的话，就是一顶帐篷了，夏天出去远足时偶尔使用过，现在仍旧卷着放在房子阁楼上；但是那条船在几经转手后，已经消失在时间的长河之中了。有了这个更为牢固的遮身的屋子，我在世界上又进一步安顿了下来。覆盖在屋架外的材料虽然很单薄，却是我周围的某种晶体，并在造屋子的人身上产生了影响。它使人联想到一幅素描。我用不着走到户外去呼吸新鲜空气，因为屋子里的空气丝毫没有失去它

的清新。说我坐在室内，不如说是坐在门的后面，即使是在多雨的季节也是如此。《哈利凡萨》①中说，"无鸟之住所犹如未经调味之肉。"我的住所并非如此，因为我发现自己突然成了鸟儿的邻居；不是抓住一只鸟关起来，而是把自己关在了鸟儿附近的笼子里。我不仅离那些常常到花园和果园的鸟更近了，而且离森林中那些更狂放、更令人激动的鸣禽也更近了，它们从来不、或者很少向村民鸣唱小夜曲，——如鸫科鸣禽，威尔逊鸫，猩红比蓝雀，原野雀鹀，三声夜莺，以及许多其他的鸟。

我的屋子坐落在一个小池塘的岸边，在康科德村南约一英里半，比村子略高出一些，处于那个镇子和林肯之间的一大片树林之中，往北2英里是我们唯一的一个著名的场所：康科德战场②；但是因为我在林中低处，我目力所见的最远的范围就是半英里以外的湖对岸，那儿和别的地方一样，覆盖着林木。第一个星期，每当我远眺湖面的时候,它给我的印象是一个高高在山坡上的湖,湖底远远高出其他湖的湖面,日出时分,我看到它脱去夜雾的衣衫,逐渐,这儿那儿显露出了轻柔的涟漪或如镜的湖面,而雾如幽灵般悄然从四处隐入林中,仿佛某种夜间的秘密宗教集会散会了一样。连挂在树上的露珠都似乎比在山坡上挂的时间长,直到白天更晚的时候才消失。

注释

①印度史诗。
②1775年4月19日美国独立战争第一天作战的战场。

[选自（美）梭罗著：《瓦尔登湖》，王家湘译，北京十月文艺出版社2007年版，第85～86页]

知识

梭罗是非常有意思的一个人。

中国的读者由于《瓦尔登湖》的缘故,总以为梭罗是一个陶渊明般的隐士,实际上恰恰相反,梭罗并不是中国人所理解的隐士,他体内藏着一个无政府主义者。他反对美国与墨西哥的战争,支持废奴运动。1846年,他因六年未交投票税而被捕入狱,事后别人帮他付税才得以出狱。为了回应宁入狱不交税的行为,他写了一篇著名的文章:《论公民的不服从》。在文中,他重申了"管得最少的政府就是最好的政府"这一原则,并说:"权威必须获得被治理者的认可或赞成才行。除非我同意,否则它无权对我的身心和财产行使权力。从极权君主制到限权君主制,从限权君主制到民主制的进步,是朝着真正尊重个人的方向的进步。"

解读

梭罗主张回归自然、亲近自然,这一主张是发乎内心的,而不像今天的很多环保主义者那样是表演出来的,这从所选文章中就可以感受出来。梭罗并没有说自己有多爱自然,然而,他非常细致甚至是不厌其烦地描绘身边的细小事物,仿佛它们每一件都是他的一部分,而不是被他所控制或者娱乐的工具。

警语

1. 时间决定你会在生命中遇见谁,你的心决定你想要谁出现在你的生命里,而你的行为决定最后谁能留下。

2. 一个人怎么看待自己,决定了此人的命运,指向了他的归宿。

3. 从今以后,别再过你应该过的人生,去过你想过的人生吧!

——(美)梭罗

寂寞

梁实秋

寂寞是一种清福。我在小小的书斋里，焚起一炉香，袅袅的一缕烟线笔直的上升，一直戳到顶棚，好像屋里的空气是绝对的静止，我的呼吸都没有搅动出一点儿波澜似的。我独自暗暗地望着那条烟线发怔。屋外庭院中的紫丁香树还带着不少嫣红焦黄的叶子，枯叶乱枝的声响可以很清晰的听到，先是一小声清脆的折断声，然后是撞击着枝干的磕碰声，最后是落到空阶上的拍打声。这时节，我感到了寂寞。在这寂寞中我意识到了我自己的存在——片刻的孤立的存在。这种境界并不太易得，与环境有关，更与心境有关。寂寞不一定要到深山大泽里去寻求，只要内心清净，随便在市廛里，陋巷里，都可以感觉到一种空灵悠逸的境界，所

淡雅篇

谓"心远地自偏"是也。在这种境界中,我们可以在想象中翱翔,跳出尘世的渣滓,与古人同游。所以我说,寂寞是一种清福。

在礼拜堂里我也有过同样的经验。在伟大庄严的教堂里,从彩画玻璃透进一股不很明亮的光线,沉重的琴声好像是把人的心都洗淘了一番似的,我感觉了我自己的渺小。这渺小的感觉便是我意识到我自己存在的明证。因为平常连这一点点渺小之感都不会有的!

我的朋友萧丽先生卜居在广济寺里,据他告诉我,在最近一个夜晚,月光皎洁,天空如洗,他独自踱出僧房,立在大雄宝殿的石阶上,翘首四望,月色是那样的晶明,蓊郁的树是那样的静止,寺院是那样的肃穆,他忽然顿有所悟,悟到永恒,悟到自我的渺小,悟到四大皆空的境界。我相信一个人常有这样的经验,他的胸襟自然豁达辽阔。

但是寂寞的清福是不容易长久享受的。

它只是一瞬间的存在。世间有太多的东西不时的在提醒我们,提醒我们一件杀风景的事实:我们的两只脚是踏在地上的呀!一头苍蝇撞在玻璃窗上挣扎不出,一声"老爷太太可怜可怜我这个瞎子罢",都可以使我们从寂寞中间一头栽出去,栽到苦恼烦躁的漩涡里去。至于"催租吏"一类的东西之打上门来,或是"石壕吏"之类的东西半夜捉人,其足以使人败兴生气,就更不待言了。这还是外界的感触,如果自己的内心先六根不净,随时都意马心猿,则虽处在最寂寞的境地里,他也是慌成一片忙成一团,六神无主,暴跳如雷,他永远不得享受寂寞的清福。

　　如此说来,所谓寂寞不即是一种唯心论,一种逃避现实的现象么?也可以说是。一个高蹈隐遁的人,在从前的社会里还可以存在,而且还颇受人敬重,在现在的社会里是绝对的不可能。现在似乎只有两种类型的人了,一是在现实的泥涸中打转的

人，一是偶然也从泥淖中昂起头来喘几口气的人。寂寞便是供人喘息的几口清新空气。喘几口气之后还得耐心的低头钻进泥淖里去。所以我对于能够昂首物外的举动并不愿再多苛责。逃避现实，如果现实真能逃避，吾愿寐以求之！

有过静坐经验的人该知道，最初努力把握着自己的心，叫它什么也不想，那是多么困难的事！那是强迫自己入于寂寞的手段，所谓参禅入定完全属于此类。我所赞美的寂寞，稍异于是。我所谓的寂寞，是随缘偶得，无须强求，一霎间的妙悟也不嫌短，失掉了也不必怅惘。但是我有一刻寂寞时，我要好好地享受它。

(选自梁实秋著：《中华散文珍藏本·梁实秋卷》，人民文学出版社2001年版，第19～21页)

知识

梁实秋一生中有两段婚姻。

1927年，24岁的梁实秋与大他两岁、出身名门望族的程季淑结婚。他们相识于1921年，立刻被对方吸引，结婚后虽历经抗日战争、解放战争,但夫妻和谐,一直相守到1974年程季淑不幸身亡。

1974年,71岁的梁实秋突然陷入了"忘年恋",疯狂地爱上了小他28岁的台湾女演员韩菁清。这一段忘年恋引起了巨大反响,韩菁清和国宝级大师梁实秋的结合被认为怀有或为名或为利的目的,梁实秋的众多高足甚至组成"护师团"以反对这段婚姻,最终,韩菁清陪梁实秋甜蜜地度过了晚年。

解读

梁实秋的散文一直非常受欢迎,究其原因,两个字:耐读。这篇选文体现了梁实秋散文的典型特征:语言俏皮幽默又充满文化底蕴,充满了智慧和思考却毫无轻浮之气。选文先从一处具体情境出发,说明"寂寞是一种清福"。然而,文章并没有陷入文人雅士的玄谈高论,而是笔锋一转,说到这寂寞的清福只是瞬间的存在,我们大多时候是活在现实的社会关系之中,"寂寞便是供人喘息的几口清新空气。喘几口气之后还得耐心的低头钻进泥淖里去"。

警语

1. 没有人不爱惜他的生命,但很少人珍视他的时间。
2. 我一向不相信孩子是未来世界的主人翁,因为我亲眼见孩子到处在做现在的主人翁。

——梁实秋

 淡雅篇

没有秋虫的地方

叶圣陶

阶前看不见一茎绿草,窗外望不见一只蝴蝶,谁说是鹁鸽箱里的生活,鹁鸽未必这样枯燥无味呢。秋天来了,记忆就轻轻提示道:"凄凄切切的秋虫又要响起来了。"可是一点影响也没有,邻舍儿啼人闹弦歌杂作的深夜,街上轮震石响邪许并起的清晨,无论你靠着枕头听,凭着窗沿听,甚至贴着墙角听,总听不到一丝秋虫的声音,并不是被那些欢乐的劳困的宏大的清亮的声音淹没了,以至听不出来,乃是这里根本没有秋虫。啊,不容留秋虫的地方!秋虫所不屑居留的地方!

若是在鄙野的乡间,这时候满耳朵是虫声了。白天与夜间一样地安闲;一切人物或动或静,都有自得之趣;嫩暖的阳光

和轻淡的云影覆盖在场上,到夜呢,明耀的星月和轻微的凉风看守着整夜,在这境界这时间里惟一足以感动心情的就是秋虫的合奏。它们高低宏细疾徐作歌,仿佛经过乐师的精心训练,所以这样地无可批评,踌躇满志。其实它们每一个都是神妙的乐师;众妙毕集,各抒灵趣,哪有不成人间绝响的呢。

虽然这些虫声会引起劳人的感叹,秋士的伤怀,独客的微喟,思妇的低泣;但是这正是无上的美的境界,绝好的自然诗篇,不独是旁人最欢喜吟味的,就是当境者也感受一种酸酸的麻麻的味道,这种味道在另一方面是非常隽永的。

大概我们所蕲求的不在于某种味道,只要时时有点儿味道尝尝,就自诩为生活不空虚了。假若这味道是甜美的,我们固然含着笑来体味它;若是酸苦的,我们也要皱着眉头来辨尝它:这总比淡漠无味胜过百倍。我们以为最难堪而极欲逃避的,

淡雅篇

惟有这个淡漠无味!

所以心如槁木不如工愁多感,迷矇的醒不如热烈的梦,一口苦水胜于一盏白汤,一场痛哭胜于哀乐两忘。这里并不是说愉快乐观是要不得的,清健的醒是不必求的,甜汤是罪恶的,狂笑是魔道的;这里只是说有味远胜于淡漠罢了。

所以虫声终于是足系恋念的东西。何况劳人秋士独客思妇以外还有无量数的人,他们当然也是酷嗜趣味的,当这凉意微逗的时候,谁能不忆起那美妙的秋之音乐?

可是没有,绝对没有!井底似的庭院,铅色的水门汀地,秋虫早已避去惟恐不速了。而我们没有它们的翅膀与大腿,不能飞又不能跳,还是死守在这里。想到"井底"与"铅色",觉得象征的意味丰富极了。

1923 年 8 月 31 日

(选自远帆主编:《中国现代散文经典》,内蒙古人民出版社2004 年版,第 113～114 页)

知识

叶圣陶是著名的文学家、教育家，他广为人知的另一个身份是儿童作家，1923年他出版了国内第一部专为儿童所写的童话集《稻草人》。鲁迅说叶圣陶的《稻草人》"是给中国的童话开了一条自己创作的路的"。《稻草人》收录了叶圣陶创作的中短篇童话30多篇，包括名篇《稻草人》、《快乐的人》、《瞎子和聋子》等，也包括续写的安徒生的名作《皇帝的新装》，故事均婉转优美，富有理趣。《稻草人》多次出版，经受住了时间的考验，在中国童话作品中堪称经典。

解读

这是一篇非常有韵味的散文，通篇没有出现抒情主体——"我"，却处处能感受到这个"我"的情怀。文字的节奏和韵律如同一江春水，直流而下，了无滞碍。全文没有一个生僻字，却文采斐然，有着典雅的古文味道，这有赖于文章多层面的排比铺陈和灵活多变的句式。文章语言更是精简准确，增一字不可，减一字亦不可。

人情长存　世事如烟

浮生六记

（节选）

沈 复

余忆童稚时，能张目对日，明察秋毫。见藐小微物，必细察其纹理，故时有物外之趣。夏蚊成雷，私拟作群鹤舞空，心之所向，则或千或百果然鹤也。昂首观之，项为之强。又留蚊于素帐中，徐喷以烟，使其冲烟飞鸣，作青云白鹤观，果如鹤唳云端，怡然称快。于土墙凹凸处、花台小草丛杂处，常蹲其身，使与台齐，定神细视，以丛草为林，以虫蚁为兽，以土砾凸者为丘，凹者为壑，神游其中，怡然自得。一日，见二虫斗草间，观之正浓，忽有庞然大物，拔山倒树而来，盖一癞虾蟆也，舌一吐而二虫尽为所吞。余年幼，方出神，不觉呀然惊恐。神定，捉虾蟆，鞭数十，驱之别院。

年长思之，二虫之斗，盖图奸不从也。

淡雅篇

古语云"奸近杀",虫亦然耶?贪此生涯,卵为蚯蚓所哈(吴俗称阳曰卵),肿不能便。捉鸭开口哈之,婢妪偶释手,鸭颠其颈作吞噬状,惊而大哭,传为语柄。此皆幼时闲情也。

及长,爱花成癖,喜剪盆树。识张兰坡,始精剪枝养节之法,继悟接花叠石之法。花以兰为最,取其幽香韵致也,而瓣品之稍堪入谱者,不可多得。兰坡临终时,赠余荷瓣素心春兰一盆,皆肩平心阔,茎细瓣净,可以入谱者,余珍如拱璧。值余幕游于外,芸能亲为灌溉,花叶颇茂。不二年,一旦忽萎死,起根视之,皆白如玉,且兰芽勃然。初不可解,以为无福消受,浩叹而已。事后始悉,有人欲分不允,故用滚汤灌杀也。从此,誓不植兰,次取杜鹃,虽无香而色可久玩,且易剪裁。以芸惜枝怜叶,不忍畅剪,故难成树。其他盆玩皆然。

惟每年篱东菊绽,秋兴成癖。喜摘插瓶,不爱盆玩。非盆玩不足观,以家无园囿,不能自植。货于市者,俱丛杂无致,故不取耳。其插花朵,数宜单,不宜双。每瓶取一种,不取二色。瓶口取阔大,不取窄小,阔大者舒展不拘。自五、七花至三、四十花,必于瓶口中一丛怒起,以不散漫、不挤轧、不靠瓶口为妙,所谓"起把宜紧"也。或亭亭玉立,或飞舞横斜。花取参差,间以花架,以免飞钹耍盘之病;叶取不乱,梗取不强,用针宜藏,针长宁断之,毋令针针露梗,所谓"瓶口宜清"也。视桌之大小,一桌三瓶至七瓶而止,多则眉目不分,即同市井之菊屏矣。几之高低,自三、四寸至二尺五、六寸而止,必须参差高下,互相照应,以气势联络为上。若中高两低,后高前低,成排对列,又犯俗所谓"锦灰堆"矣。或密或疏,或进或出,全在会心者得画意乃可。

我记得自己童年时,能睁大眼睛对着太阳看,两眼明察秋毫。看到细小的东西,一定要仔细观察它的纹理,因此不时有物外的乐趣。夏天蚊声如雷,我把它们比作群鹤在空中飞舞。心里这样想,则看到的果然是或成千只或上百只的鹤。仰起头一直看,脖子都僵硬了。我又把蚊子留在白色蚊帐里,慢慢地用烟喷,让它们冲着烟飞叫,把它们当作青云白鹤,果真它们就像鹤在云端鸣叫,怡然称快。在土墙的不平整处、花台杂草丛生的地方,我时常蹲下身子,蹲得和花台一样高,定神细看。把草丛看作树林,把虫蚁看作野兽,把泥土瓦砾看成山丘,低洼的地方就是沟谷,神游其中,怡然自得。一天,发现两只虫子在草丛间争斗,我正看得津津有味,忽然有个庞然大物拔山倒树而来,原来是一只癞蛤蟆。它把舌头一伸,两只虫子都被它吞下去了。我当时年纪还小,正看得出神,被这一景象吓得目瞪口呆。等心神平定下来,就捉住癞蛤蟆,鞭打了几十下,把它赶到别的院子里去了。

长大之后思考这件事,两个小虫子争斗的起因大概是一方图奸,一方不从。古话说"近奸杀",小虫子也是这样的吧?因贪恋这种乐趣,我的卵(吴语通常称阳具为卵)被蚯蚓吸得红肿不能小便。女仆们捉了只鸭子让它开口来吸,她们偶尔一松手,鸭子就伸着脖子作吞咽状,吓得我大哭,一时间传为笑柄。这都是我年幼时的闲情逸事。

长大之后,爱花成癖,喜欢修剪盆景。直到认识了张兰坡,才算是精通剪枝养节的方法,继而悟到了接花叠石的诀窍。花以兰花为最佳,这主要是取其幽香韵致,但瓣品稍能入谱的不可多得。兰坡临终的时候，送给我一盆荷瓣素心春兰，肩平心阔，茎细瓣净，这是可以入谱的，我爱之如珍宝。我到外地游幕的时候，芸亲自灌溉，花叶颇为繁茂。不到两年，突然枯萎死去。我拔出根来看，只见洁白如玉，还长出了新芽。起初感到难以理解，以为是自己没福消受，感叹一番也就作罢了。后来才知道是有人想要但没得到，便故意用滚烫的开水把它浇死。我发誓从此再不养兰花，退而求其次来养杜鹃，杜鹃虽无香味，但花色耐看，而且容易剪裁。因芸怜惜枝叶，不忍心让我大修大剪，所以很难成树。其他盆景也都是这样。

每年菊花绽放的时候，我便秋兴大发，喜欢摘些插在瓶内，而不养在盆里。不是说养在盆里不好看，而是因为家里没有园圃，不能亲自种植。市场上也有卖的，但大多数杂乱无章，因此不要它们。插瓶的花朵宜单数，而不宜双数。每个瓶子只能插一种花，不要插两种。瓶子的开口要大些，不要用窄小的，因为瓶口大，花朵就可以舒展开。从五朵、七朵到三四十朵都可以，但一定要在瓶口中选一些比较突出的，以不散漫、不拥挤、不靠瓶口为好，这就是通常所说的"起把宜紧"。至于花朵的形态，或亭亭玉立，或飞舞横斜。花朵之间要参差错落，用花架隔一下，以免出现飞钗要盘的弊病。叶子要选较为整齐的，花梗应选不太硬的，用针的话要隐蔽起来。如果针太长，宁愿弄断一截，也不要让针露出花梗，这就是通常所说的"瓶口宜清"。摆放则要看桌子的大小，一张桌子摆上三

到七瓶为止,太多的话就眉目不清,如同市场上的菊屏了。几案的高低从三四寸到二尺五六寸为止,必须参差错落,互相照应,以彼此间协调连贯为好。如果中间高两边低,或者后高前低,成排成列,就犯了俗称"锦绣堆"的毛病了。或密或疏,或进或出,这都得看会心人能否领略诗情画意了。

[选自(清)沈复著、淮茗注译:《浮生六记》,中州古籍出版社2010年,第51~55页]

知识

沈复的《浮生六记》这样一本非常个人的作品,却关涉一个重要的地缘政治问题:钓鱼岛问题。《浮生六记》本该有"六记",而据专家考证,后两卷《中山记历》、《养生记道》(前四卷分别为《闺房记乐》、《闲情记趣》、《坎坷记愁》、《浪游记快》)系伪作,因此,流传下来的《浮生六记》其实只有"四记"。多年来,众多专家、学者和文学爱好者一直在寻找佚文,直到2008年,《浮生六记》卷五《海国记》才被发现,《文汇报》重磅报道。有意思的是,新发现的佚文提到了钓鱼岛,时间为1808年,比日本发现钓鱼岛早了整整70多年。

解读

古代的散文大多会表表志向、讲讲道理、抒抒情怀,这和文学传统有关,也和儒家文化有关。但《浮生六记》

则是一朵奇葩,它质朴地记述了作者沈复的日常生活,或喜或悲,非常真实感人。选文记述了作者的童年之乐,那时候他和大自然是一体的,他的想象力和真实的自然交融在一起。选文还记述了作者长大以后的乐趣的变化。这个时候,喜欢花木的他和自然不再是一体的,而是分离的,他开始用某种美学框架去构造自然物。越长大,越没有想象力;越长大,越无趣。

警语

1. 世事茫茫,光阴有限,算来何必奔忙?人生碌碌,竞短论长,却不道荣枯有数,得失难量。
2. 布衣饭菜,可乐终身,不必作远游计矣。
3. 情之所钟,虽丑不嫌。

——沈复

与故人书

毛奇龄

正文

初意舟过若下,可得就近一涉江水,不谓蹉跎转深。今故园柳条又生矣。江北春无梅雨,差便旅眺②,第日熏尘起③,障目若雾。且异地佳山水，终以非故园，不浃寝食④。譬如易水种鱼，难免圉困⑤；换土栽根，枝叶转悴。况其中有他乎！向随王远侯归夏邑，远侯以宦迹从江南来，甫涉淮、扬，躐⑥濠、亳，视夏邑枣林榆隰⑦，女城⑧茅屋，定谓有过。乃与其家人者夜饮中酒⑨，叹曰："吾遍游北南，似无如吾土之美者。"嗟乎！远游者可知已。

注释

① 若下：你住的地方。若，你。
② 差便：比较便于。差，比较。
③ 第：但。日熏：日光和煦。
④ 不浃：不舒坦。
⑤ 圉（yǔ）困：如同困在马圈中。圉，马圈。
⑥ 躐（liè）：走过。
⑦ 榆隰：长着榆树的低湿之地。
⑧ 女城：女墙。城墙上呈凹凸形的小墙。
⑨ 中酒：酒酣。

[选自（明）张岱等著、张厚余注析：《明清小品文选》，三晋出版社2008年版，第177页]

经典悦读

知识

小品文本指佛经的节本,在文学中指的是古代散文的一种。小品文并不是依据题材或者美学原则划分,而主要以字数为界限,因此,短小的尺牍、游记、日记、序跋等都可以称为小品文。小品文历史悠久,但是直到明清才兴盛起来,尤其是在晚明,出现了张岱、袁宗道这样的大家。小品文虽无严格的美学标准,但是主要的特点还是有的,一般比较重视描写、叙述和抒情,议论和说理极少,士大夫趣味非常明显。民国时期,以林语堂、周作人为代表的作家极力推崇明代小品,曾掀起一阵热潮。

解读

思乡是中国古代文学的一大母题,多少文人骚客的诗兴文思均源于此。此篇小品文也是以思乡为主题。"今故园柳条又生矣"一句,没有对家乡表达任何情感,却又情感充沛,直击人心。不过有意思的是,思乡这个母题在今天远不如在古代那么普遍深切。现代发达的交通系统不仅带来了便利,也带走了我们的乡愁。坐上高铁几个小时就能横穿中国,还有什么乡愁呢?当然,没有乡愁是一件好事,没必要通过诗文构建一个古代的乌托邦。只要设身处地想一想,大多数人还是会选择有公共交通系统、医疗卫生系统、公共安全系统的现代社会。

淡雅篇

王维诗四首

王 维

正文

过李揖①宅

闲门秋草色,终日无车马。
客来深巷中,犬吠寒林下。
散发时未簪,道书行尚把。
与我同心人,乐道安贫者。
一罢宜城②酌,还归洛阳社③。

注释

①李揖:未详何人。
②宜城:指宜城酒。《太平寰宇记》记载,襄州宜城(今湖北宜城)县出美酒,俗号"宜城美酒"。
③洛阳社:指洛阳白社(在今河南洛阳市东)。《晋书·董京传》:"(董京)至洛阳,被发而行,逍遥吟咏,常宿白社中,时乞于市。"因此后人常将退隐的地方称为白社或洛阳社。这里指作者的住处。

[选自(唐)王维著、陈贻焮选注:《王维诗选》,河北教育出版社1999年版,第19~20页]

酬比部杨员外暮宿琴台朝跻书阁率尔见赠之作①

旧简拂尘看，鸣琴候月弹。
桃源迷汉姓，松树有秦官。
空谷归人少，青山背日寒。
羡君栖隐处，遥望白云端。

注释

①比部杨员外：未详何人。琴台：在山东单县东南一里旧城北，即宓子贱弹琴之所。宓子贱，名不齐，春秋鲁人，孔子弟子，曾宰单父，鸣琴不下堂而治，孔子称之为君子。

[选自（唐）王维著、陈贻焮选注：《王维诗选》，河北教育出版社1999年版，第60页]

归嵩山作

清川带长薄①，车马去闲闲②。
流水如有意，暮禽相与还。
荒城临古渡，落日满秋山。
迢递嵩高下③，归来且闭关。

注释

①薄：草木丛生的地方。
②闲闲：从容状。
③迢递：远貌。嵩高：山名，即嵩山，在河南登封县北，为五岳中的中岳。

[选自（唐）王维著、陈贻焮选注：《王维诗选》，河北教育出版社 1999 年版，第 65～66 页]

积雨辋川庄作

积雨空林烟火迟，蒸藜炊黍饷东菑①。
漠漠水田飞白鹭，阴阴夏木啭黄鹂。
山中习静观朝槿②，松下清斋折露葵③。
野老与人争席罢，海鸥何事更相疑？

注释

①藜：一名莱，一年生草，茎高五六尺，叶卵形有锯齿，嫩时可吃，茎老时可为杖，谓之藜杖，轻而坚实。饷东菑：和"饷田"的意思一样，为那些在田野工作的人送饭。
②朝槿：槿，即木槿，一种落叶灌木，夏秋之交开花，有红、紫、白几种颜色，朝开暮落，所以诗中称为朝槿。
③露葵：葵，蔬类植物，有兔葵、楚葵、凫葵等。霜露之

时，葵最美好，故称露葵。

[选自（唐）王维著、陈贻焮选注：《王维诗选》，河北教育出版社 1999 年版，第 91 页]

知识

五岳，指中国的五大名山，本是帝王寻求超验合法性和民间宗教的产物，后被道教争夺，成为道家名山。五岳分别是：

东岳泰山，坐落于山东省泰安市泰山区，海拔约 1532.7 米。

南岳衡山，坐落于湖南省衡阳市南岳区，海拔约 1300.2 米。

西岳华山，坐落于陕西省渭南市华阴市，海拔约 2154.9 米。

北岳恒山，坐落于山西省大同市浑源县，海拔约 2016.1 米。

中岳嵩山，坐落于河南省郑州市登封市郊，海拔约 1491.71 米。

金庸著名的武侠小说《笑傲江湖》中的五岳剑派，就是根据五岳文化推演出来的。

解读

本文所选王维的四首诗，清新淡雅，充满了道家气息。秋草、寒林、松树、月、日、白云、流水、落日、空林、烟火、水田等意象,既能刻画静谧渺远的意境,又能体现一种随性自然的心境。这些充满画面感的意象也是构成苏轼所说的"诗中有画"的原因之一。最为高妙的是,四首诗中均存在动或响构成对静谧画面的破坏,分别是"犬吠寒林下"、"鸣琴候月弹"、"车马去闲闲"、"野老与人争席罢",而这些破坏静谧画面的因素事实上不但未能破坏诗的和谐,反而使得其意境更加高远。

追忆似水年华

(节选)

(法) M. 普鲁斯特

往事也一样。我们想方设法追忆,总是枉费心机,绞尽脑汁都无济于事。它藏在脑海之外,非智力所能及;它隐蔽在某件我们意想不到的物体之中(藏匿在那件物体所给予我们的感觉之中),而那件东西我们在死亡之前能否遇到,则全凭偶然,说不定我们到死都碰不到。

这已经是很多很多年前的事了,除了

同我上床睡觉有关的一些情节和环境外，贡布雷的其他往事对我来说早已化为乌有。可是有一年冬天，我回到家里，母亲见我冷成那样，便劝我喝点茶暖暖身子。而我平时是不喝茶的，所以我先说不喝，后来不知怎么又改变了主意。母亲着人拿来一块点心，是那种又矮又胖名叫"小玛德莱娜"的点心，看来像是用扇贝壳那样的点心模子做的。那天天色阴沉，而且第二天也不见得会晴朗，我的心情很压抑，无意中舀了一勺茶送到嘴边。起先我已掰了一块"小玛德莱娜"放进茶水准备泡软后食用。带着点心渣的那一勺茶碰到我的上腭，顿时使我混身一震，我注意到我身上发生了非同小可的变化。一种舒坦的快感传遍全身，我感到超尘脱俗，却不知出自何因。我只觉得人生一世，荣辱得失都清淡如水，背时遭劫亦无甚大碍，所谓人生短促，不过是一时幻觉；那情形好比恋爱发生的作用，它以一种可贵的精神充实了我。也许，这感觉并非来自外界，它本来就是我自己。我不再感到平庸、猥琐、凡俗。这股强烈的快感是从哪里涌出来的？我感到它同茶水和点心的滋味有关，但它又远远超出滋味，肯定同味觉的性质不一样。那么，它从何而来？又意味着什么？哪里才能领受到它？我喝第二口时感觉比第一口要淡薄，第三口比第二口更微乎其微。该到此为止了，饮茶的功效看来每况愈下。显然我所追求的真实并不在于茶水之中，而在于我的内心。茶味唤醒了我心中的真实，但并不认识它，所以只能泛泛地重复几次，而且其力道一次比一次减弱。我无法说清这种感觉究竟证明什么，但是我只求能够让它再次出现，原封不动地供我受用，使我最终彻悟。我放下茶杯，转向我的内心。只有我的心才能发现事实真相。可是如何寻找？我毫无把握，总觉得心力不逮；这颗心既是探索者，又是它应该探索的场地，而它使尽全身解数都将无济于事。探索吗？

又不仅仅是探索：还得创造。这颗心灵面临着某些还不存在的东西，只有它才能使这些东西成为现实，并把它们引进光明中来。

　　我又回过头来苦思冥想：那种陌生的情境究竟是什么？它那样令人心醉，又那样实实在在，然而却没有任何合乎逻辑的证据，只有明白无误的感受，其他感受同它相比都失去了明显的迹象。我要设法让它再现风姿，我通过思索又追忆喝第一口茶时的感觉。我又体会到同样的感觉，但没有进一步领悟它的真相。我要思想再作努力，召回逝去的感受。为了不让要捕捉的感受在折返时受到破坏，我排除了一切障碍，一切与此无关的杂念。我闭目塞听，不让自己的感官受附近声音的影响而分散注意。可是我的思想却枉费力气，毫无收获。我于是强迫它暂作我本来不许它作的松弛，逼它想点别的事情，让它在作最后一次拼搏前休养生息。尔后，我先给它腾出场地，再把第一口茶的滋味送到它的跟前。这时我感到内心深处有什

淡雅篇

么东西在颤抖,而且有所活动,像是要浮上来,好似有人从深深的海底打捞起什么东西,我不知道那是什么,只觉得它在慢慢升起;我感到它遇到阻力,我听到它浮升时一路发出汩汩的声响。

[选自(法)马塞尔·普鲁斯特著:《追忆似水年华(1):在斯万家那边》,李恒基、徐继曾译,译林出版社1989年版,第46~48页]

知识

普鲁斯特是20世纪最伟大的小说家之一,是意识流文学的先驱,而他的《追忆逝水年华》是成熟并且伟大的意识流小说。那么,何谓意识流?意识流本来是一个心理学的概念,由柏格森的心理时间延伸而来。柏格森认为,人真实体验到的并非物理时间(即钟表时间),物理时间是空洞的、同质的;人所体验到的时间是心理时间,心理时间并非同质的,而是有高低缓急。心理学家詹姆斯在柏格森理论的基础上,创造了"意识流"这个概念,认为人的意识是在心理时间中流动的,而不是在物理时间中均匀前进。文学家很快就吸收了这一理论,并运用到文学实践中。

解读

记忆乃是一种神奇的东西。当我们越是想记起一些东西,反而越记不起;当我们无意中碰到一个物件、一种味道、一种情景,某些记忆就会立刻涌上心头,甚至无法自控,而这些记忆常常只是某种难以言表的感觉和情愫。看到一个背影可能会想起过往的爱情,看到抱着孩子的母亲可能会想起童年或者自己的父母,闻到某种气味可能会突然陷入悲伤。人也在不断地修改自己的记忆,因为记忆要为今天服务,因为回忆的人也不再是回忆中的人。人总会美化自己的过去,这常常是不自觉的下意识行为。

聂鲁达诗两首

(智利) 聂鲁达

我喜欢你是寂静的

正文

我喜欢你是寂静的,仿佛你消失了一样,

你从远处聆听我,我的声音却无法触及你。

好像你的双眼已经飞离远去,

如同一个吻,封缄了你的嘴。

淡雅篇

如同所有的事物充满了我的灵魂，
你从所有的事物中浮现，充满了我的灵魂。
你像我灵魂，一只梦的蝴蝶，
你如同忧郁这个字。

我喜欢你是寂静的，好像你已远去。
你听起来像在悲叹，一只如鸽悲鸣的蝴蝶。
你从远处听见我，我的声音无法企及你：
让我在你的沉默中安静无声。

并且让我借你的沉默与你说话，
你的沉默明亮如灯，简单如指环。
你就像黑夜，拥有寂静与群星。
你的沉默就是星星的沉默，遥远而明亮。

我喜欢你是寂静的：仿佛你消失了

一样,
　　遥远而且哀伤,仿佛你已经死了。
　　彼时,一个字,一个微笑,已经足够。
　　而我会觉得幸福,因那不是真的而觉得幸福。

[选自(智利)聂鲁达著:《二十首情诗与绝望的歌》,李宗荣译,中国社会科学出版社2003年版,第85页]

今夜我可以写

　　今夜我可以写下最哀伤的诗句。

　　写,譬如,"夜镶满群星,
　　而星星遥远地发出蓝光并且颤抖。"

　　夜风在天空中回旋并歌唱。

　　今夜我可以写下最哀伤的诗句。
　　我爱她,而且有时她也爱我。

如同今晚的夜,我曾拥握她在怀中。
在无尽的天空下一遍又一遍地吻她。

她爱我,有时我也爱她。
怎么会不爱上她那一双沉静的眼睛呢?

今夜我可以写下最哀伤的诗句。
去想我并不拥有她,感觉我已失去她。

去聆听广阔的夜,因没有她而更加广阔。
而诗句坠在灵魂上,如同露水坠在牧草上。

我的爱若不能拥有她又有什么关系?
夜镶满群星而且她没有与我在一起。

这就是一切了。远处有人唱着歌。远处。
我的灵魂因失去了她而失落。

我的视线试着要发现她,好像要把她拉近一样,
我的心寻找她,而她并没有与我在一起。

相同的夜让相同的树林泛白。
彼时,我们也不再相似如初。

我不再爱她,这是确定的,但我曾多爱她!
我的声音试着找寻风来碰触她的听觉。

别人的,如同她曾接受我的千吻一样,她将会是别人的了。
她的声音,她的洁白的身体。她的无止尽的双眼。

我不再爱她,这是确定的,但也许我爱她。
爱情太短,而遗忘太长。

淡雅篇

借着如同今晚的夜,我曾拥她入怀。
我的灵魂因失去了她而失落。

这是她最后一次让我承受的伤痛。
而这些,便是我为她而写的最后的诗句。

[选自(智利)聂鲁达著:《二十首情诗与绝望的歌》,李宗荣译,中国社会科学出版社2003年版,第109、111页]

知识

巴勃鲁·聂鲁达,智利当代著名诗人。1923年,19岁的聂鲁达发表第一部诗集《黄昏》;1924年,20岁的聂鲁达发表成名作《二十首情诗与绝望的歌》,声名鹊起。并在1945年、1971年分别获得智利国家文学奖、诺贝尔文学奖。

聂鲁达对中国十分感兴趣,曾在1928年、1951年、1957年三次来到中国。1928年聂鲁达赴缅甸担任外交官使时,来过上海。1951年,聂鲁达代表国际评委会来中国向宋庆龄颁发列宁国际和平奖,接待他的是中国的著名作家丁玲、茅盾、艾青等人。1957年,参加完在斯里兰卡举办的和平大会,聂鲁达经由缅甸到昆明。他对集市上农民卖的用竹条编制的多层蝈蝈笼子感兴趣,农民还送了他一个。

经典悦读

这两首情诗,是经由西班牙语翻译为英语,又翻译成汉语的。虽然经过两次翻译,读者依然可以感受到这两首诗歌的美感。《我喜欢你是寂静的》,整首诗也显得那么寂静。在这寂静之中,心中的某个地方却蠢蠢欲动,是某种情愫,是某种记忆,是一段情,是一个旧人,是现在的恋人。爱情如此的神奇、如此的甜蜜,以至于要这么寂静才能贴近它,才能感受它。这个时候,生命和爱情是一体的,没有爱情的生命是没有色彩也没有声音的。《今夜我可以写》把那种爱又不爱、不爱又爱的复杂纠结之情写得缠绵悱恻,令人动情。

情深言浅　词近意远

林逋诗三首

林 逋

小隐自题

竹树绕吾庐,清深趣有馀。
鹤闲临水久,蜂懒得花疏。
酒病妨开卷,春阴入荷锄。
尝怜古图画,多半写樵渔。

[选自(宋)林逋著、沈幼征校注:《林和靖诗集》,浙江古籍出版社1986年版,第9页]

宿洞霄宫

秋山不可尽,秋思亦无垠。
碧涧流红叶,青林点白云。
凉阴一鸟下,落日乱蝉分。
此夜芭蕉雨,何人枕上闻?

[选自(宋)林逋著、沈幼征校注:《林和靖诗集》,浙江古籍出版社1986年版,第56页]

淡雅篇

孤山寺①端上人房写望

底处②凭阑思眇然?孤山塔后阁西偏。
阴沉画轴林间寺,零落棋枰葑上田。
秋景有时飞独鸟,夕阳无事起寒烟。
迟留更爱吾庐近,只待重来看雪天。

注释

①孤山寺:即广化寺,南朝陈天嘉初建,原名永福,宋时改为广化。
②底处:何处。

[选自(宋)林逋著、沈幼征校注:《林和靖诗集》,浙江古籍出版社1986年版,第74页]

知识

林逋,字君复,又称和靖先生,浙江大里黄贤村人(另说杭州钱塘),北宋著名诗人。出生于儒学世家,早年曾游历于江淮等地,后隐居于西湖孤山,是中国文学史上著名的隐士。林逋恬淡好古,不趋名利,终身不仕,亦终身未娶,以梅花、仙鹤为伴,称"梅妻鹤子"。其诗"澄浃峭特,多奇句"(《宋史》本传语),留有《林和靖诗集》。此外,林和靖也极善书画,黄庭坚曾说:"君复书法高胜绝人,予每见之,方病不药而愈,方饥不食而饱。"可惜书法仅存三件,画作未流传下来。

《小隐自题》写的是作者的居住环境和日常生活,竹子、鹤、蜜蜂、花是作者主要的接触对象,饮酒、读书、田间劳动是作者的生活状态,颇有天人合一的境界。《宿洞霄宫》几近白描手法,"秋山不可尽,秋思亦无垠。碧涧流红叶,青林点白云",不避重字,不用典故,而色彩分明,情景交融,耐人寻味。《孤山寺端上人房写望》则典型地体现了林和靖清冷幽静、闲淡浑远的诗风,种种意象和着种种幽情,读之余音绕梁。

闹市闲民

汪曾祺

我每天在西四倒 101 路公共汽车回甘家口。直对 101 站牌有一户人家。一间屋,一个老人。天天见面,很熟了。有时车老不来,老人就搬出一个马扎儿来:"车还得会子,坐会儿。"

屋里陈设非常简单(除了大冬天,他

的门总是开着),一张小方桌,一个方杌凳,三个马扎儿,一张床,一目了然。

老人七十八岁了,看起来不像,顶多七十岁。气色很好。他经常戴一副老式的圆镜片的浅茶晶的养目镜——这幅眼镜大概是他身上唯一值钱的东西。眼睛很大,一点没有混浊,眼角有深深的鱼尾纹。跟人说话时总带着一点笑意,眼神如一个天真的孩子。上唇留了一撮疏疏的胡子,花白了。他的人中很长,唇髭不短,但是遮不住他的微厚而柔软的下唇。——相书上说人中长者多长寿,信然。他的头发也花白了,向后梳得很整齐。他常年穿一套很宽大的蓝制服,天凉时套一件黑色粗毛线的很长的背心。圆口布鞋、草绿色线袜。

从攀谈中我大概知道了他的身世。他原来在一个中学当工友,早就退休了。他有家。有老伴。儿子在石景山钢铁厂当车间主任。孙子已经上初中了。老伴跟儿子。他不愿跟他们一起过,说是:"乱!"他愿意一个人。他的女儿出嫁了。外孙也大了。儿子有时进城办事,来看看他,给他带两包点心,说会子话。儿媳妇、女儿隔几个月给他拆洗拆洗被褥。平常,他和亲属很少来往。

他的生活非常简单。早起扫扫地,扫他那间小屋,扫门前的人行道。一天三顿饭。早点是干馒头就咸菜喝白开水。中午晚上吃面。一年三百六十五天,天天如此。他不上粮店买切面,自己做。抻条,或是拨鱼儿。他的拨鱼儿真是一绝。小锅里坐上水,用一根削细了的筷子把稀面顺着碗口"赶"进锅里。他拨的鱼儿不断,一碗拨鱼儿是一根,而且粗细如一。我为看他拨鱼儿,宁可误一趟车。我跟他说:"你这拨鱼儿真是个手艺!"他说:"没什么,早一点把面和上,多搅搅。"我学着他的法子回家拨鱼儿,结果成了一锅面糊糊疙瘩汤。他吃的面总是一个味儿!浇炸酱。黄酱,很少一点肉末。黄瓜丝、小萝卜,一概不

淡雅篇

要。白菜下来时，切几丝白菜，这就是"菜码儿"。他饭量不小，一顿半斤面。吃完面，喝一碗面汤（他不大喝水），涮涮碗，坐在门前的马扎儿上，抱着膝盖看街。

我有时带点新鲜菜蔬，青蛤、海蛎子、鳝鱼、冬笋、木耳菜，他总要过来看看："这是什么？"我告诉他是什么，他摇摇头："没吃过。南方人会吃。"他是不会想到吃这样的东西的。

他不种花，不养鸟，也很少遛弯儿。他的活动范围很小，除了上粮店买面，上副食店买酱，很少出门。

他一生经历了很多大事。远的不说。敌伪时期，吃混合面。傅作义。解放军进城，扭秧歌，呛呛七呛七。开国大典，放礼花。没完没了的各种运动。三年自然灾害，大家挨饿。"文化大革命"。"四人帮"。"四人帮"垮台。华国锋。华国锋下台……

然而这些都与他无关，没有在他身上

留下多少痕迹。他每天还是吃炸酱面，——只要粮店还有白面卖，而且北京的粮价长期稳定——坐在门口马扎儿上看街。

他平平静静，没有大喜大忧，没有烦恼，无欲望亦无追求，天然恬淡，每天只是吃抻条面、拨鱼儿，抱膝闲看，带着笑意，用孩子一样天真的眼睛。

这是一个活庄子。

(选自范培松、徐卓人编：《汪曾祺散文选集》，百花文艺出版社2009年版，第208～211页)

知识

在西南联大读书时，汪曾祺不是一个用功的学生，因此，重视纪律、要求严格的老师并不怎么喜欢他，这其中就有教宋诗的朱自清。而一些比较有性情的教授，则比较喜欢汪曾祺的才情，如闻一多。闻一多上课极为有趣，允许课堂上吸烟，他自己吸，也允许学生吸。自己吸之前还要让一让学生，学生自然不好意思吸老师的烟，都在下边自己吞云如雾，汪曾祺也是座下之一。汪曾祺和闻一多师生间还发生过一段趣事。闻一多是著名的革命的民主主义者，而汪曾祺则是不问政治的闲适文人。一次在闻一多家

淡雅篇

中,两人发生了争吵。分别后汪曾祺意犹未尽,给闻一多写信,形容其对自己"俯冲";闻一多也很快回信,形容汪曾祺为"高射",彼时正处于抗日战争时期。

本文在平淡的描写中,将一个经历过波澜历史却处变不惊、闲散独处的活庄子形象勾勒出来。汪曾祺的语言节奏恰恰又和这位活庄子的生活节奏或者说精神节奏是一致的。本文语言多为短句,描写老人的日常生活时,节奏舒缓,短句连缀成一个句子。如他"平平静静,没有大喜大忧,没有烦恼,无欲望亦无追求,天然恬淡,每天只是吃抻条面、拨鱼儿,抱膝闲看,带着笑意,用孩子一样天真的眼睛"。而描写历史背景时,则一笔带过,如浮云掠影,"敌伪时期,吃混合面。傅作义。解放军进城,扭秧歌,呛呛七呛七。开国大典,放礼花。没完没了的各种运动。三年自然灾害,大家挨饿。'文化大革命'。'四人帮'。'四人帮'垮台。华国锋。华国锋下台……"

乌 篷 船

周作人

子荣君：

接到手书，知道你要到我的故乡去，叫我给你一点什么指导。老实说，我的故乡，真正觉得可怀恋的地方，并不是那里，但是因为在那里生长，住过十多年，究竟知道一点情形，所以写这一封信告诉你。

我所要告诉你的，并不是那里的风土人情，那是写不尽的，但是你到那里一看也就会明白的，不必啰唆地多讲。我要说的是一种很有趣的东西，这便是船。你在家乡平常总坐人力车，电车，或是汽车，但在我的故乡那里这些都没有，除了在城内或山上是用轿子以外，普通代步都是用船。船有两种，普通坐的都是"乌篷船"，白篷的大抵作航船用，坐夜航船到西陵去也有特别的风趣，但是你总不便坐，所以我也就可以不说了。乌篷船大的为"四明瓦"（Symenngoa），小的为脚划船（划读如uoa）亦称小船。但是最适用的还是在这中间的"三道"，亦即三明瓦。篷是半圆形的，用竹片编成，中夹竹箬，上涂黑油；在两扇"定篷"之间放着一扇遮阳，也是半圆的，木作格子，嵌着一片片的小鱼鳞，径约一寸，颇有点透明，略似玻璃而坚韧耐用，这就称为明瓦。三明瓦者，谓其中舱有两道，后舱有一道明瓦也。船尾用橹，大抵两支，船首有竹篙，用以定船。船头着眉目，状如老虎，但似在微笑，颇滑稽而不可怕，唯白篷船则无之。三道船篷之高大约可以使你直立，舱宽可放下一顶方桌，四个人坐着打马将，——这个恐怕你也已学会了吧？小船则真是一叶扁舟，你坐在船底席上，篷顶离你的头有两三寸，你的两手可以搁在左右的舷上，还把手都露出在外边。在这种船里仿佛是在水面上坐，靠近田岸去时泥土便和你的眼鼻接近，而且遇着风浪，或是坐得少不小心，就会船底朝天，发生危险，但是也颇有趣味，是水乡的一种特色。不过你总可以不必去坐，最好还是坐那三道船罢。

你如坐船出去，可是不能像坐电车的那样性急，立刻盼望走到。倘若出城，走三四十里路（我们那里的里程是很短，一里才及英里三分之一），来日总要预备一天。你坐在船上，应该是游山的态度，看看四周物色，随处可见的山，岸旁的乌桕，河边的红蓼和白蘋，渔舍，各式各样的桥，困倦的时候睡在舱中拿出随笔来看，或者冲一碗清茶喝喝。偏门外的鉴湖一带，贺家池，壶觞左近，我都是喜欢的，或者往娄公埠骑驴去游兰亭（但我劝你还是步行，骑驴或者于你不很相宜），到得暮色苍然的时候进城上都挂着薛荔的东门来，倒是颇有趣味的事。倘若路上不平静，你往杭州去时可下午开船，黄昏时候的景色正最好看，只可惜这一带地方的名字我都忘记了。夜间睡在舱中，听水声橹声，来往船只的招呼声，以及乡间的犬吠鸡鸣，也都很有意思。雇一只船到乡下去看庙戏，可以了解中国旧戏的真趣味，而且在船上行动自如，要看就看，要睡就睡，要喝酒就喝酒，我觉得也可以算是理想的行乐法。只可惜讲维新以来这些演剧与迎会都已禁止，中产阶级的低能人别在"布业会馆"等处建起"海式"的戏场来，请大家买票看上海的猫儿戏。这些地方你千万不要去。——你到我那故乡，恐怕没有一个人认得，我又因为在教书不能陪你去玩，坐夜船，谈闲天，实在抱歉而且惆怅。川岛君夫妇现在偏山下，本来可以给你绍介，但是你到那里的时候他们恐怕已经离开故乡了。初寒，善自珍重，不尽。

十五年十一月十八日夜，于北京。

（选自雨露、杜黎明等编：《周作人精选集》，远方出版社2004年版，第16～17页）

经典悦读

知识

现代文学史上非常有意思的一件悬案就是周氏兄弟的决裂。周树人(即鲁迅)、周作人兄弟感情本来非常好,从留学期间到回国立业,两家一直住一起。两个人都非常有才气,1909 年,合作翻译的《域外小说集》出版。归国后,周树人的小说发表后,周作人都会及时发表评论。然而 1923 年,兄弟俩突然决裂,并且谁都没有提到原因,即使是在日记和回忆录里,对这件事也都是讳莫如深。只在当日(7 月 14 日),鲁迅日记记下"是夜始改在自室吃饭,自具一肴,此可记也"寥寥数语。后人推测原因可能有两个,一是周树人偷窥周作人日本妻子信子,二是周作人受不了周树人的家长作风。当然,这两个原因都是捕风捉影,没有实据。也正因为如此,周氏兄弟的决裂才成为悬案。

解读

周作人在信的开头说故乡并不是真正可怀恋的地方,然而后边的行文却包含着一种对故乡的深情。这深情融化在那些极为细致的描写中,对故乡的乌篷船的种种乐趣,以及故乡那种种风俗人情的娓娓道来,可以让我们看到作者对故乡的怀恋,这种怀恋或许不是怀念,而只是一种萦绕于心的童年情愫。周作人曾大力提倡小品文,这在他的创作实践中也可看到。"夜间睡在舱中,听水声橹声,来往船只的招呼声,以及乡间的犬吠鸡鸣,也都很有意思。"这种细致短小的句子,韵味绵长,让人想到晚明的小品文。

我所知道的康桥

(节选)

徐志摩

一

我这一生的周折,大都寻得出感情的线索。不论别的,单说求学。我到英国是为要从罗素。罗素来中国时,我已经在美国。他那不确的死耗传到的时候,我真的出眼泪不够,还做悼诗来了。他没有死,我自然高兴。我摆脱了哥伦比亚大学博士衔的引诱,买船票漂过大西洋,想跟这位二十世纪的福禄泰尔认真念一点书去。谁知一到英国才知道事情变样了:一为他在战时主张和平,二为他离婚,罗素叫康桥给除名了,他原来是 Trinity College 的 Fellow，这一来他的 Fellowship 也给取消了。他回英国后就在伦敦住下，夫妻两人卖文章过日子。因此我也不曾遂我从学的始愿。我在伦敦政治经济学院里混了半年，正感着闷想换路走的时候，我认识了狄更生先生。狄更生——Goldsworthy Lowes Dickinson——是一个有名的作者，他的《一个中国人通信》(*Letters From John Chinaman*) 与《一个现代聚餐谈话》(*A Modern Symposium*) 两本小册子早得了我的景仰。我第一次会着他是在伦敦国际联盟协会席上，那天林宗孟先生演说，他做主席；第二次是宗孟寓里吃茶，有他。以后我常到他家里去。他看出我的烦闷，劝我到康桥去，他自己是王家学院（King's College）的 Fellow。我就写信去问两个学院，回信都说学额早满了，随后还是狄更生先生替我去在他的学院里说好了，给我一个特别生的资格，随意选科听讲。从此黑方巾、黑披袍的风光也被我占着了。初起我在离康桥六英里的乡下叫沙士顿地方租了几间小屋住下，同居的有我从前的夫人张幼仪女士与郭虞裳君。每天一早我坐街车（有时自行车）上学，到晚回家。这样的生活过了一个春，但我在康桥还只是个陌生人，谁都不认识。康桥的生活，可以说完全不曾尝着，我知道的只是一个图书馆，几个课室，和三两个吃便宜饭的茶食铺子。狄更生常在伦敦或是大陆上，所以也不常见他。那年的秋季我一个人回到康桥，整整有一学年，那时我才有机会接近真正的康桥生活，同时我也慢慢的"发见"了康桥。我不曾知道过更大的愉快。

二

"单独"是一个耐寻味的现象。我有时想它是任何发见的第一个条件。你要发见你的朋友的"真"，你得有与他单独的机会。你要发见你自己的真，你得给你自己一个单独的机会。你要发见一个地方（地方一样有灵性），你也得有单独玩的机会。

我们这一辈子，认真说，能认识几个人？能认识几个地方？我们都是太匆忙，太没有单独的机会。说实话，我连我的本乡都没有什么了解。康桥我要算是有相当交情的，再次许只有新认识的翡冷翠了。啊，那些清晨，那些黄昏，我一个人发痴似的在康桥！绝对的单独。

但一个人要写他最心爱的对象，不论是人是地，是多么使他为难的一个工作？你怕，你怕描坏了它，你怕说过分了恼了它，你怕说太谨慎了辜负了它。我现在想写康桥，也正是这样的心理，我不曾写，我就知道这回是写不好的——况且又是临时逼出来的事情。但我却不能不写，上期预告已经出去了。我想勉强分两节写：一是我所知道的康桥的天然景色；一是我所知道的康桥的学生生活。我今晚只能极简的写些，等以后有兴会时再补。

（选自吴义勤主编：《徐志摩经典必读——再别康桥》，文化艺术出版社2012年版，第93～94页）

淡雅篇

知识

关于徐志摩，有许多趣事可谈，他的家世，他的名字，他的情事，他的苏联之行，他的死亡，甚至他的广为流传的对爱情的态度：得之我幸，失之我命。其实关于徐志摩更有趣的是亲属关系，著名学者和政治活动家沈钧儒是徐志摩的表叔，著名武侠小说作家金庸是徐志摩的舅表弟（甚至有人说金庸小说中风流表兄形象都来源于徐志摩），著名言情小说作家琼瑶是徐志摩的表外甥女。接着扩展，又会出现蒋百里、穆旦、钱学森这些鼎鼎大名的人物。

徐志摩英年早逝，其墓经历三次变迁，都有名人题写墓文。第一次由著名学者胡适题写，第二次由著名才女凌淑华题写，第三次由著名建筑学家陈从周教授题写。

解读

徐志摩是多情的才子，是浪漫的诗人。真正的诗人，其诗情未必在诗中流露，其一言一行均可见出诗情，徐志摩就是这样的真诗人。在这段节选的散文中足可以见出他的诗情，他对康桥那种细腻而敏感的情感，是普通人难以触发的，即使被触发，也是难以表达的。而徐志摩可以用非常轻柔贴切的行文表达出来："但一个人要写他最心爱的对象，不论是人是地，是多么使他为难的一个工作？你怕，你怕描坏了它，你怕说过分了恼了它，你怕说太谨慎了辜负了它。"这种说自己写不出来,恰恰就是写了出来。

谈 自 裁

孙 犁

当名伶阮玲玉服毒自杀,谣诼纷纭之际,鲁迅著文说:"自杀是需要勇气的,不然你就去试试。"

"文化大革命"刚开始,我的脑子还是很清楚的:这又是权力之争,我是小民,不去做牺牲。但不久就看到,它是要把一些普通的老百姓,推上祭坛的。忍受不了批斗的耻辱,还是决定自杀了。

一天晚上,批斗大会下来之后,我支开家人,就关灯躺下了。我睡的是一张钢丝床,木架。床头有一盏小台灯。我躺下以后,心无二念,从容不迫地把灯泡拧下来,然后用手指去触电,手臂一下子被打回来,竟没有死。第二天早上,把灯泡上

淡雅篇

好,又按时去机关劳动,只是觉得头有些痛。

我想死得舒服一些,但没有做到。我对电没有知识,不知道为什么竟没有死。

此后,还是想死。每天,我在五层的大楼搞卫生,手里提着一个小铁桶,上上下下每到一层转折处,从上往下一看,像一个深深的天井,我想跳下去。但总是迟疑一下,就又走去了。

我们在楼顶上"学习",一天晚上,我站在围墙边,往下看,马路上,车水马龙,行人不断。纵身一跳,一定粉身碎骨,血肉模糊了。正在乱想,围墙上的电灯,忽然都亮了。有人在冷冷地监视着我,我又进屋学习去了。

在干校,我身上带着一包安眠药片,大约有四五十片,装在破棉袄的上边口袋里,是多日积攒起来,准备用于自杀的。每天晚上,我倒一小玻璃杯水,放在枕边,准备吞服。但是,躺下以后,不容我再思考一下，我就疲劳地睡去了。有一次，把杯子打翻，把褥子弄湿了，第二天拿出去晾晒，引起"造反"头头的质问，我说是夜里咳嗽。

干校附近有条河，我立在岸上发过呆。给牲口铡草时，有一把锋利的镰刀，在我手边，我曾想在脖子上抹一下。终于都没有做到，直到我被"解放"。

论曰：自裁，自尽，自杀，皆我国习惯用语，即自己结束自己生命之谓。为减少血淋淋之感，题目乃用裁字。很难说，"造反"者在迫害一个人的时候，希望他自杀。但"造反"者不怕被迫害者自杀，则甚明。被迫害者，如能深思一步，意识到此，或可稍减轻生之念。我之友人，自杀者甚伙，多烈性人，少优柔寡断如我者，惜无人于彼等临危之时，进此一言。

呜呼！自叶赛宁的诗："死是容易的，活下去是艰难的。"出，人以为自杀名句。近又有人，引另一作家坎坷之言，"容易"

之下，更加"舒服"二字。此皆愤激之言，非常情之言也。后一作家于临终之时，曾语亲人："死为何如此痛苦？"况非常之死乎？毕加索认为：痛苦为人生之本质。然彼之生活，非常浪漫，丰产而长寿。我等宁可信司马迁之言，不可信叶赛宁之言。

我乡有谚语：好死不如赖活。虽近平庸，仍不失对轻生者之一劝也。

一九八六年四月二十六日下午记

（选自孙犁著：《无为集》，百花文艺出版社2012年版，第88～90页）

知识

孙犁，原名孙树勋，河北省衡水市安平人，"孙犁"是1938年以后才开始使用的笔名。现当代著名作家，文学流派"荷花淀派"的创始者，著有短篇小说集《芦花荡》、《采蒲台》等，中篇小说《铁木前传》，长篇小说《风云初记》以及散文集《远道集》、《老荒集》、《陋巷集》、《无为集》等，代表作品为《白洋淀纪事》系列，以"诗化小说"著称，语言清新优美，描写人物常常只是两三笔的素描，非常重视情和神的传达。新中国成立后，长居天津，历任中国作家协会天津分会副主席、主席，天津市文联名誉主席，中国作协理事、作协顾问，中国文联委员。

莎翁名言：生存，或者毁灭，这是个问题。法国著名散文家蒙田有一篇短文《轻生不是美德》，认为不重视自己的生命是一种罪恶的态度，但是，蒙田未免纸上谈兵了。到了具体的生活情境之中，个人的选择常常是时势使然。"文革"那个年代，自杀的人有很多，活下来的人也有很多，活下来的人中，很多都有过自杀的念头，这和美德、理性关系似乎不大，当一个人不止是肉体受到折磨，他的尊严和人格也被玷污和摧毁的时候，自杀很可能是一种解脱。然而，自杀还是不自杀，依然是一个亘古难题，这在伦理上似乎是无法得出结论的。

附 录

拓展阅读书目

孟元老著:《东京梦华录》,中州古籍出版社2010年版。

陈继儒著:《小窗幽记》,华夏出版社2006年版。

(法)蒙田著:《蒙田随笔》,李林、戴兴伟译,上海三联书店2008年版。

苏轼著、刘石评点:《苏轼词》,人民文学出版社2005年版。

林语堂著:《林语堂散文》,人民文学出版社2005年版。

(印度)泰戈尔:《泰戈尔散文诗全集》,冰心等译,北京燕山出版社2010年版。

叶圣陶著:《稻草人》,人民文学出版社2000年版。

(日)川端康成著:《川端康成散文选》,叶渭渠译，百花文艺出版社 1988 年版。

钱锺书注评：《宋诗选注》，生活·读书·新知三联书店 2002 年版。

孙犁著：《孙犁散文》，人民文学出版社 2005 年版。

编写说明

"淡雅"乃是一个非常重要的古典美学范畴。但是读者可能注意到了,本册选文不只有古代的诗、词和散文,也有近现代名家的作品,甚至节选的也有外国文学名著。编者未打算在一个狭隘的意义上理解淡雅,只要符合以下两个标准之一,就可以算得上淡雅:文字清新流畅、余味悠长,或是情感、思绪平和闲适。也就是说,编者是从语言和情感两个角度来理解淡雅这一诗学概念的。

"情景相宜 兴致方盛"选取的是一系列描景抒情的散文,语言文字齿间留香,其中的情趣和智慧也让人欣羡和佩服;"平凡之处 境界自出"选取的文章,都是在日常生活中发现人生之意义和价值,情感朴素却非常真实感人;"人情长存 世事如烟"选取的文章或是记人,或是回忆过去的时光，让人在情感与时间中体验生命；"情深言浅　词近意远"选取的则是这样一种有张力的文章：表面上闲散清淡，实际上暗含深情深意。

　　本册选文注重古今中外的经典之作，但是想必也会错过很多精彩的文章。如果读者意犹未尽，也可以参考附录中列出的拓展阅读书目自行阅读。相信本册选文和拓展阅读书目一定会给您带来文字上或者思想上的帮助。

编者

2015 年 4 月

经典悦读·悲壮篇

中共滨州经济开发区工委
南开大学语文教育研究中心 ◎编

编委会

主　　任： 姚和民
委　　员： 周志强　邱延忠　董凤家
　　　　　　钱　杰　时志军　窦　薇
　　　　　　魏建宇　郎　静　高　翔
　　　　　　李　飞　杜　娟

主　　编： 周志强　魏建宇
本册主编： 郎　静

版权所有　翻印必究

图书在版编目（CIP）数据

经典悦读·悲壮篇/中共滨州经济开发区工委，南开大学语文教育研究中心编. —广州：中山大学出版社，2015.7
ISBN 978-7-306-05269-8

Ⅰ. ①经… Ⅱ. ①中… ②南… Ⅲ. ①世界文学—作品综合集 Ⅳ. ①I 11

中国版本图书馆 CIP 数据核字（2015）第 101379 号

出版人	：徐　劲
策划编辑	：邹岚萍
责任编辑	：邹岚萍
封面设计	：林绵华
插　　图	：李玉泉
责任校对	：赵　婷　刘丽丽
责任技编	：黄少伟
出版发行	：中山大学出版社
电　　话	：编辑部 020-84111996，84113349，84111997，84110779
	发行部 020-84111998，84111981，84111160
地　　址	：广州市新港西路135号
邮　　编	：510275　　传　真：020-84036565
网　　址	：http://www.zsup.com.cn　　E-mail:zdcbs@mail.sysu.edu.cn
印　刷　者	：佛山市浩文彩色印刷有限公司
规　　格	：787mm×960mm　1/32　总印张：21　总字数：309千字
版次印次	：2015年7月第1版　2015年7月第1次印刷
总 定 价	：48.00元（共6册）　印　数：1～11000套

如发现本书因印装质量影响阅读，请与出版社发行部联系调换

经典之美 至真至纯

经典是有魅力的。经典的魅力不仅仅在于其中意义的浓缩与升华,更在于它对读者心灵感悟的激发。我们将那些人们反复阅读、手不释卷的作品命名为经典,并非因为它们有特殊的内容,而是因为它们有特别的深度和影响力。经典中的智慧是取之不尽的,因此,"悦"读经典,永不过时。

《经典悦读》出版到第五辑,已经推介了数百篇优秀的名家名作,在倡导全民阅读、提升社会公共文化水平等方面贡献了自己的力量。李克强总理在《2015年国务院政府工作报告》中提出,我国要建设"书香社会",要建成全民文化素养普遍提高的"书香社会",我们更应该多读经典。

经典可以包罗万象,其中就有"美"。美既是抽象的概念,也是具体的感受;既是物化的实体,也是心灵的皈依。世间从不缺少美,只是缺少发现美的眼睛。经典之美,美在恒久,美在真实。正是因为经典具备了历史积淀的厚重,所以,其中的美的形式才更加完满与纯粹;正是因为经典历经了时代浪潮的淘洗,所以,其中的美的内涵才更加真挚与动人。在第五辑当中,《经典悦读》引入了精益求精的创新理念,集结了六种不同风格的美,以美的形式与风格作为每一分册的主题,大胆而新奇。这样的设计既拓宽了读者的期待视野,也激发了读者的阅读兴致,是十分巧妙而可贵的。

经典之美,至真至纯,它既能提升人的修养和境界,也能健全人的道德和品质。中华民族自古以来就是一个爱重经典、有着浓厚书香传承的民族。对经典的弘扬和传播,是我们走向未来、实现"中国梦"的坚实基础和良好开端!

中共滨州市委书记、市人大常委会主任

目　录

山河破碎　变徵之声 …………………… 1

九章·哀郢 ………………………… 屈　原　2

小重山·昨夜寒蛩不住鸣 ……… 岳　飞　5

桃花扇（节选） ………………… 孔尚任　7

与妻书 …………………………… 林觉民　10

雪落在中国的土地上 …………… 艾　青　15

苍茫悲歌　壮志激昂 …………………… 22

永遇乐·京口北固亭怀古 ……… 辛弃疾　23

渔家傲·秋思 …………………… 范仲淹　25

给战斗者（节选） ……………… 田　间　26

兵车行 …………………………… 杜　甫　42

走马川行奉送封大夫出师西征 … 岑　参　45

文人侠梦　百年长恨 …………………… 47

龚自珍诗词三首 ………………… 龚自珍　48

我用残损的手掌	戴望舒	50
史记·太史公自序	司马迁	53
《野草》题辞	鲁迅	63
贝多芬的百年祭（节选）	（英）萧伯纳	66

平生意气　英雄襟抱 …………………………… 76

安魂曲（节选）	（俄）阿赫玛托娃	77
宝剑歌	秋　瑾	84
夏日绝句	李清照	87
小草在歌唱——悼女共产党员张志新烈士（节选）	雷抒雁	88

附　　录 …………………………………………… 101

编写说明 …………………………………………… 103

山河破碎　变徵之声

九章·哀郢

屈　原

皇天之不纯命兮，何百姓之震愆？民离散而相失兮，方仲春而东迁。去故乡而就远兮，遵江夏以流亡。出国门而轸怀兮，甲之朝吾以行。发郢都而去闾兮，荒忽其焉极？楫齐扬以容与兮，哀见君而不再得。望长楸而太息兮，涕淫淫其若霰。过夏首而西浮兮，顾龙门而不见。心婵媛而伤怀兮，眇不知其所蹠。顺风波以从流兮，焉洋洋而为客。凌阳侯之泛滥兮，忽翱翔之焉薄？心絓结而不解兮，思蹇产而不释。

将运舟而下浮兮，上洞庭而下江。去终古之所居兮，今逍遥而来东。羌灵魂之欲归兮，何须臾而忘反！背夏浦而西思兮，哀故都之日远。登大坟以远望兮，聊以舒吾忧心。哀州土之平乐兮，悲江介之遗风。

悲壮篇

当陵阳之焉至兮,淼南渡之焉如?曾不知夏之为丘兮,孰两东门之可芜?心不怡之长久兮,忧与愁其相接。惟郢路之辽远兮,江与夏之不可涉。忽若不信兮,至今九年而不复。惨郁郁而不通兮,蹇侘傺而含戚。

外承欢之汋约兮,谌荏弱而难持。忠湛湛而愿进兮,妒被离而障之。尧舜之抗行兮,瞭杳杳而薄天。众谗人之嫉妒兮,被以不慈之伪名。憎愠惀之修美兮,好夫人之忼慨。众踥蹀而日进兮,美超远而逾迈。

乱曰:曼余目以流观兮,冀一反之何时!鸟飞反故乡兮,狐死必首丘。信非吾罪而弃逐兮,何日夜而忘之!

(选自李朝辉著:《屈原楚辞正宗》,华夏出版社2010年版,第206~208页)

知识

《九章·哀郢》是战国时期楚国伟大的爱国诗人屈原的代表作品。《九章》包括九篇作品,《哀郢》是其中一章,创作于楚顷襄王二十一年。楚顷襄王元年,"秦大破楚军,斩首五万,取析十五城而去"(《楚世家》),令尹子兰谗言谮害屈原,屈原被放逐到江南之野(郢都附近长江以南),并永远不许返回郢都。楚顷襄王二十一年,秦国再次攻楚,秦将白起攻破郢都,顷襄王被迫迁都于陈。《哀郢》就是为哀悼楚国都城郢的沦陷,抒发诗人对故土的眷恋,以及不能回朝廷为祖国效力的无奈和悲痛之情而创作的。

郢都被攻破,百姓四处逃亡,屈原逡巡在路上,眼睛始终不愿离开王都。他知道,自己也许再也不能看到曾经繁华富庶的都城、曾经清明强盛的楚国了。他悲伤,悲伤这妻离子散流离失所的百姓;他痛恨,痛恨那不辨忠奸的昏君、谗谄祸国的奸佞;他留恋,留恋这生于斯长于斯的故土……鸟飞返乡,狐死首丘,屈原就是这样一个至死也不忘故土的人,他的爱国之心至死不渝,他光明峻洁的人格也始终未变。

路漫漫其修远兮,吾将上下而求索。

——屈原

悲壮篇

小重山·昨夜寒蛩不住鸣

岳 飞

正文

小重山

昨夜寒蛩不住鸣,惊回千里梦,已三更。起来独自绕阶行,人悄悄,帘外月胧明。　　白首为功名,旧山松竹老,阻归程。欲将心事付瑶琴,知音少,弦断有谁听?

(选自党相魁辑注:《岳飞诗词》,黄河文艺出版社1988年版,第41页)

知识

岳飞,字鹏举,南宋著名的抗金将领,中国历史上著名的民族英雄。他组建并率领"岳家军"同金进行了大大小小数百次战斗,势如破竹,所向披靡。但由于南宋朝廷议和派的阻挠、陷害,岳飞被捕入狱,后被奸臣秦桧以"莫须有"的罪名杀害。

与岳飞相关的最有名的故事是"岳母刺字"、"精忠报国",最早见于《宋史·何铸传》:"初命何铸鞠之,飞裂裳,以背示铸,有'尽忠报国'四大字,深入肤理。"但当时与岳母并无联系。清乾隆年间,杭州钱彩评的《精忠说岳》中才出现了"岳母刺字"之说,可能是作者按照元、明有些传记中岳飞背上刺字的记述,加以想象发挥、艺术加工创造的,由此讹传至今。

岳飞少年行伍,一生征战在抗金沙场上。他写词并非专业,但是为人所知的几首词作却将其碧血丹心、满腔忠愤表现得淋漓尽致,流传至今。目睹山河破碎、国土沦丧,百姓饥寒交迫,他悲痛、悲愤,恨不能立刻挥军北上,将金军驱逐出大宋的领域,恢复江山的壮丽与完整。但是他的一片赤子之心必将付诸流水,因为朝中多是秦桧之流,少有与自己志同道合之人。"知音少,弦断有谁听?"其中的悲凉沉郁又有多少人能够知晓体悟呢?

生当作人杰,死亦为鬼雄。

——李清照

悲壮篇

桃 花 扇
（节选）
孔尚任

正文

（净）不瞒二位说，我三年没到南京，忽然高兴，进城卖柴。路过孝陵，见那宝城享殿，成了刍牧之场。（丑）呵呀呀，那皇城如何？（净）那皇城墙倒宫塌，满地蒿莱了。（副末掩泪介）不料光景至此。（净）俺又一直走到秦淮，立了半晌，竟没一个人影儿。（丑）那长桥旧院，是咱们熟游之地，你也该去瞧瞧。（净）怎的没瞧，长桥已无片板，旧院剩了一堆瓦砾。（丑捶胸介）咳，恸死俺也！（净）那时疾忙回首，一路伤心；编成一套北曲，名为《哀江南》。待我唱来。（敲板唱弋阳腔介）俺樵夫呵！

【哀江南】【北新水令】山松野草带花挑，猛抬头秣陵重到。残军留废垒，瘦马

经典悦读

卧空壕;村郭萧条,城对着夕阳道。

【驻马听】野火频烧,护墓长楸多半焦。山羊群跑,守陵阿监几时逃。鸽翎蝠粪满堂抛,枯枝败叶当阶罩;谁祭扫,牧儿打碎龙碑帽。

【沉醉东风】横白玉八根柱倒,堕红泥半堵墙高,碎琉璃瓦片多,烂翡翠窗棂少,舞丹墀燕雀常朝,直入宫门一路蒿,住几个乞儿饿莩。

【折桂令】问秦淮旧日窗寮,破纸迎风,坏槛当潮,目断魂消。当年粉黛,何处笙箫。罢灯船端阳不闹,收酒旗重九无聊。白鸟飘飘,绿水滔滔,嫩黄花有些蝶飞,新红叶无个人瞧。

【沽美酒】你记得跨青溪半里桥,旧红板没一条。秋水长天人过少,冷清清的落照,剩一树柳弯腰。

【太平令】行到那旧院门,何用轻敲,也不怕小犬哞哞。无非是枯井颓巢,不过些砖苔砌草。手种的花条柳梢,尽意儿采

悲壮篇

樵;这黑灰是谁家厨灶?

【离亭宴带歇指煞】俺曾见金陵玉殿莺啼晓,秦淮水榭花开早,谁知道容易冰消。眼看他起朱楼,眼看他宴宾客,眼看他楼塌了。这青苔碧瓦堆,俺曾睡风流觉,将五十年兴亡看饱。那乌衣巷不姓王,莫愁湖鬼夜哭,凤凰台栖枭鸟。残山梦最真,旧境丢难掉,不信这舆图换稿。诌一套《哀江南》,放悲声唱到老。

[选自（清）孔尚任著、欧阳光点校:《桃花扇》,岳麓书社2002年版,第229～232页]

知识

《桃花扇》是一部最接近历史真实的历史剧,它以明末动荡的社会现实为背景,以复社文人侯方域和秦淮名妓李香君的聚散离合为主线,以桃花扇为线索,书写了封建社会末世的时代悲歌。诚如作者所书,"借离合之情,写兴亡之感"。剧中塑造的侯方域、李香君、柳敬亭等人物形象丰满鲜明、各有特色,王国维极口称赞:在刻画人物性格方面,《桃花扇》是中国戏曲史上无与伦比的杰作。

《哀江南》是《桃花扇》结尾的一套曲子,借自明代鼓词诗人贾凫西的《历代史略鼓词》。通过教曲师傅苏昆生在南明灭亡后重游南京，借眼前所见的凄凉景象，抒亡国之恨、故国之思。

曾经的南京城茶楼酒肆林立，商船花船如织，人来车往，络绎不绝，热闹非凡；而如今，断壁残垣，枯井颓巢，满目疮痍，备感凄凉。花草无情，到春又泛绿绽红，这欣欣向荣的自然景色与荒凉破败的人迹、亘古不变的盎然春意与转瞬即逝的繁华富庶形成鲜明的对比，对于一个身逢乱世亲历盛衰的人来说，内心该是多么痛惜感慨！

与 妻 书

林觉民

意映卿卿如晤：吾今以此书与汝永别矣！吾作此书时，尚为世中一人；汝看此书时，吾已成为阴间一鬼。吾作此书，泪珠和笔墨齐下，不能竟书而欲搁笔。又恐汝不察吾衷，谓吾忍舍汝而死，谓吾不知汝之不欲吾死也，故遂忍悲为汝言之。

悲壮篇

吾至爱汝,即此爱汝一念,使吾勇于就死也。吾自遇汝以来,常愿天下有情人都成眷属;然遍地腥云,满街狼犬,称心快意,几家能够?司马青衫,吾不能学太上之忘情也。语云:仁者"老吾老以及人之老,幼吾幼以及人之幼"。吾充吾爱汝之心,助天下人爱其所爱,所以敢先汝而死,不顾汝也。汝体吾此心,于啼泣之余,亦以天下人为念,当亦乐牺牲吾身与汝身之福利,为天下人谋永福也。汝其勿悲!

汝忆否?四五年前某夕,吾尝语曰:"与使吾先死也,无宁汝先吾而死。"汝初闻言而怒,后经吾婉解,虽不谓吾言为是,而亦无词相答。吾之意盖谓以汝之弱,必不能禁失吾之悲,吾先死留苦与汝,吾心不忍,故宁请汝先死,吾担悲也。嗟夫!谁知吾卒先汝而死乎?吾真真不能忘汝也!回忆后街之屋,入门穿廊,过前后厅,又三四折,有小厅,厅旁一室,为吾与汝双栖之所。初婚三四个月,适冬之望日前后,窗外疏梅筛月

经典悦读

影,依稀掩映,吾与(汝)并肩携手,低低切切,何事不语?何情不诉?及今思之,空余泪痕。又回忆六七年前,吾之逃家复归也,汝泣告我:"望今后有远行,必以告妾,妾愿随君行。"吾亦既许汝矣。前十余日回家,即欲乘便以此行之事语汝,及与汝相对,又不能启口,且以汝之有身也,更恐不胜悲,故惟日日呼酒买醉。嗟夫!当时余心之悲,盖不能以寸管形容之。

吾诚愿与汝相守以死,第以今日事势观之,天灾可以死,盗贼可以死,瓜分之日可以死,奸官污吏虐民可以死,吾辈处今日之中国,国中无地无时不可以死!到那时使吾眼睁睁看汝死,或使汝眼睁睁看我死,吾能之乎?抑汝能之乎?即可不死,而离散不相见,徒使两地眼成穿而骨化石,试问古来几曾见破镜能重圆?则较死为苦也,将奈之何?今日吾与汝幸双健。天下人之不当死而死与不愿离而离者,不可数计,钟情如我辈者,能忍之乎?此吾所以敢率性就死不顾汝也。吾今死无余憾，国事成不成自有同事者在。依新已五岁，转眼成人，汝其善抚之，使之肖我。汝腹中之物，吾疑其女也，女必象汝，吾心甚慰；或又是男，则亦教其以父志为志，则我死后尚有二意洞在也。甚幸，甚幸！吾家后日当甚贫，贫无所苦，清静过日而已。

吾今与汝无言矣。吾居九泉之下遥闻汝哭声，当哭相和也。吾平日不信有鬼，今则又望其真有。今人又言心电感应有道，吾亦望其言是实，则吾之死，吾灵尚依依旁汝也，汝不必以无侣悲。

吾生平未尝以吾所志语汝，是吾不是处；然语之，又恐汝日日为吾担忧。吾牺牲百死而不辞，而使汝担忧，的的非吾所忍。吾爱汝至，所以为汝谋者惟恐未尽。汝幸而偶我，又何不幸而生今日之中国！吾幸而得汝，又何不幸而生今日之中国！卒不忍独善其身！嗟夫！巾短情长，所未尽者，尚有万千，汝可摹拟得之。吾今不能见汝经典悦读

矣！汝不能舍吾，其时时于梦中寻我乎！一恸！辛亥三月念六夜四鼓，意洞手书。

家中诸母皆通文，有不解处，望请其指教，当尽吾意为幸。

1911年3月26日

(选自王少风主编：《百年百篇经典散文》，江苏文艺出版社2003年版，第1～2页)

知识

《与妻书》是革命党人林觉民在广州起义前三天即1911年4月24日晚写给妻子陈意映的绝笔。林与陈的婚姻虽也是父母包办，但二人感情深厚、琴瑟和鸣。林觉民英勇就义后，消息传到家中，妻子陈意映悲痛欲绝，几次萌发轻生念头。后来在双亲苦苦哀求之下，念及孩子还年幼，才放弃了自杀的念头，但也仅只一年，就因哀痛悲伤抑郁而亡。

解读

《与妻书》是一篇情真意切的读来让人动容的情书。"吾至爱汝"、"吾愿与汝相守以死"、"吾爱汝至"贯穿始终，而最令人动容之处则是"与使吾先死也，无宁汝先吾而死"一句，不忍让妻子承受自己死后的哀痛与无助，宁可自己承受，这该是怎样的深情！但是，即便如此，为了天下更多人的幸福，他还是毅然选择了割舍这份小爱。为国家大义而慷慨赴死，从古至今都不乏其人，从荆轲到谭嗣同到林觉民，论及总会让人感到悲壮，诚如孙中山所说，"草木为之含悲，风云因而变色"，因为这种选择确实很艰难，因而更显人性的伟大。

> 人固有一死，或重于泰山，或轻于鸿毛。
>
> ——司马迁

雪落在中国的土地上
艾 青

> 雪落在中国的土地上，
> 寒冷在封锁着中国呀……
>
> 风，
> 像一个太悲哀了的老妇，
> 紧紧地跟随着

伸出寒冷的指爪
拉扯着行人的衣襟,
用着像土地一样古老的话
一刻也不停地絮聒着……

那从林间出现的,
赶着马车的
你中国的农夫
戴着皮帽
冒着大雪
你要到哪儿去呢?

告诉你
我也是农人的后裔——
由于你们的
刻满了痛苦的皱纹的脸
我能如此深深地
知道了
生活在草原上的人们的
岁月的艰辛。

悲壮篇

而我
也并不比你们快乐啊
——躺在时间的河流上
苦难的浪涛
曾经几次把我吞没而又卷起——
流浪与监禁
已失去了我的青春的
最可贵的日子,
我的生命
也像你们的生命
一样的憔悴呀

雪落在中国的土地上,
寒冷在封锁着中国呀……

沿着雪夜的河流,
一盏小油灯在徐缓地移行,
那破烂的乌篷船里
映着灯光,垂着头
坐着的是谁呀?

——啊,你
蓬发垢面的少妇,
是不是
你的家
——那幸福与温暖的巢穴——
已被暴戾的敌人
烧毁了么?
是不是
也像这样的夜间,
失去了男人的保护,
在死亡的恐怖里
你已经受尽敌人刺刀的戏弄?

咳,就在如此寒冷的今夜,
无数的

我们的年老的母亲,
都蜷伏在不是自己的家里,
就像异邦人
不知明天的车轮

要滚上怎样的路程……
——而且
中国的路
是如此的崎岖
是如此的泥泞呀。

雪落在中国的土地上,
寒冷在封锁着中国呀……

透过雪夜的草原
那些被烽火所啮啃着的地域,
无数的,土地的垦殖者
失去了他们所饲养的家禽
失去了他们肥沃的田地
拥挤在
生活的绝望的污巷里:
饥馑的大地
朝向阴暗的天
伸出乞援的
颤抖着的两臂。

经典悦读

中国的苦痛与灾难,
像这雪夜一样广阔而又漫长呀!
雪落在中国的土地上
寒冷在封锁着中国呀……

中国
我的在没有灯光的晚上
所写的无力的诗句
能给你些许的温暖么?

一九三七年十二月二十八日夜间

[选自艾青著:《艾青诗选》(第三版),人民文学出版社1998年版,第90~93页]

知识

《雪落在中国的土地上》发表于1937年,作者艾青为中国现代著名诗人。在艾青的诗作中,"土地"是一个重要的意象,象征着生他养他又多灾多难的祖国,而他的诗作中吟唱不尽的旋律就是对土地的热爱。比如《假如我是一只鸟》中,艾青将自己比作一只喉咙已经嘶哑但还在奋力歌唱的鸟,它要歌唱的就有"这被暴风雨所打击着的土地";即使自己死去,也要"连羽毛也腐烂在土地里面"。

悲壮篇

本诗除了"土地"的意象外,还呈现了大雪纷飞下农夫、少妇、母亲的形象,表现了祖国的痛苦与灾难,表达了诗人的爱国深情。

解读

《雪落在中国的土地上》继承了《诗经》中的复沓手法,"雪落在中国的土地上,寒冷在封锁着中国呀……"成为这首诗的主题旋律,在开头、中间、结尾反复演奏,形成了回环往复、一唱三叹的音乐节奏。而在这其中,诗人选择了农夫、少妇、母亲这些代表中国大地上千千万万普通民众的典型意象,层层铺叙,极大地充实了诗歌的内涵,将情感表达得更为厚重深沉。

虽无烛光,虽然所写的诗句无力,但诗人还是想竭力给这寒冷的中国些许温暖。这不仅是艾青个人对祖国的爱的表白,还是那个灾难深重的时代所有爱国知识分子心中涌动着的爱国情绪的浓缩。

警语

有人害怕光,有人对光满怀仇恨,因为光所发出的针芒,刺痛了他们自私的眼睛。历史上的所有暴君,各个朝代的奸臣,一切贪婪无厌的人,为了偷窃财富、垄断财富,千方百计想把光监禁,因为光能使人觉醒。

——艾青

苍茫悲歌　壮志激昂

悲壮篇

永遇乐·京口北固亭怀古
辛弃疾

正文

千古江山,英雄无觅,孙仲谋处。舞榭歌台,风流总被,雨打风吹去。斜阳草树,寻常巷陌,人道寄奴曾住。想当年,金戈铁马,气吞万里如虎。　　元嘉草草,封狼居胥,赢得仓皇北顾。四十三年,望中犹记,烽火扬州路。可堪回首,佛狸祠下,一片神鸦社鼓。凭谁问,廉颇老矣,尚能饭否?

(选自李承林编:《中华文典·中华句典大全集》,高等教育出版社2010年版,第81页)

知识

辛弃疾,字幼安,号稼轩,南宋著名的爱国词人。但辛弃疾不仅仅是一位文人,还是一位武将,曾经亲率50名骑兵,深夜突入有5万之众的金兵军营中,生擒叛将张安国,策马飞奔,星夜渡江,直到建康,将叛徒交南宋朝廷处置。而这样一位千里取敌人首级如探囊取物的骁勇之士,却不能够驰骋沙场、抗击外侮。他一生经历南宋4位皇帝、20多位宰相,可惜他们中竟无一人在北伐上有所作为。

1207年农历九月初十,68岁的辛弃疾在江西铅山含恨去世,"临终前大呼杀贼数声"(《康熙济南府志·人物志》)。

《永遇乐·京口北固亭怀古》最突出的是用典。上阕写了吴主孙仲谋和宋文帝刘裕的英雄事迹,都是在京口奠定基业。从"金戈铁马,气吞万里如虎"一句中,可以想见诗人对能够跃马横刀、征战沙场的憧憬与向往。下阕则记述了元嘉帝刘义隆准备不足、草率北上却铩羽而归的史实,告诫当时的少数主战人士出兵不能鲁莽,要有通盘的考量、步步为营才是。最后赵王派人询问廉颇是否能吃饭的典故,委婉而又强烈地表达了自己报国无门、壮志难酬的悲慨之情。在一个式微的朝代末世,一个不能上马安天下的武将,只能将满腔悲愤、胸中块垒寄托在诗词中。国家不幸诗家幸,虽然这并不是辛弃疾的追求。

老骥伏枥,志在千里;烈士暮年,壮心不已。

——曹操《龟虽寿》

悲壮篇

渔家傲·秋思

范仲淹

正文

塞下秋来风景异,衡阳雁去无留意。四面边声连角起,千嶂里,长烟落日孤城闭。　　浊酒一杯家万里,燕然未勒归无计,羌管悠悠霜满地。人不寐,将军白发征夫泪。

(选自欧阳清编著:《范仲淹集》,远方出版社2005年版,第39页)

知识

范仲淹,北宋名臣,他不仅是一位著名的政治家与军事统帅,也是一位卓越的文学家。他的《岳阳楼记》中的"先天下人之忧而忧,后天下人之乐而乐"千古传诵,也是他一生爱国的写照。

范仲淹两岁时就失去父亲,家中贫困没有依靠,母亲改嫁长山朱氏。十几岁时,他知道了自己的身世,就辞别母亲,进入学堂,不分昼夜刻苦学习,五年中不曾解开衣服好好睡觉,有时候发昏疲倦,就用冷水冲头洗脸。生活条件也非常艰苦,他常常把一碗粥分成几份,把咸菜切成碎末，当作一天的饭食，这就是成语"划粥割齑"的由来，形容学习十分刻苦。

孤城、长烟、落日，壮阔而又苍凉；边声、号角、羌笛，雄壮而又低沉。身处茫茫大漠，将士们习惯了单调而又艰苦的生活，他们只想勒石燕然，功业成就后尽早衣锦还乡，共享天伦。但是，一天天一年年，熬白了头流干了泪，也不知何时是归期。诗人壮志难酬的感慨和忧国的情怀，与全词开阔苍凉的景象结合起来，景为情设，情因景浓，读来真切感人。

给战斗者

（节选）

田 间

一

光荣的名字
——人民！
人民呵，

悲壮篇

站在芦沟桥
迎着狂风,
吹起冲锋号;
人民呵,
在辽阔的大地之上,
巨人似的
雄伟地站起!

二

是开始了伟大战斗的
七月,七月呵!

七月,
我们
起来了。

我们
起来了,
睁起悲忿的
眼睛呀。

经典悦读

我们
起来了,
揉擦红色的脚跟,
与黑色的
手指呀。

我们
起来了,
在血的农场上,
在血的沙漠上,
在血的水流上,
守望着
中部
和边疆。

经过冰雪,东方日照,
遥远地
遥远地
我们抬起头来,
呼唤着

悲壮篇

生与幸福,
自由和解放……

七月,
我们
起来了。

嘹亮的号角,
昼夜地吹着,
吹着,
吹着;
我们一齐奔上战场,
决心消灭强盗!

我们立誓:
誓死
保卫中国。

在中国,
人民底

经典悦读

幼儿,
需要饲养呀,
人民底
牲群,
需要畜牧呀,
人民底
树木,
需要砍伐呀,
人民底
禾麦,
需要收获呀!

在中国
我们怀爱着——
自己造的
麦酒,
自己种的
瓜豆。

每天,

悲壮篇

每天,
我们
要收藏——
在自己底大地上纺织的
祖国底
白麻,
祖国底
蓝布。

在中国,
博大的泥土呵,
这是一幅
壮丽的画图;
在它的
上面,
我们的灵魂
是如此的纯朴。

我们要活着,
——在中国!

我们要活着,
——永远不朽!

三

我们
是伟大的中国底伟大的养子呵!

我们
曾经
在扬子江和黄河底
热燥的
水流上,
摇起
捕鱼的木船。
我们,
曾经
在呼和浩特砂土与南部
草地的周围,
负起
狩猎的器具。

悲壮篇

强壮的
少女,
曾经在亚细亚夜间篝火底
野性的
烈焰底
左右,
靠近纺车,
辛勤地
纺织着。

我们
曾经
用筋骨,用脊背,
开扩着——
粗鲁的
生活。

四

祖国,祖国呵,
枪声响了……

敌人,
突破着
海岸和关卡,
从天津,
从上海。

敌人,
散布着
炸弹和毒瓦斯,
到田园,
到沼池。

敌人来了,
恶笑着,
走向
我们。

恶笑着
扫射,
绞杀。

悲壮篇

今天,
你将告诉我们
是战斗呢,还是屈服?
祖国,祖国呵!

五

我们
必须
战斗了,
昨天是忿怒的,
是狂呼的,
是挣扎的
四万万五千万呵!

斗争
或者死……

我们
必须
拔出敌人底刀刃,

从自己底
血管。

我们
战斗的
呼吸,
不能停止;
血肉的
行列,
不能拆散。

我们
复仇的
枪,
不能扭断。
因为我们知道
这古老的民族,
不能
屈辱地活着,
也不能

 悲壮篇

屈辱地死去。

我们一定要
高举双手,
迎接——自由!

…………
…………

太阳被掩盖了,
看呵,
疆土的烽火,
已成了太阳。

堡垒被破坏了,
看呵,
兄弟的旗帜,
插在大路上。

光荣的名字,

——人民!
人民呵,
更顽强,
更坚韧。

六

…………
…………

我们,
往哪里去?

在世界,
没有大地,
没有海河,
没有意志,
匍匐地
活着,
也是死呀!

 悲壮篇

今天呀,
让我们
死吧,
我们会死吗?
——不,决不会!

我们是一个巨人,
生活就要战斗,
高贵的灵魂,
宁死也不屈服,
伸出
双手来,
迎接——自由!

光荣的名字,
——人民!
人民呵!
前面就是胜利。

人民!人民!

抓出
木厂里
墙角里
泥沟里
我们底
武器,
痛击杀人犯!

人民!人民!
高高地举起
我们
被火烤的
被暴风雨淋的
被鞭子抽打的
劳动者的双手,
斗争吧!

在斗争里,
胜利
或者死……

悲壮篇

七

在诗篇上,
战士底坟场
会比奴隶底国家
要温暖,
要明亮。

一九三七年十二月二十四日,武昌。

(选自田间著:《田间诗选》,人民文学出版社1983年版,第12～24页)

知识

田间,原名童天鉴,著名诗人。他的诗作大多具有鲜明的战斗性,其处女作《未明集》以及后来的《中国牧歌》、《中国农村的故事》等充满对苦难的控诉和人民反抗的激愤。新中国成立后,其诗作题材渐趋广泛,有表现朝鲜战争和海防前线的,有表现少数民族生活的,但是大部分还是反映农村生活,如《誓辞》、《田间短诗选》等。

田间的诗形式多样,信天游、自由体诗、新格律体都尝试过,在新诗的民族化、大众化方面,他作过一些探索,以平实朴素的描述和激昂的呼唤形成了明快质朴的风格。

《给战斗者》作于1937年底,是抗日战争初期一首鼓动人民奋起斗争的战歌。

解读

"一句句朴质、干脆、真诚的话,简短而坚实的句子,就是一声声的'鼓点'"(《时代的鼓手——读田间的诗》),这是闻一多对田间诗作的评价。这一特色在《给战斗者》中表现得尤为突出:诗句短促、节奏强劲、语言质朴、铿锵有力。每一行诗很短,三两个字甚至一个字一行,这就使得全诗呈现出有力而又紧凑的节奏,就如一声紧似一声的鼓声,单调却响亮沉重,鼓舞士气,振奋人心。

警语

信仰不是一种学问。信仰是一种行为,它只有被实践的时候才有意义。

——(法)罗曼·罗兰

兵 车 行

杜 甫

正文

车辚辚,马萧萧,行人弓箭各在腰,爷

悲壮篇

娘妻子走相送,尘埃不见咸阳桥。牵衣顿足拦道哭,哭声直上干云霄。道旁过者问行人,行人但云点行频。或从十五北防河,便至四十西营田。去时里正与裹头,归来头白还戍边。边庭流血成海水,武皇开边意未已。君不闻汉家山东二百州,千村万落生荆杞。纵有健妇把锄犁,禾生陇亩无东西。况复秦兵耐苦战,被驱不异犬与鸡。长者虽有问,役夫敢申恨?且如今年冬,未休关西卒。县官急索租,租税从何出?信知生男恶,反是生女好。生女犹得嫁比邻,生男埋没随百草。君不见青海头,古来白骨无人收。新鬼烦冤旧鬼哭,天阴雨湿声啾啾。

(选自宝怀隽编著:《唐诗三百首解析》,同心出版社2011年版,第59页)

知识

杜甫,字子美,号少陵野老,盛唐时期伟大的现实主义诗人,与李白并称为中国诗歌的双子星座。杜甫经历了唐由盛而衰的转变。35岁以前,正当开元盛世,这是他读书和壮游时期,也是他一生最为快意的时期,此时他的经典悦读

理想是"致君尧舜上",《望岳》一诗可见一斑。安史之乱,使得杜甫的境遇江河日下,先是困守长安,后又漂泊西南,最终孤独地逝于江上一条小船上。身遭此番变故,杜甫变成了一个忧国忧民的诗人,确定了他此后生活道路和创作道路的方向。他的诗书写现实,反映民生疾苦,有着强烈的忧患意识,被称为"诗史",而他也被尊称为"诗圣"。郭沫若为其撰写对联:世上疮痍,诗中圣哲;民间疾苦,笔底波澜。

《兵车行》反映的是唐玄宗天宝年间,朝廷对边疆少数民族频繁发动进攻而大举征兵的事实。

在封建社会,男尊女卑、重男轻女是普遍的社会心理,生了男孩叫"弄璋",生了女孩则叫"弄瓦",贵贱不言而喻。但是在杜甫笔下,这种心理却出现了逆转:"信知生男恶,反是生女好",因为生了男孩,就意味着长大将被征为壮丁,结局只能是"埋没随百草",在离家千里万里之地化作累累白骨。这样的反常态的心理足见战争对人们心灵摧残到了何种程度。

警语

伤心秦汉经行处,宫阙万间都做了土。兴,百姓苦;亡,百姓苦!

——张养浩

悲壮篇

走马川行奉送封大夫出师西征
岑 参

正文

君不见走马川行雪海边,平沙莽莽黄入天。轮台九月风夜吼,一川碎石大如斗,随风满地石乱走。匈奴草黄马正肥,金山西见烟尘飞,汉家大将西出师。将军金甲夜不脱,半夜军行戈相拨,风头如刀面如割。马毛带雪汗气蒸,五花连钱旋作冰,幕中草檄砚水凝。虏骑闻之应胆慑,料知短兵不敢接,车师西门伫献捷。

(选自宝怀隽编著:《唐诗三百首解析》,同心出版社 2011 年版,第 133 页)

知识

岑参,盛唐时期著名的边塞诗人,诗作以七言歌行见长,善于描绘塞上风光和战争景象。他既热情歌颂唐军的勇武和战功,也委婉揭示战争的残酷和悲惨。火山云、天山雪、热海蒸腾、瀚海奇寒、狂风卷石、黄沙入天等异域风光,也均融入其诗,雄奇瑰丽的浪漫色彩成为他边塞诗

经典悦读

的基调。代表作有《白雪歌送武判官归京》、《走马川行奉送封大夫出师西征》、《轮台歌》。此外,岑参还写了边塞风俗和各民族的友好相处以及将士的思乡之情和苦乐不均,大大开拓了边塞诗的创作题材和艺术境界。

狂风怒卷,飞沙走石,天地间一片混沌迷蒙,诗作开篇就描绘了典型的戈壁荒漠艰险的环境,与环境形成对比的是将士们高昂的战斗士气、所向披靡的英雄气概。诗作成功地运用了衬托手法,用环境的险恶,反衬了边塞将士们英武豪壮的形象。全诗气势豪放,节奏短促有力,别具一格。

文人侠梦　百年长恨

龚自珍诗词三首

龚自珍

湘 月

壬申夏泛舟西湖,述怀有感,时予别杭州盖十年矣。

天风吹我,堕湖山一角,果然清丽。曾是东华生小客,回首苍茫无际。屠狗功名,雕龙文卷,岂是平生意。乡亲苏小,定应笑我非计。　　才见一抹斜阳,半堤香草,顿惹清愁起。罗袜音尘何处觅?渺渺予怀孤寄。怨去吹箫,狂来说剑,两样消魂味。两般春梦,橹声荡入云水。

[选自刘琦主编:《中国古代文学作品选(下册)》,南京大学出版社2003年版,第1177页]

悲壮篇

己亥杂诗

少年击剑更吹箫,剑气箫心一例消。
谁分苍凉归棹后,万千哀乐集今朝。

己亥杂诗

陶潜诗喜说荆轲,想见停云发浩歌。
吟到恩仇心事涌,江湖侠骨恐无多。

(选自龚自珍撰、刘逸生注:《龚自珍己亥杂诗注》,中华书局1980年版,第137、183页)

知识

龚自珍,字璱人,号定庵,清中后期著名的思想家、文学家。他以315首《己亥杂诗》奠定了在文学史上的地位。梁启超说,初读龚定庵的著作,有"若受电然"的感觉;柳亚子也誉其诗为"三百年来第一流"。

龚自珍少有才名,却科举数次未第,这使他意识到,只有变革僵化的八股取士制,凭真才实学选拔人才,自己才有可能实现理想,于是他将迫切呼吁社会变革的心情写在诗中,"我劝天公重抖擞,不拘一格降人才";在《病梅馆记》中,他犀利地抨击了朝廷、科举对于人才的压制与摧残,呼吁政治改革,释放人的本性。

在龚自珍的诗作中,"箫"和"剑"是出现频率比较高的两个意象。"怨去吹箫,狂来说剑","箫"是阴柔、幽怨的象征,"剑"则是阳刚、豪情的象征,而这也是作者性格中矛盾又统一的特质:一方面,他胸怀大济苍生的志向,因此积极要求变革;另一方面,他又常常是孤独抑郁的。"箫""剑"连用,展示了一个既拥有报国立业的雄心壮志又饱含忧国伤时之幽情的诗人形象。

一身报国有万死,双鬓向人无再青。

——陆游

我用残损的手掌

戴望舒

我用残损的手掌
摸索这广大的土地:
这一角已变成灰烬,
那一角只是血和泥;

这一片湖该是我的家乡,
(春天,堤上繁花如锦幛,
嫩柳枝折断有奇异的芬芳,)
我触到荇藻和水的微凉;
这长白山的雪峰冷到彻骨,
这黄河的水夹泥沙在指间滑出;
江南的水田,你当年新生的禾草
是那么细,那么软……现在只有蓬蒿;
岭南的荔枝花寂寞地憔悴,
尽那边,我蘸着南海没有渔船的苦水……
无形的手掌掠过无限的江山,
手指沾了血和灰,手掌粘了阴暗,
只有那辽远的一角依然完整,
温暖,明朗,坚固而蓬勃生春。
在那上面,我用残损的手掌轻抚,
像恋人的柔发,婴孩手中乳。
我把全部的力量运在手掌
贴在上面,寄与爱和一切希望,
因为只有那里是太阳,是春,

将驱逐阴暗,带来苏生,
因为只有那里我们不像牲口一样活,
蝼蚁一样死……那里,永恒的中国!

一九四二年七月三日

(选自戴望舒著:《戴望舒大全集》,新世界出版社2012年版,第34页)

知识

戴望舒,原名戴梦鸥,笔名出自屈原的《离骚》:"前望舒使先驱兮,后飞廉使奔属",望舒就是神话传说中替月亮驾车的天神,美丽温柔,纯洁幽雅,后指月亮。取名"望舒",意即赢取光明。

戴望舒是中国现代派象征主义诗人,《雨巷》是他的代表作,而他也因此获得了"雨巷诗人"的雅称。

1942年,戴望舒被日本宪兵逮捕入狱,受尽折磨,在极为艰苦的环境下,他凭借着坚强不屈的意志写出了《我用残损的手掌》这一对祖国的抒怀之作。

解读

手掌已经残损,但还要用尽力气摸索这广大的土地,开篇就蓄满了对祖国深沉的爱。他从北抚到南,触碰到的是灰烬血泥,感受到的是冰冷寂寞苦楚,这是沦陷在日寇手中的他深爱的祖国大地啊,什么时候才能迎来光明与苏醒呢？诗人告诉我们，在辽远的一角，那个地方阳光明媚，将驱散阴暗；春意蓬勃，将带来新生。前后冷暖、阴暗的鲜明对比，凸显了作者的情感倾向，有对灾难深重的祖国的痛惜，更含对祖国未来光明的热切盼望。

我有我的人格、良心，不是钱能买的。我的音乐，要献给祖国，献给劳动人民大众，为挽救民族危机服务。

——冼星海

史记·太史公自序

司马迁

正文

太史公曰："先人有言：'自周公卒五百岁而有孔子，孔子卒后至于今五百岁，有能绍明世，正《易传》，继《春秋》，本《诗》、《书》、《礼》、《乐》之际。'意在斯乎！意在斯乎！小子何敢让焉！"

上大夫壶遂曰："昔孔子何为而作《春秋》哉"？太史公曰："余闻董生曰：'周

道衰废，孔子为鲁司寇，诸侯害之，大夫壅之。孔子知言之不用，道之不行也，是非二百四十二年之中，以为天下仪表。贬天子，退诸侯，讨大夫，以达王事而已矣。'子曰：'我欲载之空言，不如见之于行事之深切著明也。'夫《春秋》上明三王之道，下辨人事之纪，别嫌疑，明是非，定犹豫，善善恶恶，贤贤贱不肖，存亡国，继绝世，补敝起废，王道之大者也。《易》著天地、阴阳、四时、五行，故长于变；《礼》经纪人伦，故长于行；《书》记先王之事，故长于政；《诗》记山川、溪谷、禽兽、草木、牝牡、雌雄，故长于风；《乐》乐所以立，故长于和；《春秋》辨是非，故长于治人。是故《礼》以节人，《乐》以发和，《书》以道事，《诗》以达意，《易》以道化，《春秋》以道义。拨乱世反之正，莫近于《春秋》。《春秋》文成数万，其指数千，万物之散聚，皆在《春秋》。《春秋》之中，弑君三十六，亡国五十二，诸侯奔走不得保其社稷者，不可胜数。察其所以，皆失其本已。故《易》曰：'失之毫厘，差以千里。'故曰：'臣弑君，子弑父，非一旦一夕之故也，其渐久矣。'故有国者不可以不知《春秋》，前有谗而弗见，后有贼而不知。为人臣者不可以不知《春秋》，守经事而不知其宜，遭变事而不知其权。为人君父而不通于《春秋》之义者，必蒙首恶之名。为人臣子而不通于《春秋》之义者，必陷篡弑之诛，死罪之名。其实皆以为善，为之不知其义，被之空言而不敢辞。夫不通礼义之旨，至于君不君，臣不臣，父不父，子不子。君不君则犯，臣不臣则诛，父不父则无道，子不子则不孝。此四行者，天下之大过也。以天下之大过予之，则受而弗敢辞。故《春秋》者，礼义之大宗也。夫礼禁未然之前，法施已然之后；法之所为用者易见，而礼之所为禁者难知。"

壶遂曰："孔子之时，上无明君，下不

得任用,故作《春秋》,垂空文以断礼义,当一王之法。今夫子上遇明天子,下得守职,万事既具,咸各序其宜,夫子所论,欲以何明?"太史公曰:"唯唯,否否,不然。余闻之先人曰:'伏羲至纯厚,作《易》八卦。尧、舜之盛,《尚书》载之,礼乐作焉。汤、武之隆,诗人歌之。《春秋》采善贬恶,推三代之德,褒周室,非独刺讥而已也。'汉兴以来,至明天子,获符瑞,建封禅,改正朔,易服色,受命于穆清,泽流罔极,海外殊俗,重译款塞,请来献见者,不可胜道。臣下百官力诵圣德,犹不能宣尽其意。且士贤能而不用,有国者之耻;主上明圣而德不布闻,有司之过也。且余尝掌其官,废明圣盛德不载,灭功臣、世家、贤大夫之业不述,堕先人所言,罪莫大焉!余所谓述故事,整齐其世传,非所谓作也,而君比之于《春秋》,谬矣。"

于是论次其文,七年而太史公遭李陵之祸,幽于缧绁。乃喟然而叹曰:"是余之罪

也夫！是余之罪也夫！身毁不用矣！"退而深惟曰："夫《诗》、《书》隐约者，欲遂其志之思也。昔西伯拘羑里，演《周易》；孔子厄陈、蔡，作《春秋》；屈原放逐，著《离骚》；左丘失明，厥有《国语》；孙子膑脚，而论兵法；不韦迁蜀，世传《吕览》；韩非囚秦，《说难》、《孤愤》；《诗》三百篇，大抵贤圣发愤之所为作也。此人皆意有所郁结，不得通其道也，故述往事，思来者。"于是卒述陶唐以来，至于麟止，自黄帝始。

太史公说："先父曾说过：'周公死后五百年而有孔子，孔子死后到现在又有五百年，如今应该是到了有人能传承圣明世代的事业，修正《易传》，续写《春秋》，探求《诗》、《书》、《礼》、《乐》的思想精神的时候了吧？'他的意愿在于此啊！意愿在于此啊！我怎么敢推让呢？"

上大夫壶遂说："当时孔子为什么作《春秋》呢？"太史公说："我听董仲舒说：'当时周道衰微，孔子做鲁国的司寇，诸侯加害于他，大夫排挤他。孔子知道自己的言论不被采纳，学说行不通，就褒贬二百四十二年中的史事的得失，以此作为天下的标准。批评天子，贬责诸侯，

声讨大夫,只是为了阐明王道罢了。'孔子说:'我想与其将我的观点用空话记载下来,那就不如表现在具体事件中来得既深刻又鲜明啊。'那《春秋》,对上阐明三王之道,对下分辨社会事务规则,辨析疑惑,分清是非,判定犹豫不决的疑难问题,称赞善者,批评恶者,表彰贤者,贬斥不肖者,使灭亡了的国家恢复起来,使断绝的世系延续下去,弥补弊端,兴办废弃之事,这都是王道中的大事啊。《周易》是谈天地、阴阳、四时、五行的,所以擅长于讲变化;《礼记》是用来整治人伦的,所以擅长于讲行事的原则;《尚书》记载了先王的事迹,所以擅长于指导政事;《诗经》记载了山川、溪谷、禽兽、草木、牝牡、雌雄,所以擅长于教化;《乐经》使人乐在其中,所以擅长于调和性情;《春秋》是辨别是非的,所以擅长于治理人事。因此,《礼》用来节制人的行为,《乐经》用来抒发和谐优美的感情,《尚书》用来记载前人的行事和典章制度,《诗经》用来表达人的心意,《易经》用来说明变化,《春秋》用来阐明道义。拨乱反正,没有比《春秋》更切合需要的了。《春秋》全文几万字,其中有明确指导意义的只有几千字,万事万物的分合变化之理都在《春秋》之中。在《春秋》一书中,记载弑君的事件三十六起,灭亡的国家有五十二个,诸侯逃亡失国的数不胜数。考察导致这种结果的缘故,都是由于失去了礼义这个根基。所以《易经》中说:'失之毫厘,差以千里。'所以说:'臣子杀死君主,儿子杀死父亲,这种情况不是一朝

悲壮篇

一夕造成的,而是在很长时间内逐步发展而成的。'因此,治理国家的人不能不通晓《春秋》,否则前面有谗佞小人却不能看见,背后有乱臣贼子却不能知道。做臣子的不能不通晓《春秋》,否则就不能知道日常事务要怎样办理才算恰当,遇到事情就不能随机应变,因事而动。作为君主、父亲而不通晓《春秋》要义的,必然会蒙受首恶的名声。作为臣下、儿子而不通晓《春秋》要义的,一定会因篡上弑父而被诛杀,落个死罪的名声。他们实际上都以为是在做好事,却因为不懂得《春秋》的要义,受到凭空加给的罪名也不敢推卸。由于不通晓礼义的要旨,以至于到了君不像君、臣不像臣、父不像父、子不像子的地步。君不像君,臣下就会犯上作乱;臣不像臣,就会获罪被诛;父不像父,就会失去人伦之道;子不像子,就会忤逆不孝。这四种行为是天下最大的过错。把天下的大过错加给他们,只好接受而不敢推卸。所以《春秋》是礼义的根本法则。礼的作用是在过错发生之前就加以防范,法的作用是在过错发生后加以惩处;法的作用显而易见,而礼的防范作用却不易被人了解。"

壶遂说:"孔子那个时候,在上没有贤明的君主,在下不能被任用,所以才作《春秋》,为的是让文章流传下来让后世能够判断行为是否符合礼义,并且希望《春秋》有朝一日能够成为某一帝王的法典。现在您在上遇到了圣明的天子,在下能够保守您太史令的世职,各种条件都已具备,各项事情都有条不紊地安放在了适当的位置上,您经典悦读

所论述的,是要阐明什么呢?"太史公说:"嗯,嗯,不,不,不是这个意思。我听先父说过:'伏羲氏极为纯朴厚道,他作了《易经》的八卦;尧、舜德被四海,功德兴隆,《尚书》对这予以记载,礼乐也由此而兴;商汤、周武王的功业盛大显赫,诗人们予以歌颂。《春秋》褒扬善良,贬斥邪恶,推崇夏、商、周三代的盛德,赞美周王室所施行的礼仪教化,它不单单是讽刺而已。'从汉代兴国以来,到当今圣明的天子,已经得到了上天祥瑞,举行了祭天地的大典,改革了历法,变更了衣服和器物的颜色,天子秉承天命,降下无穷无尽的恩泽。与我们有着不同风俗的海外国家,都是经过了几重翻译,叩开我们的关塞之门,请求进献贡品,朝见我们的天子,这样的国家多得说不完。臣下百官,竭力颂扬天子的明德,仍然不能够将心中的仰慕感激之情尽皆表达出来。况且,世人贤能而得不到重用,是国家的大耻辱,主上圣明而他的盛德不能宣扬于天下,是有关官员的过错。再说我曾经担任太史令,把圣明天子的盛大德行丢在一边而不去记载,埋没了功臣、世家、贤大夫们的功业而不加以记述,这是废弃了先父对我的教诲,罪过没有比这更大的了!我所说的记述过去的事情,只是将他们的世系传记进行归纳整理,并不是去创作,而先生把它与《春秋》相提并论,这就不对了。"

于是我就编写这些文章,过了七年,我因替李陵辩解而遭受灾祸,被囚禁在监牢之中。于是喟然长叹道:"这是我的罪过啊!这是我的罪过啊!身体已然残废,再没有什么用了!"平静下来仔细思量一下,又说:"《诗经》、《尚书》中含蓄隐约的文义,都是作者出于要实现自己的志向而必须深思的地方。从前西伯被拘禁在羑里的时候,推演出了《周易》;孔子在陈、蔡遭受困厄,却写出了《春秋》;屈原遭到放逐,于是赋了《离骚》;左丘明双目失明,这才著出《国语》;孙膑被挖去膝盖骨,却论著了兵法;吕不韦因罪谪居蜀地,他的《吕览》却得以传世;韩非在秦国被捕入狱,却写下了《说难》、《孤愤》传世;《诗经》三百篇,大都是贤人为抒发心中的愤懑之气而写出来的。这些人都是由于心意有所郁结,不得舒展,空怀抱负,所以才追述过去的事情,想以此作为后世的借鉴。"于是,我终究还是记述了唐尧以来的事情,从黄帝开始,至武帝获白麟那年为止。

(选自秦泉主编:《中华文典句典大全集》,外文出版社2012年版,第58~60页)

司马迁,字子长,西汉著名的史学家、文学家,他一生唯一创作的巨著——《史记》是中国第一部纪传体通史,对后世影响深远,其后的二十四史均依照《史记》体例,以纪传体编纂。《史记》不仅是一部史学著作,也是一部文学著作,鲁迅评价其为"史家之绝唱,无韵之离骚"。

司马迁是西汉武帝时期的太史令,因替孤军奋战、不得已投降匈奴的李陵求情而被武帝下狱后施以宫刑。为了完成《史记》,他忍受奇耻大辱,坚持写了18年,在他60岁时,这部52万多字的煌煌巨著终于问世,如果从20岁搜集资料时算起,一共用了40年的时光。

《太史公自序》是《史记》最后一篇,也是司马迁的自传,其一生本末备见于此。

节选内容是《太史公自序》的第二部分,通过壶遂与太史公的一问一答,表明了自己作《史记》的目的是接续孔子的《春秋》,"通礼义之旨"并明圣盛之德、述功贤之业。同时,司马迁也借历史人物身遭厄运但发愤著书的先例,在抒发心中郁结的同时,激励自己坚持写作,直至完成。飞来横祸残损了肉体、摧残了精神,让人掩卷叹息;忧愁发愤著成了信史、传扬了正气,更让人击节赞叹。

人的一生是短的,但如果卑劣地过这一生,就太长了。

——(英)莎士比亚

悲壮篇

《野草》题辞

鲁 迅

当我沉默着的时候,我觉得充实;我将开口,同时感到空虚。

过去的生命已经死亡。我对于这死亡有大欢喜,因为我借此知道它曾经存活。死亡的生命已经朽腐。我对于这朽腐有大欢喜,因为我借此知道它还非空虚。

生命的泥委弃在地面上,不生乔木,只生野草,这是我的罪过。

野草,根本不深,花叶不美,然而吸取露,吸取水,吸取陈死人的血和肉,各各夺取它的生存。当生存时,还是将遭践踏,将遭删刈,直至于死亡而朽腐。

但我坦然,欣然。我将大笑,我将歌唱。我自爱我的野草,但我憎恶这以野草作装饰的地面。

经典悦读

地火在地下运行,奔突;熔岩一旦喷出,将烧尽一切野草,以及乔木,于是并且无可朽腐。

但我坦然,欣然。我将大笑,我将歌唱。

天地有如此静穆,我不能大笑而且歌唱。天地即不如此静穆,我或者也将不能。我以这一丛野草,在明与暗,生与死,过去与未来之际,献于友与仇,人与兽,爱者与不爱者之前作证。

为我自己,为友与仇,人与兽,爱者与不爱者,我希望这野草的死亡与朽腐,火速到来。要不然,我先就未曾生存,这实在比死亡与朽腐更其不幸。

去罢,野草,连着我的题辞!

(选自鲁迅著:《灯下漫笔——鲁迅诗文选》,哈尔滨出版社2011年版,第169~170页)

知识

鲁迅,原名周树人,字豫才,中国现代著名的文学家。他一生创作颇丰,题材涉猎广泛,史略、小说、散文、散文诗、杂文。其中尤属杂文创作居多,批判揭露得也最为彻底,像投枪,像匕首,直刺向黑暗势力。

1936年10月19日,鲁迅先生因肺结核病逝于上海,上海民众上万名自发举行公祭、送葬,葬于虹桥万国公墓。在他的灵柩上覆盖着一面旗帜,上面写着"民族魂"三个字。1956年,鲁迅遗体移葬虹口公园,毛泽东为重建的鲁迅墓题字。

《野草》是鲁迅唯一一部散文诗集,其中隐含着深邃的哲理性,包含了鲁迅的全部哲学。

解读

曲折幽晦的象征手法的运用是这首散文诗最大的特点。"野草"代表的是鲁迅的一种追求与向往,所以他说"我自爱我的野草";"地面"是指国民党反动政府统治下的黑暗的中国;"地火"则象征共产党领导的人民革命力量。鲁迅热盼地火喷出,燃尽一切,强烈地表达了他摧毁一切腐朽、重塑新世界的愿望与决心。

警语

横眉冷对千夫指,俯首甘为孺子牛。

——鲁迅

经典悦读

贝多芬的百年祭

（节选）

（英）萧伯纳

一百年前，一位虽还听得见雷声但已聋得听不见大型交响乐队演奏自己的乐曲的五十七岁的倔强的单身老人最后一次举拳向着咆哮的天空，然后逝去了，还是和他生前一直那样地唐突神灵，蔑视天地。他是反抗性的化身；他甚至在街上遇上一位大公和他的随从时也总不免把帽子向下按得紧紧的，然后从他们正中间大踏步地直穿而过。他有一架不听话的蒸汽轧路机的风度（大多数轧路机还恭顺地听使唤和不那么调皮呢）；他穿衣服之不讲究尤甚于田间的稻草人：事实上有一次他竟被当做流浪汉给抓了起来，因为警察不肯相信穿得这样破破烂烂的人竟会是一位大作曲家，更不能相信这副躯体竟能容得下纯音响世

 悲壮篇

界最奔腾澎湃的灵魂。他的灵魂是伟大的;但是如果我使用了最伟大的这种字眼,那就是说比韩德尔的灵魂还要伟大,贝多芬自己就会责怪我;而且谁又能自负为灵魂比巴赫的还伟大呢?但是说贝多芬的灵魂是最奔腾澎湃的那可没有一点问题。他的狂风怒涛一般的力量他自己能很容易控制住,可是常常并不愿去控制,这个和他狂呼大笑的滑稽诙谐之处是在别的作曲家作品里都找不到的。毛头小伙子们现在一提起切分音就好像是一种使音乐节奏成为最强而有力的新方法;但是在听过贝多芬的第三里昂诺拉前奏曲之后,最狂热的爵士乐听起来也像"少女的祈祷"那样温和了,可以肯定地说我听过的任何黑人的集体狂欢都不会像贝多芬的第七交响乐最后的乐章那样可以引起最黑最黑的舞蹈家拼了命地跳下去,而也没有另外哪一个作曲家可以先以他的乐曲的阴柔之美使得听众完全溶化在缠绵悱恻的境界里,而后突然以铜

经典悦读

号的猛烈声音吹向他们,带着嘲讽似地使他们觉得自己是真傻。除了贝多芬之外谁也管不住贝多芬;而疯劲上来之后,他总有意不去管住自己,于是也就成为管不住的了。

这样奔腾澎湃,这种有意的散乱无章,这种嘲讽,这样无顾忌的骄纵的不理睬传统的风尚——这些就是使得贝多芬不同于十七和十八世纪谨守法度的其他音乐天才的地方。他是造成法国革命的精神风暴中的一个巨浪……

贝多芬不是戏剧家,赋予道德以灵活性对他来说就是一种可厌恶的玩世不恭。他仍然认为莫扎特是大师中的大师(这不是一顶空洞的高帽子,它的的确确就是说莫扎特是个为作曲家们欣赏的作曲家,而远远不是流行作曲家);可是他是穿紧腿裤的宫廷侍从,而贝多芬却是个穿散腿裤的激进共和主义者;同样地海顿也是穿传统制服的侍从。在贝多芬和他们之间隔着一

悲壮篇

场法国大革命,划分开了十八世纪和十九世纪。但对贝多芬来说莫扎特可不如海顿,因为他把道德当儿戏,用迷人的音乐把罪恶谱成了像德行那样奇妙。如同每一个真正激进共和主义者都具有的,贝多芬身上的清教徒性格使他反对莫扎特,固然莫扎特曾向他启示了十九世纪音乐的各种创新的可能。因此贝多芬上溯到韩德尔,一位和贝多芬同样倔强的老单身汉,把他作为英雄。韩德尔瞧不上莫扎特崇拜的英雄格鲁克,虽然在韩德尔的《弥赛亚》里的田园乐是极为接近格鲁克在他的歌剧《奥菲阿》里那些向我们展示出天堂的原野的各个场面的。

因为有了无线电广播,成百万对音乐还接触不多的人在他百年祭的今年将第一次听到贝多芬的音乐。充满着照例不加选择地加在大音乐家身上的颂扬话的成百篇的纪念文章将使人们抱有通常少有的期望。像贝多芬同时的人一样,虽然他们可以懂

得格鲁克和海顿和莫扎特,但从贝多芬那里得到的不但是一种使他们困惑不解的意想不到的音乐,而且有时候简直是听不出是音乐的由管弦乐器发出来的杂乱音响。要解释这也不难。十八世纪的音乐都是舞蹈音乐。舞蹈是由动作起来令人愉快的步子组成的对称样式;舞蹈音乐是不跳舞也听起来令人愉快的由声音组成的对称的样式。因此这些乐式虽然起初不过是像棋盘那样简单,但被展开了,复杂化了,用和声丰富起来了,最后变得类似波斯地毯;而设计像波斯地毯那种乐式的作曲家也就不再期望人们跟着这种音乐跳舞了。要有神巫打旋子的本领才能跟着莫扎特的交响乐跳舞。有一回我还真请了两位训练有素的青年舞蹈家跟着莫扎特的一阕前奏曲跳了一次,结果差点没把他们累垮了。就是音乐上原来使用的有关舞蹈的名词也慢慢地不用了,人们不再使用包括萨拉班德舞,巴万宫廷舞,加伏特舞和小步舞等等在内的组曲形式，而把自己的音乐创作表现为奏鸣曲和交响乐，里面所包含的各部分也干脆叫做乐章，每一章都用意大利文记上速度，如快板、柔板、谐谑曲板、急板等等。但在任何时候，从巴赫的序曲到莫扎特的《天神交响乐》，音乐总呈现出一种对称的音响样式给我们以一种舞蹈的乐趣来作为乐曲的形式和基础。

可是音乐的作用并不止于创造悦耳的乐式。它还能表达感情。你能去津津有味地欣赏一张波斯地毯或者听一曲巴赫的序曲，但乐趣只止于此；可是你听了《唐璜》前奏曲之后却不可能不发生一种复杂的心情，它使你心理有准备去面对将淹没那种精致但又是魔鬼式的欢乐的一场可怖的末日悲剧。听莫扎特的《天神交响乐》最后一章时你会觉得那和贝多芬的第七交响乐的最后乐章一样，都是狂欢的音乐：它用响亮的鼓声奏出如醉如狂的旋律，而从头到尾又交织着一开始就有的具有一种不寻常的悲伤之美的乐调,因之更加沁人心脾。莫扎特的这一乐章又自始至终是乐式设计的杰作。

但是贝多芬所做到了的一点,也是使得某些与他同时的伟人不得不把他当做一个疯人,有时清醒就出些洋相或者显示出格调不高的一点,在于他把音乐完全用作了表现心情的手段,并且完全不把设计乐式本身作为目的。不错,他一生非常保守地(顺便说一句,这也是激进共和主义者的特点)使用着旧的乐式;但是他加给它们以惊人的活力和激情,包括产生于思想高度的那种最高的激情,使得产生于感觉的激情显得仅仅是感官上的享受,于是他不仅打乱了旧乐式的对称,而且常常使人听不出在感情的风暴之下竟还有什么样式存在着了。他的《英雄交响乐》一开始使用了一个乐式(这是从莫扎特幼年时的一个前奏曲借来的),跟着又用了另外几个很漂亮的乐式;这些乐式被赋予了巨大的内

悲壮篇

在力量,所以到了乐章的中段,这些乐式就全被不客气地打散了;于是,从只追求乐式的音乐家看来,贝多芬是发了疯了,他抛出了同时使用音阶上所有单音的可怖的和弦。他这么做只是因为他觉得非如此不可,而且还要求你也觉得非如此不可呢。

以上就是贝多芬之谜的全部。他有能力设计最好的乐式;他能写出使你终身享受不尽的美丽的乐曲;他能挑出那些最干燥无味的旋律,把它们展开得那样引人,使你听上一百次也每回都能发现新东西:一句话,你可以拿所有用来形容以乐式见长的作曲家的话来形容他;但是他的病症,也就是不同于别人之处在于他那激动人心的品质,他能使我们激动,并把他那奔放的感情笼罩着我们。当伯辽滋听到一位法国作曲家因为贝多芬的音乐使他听了很不舒服而说"我听了能使我入睡的音乐"时,他非常生气。贝多芬的音乐是使你清醒的音乐;而当你想独自一个静一会儿的时候,你就怕听他的音乐。

懂了这个,你就从十八世纪前进了一步,也从旧式的跳舞乐队前进了一步(爵士乐,附带说一句,就是贝多芬化了的老式跳舞乐队),不但能懂得贝多芬的音乐而且也能懂得贝多芬以后的最有深度的音乐了。

[选自(法)普鲁斯特等著:《世界美如斯:外国经典美文》,上海社会科学院出版社2004年版,第38~45页]

知识

萧伯纳,英国现代杰出的现实主义戏剧作家。他生性乐观,胸襟豁达,具有高度的幽默感与机智,被称为"英国文学史上最诙谐的作家"。他的作品常以幽默的形式表现出机智与风趣,同时,幽默也是他待人接物处世交际的方式。

有一次宴会前的演讲中,当轮到很瘦的萧伯纳发言时,一个大腹便便的资本家讥笑他说:"啊,萧伯纳先生,一见到您,我就知道世界上正在闹饥荒。"萧伯纳微微一笑,答道:"嗯,先生,我见到你,就知道了世界上正在闹饥荒的原因。"这句话使他的演讲一开头就充满了机智。

又有一次,一个资本家想在众人面前羞辱萧伯纳。他

悲壮篇

大声宣告说:"人们说,伟大的戏剧家都是白痴。"萧伯纳笑着说道:"先生,我看此时此刻你就是最伟大的戏剧家。"想羞辱别人反而自取其辱,这个人脸都气绿了。

贝多芬26岁失聪,但他不向命运妥协,他说"我要扼住命运的咽喉",他将痛苦与磨难铸成快乐、化为音符给予世界。萧伯纳在《贝多芬百年祭》中热情地讴歌了贝多芬性格中的反叛与倔强、音乐作品的澎湃与恣意,全文饱含真情,多蕴哲理,不愧为传世的散文佳作。

平生意气　英雄襟抱

 悲壮篇

安 魂 曲
（节选）
（俄）阿赫玛托娃

代　序

在叶若夫主义控制的恐怖岁月里，我在列宁格勒的监狱里度过了十七个月，一次有人"认出了"我。那时，一个嘴唇发紫的女人站在我身后，当然她从未听说过我的名字，她从我们都已习惯了的那种麻木状态中清醒过来，凑近我的耳朵问道（那儿人人都是低声说话的）：

"您能描写这儿的情形么？"

我说：

"能。"

于是，一丝淡淡的笑意从曾经是属于她的那张脸上掠过。

1957年4月1日
列宁格勒

献　词

在这类痛苦面前
高山低头，大河断流，
但牢门紧闭，
"苦役的洞穴"
和催命的焦愁藏在门后。
清鲜的风为某人吹拂，
落日的晚照为那人温柔。
我们不知道，我们到处都一样遭遇，
只有钥匙声咬牙切齿般侵入耳鼓，
还有，是兵士那沉重的脚步。
我们起床，仿佛是去赶早晨的弥撒，
我们在荒漠了的首都走过，
在那儿相逢，比死人更了无生气。
涅瓦河烟雾茫茫，太阳黯淡，
但希望始终不渝，在远方高歌。
一声判决……顷刻间泪雨滂沱。
我已经远离人群，茕茕孑立，
如同从心头夺走了生命，

如同粗暴地被打翻在地,
但是走着……蹒跚着……一名妇女……
在遭逢凶险的两年之后,
我那失去自由的姐妹今在何处?
在西伯利亚的暴风雪中她们能梦见什么?
在月圆之夜她们又能影影绰绰幻觉什么?
我要把临别时的那一份敬意给她们捎去。
1940 年 3 月

序　　曲

这事仅仅发生在当尸首微笑,
为永恒的安宁感到欣慰的时候,
列宁格勒像是个赘疣,
就在自己的监狱跟前晃悠。
那时,业已判罪的一群走过,
痛苦使他们惊慌失措,
机车鸣响了汽笛,
是一声声告别的歌。
死亡之星高悬我们头顶,
在鲜血淋漓的皮靴下,

经典悦读

在玛鲁斯黑乎乎的车轮下,
无辜的俄罗斯在痉挛挣扎。

1

天将破晓他们把你押走,
我像出殡跟在你身后,
孩子们躲进黑暗的小屋里哭泣,
神龛前烛炬流泪。
你嘴角挂着一丝圣像的冷漠,
前额流淌着死亡的汗水……不能忘记!
我要仿效旧俄近卫兵们的妻子,
到克林姆林宫钟楼下去悲号。

1935 年

2

静静的顿河静静地流淌,
昏黄的月亮走进住房。

月亮歪戴顶帽子踅进来,
窥视到一个枯瘦的人影,

这是一个病体支离的女人,

悲壮篇

这是一个孤苦伶仃的女人,

丈夫进坟墓,儿子入囹圄,
请为我祈祷一阵吧!

3

不,这不是我,是另一位在蒙受苦难,
我已无能为力,穷于应付,就让他们
用黑色的呢绒把重重灾难遮住。
请把灯盏也一起拿走……
　　长夜已经来到。

4

所有的朋友都娇宠你,
你这世俗的嘲讽者,
黄村学校乐天的叛教者,
但我却要郑重地给你指出,
你生平会遇到些什么变故——
你是探监送寒衣的第三百名家属,
站在"克列斯泰"监狱的大门口,
你用自己灼热的泪水,

将新的年代的坚冰烧穿。
那地方,牢狱的白杨树猛烈摇晃,
却悄无声音,——而不计其数
无辜的生灵走向死亡……

1938 年

5

我恳求了整整十七个月,
用哭声召唤你回家,
我曾跪在刽子手的脚下求情,
你是我的儿子,我的亲骨肉,我的孽障。
一切一切永远地搞颠倒了,
如今我已分辨不清
谁个是野兽,谁个是人,
等待判决还要等够多久。
只有封尘的瓶花,
香炉的声音和痕迹,
已不知去向,踪迹难觅。
一颗巨大的星斗,
径直逼视我的眼睛,

以毁灭压顶进行威胁。

1939 年

6

一周又一周轻松的日子飞逝了,
我记不清楚遭逢什么变故,
当初那一个又一个白夜,我是怎样
去探监的,我的儿子,
他们又怎样以鹞鹰般
贪婪的目光将你攫住,
他们是怎样谈论你的桀刑,
谈论你那高高竖起的十字架。

1939 年

[选自(俄)阿赫玛托娃等著:《安魂曲》,王守仁等译,花城出版社1992年版,第95~101页]

知识

阿赫玛托娃,俄罗斯女诗人。1912年出版诗集《黄昏》,1914年出版诗集《念珠》,这两部诗集给当时以象征主义为主宰的俄国文坛增添了一道亮丽的风景,打破了晦涩的象征气氛。1920年代初期出版诗集《车前草》;晚年以深沉的哲理诗反思时代和个人命运。

经典悦读

她唯一的儿子因父母的缘故三次被捕入狱,一生中有20多年是在监狱中度过的。作为一个母亲,阿赫玛托娃把她的这段不平常的血泪史书写成诗篇《安魂曲(Реквием)》,这是一首由14首小诗组成的抒情长诗,在不平凡的岁月悼念那些在1930年代肃反扩大化中含冤而死的所有无辜者,读来催人泪下。

解读

安魂曲,本该是对灵魂的悼念、追怀,但在阿赫玛托娃的诗中却充满着强烈的死亡气息:荒凉的首都,压抑的太阳,血迹斑斑的大皮靴,黑色的车轮……如阴云笼罩心间,久久无法释怀。她用诗书写时代的苦难,将所见所闻所思所感沉淀,再谱成一曲安魂曲,不仅安慰个人,更是安慰整个俄罗斯民族。

宝 剑 歌

秋 瑾

正文

炎帝世系伤中绝,茫茫国恨何时雪?
世无平权只强权,话到兴亡眦欲裂。
千金市得宝剑来,公理不持持赤铁。

悲壮篇

死生一事付鸿毛，人生到此方英杰。
饥时欲啖仇人头，渴时欲饮匈奴血。
侠骨崚嶒傲九州，不信大刚刚则折。
血染斑斑已化碧，汉王诛暴由三尺。
五胡乱晋南北分，衣冠文弱难辞责。
君不见剑气棱棱贯斗牛？胸中了了旧恩仇。
锋芒未露已惊世，养晦京华几度秋。
一匣深藏不露锋，知音落落世难逢。
空山一夜惊风雨，跃跃沉吟欲化龙。
宝光闪闪惊四座，九天白日暗无色。
按剑相顾读史书，书中误国多奸贼。
中原忽化牧羊场，咄咄腥风吹禹域。
除却干将与莫邪，世界伊谁开暗黑？
斩尽妖魔百鬼藏，澄清天下本天职。
他年成败利钝不计较，但持铁血主义报祖国。

（选自秋瑾著、郭延礼选注：《秋瑾诗文选》，人民文学出版社1982年版，第31页）

知识

秋瑾，字竞雄，号鉴湖女侠，近代女革命志士，也是近代屈指可数的杰出才女之一。她的诗多气势强盛,情透纸背,没有丝毫女子绵软纤弱之气,充满了豪侠之气,可谓文如其人。

秋瑾出身仕宦之家,却蔑视封建礼法,以花木兰自喻,"身不得,男儿列;心却比,男儿烈"(《满江红》)。她冲破封建束缚,自费留学日本;投身革命,积极奔走;最后为推翻清朝专制帝制、创立民国而英勇献身。

秋瑾被押到绍兴知府衙门后,当晚就在知府衙门大堂上受到严讯。秋瑾挥笔写下了"秋风秋雨愁煞人"七个大字,作为交给清政府的唯一的"笔供",也以此表达自己对革命失败的惋惜,对祖国命运的担忧,从此再也不肯写什么、说什么了。

解读

20世纪初的中国内忧外患:在内,清政府腐败无能,在外,列强伺机瓜分。在此危急存亡之际,无数爱国志士梦寐难安,秋瑾也是其中之一。她无限忧虑,渴望能为挽救民族于危亡而奔走效力。但她是一个女子,在男尊女卑的封建社会,一个女子能在政治上有所作为几乎是一件不可能的事。所以,她苦恼悲愤,只因自己的理想情怀不为理解。但她毕竟是一个肝胆豪情浓烈似火的女子,为了斩尽妖魔百鬼,她挺身而出,主动担负起救国救亡的民族责任直至慷慨赴死。这份气度与气概又令多少男儿汗颜!

悲壮篇

警语

飒爽英姿五尺枪,曙光初照演兵场。中华儿女多奇志,不爱红装爱武装。

——毛泽东

夏日绝句

李清照

正文

生当作人杰,死亦为鬼雄。
至今思项羽,不肯过江东!

(选自傅德生著:《宋元明清诗词曲佳偶》,华夏出版社2011年版,第31页)

知识

李清照,号易安居士,宋代(两宋之交)著名女词人,被后人称为"千古第一才女",其词多婉约,结集《漱玉词》。她的词前期多写悠闲生活,抒发闺怨闲愁;后期多感时伤事,情调凄婉。

李清照曾写过一首《醉花阴》(薄雾浓云愁永昼),写给远方的丈夫以寄托思念之情。传说赵明诚看到此词经典悦读

后,比试之心大起,三夜未眠,作词数阕,然终未胜过《醉花阴》,最为人称道的还是其中那句"帘卷西风,人比黄花瘦"。

《夏日绝句》是李清照少有的诗,语出豪壮,激昂愤慨,与她的婉约词风大相径庭。诗作开篇直抒胸臆,生要做人中豪杰,顶天立地;死也要做鬼中英雄,死得其所。她大赞项羽,垓下战败绝不苟且偷生,借以讽刺南宋朝廷偏安一隅、不思抵抗的投降行径。全诗仅20字,却字字珠玑,正气凛然,振聋发聩。

小草在歌唱——悼女共产党员张志新烈士（节选）

雷抒雁

一

风说:忘记她吧!
我已用尘土,
把罪恶埋葬!

 悲壮篇

雨说:忘记她吧!
我已用泪水,
把耻辱洗光!

是的,多少年了,
谁还记得
　这里曾是刑场?
行人的脚步,来来往往,
谁还想起,
他们的脚踩在
　一个女儿、
　一个母亲、
　一个为光明献身的战士的心上?

只有小草不会忘记。
因为那殷红的血,
已经渗进土壤;
因为那殷红的血,
已经在花朵里放出清香!

只有小草在歌唱。
在没有星光的夜里,
唱得那样凄凉;
在烈日暴晒的正午,
唱得那样悲壮!
像要砸碎焦石的潮水,
像要冲决堤岸的大江……

二

正是需要光明的暗夜,
阴风却吹灭了星光;
正是需要呐喊的荒野,
真理的嘴却被封上!
黎明。一声枪响,
在祖国遥远的东方,
溅起一片血红的霞光!
啊,年老的妈妈,
四十多年的心血,
就这样被残暴地泼在地上;
啊,幼小的孩子,

 悲壮篇

这样小小年纪,
心灵上就刻下了
　　终生难以愈合的创伤!

我恨我自己,
竟睡得那样死,
像喝过魔鬼的迷魂汤,
让辚辚囚车,
碾过我僵死的心脏!
我是军人,
却不能挺身而出,
像黄继光,
用胸脯筑起一道铜墙!
而让这颗罪恶的子弹,
　　射穿祖国的希望,
　　打进人民的胸膛!
我惭愧我自己,
我是共产党员,
却不如小草,
让她的血流进脉管,

日里夜里,不停歌唱……

三

虽然不是
面对勾子军的大胡子连长,
她却像刘胡兰一样坚强;
虽然不是
在渣滓洞的魔窟,
她却像江竹筠一样悲壮!
这是二十世纪,七十年代,
社会主义中国特殊的土壤里,
成长起的英雄
——丹娘!

她是夜明珠,
暗夜里,
放射出灿烂的光芒;
死,消灭不了她,
她是太阳,
离开了地平线,

 悲壮篇

却闪耀在天上!

我们有八亿人民,
我们有三千万党员,
七尺汉子,
伟岸得像松林一样,
可是,当风暴袭来的时候,
却是她,冲在前边,
挺起柔嫩的肩膀,
肩起民族大厦的栋梁!

我曾满足于——
月初,把党费准时交到小组长的手上;
我曾满足于——
党日,在小组会上滔滔不绝地汇报思想!
我曾苦恼,
我曾惆怅,
专制下,吓破过胆子,
风暴里,迷失过方向!

如丝如缕的小草哟,
你在骄傲地歌唱,
感谢你用鞭子
　抽在我的心上,
让我清醒!
让我清醒!
昏睡的生活,
比死更可悲,
愚昧的日子,
比猪更肮脏!

四

就这样——
黎明。一声枪响,
她倒下去了,
倒在生她养她的祖国大地上。

她的琴呢?
那把她奏出过欢乐,
奏出过爱情的琴呢?

悲壮篇

莫非就此成了绝响?
她的笔呢?
那支写过檄文,
写过诗歌的笔呢?
战士,不能没有刀枪!

我敢说:她不想死!
她有母亲:风烛残年,
受不了这多悲伤!
她有孩子:花蕾刚绽,
怎能落上寒霜!
她是战士,
敌人如此猖狂,
怎能把眼合上!

我敢说:她没有想到会死。
不是有宪法么,
民主,有明文规定的保障;
不是有党章么,
共产党员应多想一想。

经典悦读

就像小溪流出山涧,
就像种子钻出地面,
发现真理,坚持真理,
本来就该这样!

可是,她却被枪杀了,
倒在生她养她的母亲身旁……

法律啊,
怎么变得这样苍白,
苍白得像废纸一方;
正义啊,
怎么变得这样软弱,
软弱得无处伸张!
只有小草变得坚强,
托着她的身躯,
托着她的枪伤,
把白的,红的花朵,
插在她的胸前,
日里夜里,风中雨中,

悲壮篇

为她歌唱……

五

这些人面豺狼,
愚蠢而又疯狂!
他们以为镇压,
就会使宝座稳当;
他们以为屠杀,
就能扑灭反抗!
岂不知烈士的血是火种,
播出去,
能够燃起四野火光!
我敢说:
如果正义得不到伸张,
红日,
就不会再升起在东方!
我敢说,
如果罪行得不到清算,
地球,
也会失去分量!

残暴,注定了灭亡,
注定了"四人帮"的下场!

你看,从草地上走过来的是谁?
油黑的短发,
披着霞光;
大大的眼睛,
像星星一样明亮;
甜甜的笑,
谁看见都会永生印在心上!
母亲啊,你的女儿回来了,
她是水,钢刀砍不伤;
孩子啊,你的妈妈回来了,
她是光,黑暗难遮挡!
死亡,不属于她,
千秋万代,
人们都会把她当作榜样!

去拥抱她吧,
她是大地女儿,

太阳,
给了她光芒;
山冈,
给了她紧强;
花草,
给了她芳香!
跟她在一起,
就会看到希望和力量……

六月七日夜不成寐
六月八日急就于曙光中

(选自柯岩主编:《古今中外文学名篇拔萃·中国诗卷》,青岛出版社2012年版,第505～512页)

知识

张志新,曾任中共辽宁省委宣传部干事。"文革"期间,因坚持真理,公开揭露林彪、江青一伙篡党夺权的阴谋活动,被定为"现行反革命",于1969年9月被捕入狱,1975年4月4日惨遭杀害,年仅45岁。

雷抒雁,当代诗人作家,成名作即是《小草在歌唱》。2006年,诗人张同吾率中国诗歌学会代表团赴首尔出席第一届中韩诗人大会。在参观一家大型工厂时,张同吾向韩方一一介绍代表团成员,当介绍到雷抒雁时,一位韩国朋友用汉语喊出"小草在歌唱"!顿时让大家震惊:经典的诗能不胫而走,可超越时间与国度。

这是一首政治抒情诗,雷抒雁将烈士张志新比喻为"如丝如缕"的小草,虽然柔弱,却挺起柔嫩的肩膀,肩负起民族大厦的栋梁。她的言行,她的被害,惊醒了昏睡的人们,包括诗人自己,给人们以激励和希望。这个生动的意象削减了政治诗的空洞乏味,显得亲切感人。

附 录

拓展阅读书目

（英）托马斯著：《狄兰·托马斯诗选：英汉对照》，海岸译，外语教学与研究出版社 2013 年版。

（美）欧内斯特·海明威著：《老人与海》，余光中译，译林出版社 2010 年版。

张国风著、韩永进主编：《慷慨悲壮的江湖传奇》，国家图书馆出版社 2014 年版。

石兴泽著：《当代中国文学：悲壮辉煌的历史脚步》，齐鲁书社 2007 年版。

刘希云著：《守望者的悲壮与无奈》，中国社会科学出版社 2014 年版。

黄新初编：《从悲壮走向豪迈》，四川文艺出版社 2011 年版。

鲁迅著：《呐喊》，译林出版社 2014 年版。

鲁迅著：《彷徨》，外文出版社 2013 年版。

北岛著：《北岛作品精选（珍藏版）》，长江文艺出版社2012年版。

冯至著：《十四行集》，解放军文艺出版社2000年版。

编写说明

"悲壮",意为心绪哀伤,意气昂扬。《后汉书·文苑传下·祢衡》中有云:"声节悲壮,听者莫不慷慨。"形容祢衡在演奏《渔阳参挝》时,鼓声悲壮节奏慷慨,使听的人为之振奋感叹。因此,"悲壮"首先是个人的一种情绪,将作者自身的情感具象为特定的意象,以此表达慷慨激昂的壮志和视死如归的精神。其次,"悲壮"也是一种共鸣移情,通过诵读、欣赏来体会全人类伟大的人格和精神力量。

在本册中,我们选取了以下几组文章:"山河破碎 变徵之声",展示了不同时代的仁人志士在国家和民族生死存亡之际挺身而出、为国献身的豪情壮志;"苍茫悲歌 壮志激昂",力图通过对古今战场的描写,展现戍边将士苦寒的边塞生活和他们誓死杀

经典悦读

敌、保家卫国的大无畏精神;"文人侠梦 百年长恨",表现了文人以笔为剑的豪迈情怀和不屈不挠的文人精神;"平生意气　英雄襟抱",选取了古今中外有关巾帼英雄的诗歌,国难当头,她们巾帼不让须眉,与男儿并肩作战,万古流芳、永垂不朽。

　　日月经天,江河行地。时间从不曾停下它匆匆的脚步,无数伟大的仁人志士淹没于历史的尘埃中。虽然我们无法将时间倒流去亲身感受英雄们的雄姿英发,但我们可以与古人为友,通过前辈们留下的经典著作重温那段悲壮的岁月。我们衷心希望,本册书能够带给读者的,不仅仅是几则释疑和知识的解读,而且是一种移情和共鸣的力量,让您时刻保持一颗仰望伟大精神的心。

编者

2015 年 5 月